IMPRESSUM

Originalausgabe

© Covergestaltung: Juliana Fabula | Grafikdesign
www.julianafabula.de/grafikdesign
Unter Verwendung folgender Stockdaten:
shutterstock.com: maxstockphoto; Mahesh S. Shrigani; AlexRoz; Bug_Fish; Ismael Juan; donatas1205; Victoria Bat; Dmitriy Depakin; geen graphy

Lektorat: Isa Theobald
www.isa-theobald.de

Buchsatz: Grit Richter
www.artskriptphantastik.de/coverdesign.html

Innenillustrationen: Sophie Hilgenstock (moonymanatee)
www.sophie-hilgenstock.de

Druck und Verarbeitung: Booksfactory PRINT GROUP Sp. z o.o.

ISBN: 978-3-98595-099-7

PROLOG

Dies ist die erste erfolgreiche Datenspeicherung auf dem Surfer.

Warum darfst du den ersten Satz aufzeichnen?

Weil ich der oberste Geschichtsforscher von Madera bin und dein Vorgesetzter, also halt den Mund. Wir nutzen die Speicherfähigkeiten der Bäume, um die Erfahrungen der Vergangenheit festzuhalten, damit die uns nachfolgenden Generationen vorbereitet sind.

Aber ich hatte die Idee, den Großspeicher Surfer zu nennen.

Es war die offensichtliche Wahl. Immerhin stehen die Mammutbäume im Wasser.

Ich finde dennoch, ich sollte auch etwas sagen.

Wir haben das doch besprochen. Die erste Aufzeichnung sollte von mir kommen. Wärst du einverstanden, wenn du den letzten Satz sagen darfst?

Aber ...

Das Angebot verfällt in drei Sekunden.

Okay, okay. Den letzten Satz.

Darf ich dann weitermachen?

Ja.

Wie bereits gesagt: Es gibt bestimmte Bäume, die ein Bewusstsein entwickelt haben und als Datenspeicher genutzt werden können. Sie möchten nicht in der Öffentlichkeit stehen, haben aber Kontakt zu einigen von uns aufgenommen. Mit diesen Bäumen haben wir einen Kontrakt geschlossen, damit sie uns als ewige Speicherorte dienen.

Nicht ewig.

Wie bitte?

Nicht ewig. Nur, solange sie leben. Dann müssen sie die Daten weitergeben.

Meinetwegen. Für die Zeit, die sie leben, speichern sie die Daten und geben sie später weiter. Zufrieden?

Das ist korrekt, ja.

Gut. Was wir für die Nachwelt festhalten möchten, ist folgendes Ereignis: Im Jahr der Ulme gab es einen gigantischen Lavaausstoß unter uns. Die Lavaströme im Erdinnern haben die Wasserschicht unter unserem treibenden Eiland durchbrochen und Madera mit voller Wucht getroffen. Die Forscher sahen es nicht voraus, so dass wir mit Madera über den unterirdischen Vulkan trieben. Viele Bereiche im Osten des Kontinents wurden zerstört. Kronenzweig versank im Meer. Tausende sind gestorben oder verschollen.

Schnief.

Viele haben Verwandte verloren.

Schnief, schnief.

Nimm dir ein Taschentuch.

Danke.

Diese Tragödie sollte festgehalten werden, damit zukünftige Generationen die Position des ständig aktiven Vulkans kennen. Die ehrenwerten Netzschnüffler, wie sich die Bäume selbst nennen, haben diese Aufgabe übernommen. Er befindet sich an den …

Ende der ersten Aufzeichnung auf dem Surfer.

KAPITEL 1
PENTA

Mit einem Namen wie Penta Colt hätte er sich in der Unterwelt von Ulmenstadt vermutlich ein Imperium aufbauen können. Als gnadenloser Anführer einer Diebesbande oder als windiger Besitzer eines der berüchtigten Casinos.

»Der nächste, bitte!«, rief Wurzel über seinen Schreibtisch hinweg. Pentas zugeteilter Dunkelnetzschnüffler winkte mit den trockenen Blättern und verbeugte sich, als würden sie den Bürgermeister von Ulmenstadt persönlich empfangen.

»Wurzel, wir haben keine Sprechstunde. Erst übermorgen wieder«, seufzte Penta und schüttete Wurzel einen Schluck Wasser in den Pflanztopf, ohne von der Arbeit aufzuschauen. Der etwa handflächengroße Bonsai schaffte es aufgrund seines Alters kaum noch die Flüssigkeit zu halten und verlor ständig einige Tropfen aus dem löchrigen, weißgrauen Topf, den er seine Heimat nannte. In seinen jungen Jahren hatte sich Wurzel dazu entschieden, der Todesgilde zu dienen, auch wenn er sich nicht mehr daran erinnern konnte.

»Ach, leck mich an meiner Borke, du Bürokrat.« Wurzel spielte mit dem Sand in seinem Topf, legte die Erde darunter frei und deutete mit dem untersten Ast darauf. »Nachfüllen, bitte.«

Penta hob erneut sein Glas und goss Wasser auf die geforderte Stelle. »Zufrieden?«, fragte er, während er sich weiter um seine Statistiken zur Quotenerfüllung der Assassinen kümmerte.

»Doch, ja. Danke.« Wurzel schwieg einen Moment und Penta nutzte die Ruhe, um das Formular auszufüllen, mit dem er die Rechnung für einen Kunden erstellte. »Können wir das Fenster schließen? Es zieht«, bemerkte Wurzel.

»Nein, es stinkt sonst.« Früher hatte er sich noch die Mühe gemacht, Wurzel zu erklären, warum. Inzwischen begnügte er sich mit einer knappen, aber höflichen Antwort.

»Aber Pferdemist kribbelt so schrecklich auf der Zunge«, jammerte Wurzel.

Penta seufzte und hob den Kopf. »Du hast nicht mal eine Zunge.«

»Es befindet sich eine neue Nachricht auf dem Surfer für dich«, merkte Wurzel nach einer Weile eintönig an. »Möchtest du, dass ich sie abspiele?«

»Wir haben schon darüber gesprochen, Wurzel. Du sollst sie mir direkt abspielen, wenn du sie empfängst. Von wann ist sie diesmal?« Penta ließ seinen Stift fallen und wandte sich dem Bonsai zu. Zwei Kerben im schmalen Stamm deuteten die Augen des zerbrechlichen Gehölzes an.

Wurzel kratzte sich an einem Astloch auf der gebogenen Hinterseite. »Von gestern Morgen.«

Penta richtete den Bleistift parallel zur Schreibtischkante aus und rückte seine Krawatte zurecht. »Spiel sie mir bitte ab.«

Der Bonsai versteifte sich. »Sehr geehrter Penta Colt, wir erscheinen morgen Mittag mit einer bedeutsamen Aufgabe für Sie. Bitte seien Sie bereit und empfangen Sie uns am üblichen Treffpunkt. Mit freundlichen Grüßen, Todesreiter Kram und Brem.«

Kram und Brem? Penta brauchte nicht zu überlegen. Teska Brem war Pentas direkter Vorgesetzter und Lindor Kram betreute den zumindest innerhalb der Todesgilde berühmten Gentleman-Assassinen. In ihm wuchs die Unruhe. Was wollten die beiden von ihm? Sollte Lindor etwa die lange angeforderte Verstärkung für sein Ein-Mann-Team in Ulmenstadt sein? Die Uhr über seiner Bürotür zeigte zehn Minuten vor zwölf an. »Verdammt, Wurzel. Das ist gleich. Hättest du mir das nicht früher sagen können?«

»Mecker nicht. Du darfst froh sein, dass ich es überhaupt gemeldet habe«, erwiderte der Bonsai und verschränkte zwei dünne Zweige vor dem Stamm. »Immerhin bin ich alt.«

»Die Ausrede zählt nicht, solange du noch fähig bist, auf den Surfer zuzugreifen.« In aller Hast räumte Penta die Papiere beiseite, die er für seine Notizen zur alljährlichen Quotenerhebung innerhalb der Todesgilde brauchte. Er verstaute sie ordentlich zusammengelegt in einem der Schränke auf der rechten Seite.

»Das also muss ich tun, um endlich in den Ruhestand geschickt zu werden? Wenn das so ist …« Wurzel schloss die Augen und ließ seinen winzigen Baumwipfel hängen, so dass seine Blätter auf der Oberfläche des Schreibtischs kratzten.

Penta atmete mehrmals tief durch und fluchte innerlich. Er ließ sich nicht ausgerechnet jetzt auf eine Diskussion mit dem Bonsai ein. In wenigen Tagen stand die jährliche Prüfung der Todesreiter an. Es wurde überprüft, welche ihm zugeteilten Assassinen die Mindestmordquote geschafft hatten und somit einen Level aufsteigen durften und welche nicht befördert wurden. Penta war für ein halbes Dutzend Assassinen in Ulmenstadt, fünf in Eichenstadt und einen in Weidenfels zuständig. Besonders letztere sechs bedeuteten einen enormen Verwaltungsaufwand. Doch wenn er es schaffte, dass sie ihre Quote erfüllten, erntete er ein höheres Ansehen und deutlich bessere Aussichten auf eine Beförderung.

»Wie sitzt mein Anzug? Alles den Vorschriften entsprechend?«, fragte Penta den Bonsai und lehnte sich vor. Wurzel war kurzsichtig, jedoch zu eitel, um sich helfen zu lassen. Schon seit Monaten wollte er ihm eine Brille besorgen, aber Wurzel weigerte sich standhaft. Er glaubte, dass ein Baum mit Ringen um die Augen schlechtere Chancen bei der Damenwelt hatte. Nicht, dass Wurzel oder Penta jemals ausgingen.

»Wie tief bist du gesunken, Junge?«, sagte Wurzel und tätschelte ihm mit einigen Blättern die Wange. »Die Vorschriften dienen nur dazu, die folgsamen Schafe von den eigenständig denkenden zu trennen.«

Penta zog sich zurück. »Ach, vergiss es. Warte hier und fass nichts an.«

»Witzbold«, kommentierte Wurzel, während er auf seinen Stamm deutete, der in einem – wenn auch löchrigen – Topf verwurzelt war. »Aber wenn du Moos siehst, grüß sie von mir. Hier ist ohne sie ja nichts los.«

Penta stürmte zur Tür hinaus und lief einen kurzen, unbeleuchteten Korridor entlang, von dem drei Räume abgingen. Sein Wohn- und Schlafbereich, ein weiteres Büro für potenzielle Prüfer und ein Zimmer, das für einen Kollegen freigehalten wurde. Falls er jemals einen in Ulmenstadt bekam.

Der faulige Gestank von Pferdemist durchzog das Holz auf dem Flur. Obwohl die Räumlichkeiten seit zehn Jahren nicht mehr als Pferdestall dienten, hatte sich der Duft wie eine Zecke eingenistet und es sich gemütlich gemacht. Pentas Versuche, den Geruch mit Feuerlack zu überdecken, hatten ihn scheinbar nur intensiviert. Inzwischen hatte er sich mit der Situation abgefunden und lüftete sein Büro dauerhaft.

Vor dem Ausgang hielt er an und korrigierte ein letztes Mal den Sitz seiner Krawatte im Fenster des Blumenladens *Belladonna* neben dem Stall, der eine Fassade war. Hier gab es sämtliche Giftmischungen für Assassinen, wenn man bei der richtigen Verkäuferin bestellte. Für alle anderen Besucher gab es nur Blumen zu kaufen. Unwillkürlich ruckte Pentas Blick zu der künstlich geschnitzten und bemalten Orchidee, die Wurzel Moos getauft hatte. Aus einem ihm unerfindlichen Grund hatte sich Wurzel in diese Kunstblume verliebt. Nicht zum ersten Mal überlegte Penta, ob er sie kaufen sollte, damit Wurzel zumindest gelegentlich anderweitig beschäftigt war.

Dann aber schüttelte er den Kopf und konzentrierte sich auf seine Umgebung. Sofort spürte er das Sirren der Luft um sich herum.

Hunderte von Menschen huschten über den Allesmarkt, benannt nach der Tatsache, dass man auf diesem Markt alles bekam. Von seltenen Fischen über Kleidung bis hin zu illegalen Drogen. Man musste nur die richtigen Ecken auf dem Marktgelände kennen. Da es mehrere Hallen, fliegende Händler und offene Marktplätze auf der Fläche eines kleinen Dorfs gab, war das nicht so einfach. Penta hingegen verbrachte die meiste Zeit seines Lebens auf dem Markt und kannte daher jeden Winkel. Die einzige Halle, die er mied, war die der Tiere, da er jedes Mal nieste, sobald er in die Nähe von Tierhaaren kam.

Penta wich einem laufenden Verkäufer aus, der mit seinem Bauchladen viel zu breit für die spärlich bemessenen Gänge des ehemaligen Pferdestalls war. Er verkaufte Tinkturen, die laut Etiketten Heilung von sämtlichen Krankheiten versprachen – natürlich auf rein pflanzlicher Basis. Während Penta auswich, stolperte er in eine Frau, die sich mit einer zweiten stritt, wer eine Bluse am Kleidungsstand zuerst berührt hatte.

»Verzeihung«, murmelte Penta, strauchelte zurück und versuchte, in den Strom einzutauchen, der von einer Halle zur nächsten führte. Es war wie der Versuch eines alten, gebrechlichen Mannes in das rasante Seilspringen von Mädchen einzusteigen. Verletzungen und Geschrei waren vorprogrammiert. Es dauerte nur ein paar nicht jugendfreie Handgesten und zwei Verfluchungen, bis er sich zum üblichen Treffpunkt einige Markthallen weiter vorgearbeitet hatte.

Penta landete direkt vor dem Brunnen der Aufträge. Eine äußerst männliche Holzfigur ragte auf dem Podest in der Mitte auf und hielt eine Liste in der Hand. Ihr Blick war auf die Menge gerichtet, als ob sie jeden Moment etwas ankündigen wollte. Davor standen Männer und Frauen in genau dieser Pose und verteilten Jobs an Freiwillige und Arbeitssuchende. Hauptsächlich Reinigungsaufträge, aber auch Pfleger für die älteren Baumbestände am Stadtrand von Ulmenstadt. Die namensgebenden Ulmen waren teilweise schon hundert Jahre alt. So mancher Bewohner von Ulmenstadt wollte ihnen helfen, den Lebensabend so gemütlich wie möglich zu verbringen. Dass die Bäume ein Bewusstsein hatten, war nur den wenigsten in Madera bekannt. Alle anderen hielten das für ein Hirngespinst von Verschwörungstheoretikern. Was immer wieder dazu führte, dass er Wurzel allein im Büro ließ, obwohl er ihn laut Vorschrift auf dienstlichen Ausflügen bei sich tragen musste.

Penta marschierte an den Auftraggebern vorbei und suchte nach Kram und Brem. Er fand sie am Rand des Brunnens exakt in der Sekunde, in der die Turmuhr der zentralen Holzhandelshalle zwölf Uhr schlug.

»Lindor Kram.« Penta streckte seinem Kollegen die Hand entgegen und begrüßte gleich im Anschluss mit einer angedeuteten Verbeugung seinen Vorgesetzten. »Teska Brem, es freut mich, Sie in Ulmenstadt anzutreffen. Hatten Sie eine angenehme Anreise?«

»Wir haben den Holzweg genommen, damit kamen wir erstaunlich gut durch«, antwortete Kram und lächelte ihm zu.

»Ah, den habe ich noch nie gewählt. Man sagte mir, dass man sich in der Bahn fühlte, als ob man fliegen würde«, erwiderte Penta höflich und deutete den beiden, ihm zu folgen. Die aus Holz gebaute und über den Baumwipfeln gespannte Seilbahn war das einzige Transportmittel, das auf dem dicht bewaldeten Kontinent für eine schnelle und reibungslose Ankunft sorgte. Die Wipfelpfade hingegen waren holprig und unangenehm, da man stehen musste. Dafür aber auch günstiger.

»Schweben trifft es wohl eher, aber man gewöhnt sich daran.« Teska Brem machte eine wegwischende Handbewegung und verstaute eben jene Hand dann in einer Manteltasche. Zusätzlich zu den vorgeschriebenen Anzügen trug er einen fellgefütterten Mantel, der seine opulente Statur verbergen sollte, sie jedoch nur noch mehr untermalte. Der Wind zog an seinen schulterlangen Haaren und wehte sie über den hochgestellten Kragen.

»Mir persönlich hat es sehr gefallen. Die Aussicht von den Gondeln auf die Wälder ist atemberaubend. Wir haben die südliche Route genommen und konnten die seltenen Mammutbäume nahe Eschensleben bewundern. Ich bin jedes Mal überwältigt, wie baumartenreich Madera doch ist«, erklärte Lindor mit glänzenden Augen und reichte Penta eine Visitenkarte.

Lindor Kram, Todesreiter stand darauf. Keine Adresse, keine Kontaktdaten. Penta runzelte die Stirn und fragte sich, was er damit anfangen sollte, steckte sie jedoch mit einem Lächeln ein.

»Das glaube ich sofort. Folgen Sie mir bitte. Wir sind gleich da.« Penta deutete auf die Menschen, die immer noch von einer Halle zur nächsten strömten. Selbstsicher lotste Penta die beiden vor seine Markthalle.

Der Allesmarkt besaß sieben. In seiner gab es Möbel und Haushaltsgegenstände wie Besen, Hammer und Waschzuber, aber auch Stifte und Bücher. Die einstige Scheune diente dabei den dauerhaft anwesenden Händlern als Raum. Alle paar Monate erhielten diese eine neue Genehmigung für das Verkaufen ihrer Waren. Penta war davon ausgenommen, da er nichts verkaufte.

Die Räumlichkeiten, die er als sein Büro bezeichnete, hatte die Todesgilde angemietet. Sie zahlte und stellte sie Penta zur Verfügung, damit er darin leben und arbeiten konnte. Im Gegenzug sorgte er dafür, dass die Tötungen seiner Assassinen genehmigt und aktenkundig im Surfer vermerkt wurden. Der Vermieter stellte keine Fragen, was er in den Räumen tat, und Penta machte keinen Ärger.

Er führte Kram und Brem durch die hölzerne Halle in Richtung des Korridors. Ein Brezelhändler erinnerte ihn daran, dass er aufgrund der geringen Vorbereitungszeit kein Mittagessen für das Treffen bereitgestellt hatte.

»Entschuldigen Sie mich bitte kurz«, sagte Penta und kaufte eine Handvoll Brezeln.

Im Anschluss brachte er seine Kollegen zu seinem Gang. Er ließ Kram und Brem den Vortritt. Brem rümpfte die Nase, als ihnen der Pferdegeruch entgegenströmte. »Haben wir Ihnen zwischenzeitlich nicht Fenster einbauen lassen?«, fragte Brem und zog ein Taschentuch aus der Manteltasche hervor, um es sich vors Gesicht zu halten.

»Selbstverständlich. Jedoch befinden sich diese in den vier Räumen. Der Korridor selbst besitzt keines.«

Brem nickte abgehakt. »Lüften Sie öfter durch und lassen Sie die Türen offen. Ich werde die nächste Woche bei Ihnen verbringen.«

Abrupt blieb Penta stehen. »Aber laut Paragraph 7 Absatz 3 der Geheimhaltungsvereinbarung darf ein Todesreiter seiner Arbeit nur bei geschlossenen Türen nachgehen.«

Sein Vorgesetzter verzog spöttisch den Mund und nickte dann. »Sehr gut. Da haben Sie absolut Recht. Ich freue mich, dass Sie Ihre Vorliebe für unsere Vorschriften noch nicht verloren haben.«

Penta lächelte kurz und beeilte sich, seinen Vorgesetzten in sein

Büro zu bringen. Wurzel stand auf dem Schreibtisch, als er die Tür öffnete und salutierte.

»Agent Wurzel meldet keine besonderen Vorkommnisse während Ihrer Abwesenheit, Penta Colt.«

Penta hielt inne, verwirrt ob der Begrüßung. »Ähm, danke. Wurzel. Gut zu wissen. Todesreiter Teska Brem kennst du ja.« Er wies auf den hochgewachsenen Lindor, der Penta an eine Spinne erinnerte, die er erst am Morgen in seinem Büro getötet hatte. Dieselben weit auseinanderstehenden Augen und ein Schnauzer, der über der Lippe buschig und in einem Halbbogen nach unten spitz um die Mundwinkel wuchs. »Und das ist Lindor Kram, ebenfalls Todesreiter und Betreuer für Assassinen.«

Penta rückte zwei Stühle bereit und deutete seinen Besuchern sich zu setzen. »Das ist Wurzel, mein Dunkelnetzschnüffler«, stellte er den Bonsai vor.

»Er lebt also immer noch?«, fragte Teska Brem und hob eine Augenbraue. »Erstaunlich. Vielleicht sollten wir sein Holz der Wissenschaft zur Verfügung stellen, sollte er tatsächlich eines Tages nicht mehr sein.«

Penta nickte und verschränkte die Hände hinter dem Rücken, während er sie nervös massierte. Seine Besucher waren sicher nicht gekommen, um über Wurzels Alter zu sprechen. »Ich freue mich, dass Sie wohlbehalten aus Weidenfels angereist sind. Darf ich erfahren, was der Anlass Ihres Kommens ist?«

Lindor Kram schlug die Beine übereinander und legte seine Hände darauf ab. »Wir, oder besser gesagt ich, benötige Ihre Hilfe«, begann der Assassinenbetreuer und lächelte dabei. »In Kürze werde ich Vater und meine Frau möchte gerne, dass ich bei der Niederkunft anwesend bin. Daher habe ich Teska Brem gebeten, mich einige Tage freizustellen.«

Penta erinnerte sich daran, dass es unhöflich war, in Gegenwart eines Vorgesetzten zu stehen, und ließ sich auf seinen Stuhl sinken.

Wurzel machte es ihm nach und knickte in der Mitte seines Stamms ein, so dass er sich auf den Rand des Topfes setzen konnte.

»Das freut mich sehr. Herzlichen Glückwunsch«, bemerkte Penta und reichte Lindor die Hand. »Wissen Sie bereits, was es wird?« Die Nervosität drängte Penta dazu, Fragen zu stellen, die sinnbefreit waren. Niemand wusste vor der Niederkunft, welches Geschlecht das Kind haben würde, auch wenn einige Frauen immer noch schworen, dass sie es spürten.

»Wir hoffen auf einen Menschen, lassen uns allerdings überraschen.« Lindor lachte, hob die Finger und wedelte damit in der Luft. »Es ergeben sich dadurch jedoch ein paar Schwierigkeiten. Wie Sie sicherlich wissen, betreue ich eine nicht unerhebliche Zahl an Assassinen. Diese müssen weiterhin einen Ansprechpartner haben. Unser werter Vorgesetzter Brem machte mir den Vorschlag, Ihnen meinen Kundenstamm zu übertragen. Zumindest so lange, bis ich zurück bin.«

»Ich soll Ihre Urlaubsvertretung machen?« Penta runzelte die Stirn. »Von wie vielen Assassinen sprechen wir?«

Brem mischte sich ein. »Ganz genau. Sie würden die Betreuung und Genehmigung übernehmen, bis Lindor wieder da ist. Keine Anstrengung für Sie, oder Colt?« Teska Brem legte seinen Mantel über den Stuhlrand und wischte mit dem Taschentuch die Stirn. Es war mitten im Sommer und ein Mantel äußerst unangebracht. »Sie sind doch längst für etwas Größeres geschaffen. Da machen Ihnen die fünfzehn Assassinen nichts aus.«

Es dauerte einen Moment, bis Penta verstand, was sein Vorgesetzter ihm da vorschlug. »Das bedeutet, ich bin für siebenundzwanzig Assassinen zuständig?«

»Sehen Sie, Kram, ich sagte doch, dass er ein Schneller ist.« Todesreiter Brem schlug seinem Angestellten gegen die Brust, so dass dieser einknickte und nach Luft schnappte.

Penta versuchte zu lächeln, aber seine Muskeln weigerten sich. Er hatte jetzt schon mehr als genug zu tun und sollte noch für eine unbestimmte Zeit zusätzliche Assassinen übernehmen? Wie sollte er das schaffen?

»In der Tat. Um es zu präzisieren: Es wären acht Level 10 Assassinen aus Ulmenstadt, vier Level 6 aus Weidenfels, zwei Level 4 aus Birkendorf und ein Level 1 aus Ulmenstadt.«

Bei den letzten Worten schluckte Penta trocken. Es gab in der Gilde nur drei Level 1 Assassinen. Es war der höchste Rang, den man erreichen konnte. Um so weit nach oben zu gelangen, musste man der Beste sein. Die meisten wurden entweder wegen Mordes verhaftet oder starben bei der Ausübung ihrer Tätigkeit. Doch ein Level 1 Assassine hatte es geschafft. Er konnte sich aussuchen, welche Aufträge er annahm. Sie lehnten mehr Gesuche ab als jeder andere. Die Formulare dafür hatte Penta bereits auswendig gelernt, falls er eines Tages ebenfalls einen seiner Assassinen so weit bekäme. Bisher war es ihm verwehrt geblieben.

Penta schluckte erneut. »Sie sprechen vom Gentleman-Assassinen?« Er versuchte, unbeteiligt zu klingen. Als wäre dieser Mann nicht sein heimliches Vorbild, als wäre der Gentleman-Assassine nicht der Grund, warum er beschlossen hatte, bei den Todesreitern zu arbeiten. Nur damit er eines Tages einen ebenso berüchtigten Killer hervorbringen würde. In Wirklichkeit platzte ihm beinahe das Herz aus der Brust, so sehr klopfte es vor Aufregung.

»Genau. Er ist pflegeleicht, bringt nur regelmäßig die Ablehnungsgesuche vorbei. Es kann sein, dass er wieder neue Formulare bei seinem nächsten Besuch benötigt. Wir haben die Vereinbarung, dass er sie mit nachhause nehmen darf.« Lindor lächelte und zwinkerte ihm zu.

»Gemäß den Statuten des StaGB ist es nicht erlaubt, Formulare vorzeitig rauszugeben, außer die, die zur Vorgenehmigung dienen«, bemerkte Wurzel. Es war das erste Mal seit Monaten, dass Wurzel das

STaGB zitierte. Besonders gerne verweigerte er die Aussage, wenn Penta eine konkrete Frage zu den Verordnungen hatte, so dass er sich die schriftliche Fassung aus dem Regal ziehen musste. Das StaGb war nicht dick, eher ein dünnes Heftchen, aber er musste es händisch durchsuchen, statt eine rasche Reaktion von Wurzel zu bekommen.

»Das ist korrekt, Wurzel. Für diesen Level 1 Assassinen wurde jedoch eine Sondervereinbarung getroffen. Wenn du auf den Surfer zugreifst, wirst du das Addendum zu den Vertragsverhandlungen finden«, erklärte Lindor geduldig. Besser als die genervte Antwort, die Penta für seinen Bonsai bereitgehalten hatte. Es war offensichtlich, dass Lindors Dunkelnetzschnüffler keine regelmäßigen Probleme verursachte, wie Wurzel es tat. Bisher war es Penta gelungen, größere Schäden am Surfer zu verhindern. Allerdings war es nur noch eine Frage der Zeit, bis Wurzels Kontakt zu dem Datenspeicher abbrechen und wer weiß wie viele Daten mitnehmen würde.

»Ach, scheiß auf Ausnahmen«, kommentierte Wurzel und schlug sich gegen die Brust, woraufhin eine winzige Sauerstoffblase direkt vor seinem Mund verpuffte.

Am liebsten wollte Penta im Boden versinken. Er schnappte sich den Bonsai mit der einen Hand, öffnete mit der anderen eine Schreibtischschublade und stellte Wurzel hinein, ohne den Blick von Kram und Brem abzuwenden.

»Formulare, sagten Sie? Kein Problem. Die besorge ich mir«, überging Penta das Offensichtliche und schloss mit einem Krachen die Schublade. Gleich darauf zog er aus einer zweiten einen Teller heraus und verteilte die Brezeln. »Kann ich Ihnen etwas zu Essen anbieten?«

Lindor lehnte sich vor und lugte über Pentas Schreibtisch. Er wirkte ernsthaft besorgt. »Wird er darin nicht ersticken?«

»Er ist ein Baum. Der produziert seinen eigenen Sauerstoff«, entgegnete Penta lässig und winkte mit einer Hand ab, während er weiterhin die Brezeln anbot. »Wie lange gedenken Sie denn im Urlaub zu bleiben?«

»So lange, bis das Kind geboren wurde. Bisher macht es keine Anstalten, jedoch sind wir guter Dinge.« Lindor lehnte sich zurück, wenn auch nur zögerlich.

»Also wird es sich um einen Zeitraum von einigen Wochen handeln?«, hakte Penta nach, um sicherzugehen.

Brem schlug auf den Tisch. »Diese Fragen sind doch Zeitverschwendung. Ich werde essen und sie besprechen sich. Ist das zweite Büro frei?«

Penta nickte. »Da ich noch keine zweite Kraft zur Unterstützung habe, wird es wohl auch noch frei bleiben«, murmelte er und konnte sich den unterschwelligen Schrei nach Hilfe nicht verkneifen.

»Sie machen das doch ganz wunderbar, Colt.« Brem erhob sich mühsam aus seinem Stuhl, griff sich den Teller und wankte zur Tür. »Ach ja, bevor ich es vergesse. Ich soll Ihnen noch etwas von meinen Kollegen ausrichten.«

Sofort versteifte sich Penta. Die Kollegen von Brem waren allesamt hohe Tiere in der Riege der Todesreiter und gehörten zu den Obersten. »Ja?« Er schwankte zwischen einer Mischung aus Stolz und Angst. Dass sie wussten, wer er war, konnte zwei Dinge bedeuten. Entweder er hatte besonders schlecht gearbeitet, so dass sie ihn in den nächsten Wochen rauswarfen. Oder aber sie kannten seinen Namen, weil er so gut arbeitete.

Brem drückte die Klinke der Tür herunter und deutete mit dem Finger unter dem Teller auf ihn. »Machen Sie weiter so. Ihre Quoten sehen gut aus und bisher hatten sie in sieben Jahren nicht einen Fehltag. Sie könnten es noch weit bringen, wenn sie so weitermachen.«

Penta hielt die Luft an, beobachtete Brem dabei, wie er das Büro verließ. Erst als sich die Tür hinter seinem Vorgesetzten schloss, prustete er die Luft wieder aus. »Hat er mir wirklich eine Beförderung in Aussicht gestellt?«, vergewisserte sich Penta bei seinem Kollegen.

Lindor zuckte mit den Schultern. Er wirkte nicht überrascht. »Für mich klang es so. Glückwunsch, Penta. Ich darf sie doch Penta nennen?«

»Sie dürfen mich gerade nennen, wie Sie wollen.« Geschah das wirklich oder war er auf dem Schreibtisch eingeschlafen? Er konnte sein Glück noch gar nicht fassen und grinste breit. »Verzeihung. Ich meine, ich arbeite seit Jahren dafür, dass die Obersten mich bemerken, aber ich hatte schon nicht mehr damit gerechnet.«

Lindor lächelte ebenfalls. »Glauben Sie es ruhig. Allerdings sollten wir zum eigentlichen Thema zurückkehren.«

Penta drehte den Stift in der Hand und versuchte, seine Mundwinkel herunterzuziehen. »Geben Sie mir einen Moment.« Er erhob sich und marschierte einige Mal in der ehemaligen Pferdebox umher, dann ging er zu dem offenstehenden Fenster. Direkt dahinter lag der Fluss, der Ulmenstadt durchfloss. Er trennte die von Ulmen umsäumte Stadt in zwei Hälften. Überall waren Brücken geschlagen und Holzwege über das Wasser gespannt. Jetzt, da er so darüber nachdachte, fragte er sich, ob der Fluss einen Namen hatte. Seit Penta denken konnte, wurde er immer nur *Der Fluss* genannt. Seine Quelle hatte er im Palmenmeer, floss dann über den ganzen Kontinent Madera, um auf der anderen Seite im südlichen Gestade zu enden.

Bevor Penta den Wunsch gehegt hatte, als Todesreiter anzufangen, hatte er überlegt, Forscher zu werden. Er hatte Neues entdecken und einmal den Fluss entlang reisen wollen. Er legte den Kopf schräg und schüttelte ihn gleich darauf. Drak, seine Ziehmutter, die ihn auf der Straße aufgelesen hatte, hatte ihn frühzeitig von dieser Idee abgebracht. Zum Glück, sonst wäre er heute nicht so weit, wie er es inzwischen war.

Die Sonne spiegelte sich in den tanzenden Wellen, die eine kleine Jolle verursachte. Für einen Moment war es, als ob Penta selbst einer dieser Sonnenstrahlen war.

Eine Beförderung! Er wäre der jüngste Todesreiter aller Zeiten, der in die Reihen der Obersten aufgenommen werden würde. In seinem Kopf lief epische Musik ab, während er die Beförderungszeremonie vor dem inneren Auge sah.

Das Gekreische der Möwen auf einem Balken über dem Fenster war der Applaus der Assassinen, die ihm zu Ehren kamen. Der Geruch vom Kräutermarkt nebenan war der Duft des Essens bei der Feier im Anschluss.

Lindor räusperte sich und holte ihn damit zurück in die Gegenwart. »Können wir dann weitermachen?«

Penta senkte den Blick, verließ einen seiner seltenen Tagträume und wurde wieder zu dem, den Drak früh in ihm gesehen hatte. Der Junge, der im Alter von sieben Jahren bereits andere Kinder auf der Straße darauf hingewiesen hatte, wie die korrekte Handhaltung beim Stehlen war. Der damals detailliert vermerkt hatte, wer wann wie viel und wo gestohlen hatte.

Der, der zum Todesreiter Penta Colt geworden war.

KAPITEL 2
PENTA

»Komm schon, Wurzel. Ich bin mir sicher, dass wir das vor nicht allzu langer Zeit gespeichert haben. Kannst du bitte noch einmal nachsehen?«, flehte Penta. Er stand vor dem Bonsai und plante, ihn gleich aus dem Fenster zu werfen, wenn er nicht augenblicklich die korrekten Daten abrief.

»Du wolltest doch die Abhandlung über den Gentleman-Assassinen oder nicht?«, fragte Wurzel. »Die habe ich dir geliefert.«

»Nein, zum vierten Mal. Ich brauche die genauen Zahlen für die Abrechnung mit den Anheuerern für den Mord des Seil-Assassinen. Du hast mir die Daten allesamt vor nicht mal einer Woche aufgesagt. In Schlagreimform. Die ganze Nacht hindurch, so dass ich nicht schlafen konnte.« Penta lief durch sein Büro und versuchte, in dem Chaos einen Weg zu finden, ohne die labile Ordnung zu zerstören.

Vor fünf Tagen hatte er die Assassinen von Lindor Kram übernommen und seit anderthalb Tagen hatte er durchgearbeitet, um den Papierkram zu durchsteigen. Er war sich sicher, dass sein Kollege seit Beginn der Schwangerschaft seiner Frau keine Formulare gestempelt, geschweige denn korrekt abgelegt hatte. In der Kartei für abgelehnte Tötungen durch Level 10-Assassinen hatte er die Berechnungen für die Quoten der Level 6-Assassinen gefunden. Und die stimmten nicht überein mit den Zahlen, die ihm Wurzel vor vier Tagen geliefert hatte.

»Wenn ich sie dir gegeben habe, warum brauchst du sie dann heute schon wieder? Schreibst du dir nichts auf?« Wurzel griff nach der Erde, die seinen Topf füllte und verteilte sie großzügig auf den Stapeln im Büro. »Ich habe dir schon öfter gesagt, du solltest dir mehr aufschreiben. Wir Dunkelnetzschnüffler sind nicht immer da, um euch das Leben zu erleichtern.«

»Wurzel, bitte. Ich brauche die Daten. Gib sie mir noch einmal. Meinetwegen auch wieder in Schlagreimform.« Penta seufzte und deutete auf einen Stapel Akten. Es hatte fünf Tage und genauso viele schlafarme Nächte gekostet, aber zumindest hatte er Ordnung in die Papiere von Kram gebracht. Er schaute zur Uhr. Die zweite Nacht in Folge, in der er es nicht in sein Bett nebenan schaffen würde. In wenigen Stunden begann die Sprechstunde und er musste sich auf einige Termine vorbereiten.

»Wer zwei minus Drei, den Toten gerufen,
acht in der Nacht, den Seil-Assassinen berufen.
Verrechnet mal vier ohne Gier, für die Zeit,
mit Aufschlag als Vorschlag, der ist bereit«, summte Wurzel vor sich hin.

Penta sprang auf und notierte sich augenblicklich die Daten. Nachdem Wurzel endete, sank der Bonsai in sich zusammen und gab leise Schnarchgeräusche von sich. Es klang einschläfernd, verlockend und auch Penta wollte der Müdigkeit nachgeben.

Nein! Penta straffte sich, ging zu seinem Schreibtischstuhl und rückte ihn zurecht. Teska Brem hatte ihm eine Beförderung in Aussicht gestellt und er würde alles tun, um diese zu erhalten. Und wenn das bedeutete, dass er einige Tage durcharbeitete, dann war das so. Sobald er erst einmal Teil der Obersten war, konnte er sich ebenfalls einen Urlaub gönnen und ausruhen. Vielleicht am Strand von Palmenfort. Er hatte gehört, dass der Lachs dort ausgezeichnet sein sollte.

»Er hat es nicht getan!«, murmelte Wurzel. »Aas! Du AAS.«

In einem Anflug von Mitleid tätschelte Penta Wurzels Stamm. Der Bonsai träumte und redete im Schlaf. Manchmal rezitierte er Fallakten von Tötungen, die schief gegangen waren, bisweilen gab er Erinnerungen an Zeiten wieder, bevor er ein Dunkelnetzschnüffler geworden war. In einem so langen Leben, wie Wurzel es geführt hatte, war es eigentlich kein Wunder, dass er ein wenig eigensinnig geworden war.

Penta machte sich an die Erstellung der Abrechnungen für die Level 10-Assassinen in Ulmenstadt. Die Assassinen durften nicht direkt von den Auftraggebern angesprochen werden. Stattdessen suchten diese einen Anheuerer auf, dem sie ihr Anliegen vortrugen. Entsprechend den Wünschen leitete dieser die Anfrage an den gewünschten Assassinen weiter. Im positiven Vermittlungsfalle erhielten die Anheuerer eine Provision. Vorausgesetzt, der Kunde zahlte. Geschah das nicht, dienten die Anheuerer zugleich als Eintreiber. Durch eben solch eine Anheuerin hatte er diese Welt kennengelernt. Ohne Drak, die ihn gefunden hatte, wäre er vermutlich einige Zeit später von einer Straßenbande aufgenommen und zu einem Dieb ausgebildet worden. So aber hatte sie sein Talent erkannt und direkt gefördert: Andere darin überprüfen, wie sie ihre Arbeit verrichteten.

Für Penta grenzte es an ein Wunder, dass Lindor Kram überhaupt noch Quoten hatte, die seine Assassinen erfüllen konnten. Seine Anheuerer hatten seit Monaten kein Baumgeld gesehen, weil die Schlussrechnungen nicht erstellt worden waren. Das war bares Geld, das der Todesgilde fehlte, und er würde es einfordern. Ein weiterer Pluspunkt für ihn, wenn es zum Thema Beförderung kam.

***

An der Tür klopfte es. Verwirrt hob Penta den Kopf. Es war sieben Uhr morgens, die Nacht war bereits vorbei und er war bei der letzten Abrechnung. Einen Moment lauschte er, aber niemand trat ein. Er schrieb es Wurzel zu, der wieder einmal mit seinen Ästen gegen seinen Stamm schlug, um ihn zu ärgern. Vor einer Stunde war sein pflanzlicher Kollege erwacht und hatte ihm weitere Daten zur Verfügung gestellt. Schlaf schien dem Bonsai zu helfen, die Verbindung zum Surfer zu stabilisieren.

Nach wenigen Augenblicken wiederholte sich das Geräusch. Penta hatte den Blick nicht von Wurzel abgewandt. Er hatte sich nicht bewegt. Es musste also doch die Tür gewesen sein. Hatte er etwa den ersten Termin? Er schaute in den selbsterstellten Kalender, der am oberen Ende des Schreibtischs lag. Für diese Uhrzeit stand nichts darin. Vielleicht wieder ein verirrter Drogenabhängiger, der glaubte bei ihm seinen Stoff kaufen zu können.

Wurzels Düngerdealer würde erst in einigen Tagen auftauchen. Bis dahin musste Penta die notwendige Bezahlung besorgen. Er machte sich eine kurze Notiz, ehe er sich mit beiden Fäusten die Augen rieb. Er kniff sie einmal zusammen, ehe er sie weit aufriss. »Herein?« Penta ordnete die Papiere auf dem Schreibtisch. Die Abrechnung konnte er später noch fertigstellen.

»Guten Morgen, bin ich hier richtig?« Ein Mann mit schwarzer Kapuze, die tief ins Gesicht gezogen war, lehnte sich an der Tür vor. Penta erkannte den Mann nicht, da bisher nur der Kapuzenstoff zu sehen war.

»Wen suchen Sie denn?« Penta erhob sich und trat hinter dem Tisch hervor. Solange niemand einen genauen Blick auf seine Formulare warf, wirkte das Büro für einen Außenstehenden wie die Arbeitsstätte eines städtischen Angestellten. Allerdings gehörte er nicht dem RABE an, dem regierenden Amt für behördliche Entscheidungen, sondern der Todesgilde.

Um das beizubehalten und nicht gegen den Geheimhaltungsparagraphen zu verstoßen, richtete er sich zu voller Größe auf und lenkte die Aufmerksamkeit seines Besuchers auf den Stift, mit dem er auf seinen Oberschenkel schlug. Das Einmaleins der Todesreiter, um Uneingeweihte abzulenken.

»Den Vertreter von Lindor Kram?« Die Frage kam zögerlich, als wolle sein Gast sicherstellen, auch nicht zu viel zu verraten. »Mir wurde gesagt, dass ich ihn hier antreffen könnte.«

Penta blieb stehen, hörte auf, mit dem Stift zu schlagen, und winkte dem Fremden. »Ah, ja, treten Sie ein. Mein Name ist Penta …«

Weiter kam er nicht, da ihm die Luft wegblieb. Der Mann trat in sein Büro und in diesem Moment wurde ihm klar, wen er vor sich hatte. Die zehn gestickten Linien am Kragen des körperbetonten Mantels wiesen ihn als Level 1-Assassinen aus. Die zusätzlichen Stickereien auf dem Stoff dienten nur zur Tarnung, damit niemand hinter die geheimen Erkennungszeichen der Todesgilde kam. Doch Penta kannte sie allesamt auswendig. Er hatte sie bereits an seinem ersten Tag als Todesreiter aufzählen können.

Er merkte, dass sein Mund offenstand und schloss ihn hastig. »… Colt. Verzeihung. Mein Name ist Penta Colt.«

»Freut mich, Sie kennenzulernen. Ich bin …«

Penta winkte ab. »Ich weiß natürlich, wer Sie sind.« Er ging auf den Mann zu, der einen Kopf kleiner war als er, und streckte ihm die Hand entgegen. »Es ist mir eine Ehre, Sie kennenzulernen.«

»Vielen Dank.« Unter der Kapuze erschien ein Lächeln, und der Gentleman-Assassine schob den Stoff ein paar Zentimeter nach oben, so dass man die Umrisse seines unrasierten Gesichts erkennen konnte.

Einige Momente lang standen sie so da. Der Assassine lächelte freundlich, Penta strahlte selig. Er hatte nicht mehr damit gerechnet, dass sein großes Vorbild tatsächlich auftauchen würde. Und nun stand er vor ihm. Penta fühlte sich mit einem Mal in seine Jugend versetzt, als er für Drak die ersten Formulare ausgefüllt hatte. Aufgeregt und dennoch in seinem Element.

»AU! Aua! AU!«, brüllte Wurzel auf einmal und unterbrach den Augenblick.

»Was ist los?«, fragte der Gentleman-Assassine verwirrt und entzog Penta seine Hand. Penta wusste, was kommen würde und verdrehte die Augen.

»Ach nichts. Ich habe mich nur gefragt, ob ihr Wurzeln schlagen wolltet, und habe schon mal geübt.«

»Verzeihen Sie die schlechten Wortwitze meiner bald verdorrten Zimmerpflanze. Nehmen Sie doch Platz.« Penta deutete auf den Stuhl, der mit der Lehne zur Tür stand und setzte sich selbst hinter seinen Schreibtisch. »Was kann ich für Sie tun?«

Es kostete ihn viel Kraft, dem Gentleman-Assassinen nicht augenblicklich ein veraltetes Formular hinzuhalten und ihn darauf um eine Signatur zu bitten. In seinem Leben gab es wenig bis gar nichts, für das er so sehr brannte wie für seinen Job. Aber dieser Mann hatte Pentas Schicksal so maßgeblich mitgestaltet und wusste es nicht einmal. War es da nicht sträflich, ihn im Ungewissen zu lassen? Bevor er noch etwas sagen konnte, sprach der Gentleman-Assassine weiter.

»Ich bin zu Ihnen gekommen, weil ich Sie um eine Genehmigung bitten möchte.« Die Worte flossen seidenweich aus seinem Mund.

Wurzel pfiff durch ein Astloch. »Alle Achtung. Der Kerl hat seine Eier ordentlich massiert, damit er so schmalzig reden kann.«

Penta öffnete seine Schreibtischschublade, was meistens als Androhung reichte, um Wurzel zum Schweigen zu bringen.

»Wie bitte?«, hakte der Gentleman-Assassine nach.

»Nichts, nichts. Eine Genehmigung? Das bedeutet, Sie möchten jemanden umbringen?« In Penta erwachte der Todesreiter. Seine Neugier auf seinen Besucher rückte in den Hintergrund und er spielte in Gedanken bereits die Formulare durch, die er benötigte.

»Korrekt.« Der Assassine saß vor ihm auf dem Stuhl und starrte ihn unter der Mütze mit undurchdringlichem Blick an. »Mir wurde ein Auftrag angeboten, den ich nicht ablehnen kann. Es ist quasi eine Frage der Ehre.«

»Nun, warten wir erst einmal die Genehmigung ab, bevor wir über ihre Ablehnungen reden, nicht wahr?« Penta stand auf und ging zu einem der Haufen, die sich vor dem Aktenschrank auftürmten. Er wusste genau, wo die Formulare für einen Level 1-Assassinen lagen, immerhin hatte er sie erst am Vortag aus vier verschiedenen

Level-10-Aktenordnern aussortiert. »Die wievielte Tötung ist es dieses Kalenderjahr?«

»Die zweite«, erwiderte der Assassine und wandte sich Penta zu. »Ich habe tatsächlich erst eine auf meinem Konto. Insofern sollte es keine Probleme geben.«

Penta zog einen Antrag hervor und suchte im nächsten Moment die Akte des Gentleman-Assassinen aus dem Karteischrank auf der gegenüberliegenden Seite. »Eine Genehmigung wird nicht nur aufgrund der Anzahl erteilt, sondern unterliegt auch anderen Kriterien.«

»Ich weiß«, seufzte der Assassine und sank auf seinem Stuhl zusammen. »Ich mache den Job schon eine Weile.«

»Haben Sie bereits die Vorgenehmigung ausgefüllt?«, fragte Penta und ging zu dem Assassinen, da er die Akte auf Anhieb nicht fand.

Der griff in die Innentasche seines Mantels. »Selbstverständlich. Nur unterschrieben habe ich sie noch nicht, da dies im Beisein eines Todesreiters geschehen muss.«

»Sehr gut«, kommentierte Penta und bot seinem Vorbild einen Stift an.

»Vielen Dank, aber ich bin darauf vorbereitet«, sagte der Gentleman-Assassine und streckte die Hand nach vorne. Mit dem Mittelfinger drückte er auf etwas in seiner Handfläche und im nächsten Moment schoss eine Schreibfeder aus seinem Ärmel. »Diese neumodischen Stifte bringen mich um. Also die Handhaltung beim Schreiben.«

Er drückte die Spitze der Feder in das Stempelkissen auf Pentas Schreibtisch und unterzeichnete den Antrag zur Vorgenehmigung.

So wie Penta vermutet hatte, war der Gentleman-Assassine bestens für den Dienst in der Todesgilde ausgebildet. Sogar die Vorschriften kannte er – und hielt sie ein. Wer auch immer ihn in seinen Anfangsjahren als Todesreiter betreut hatte, war ein wahrer Meister gewesen.

»Vielen Dank.« Penta griff das Formular, kaum dass der Gentleman-Assassine fertig unterschrieben hatte. Die Feder verschwand mit einem leisen *Klack* im Hemdärmel. »Haben Sie die immer dabei?«

Der Assassine rollte seinen Ärmel hoch. Zum Vorschein kam eine Apparatur, die mit Messingringen am Arm befestigt war. In schmalen Kartuschen waren unterschiedliche Gegenstände abgelegt. Ein Messer, die Schreibfeder sowie eine Ampulle und etwas, das nach einem winzigen Geldbeutel aussah. Alles wurde von mechanischen Druckluftknöpfen aktiviert. »Ich habe es selbst gebaut. Es gibt verschiedene Einsätze, je nachdem, was ich vorhabe.«

»Interessant.« Penta machte einen Schritt nach vorn und untersuchte den Apparat. »Haben Sie für die Einsätze das Formular zur Prüfung der Unfallverhütung ausgefüllt? Wenn ich mich recht entsinne, habe ich es nicht in Ihrer Akte gesehen.«

Der Assassine schlug hastig den Hemdärmel herunter und schob ihn bis über die Hand hinweg, als könnte er ungeschehen machen, dass Penta seine Erfindung bemerkt hatte. »Bisher hatte Lindor nichts in der Hinsicht gesagt. Ich dachte eigentlich, dass jeder Assassine in seiner Waffenwahl frei ist«, stotterte der Gentleman-Assassine und massierte seinen Arm.

»Tststs«, sagte Penta und klopfte mit dem Stift auf den Ärmel. »Ich fürchte, ich muss Ihnen diese Apparatur vorläufig abnehmen und prüfen lassen. Solange keine Genehmigung dafür von unserer Unfallverhütungsabteilung erteilt wurde, kann ich die Nutzung nicht erlauben. Stellen Sie sich vor, Sie verletzen sich damit und können Ihrem Beruf nicht mehr nachkommen. Wir würden dann leider nicht für Ihren Lebensabend aufkommen können.«

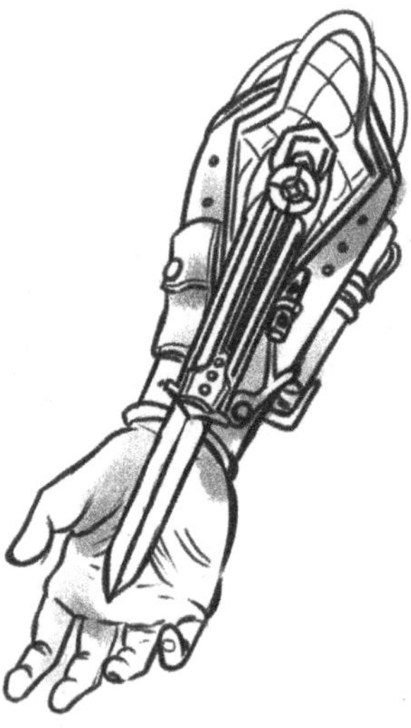

Penta streckte die Hand aus und machte eine fordernde Bewegung. Der Gentleman-Assassine zögerte, hob den Kopf und sackte doch in sich zusammen. »Wie lange wird die Prüfung dauern?«

»Ich vermute, einige Wochen, aber Sie kennen das ja …«

Während der Assassine die Messingschnallen löste, ging Penta mit dem Formular zur Vorgenehmigung zum Aktenschrank, um die Akte des Gentleman-Assassinen zu holen. Dabei hörte Penta, wie er seufzte, als könnte er sich nur schwer von seiner Apparatur trennen. Penta stand wie ein Fels hinter den Vorschriften, dennoch erwachte das Mitleid in ihm.

Vor dem Schrank blieb Penta stehen und drehte sich zu seinem Besucher. »Stimmt es, dass Sie vor zwanzig Jahren einen Mann mit nur einem Finger umgebracht haben? Und das, obwohl sie erst ein Level 9-Assassine waren?«

Der Assassine senkte den Kopf. »Das ist eine Legende, die sich hartnäckig hält. Tatsächlich waren drei Finger und ein Messer im Spiel.«

»Aber die Geschichte mit dem Bienenstock und dem Allergiker stimmt, oder?«, hakte Penta nach. Hätte er die Zeit dazu gehabt, hätte er die Fälle allesamt in den Akten nachlesen oder sie sich von Wurzel vortragen lassen können. Doch dank der dilettantischen Vorarbeit von Lindor Kram war ihm diese nicht vergönnt gewesen.

»Die stimmt. Allerdings muss ich gestehen, dass er mir diese Information unwissentlich bei einem Bier am Vorabend gegeben hat. Damals hat er noch über den Brief gelacht, den er am Morgen erhalten hatte.« Der Gentleman-Assassine schmunzelte und schnaubte. »Auch nach über zwanzig Jahren im Geschäft glauben die Menschen immer noch, dass sie mir entkommen könnten.«

»Haben Sie jemals einen Tod nicht angekündigt?«, fragte Penta und hielt den Atem an. Es war das Erkennungszeichen des Gentleman-Assassinen. Man hatte es ihm am Tage seiner Ernennung zum Level 10-Assassinen zugeteilt.

»Wenn ich jetzt ja sagen würde, gäbe das einen Vermerk in meiner Akte«, sagte er und wurde ernst. »Aber ich kann Ihnen versichern, Todesreiter Colt, dass ich es nie wagen würde, gegen die

Bestimmungen zu verstoßen. Dafür respektiere ich diese viel zu sehr. In all meinen Jahren als Assassine habe ich jedem Opfer vierundzwanzig Stunden zuvor eine Notiz über die Ankündigung ihres baldigen Todes geschickt, damit sie sich von ihren Liebsten verabschieden konnten.« Der Assassine knetete seine Hände und Penta fragte sich für einen Moment, ob das tatsächlich der Wahrheit entsprach. »Natürlich erst, nachdem die Genehmigung erteilt worden ist«, schob er hastig nach.

»Selbstverständlich erst nach Genehmigung.« Penta nickte. Er war sich nicht mehr sicher, ob der Gentleman-Assassine wirklich nach Vorschrift arbeitete. »Alles andere wäre illegal gewesen und hätte einen Rauswurf aus der Todesgilde bedeutet.«

Eilig hob und senkte sich die Kapuze seines Gegenübers, so dass sie ein wenig weiter nach hinten rutschte. Graue Haare und Falten wurden in dem bleichen Gesicht sichtbar, ehe er sie wieder nach vorn zog, wie es die Vorschriften verlangten.

Der Gentleman-Assassine war alt.

Selbst überrascht über diese Erkenntnis, obwohl sie auf der Hand lag, schüttelte er den Kopf. Für ihn hatte er immer das jugendliche Aussehen eines Mannes Anfang 30 gehabt und war so durchtrainiert, wie man es nur sein konnte.

»Nun denn, ich prüfe die Vorgenehmigung anhand Ihrer Akte und sie können den Antrag mit Anhang zwei ausfüllen.«

Der Gentleman-Assassine nahm ihm das Formular ab, während sich Penta den Bleistift zwischen die Zähne klemmte und sich daran machte, die Akten aus dem Aktenhalter zu ziehen. Er stapelte sie zunächst auf einem Schrank, ehe er sie auf den Arm legte und sich in Richtung Schreibtisch zurückorientierte. Das Büro kannte er wie seine Jacketttasche. So viele Jahre hatte er in dem Raum verbracht, dass er genau wusste, wo er welchen Fuß hinsetz…

Sein Fuß blieb in einem Haufen Vorgangsakten hängen, die auf seinem üblichen Weg zum Schreibtisch im Weg lagen. Penta stolperte, versuchte, den Sturz aufzuhalten, was es nur schlimmer machte, da er gegen eine Kiste mit ungestempelten Formularen lief. Er machte eine halbe Drehung und blendete den Schmerz aus.

Über den Rand der obersten Akte sah er noch, wie das überraschte Gesicht des Gentleman-Assassinen rasend schnell näherkam. Er wollte sich wegdrehen und ruckte mit dem Kopf seitlich nach oben, damit er nicht mit seiner Stirn den Assassinen traf.

Sein Besucher hob eine Hand, er wollte ihn scheinbar auffangen, doch dadurch veränderte er nur ungewollt den Aufschlagwinkel von Penta.

Penta kollidierte mit dem Gentleman-Assassinen. Es schepperte in seinem Kopf und Penta biss die Zähne zusammen, als der Bleistift sich in seine Wangentasche bohrte.

Ein leiser Schrei und ein Stöhnen. Penta lag auf dem Assassinen und rutschte von seiner Brust, die Akten immer noch in der Hand. Mühsam rappelte er sich auf und öffnete den Mund, so dass der Stift sich lockerte und nicht mehr in seine Wangentasche drückte. »Entschuldigen Sie vielmals. Das ist mir wirklich noch nie passiert«, begann Penta und brachte endlich seine Beine auf den Boden, um aufzustehen.

Es kostete ihn einige Sekunden, ehe er Halt fand. Bevor er sich erneut beim Gentleman-Assassinen entschuldigte, legte er die Akten auf seinem massiven Schreibtisch ab und richtete sie gerade aus.

»Wirklich, es ist mir so unangenehm. Habe ich Sie …?«

Weiter kam Penta nicht, denn der Anblick verschlug ihm den Atem. Der Gentleman-Assassine saß vor ihm, auf seinem Stuhl zusammengesackt.

»Ähm, sag mal, soll der Bleistift in seinem Auge stecken?«, fragte Wurzel in das Rauschen in Pentas Ohren.

Er musste halluzinieren. Der Schlafmangel. Ganz sicher. Zwei Tage, ohne sein Bett gesehen zu haben, zeigten Auswirkungen. Penta rieb sich über die Stirn, über die Augen. So fest, dass er Sterne sah. Als er sie wieder öffnete, hatte sich das Bild nicht verändert.

»Meinst du, das tut ihm weh? Hallo? Wenn Sie Hilfe brauchen, pfeifen Sie!«, rief Wurzel.

Stille durchdrang das Büro. Nur das vereinzelte Blut, das aus der Verletzung des Gentleman-Assassinen tropfte und auf dem Boden aufschlug, antwortete ihm.

»Er pfeift nicht, kann also nicht so schlimm sein«, kommentierte Wurzel und zog an der Vorgenehmigung, die auf Pentas Schreibtisch lag. Er musterte sie, knüllte sie und warf sie hinter sich. »Kann ich noch etwas Wasser kriegen?«

»Nimm es dir«, erwiderte Penta und winkte ab. Er erwachte aus seiner Starre, sprang zum Gentleman-Assassinen und schüttelte ihn.

»Hallo?«, sprach er ihn an. Er kramte in seinen Erinnerungen, versuchte, die Lähmung seiner Gedanken zu umgehen. Vor zwei Jahren hatte er einen Erste-Hilfe-Kurs gemacht. Alles nur, um seinen Assassinen Soforthilfe leisten zu können, falls sie mit einer Verletzung zu ihm kamen. Puls fühlen. Penta griff an den Hals des Gentleman-Assassinen. Er spürte nichts.

Er hielt ihm die Hand unter die Nase. Keine Atmung. Penta raufte sich die Haare und drehte sich einmal um sich selbst. Doch es veränderte sich nichts.

Der Gentleman-Assassine saß immer noch zusammengesunken vor ihm auf dem Stuhl. Tot. TOT. Und er hatte ihn umgebracht.

»Schande, was habe ich getan?«, rief Penta und stolperte so weit zurück, dass er mit dem Hintern gegen die Tischplatte stieß. Wurzel wurde durchgeschüttelt.

»Dir einen Rausschmiss aus der Gilde gesichert«, erklärte Wurzel, nachdem er seine Äste in Ordnung gebracht hatte.

Penta wandte sich zu ihm, umklammerte die Kante des Schreibtischs und schloss die Augen. »Was?«

»Wenn man es genau nimmt, bist du gerade zum Unterassassinen geworden. Du hast illegalerweise jemanden umgebracht und bist unter der Würde der Todesreiter, weil du dich für etwas Besseres hältst und kein Formular ausgefüllt hast. Zumindest sehe ich hier keine Genehmigung.«

»Ich bin nicht einmal ein freigeschalteter Assassine«, sagte Penta und nahm Wurzel hoch. »Was meinst du mit Rauswurf?«

»Obwohl es keinen Präzedenzfall gibt, ist das Töten eines Assassinen durch einen Todesreiter nicht erlaubt. Ergo wirst du entweder eliminiert oder rausgeworfen.« Wurzel zuckte mit seinen Ästen und tätschelte ihm die Wange. »War nett mit dir. Der Nächste bitte.«

»Nicht so vorschnell. Es war doch keine Absicht.« Penta spürte, wie sich die Verzweiflung um seinen Hals schnürte und ihm die Luft stahl. »Im STaGB muss es doch eine Lücke für so etwas geben.« Penta setzte Wurzel wieder ab und nickte. »Genau. Eine Lücke im System. Ich kenne jedes Gesetz, jede Verordnung innerhalb der Todesgilde. Wenn es jemanden gibt, der eine Lösung findet, dann ja wohl ich.«

***

Die Uhr über der Tür schlug acht, während Penta immer noch in seinem Büro auf und ab lief. Schon seit fast einer Stunde dachte er darüber nach, was er tun konnte. Wurzels Vorschlag, den Gentleman-Assassinen in seinem Topf zu begraben, um den besten Menschendünger zu bekommen, hatte er ignoriert. Ebenso die Anregung, ihn zusammen mit seiner Akte zu verbrennen und so zu tun, als ob er nie existiert hatte. Penta waren verschiedene Ideen gekommen. Aus der Tür und durch den Markt tragen. So tun, als ob der Assassine einer der üblichen, frühmorgendlichen Schnapsleichen war. Das hätte jedoch Zeugen gegeben, die ihn mit der Leiche gesehen hätten. Die Spur hätte früher oder später zu ihm geführt.

Ebenso hatte er den Gedanken verworfen, den Assassinen aus dem Fenster in den Fluss zu werfen. Aber erst, nachdem er das Fischerboot direkt unter ihm entdeckt hatte. Die beiden Männer darin schienen zu schlafen, doch das Risiko konnte er nicht eingehen.

Im Moment saß er mit der Leiche des angesehensten Assassinen von Ulmenstadt in seinem Büro fest und hatte keine Ahnung, was er tun sollte. Penta griff nach dem Wasserglas und schluckte die Flüssigkeit in einem Schwall herunter. Es war das erste Mal, seitdem er von Drak gefunden worden war, dass er sich wünschte, Alkohol zu trinken.

»Junge, du siehst fast so blass aus wie die Leiche da. Hast du auch 'nen Bleistift irgendwo stecken?«, fragte Wurzel und holte ihn aus einer Gedankenschleife, die sich um eine mögliche Flucht seinerseits aus Ulmenstadt drehte.

»Wurzel, könntest du bitte deinen Mund halten! Ich muss nachdenken.« Pentas Augen brannten und er rieb sie sich alle paar Sekunden, damit sie nicht zufielen.

»Kann ich dir dabei nicht irgendwie helfen?«

Die erste vernünftige Aussage des Bonsais, seitdem DAS passiert war.

»Ich weiß nicht. Hast du eine Idee, wie ich aus dem Schlamassel herauskomme?« Penta hob den Kopf. Jetzt setzte er seine Hoffnungen schon auf ein Gestrüpp, das geistig inkontinent war.

»Wie wäre es mit …«

Bevor Wurzel seinen nächsten Vorschlag machen konnte, klopfte es an der Tür.

KAPITEL 3
TONIA

»Sie sind unter uns und ihr alle schaut weg, als ob sie nicht existieren würden!«, brüllte Tonia Fill durch die Straße und schüttete sich den ersten Eimer Schweineblut über das schneeweiße Rüschenkleid. Die roten Schlieren verteilten sich auf dem Stoff und tränkten ihn, bis er in wilden Mustern bis auf den Boden tropfte.

»Habt ihr es nicht bemerkt?« Tonia schleuderte die restliche Farbe aus dem Eimer auf einige Passanten, die amüsiert stehen geblieben waren und sie begafften. Nun wanderten sie schimpfend weiter, da vereinzelte Tropfen sie trafen. »Ja, rennt ruhig weg, aber sie werden euch finden. Das tun sie immer. Ihr solltet mir lieber zuhören, statt einfach davonzulaufen.«

Wütend pfefferte sie den Holzeimer hinterher. Er schlug polternd auf dem Gehweg nur wenige

Meter von ihr entfernt auf und rollte in einem Halbbogen auf die Straße zu. Tonia hingegen ignorierte ihn und griff sich den Nächsten.

Sie stand vor dem Treibhaus der Stadt, in der das RABE versammelt war und seine politischen Ambitionen vorantrieb. Immer wieder hatte Tonia versucht, dort einen Termin beim Bürgermeister zu bekommen, aber der hatte sie abgelehnt, solange sie nicht für ihren Vater etwas erledigte. Überall sonst brachte ihr Name sie rein. Nur im Treibhaus schien man sie zu meiden. Vermutlich aus Scham.

»Für Ihre Hirngespinste habe ich keine Zeit. Überlegen Sie lieber, welche Außenwirkung das hat. Wenn ihr Vater herausfindet, was Sie planen, wird er sie sicher zur Rechenschaft ziehen.«

»Ich bin meinem Vater zu gar nichts verpflichtet!«, hatte Tonia entgegnet und Giersch-Samen auf den Echtgrasteppich in sein Büro geschleudert. Auf dass er sich noch in einigen Jahren an ihren Besuch erinnern würde.

Eine ältere Frau blieb vor ihr stehen, während sie den nächsten Eimer ansetzte. Diesmal sollte der Inhalt über ihre schwarzen Haare fließen. Hoffentlich bemerkten die Bewohner von Ulmenstadt endlich, dass sie Recht hatte.

»Was machen Sie denn da, Kindchen? Nehmen Sie lieber Hühnerblut, das geht leichter rauszuwaschen«, erklärte die Frau und deutete mit ihrem Stock auf Tonia. »Schweineblut klebt so.«

Kurz wunderte Tonia sich, dass sie den Unterschied erkannte, schüttelte dann aber den Kopf. »Es soll eben kleben bleiben. Damit die Menschen sich daran erinnern, welche Schrecken unsere Straßen bevölkern.«

»Redest du wieder von deinen Assassinen?« Die Alte winkte ab, als Tonia nickte. Sie musste ihr schon einmal zugehört haben. Sofort war Tonia Borke und Rinde und wollte weiter auf sie einreden, doch eine kleine Frau mit Brille und einem Abbildographen in der Hand unterbrach die beiden.

»Niemand hat je einen gesehen, geschweige denn einen verhaftet.«

»Wer sind Sie?«, fragte Tonia neugierig. Wenn sie jemanden von der Presse angelockt hatte, war sie einen Schritt weiter in ihrem Bestreben, die Assassinen bekannt zu machen.

»Jizhe Myndavél, freie Abbildographin für Madera. Dürfte ich ein Foto von Ihnen machen?«, fragte die hellhäutige, junge Frau, deren wilder Kleidungsstil Tonia sehr an ihre eigene Jugend erinnerte. Vermutlich stand sie noch ganz am Anfang ihrer Karriere.

»Nur, wenn Sie meinen Namen richtig schreiben. Tonia Fill! Und dass man keinen Assassinen je gesehen hat, liegt nur daran, dass sie ein Netzwerk haben«, erklärte Tonia, ließ den Eimer sinken und ging auf die Alte und Jizhe zu. »Da sitzen Männer und Frauen, die alles vertuschen. Jeder Mord, der in den letzten Jahren in Ulmenstadt passiert ist, wurde von einem Assassinen verübt.«

»Jeder?« Die Alte lachte, während Jizhe ihren Kasten auf Tonia ausrichtete. »Das ist doch Mumpitz. Hör auf eine alte Esche wie mich: Es gibt keine Assassinen. Davon hätten wir schon was mitbekommen.« Damit stampfte sie ihren Gehstock auf und entfernte sich.

Tonia tauchte ihre Hand in den Eimer und schleuderte der Alten einen Schwung Blut hinterher. »Dann klebt das Blut von Unschuldigen jetzt auch an Ihnen!«, brüllte Tonia. »Ignoranz schützt nicht vor der Verantwortung.«

Voller Tatendrang hob Tonia den Eimer erneut und kippte das Blut über ihre eigentlich schwarzen Haare, derweil aus Jizhes Richtung ein wildes Klicken ertönte. Hoffentlich sah man später auf dem Abbild die rote Farbe auf dem weißen Kleid gut. Das würde sich in der Zeitung gut machen. »Assassinen wandeln unter uns und ihr solltet besser etwas dagegen unternehmen, sonst seid ihr vielleicht das nächste Opfer!«

Eiskalt rann das Blut an ihrem Rücken herunter und in ihre Unterhose hinein. Aber das störte Tonia nicht. Sie wollte ein Statement setzen – und das möglichst eindrucksvoll. Vor zwei Wochen war der Todestag ihrer Mutter gewesen und er hatte sie wieder daran erinnert, dass die Menschen in ihrer Heimat Madera immer noch die Augen vor der Tatsache verschlossen, ihre Stadt mit Assassinen zu teilen.

»Ms Fill, wären Sie so freundlich und würden uns bitte begleiten?« Ein grün gekleideter Polizist stand vor ihr und streckte ihr die Hand entgegen. Die schwarzen Handschuhe über seinen Fingern wiesen ihn als Mitglied der städtischen Bereitschaftspolizei aus. Aushilfsmänner und Frauen, die es nicht durch die harte Ausbildung geschafft hatten und jetzt freiwillig die Straßen sauber hielten.

»Ganz sicher werde ich das nicht tun. Nicht, solange Sie und Ihre Kollegen die Augen vor der Wahrheit verschließen!«, brüllte sie Jizhe zu, damit die das auch ja mitbekam. Hoffentlich notierte sie alles hinterher fleißig, denn aktuell arbeitete sie nur mit dem Abbildographen. Die grauen Haare des älteren Polizisten waren über seinen Rücken zu einem Zopf geflochten.

»Dann werden wir Sie mitnehmen müssen«, ereiferte sich ein Jungspund, der hinter dem Langhaarigen hervortrat. Sein Gesicht erinnerte sie an ihren Kater Akono. Dieselben schmalen Gesichtszüge, dieselben kurzen Strähnen und sogar die Narbe über der Wange war fast identisch. Akono war Tonia vor einem Jahr zugelaufen und wohnte seither in ihrem Zimmer. Sehr zum Leidwesen ihres Vaters. Allerdings hatte der kein Wort mitzureden, wenn es um die Aufnahme der Streuner ging.

Der Langhaarige trat auf sie zu und griff an die Seite seines Gürtels, an der er ein paar Schandschellen trug. Die Holz-Stein-Schellen, die, sobald sie geschlossen wurden, lauthals Schande skandierten, hatte sie das erste Mal gesehen, als ihr Vater fälschlicherweise für den Mord an ihrer Mutter abgeführt worden war. Es hatte seinem Ansehen als einem der erfolgreichsten Feuerlackhersteller von Madera nicht geschadet, solch eine Reputation zu haben. Allerdings würde Tonia niemals das vorwurfsvolle Skandieren aus den Schandschellen vergessen. Sie schüttelte den Kopf.

»Das könnt ihr ganz schnell vergessen, ihr Witzfiguren.« Tonia reckte den Hals, tauchte die Hand ein letztes Mal in den Eimer mit der Farbe und schmierte ihre Finger vollkommen mit dem Blut ein. »Wenn ihr mich mitnehmen wollt, müsst ihr euch bewusst sein, wessen Tochter ich bin.«

Sie hasste sich dafür, dass sie diese Karte ausspielte, aber es war ihr einziger Trumpf. Die Tochter von Camtero Fill zu sein, bedeutete die meiste Zeit, schmückendes Beiwerk auf seinen Veranstaltungen zu sein. Brav hinter ihm zu stehen und zu lächeln, während er Kontakte mit Politikern knüpfte, um selbst mal in die Regierung von Ulmenstadt einzusteigen.

Doch ab und an konnte sie es sich zunutze machen. Die Menschen hatten Respekt und häufig Angst vor ihrem Vater. Meistens, weil er dank seiner Geschäfte mit Feuerlack, aber auch den Teakotels, in fast allen wichtigen Bereichen der Stadt involviert war.

»Das ist uns sehr wohl bewusst, Ms Fill. Dennoch möchte ich Sie ein letztes Mal höflich bitten, mit uns zu kommen und Ihre Aktion hier abzubrechen.«

»Wieso sollte ich das tun? Arbeiten Sie etwa mit den Assassinen zusammen? Anders kann ich mir nicht erklären, wie Sie so lange wegsehen konnten!«, ereiferte sie sich erneut.

»Es gibt keine Assassinen. Das sind Ammenmärchen, die nur die Dummen glauben!«, erwiderte der Katzengesichtige hochnäsig.

Der Langhaarige fuhr ihm mit einer simplen Handbewegung über den Mund, ehe er einen weiteren Schritt auf Tonia zumachte. »Ms Fill, ich denke, Sie kommen mit. Ansonsten werde ich Ihren Vater darüber informieren müssen, was Sie hier treiben. Sofern er es nicht aus der Presse erfährt.« Er deutete auf Jizhe, die immer noch fleißig klickte.

Mistkäfer, dachte Tonia. Ihr Vater wusste nichts von ihren bisherigen Taten, da sie die Vereinigung der Anti-Assassinen vor ihm geheim hielt. Wie so manche Dinge. Er hatte ihr vor Jahren gesagt, dass er nicht an ihre Verschwörungstheorie glaubte und sie deswegen nicht unterstützte. Dieser Aushilfspolizist schien zu wissen, dass sie kein Interesse daran hegte, Camtero von ihren Vergehen zu berichten. Sie verengte die Augen zu Schlitzen, und zischte den Mann an, ehe sie den Kopf nach oben reckte. »Das wird nicht die letzte Aktion gewesen sein!«, drohte Tonia und lief an dem Polizisten vorbei. Den Weg zur Wachstation kannte sie nur zu gut.

Drei Straßen weiter sperrte der Katzengesichtige sie mit einem breiten Grinsen in die Zelle ein. »Hier drinnen hast du nicht mehr so eine große Klappe, was, Schätzchen?«

Tonia verzog spöttisch ihr Gesicht. »Das liegt daran, dass meine Stimme in Gegenwart von armseligen Würstchen wie dir einfach versa…« Sie griff sich an den Hals und tat so, als könnte sie nicht mehr weitersprechen. Nur krächzende Geräusche verließen ihre Kehle und sie machte einige unflätige Handbewegungen in seine Richtung.

Der Bereitschaftspolizist lief hochrot an und schlug einmal gegen die Gitterstäbe. Die Bambusstangen waren mit Leinöl überzogen und in der hohlen Mitte mit von Harz durchzogener Wolle gefüllt. Das Leinöl stabilisierte das Holz und die harzige Wolle sorgte dafür, dass niemand mit einer Feile oder Säge aus den Gittern entkommen konnte. Auch wenn Tonia überlegte, wie sie das bewerkstelligen sollte, hatte sie bisher noch keine Lösung gefunden und das ärgerte sie maßlos. Tonia war sich bewusst, dass ihre Aktionen der AA nicht ungefährlich waren. Allerdings gab es immer wieder Aufmerksamkeit, die sie brauchte, um auf die Assassinen hinzuweisen. Irgendwann, da war sie sich sicher, würde die Polizei oder das RABE von Ulmenstadt auf ihre Hinweise reagieren. Sie musste nur laut genug sein.

Der Katzengesichtige schnaubte und drehte ihr gleich darauf den Rücken zu, ließ sie allein mit ihren Gedanken, den Erinnerungen und einem nicht geleerten Toiletteneimer, der vermutlich später an die Kompostereien gegeben wurde.

»Habe ich nicht das Anrecht auf eine Papageienpost?«, brüllte sie, als ein Luftzug aus dem angrenzenden Zimmer den Gestank der Exkremente zu ihr trieb. Sie konnte ohne Ende in Katzenhaaren stecken und es störte sie nicht. Aber bei diesen Düften wurde ihr übel.

Eine kratzige Stimme drang aus dem Büro nebenan. »Die Papageien sind alle unterwegs. Sobald einer zurückkommt, können Sie eine Nachricht schicken. Welche Adresse?«

Sie wollte ihr Zuhause angeben, als ihr bewusst wurde, dass ihr Vater in einem seiner wichtigen Treffen war. Seit einigen Monaten war ihr aufgefallen, dass er ein Geheimnis um bestimmte Besprechungen machte. Normalerweise durfte sie jederzeit reinplatzen und Fragen stellen. Allerdings hatte er es ihr seit etwa einem halben Jahr bei vereinzelten Geschäftspartnern verboten. Abgehalten hatte es Tonia nicht. Sie hatte sich einen Weg durch die Ventilationsgänge in den Wänden der Firma gesucht und ihn belauscht.

Ansonsten gab es niemanden, der tagsüber Zeit hatte, um sie abzuholen. Zwar könnte sie die Haushälterin ihres Vaters bitten, doch die könnte nicht die Kaution aufbringen, um sie freizulassen. »Die Post soll an Veon Fill gehen, meinen Onkel. Er arbeitet in der Betulastraße in seinem kleinen Labor.«

»Soll ich etwas bestimmtes schreiben?« Noch immer wusste sie nicht, mit wem sie sprach, da die Person nur aus dem Büro brüllte, sich aber nicht blicken ließ.

»Nur das Übliche.« Tonia hielt inne. »Moment, die Nachricht wird in den offiziellen Akten abgelegt, richtig?«

»Bei jeder Verhaftung, ja. Wieso?«

»Und Sie sind verpflichtet meine Nachricht so aufzuschreiben, wie ich sie diktiere?«, hakte sie nach.

»Ja, warum? Wollen Sie in Reimform schreiben?«, fragte die Frau genervt. Zumindest vermutete Tonia, dass es eine war. Sicher war sie sich allerdings nicht.

Tonia rieb sich die Hände. »Dann möchte ich, dass Sie Folgendes aufschreiben: Die Assassinen sind real. Sie sind über die Städte hinweg vernetzt und regieren die Unterwelt. Wir müssen diese Verschwörung aufdecken und gemeinsam dagegen vorgehen.« Sie machte eine Pause, in der aus dem Nachbarraum nur ein Räuspern zu hören war.

»Das wollen Sie an ihren Onkel schreiben?«

Tonia überlegte, ob sie etwas vergessen hatte, aber ihre Informationen, die sie in den letzten zwanzig Jahren seit der Ermordung ihrer Mutter zu den Assassinen gesammelt hatte, hielten sich in Grenzen. Es war verdammt schwer, einen zu erwischen, geschweige denn, einen von ihnen gefangen zu nehmen. Tonia wusste nicht, wie ihr Netzwerk insgesamt verbunden war. Ihr fehlte da ein Hinweis. Sie hatte ein paar Vermutungen, bisher jedoch keine Beweise gefunden. Ihre Freundin, die anfangs Mitglied in ihrer AA gewesen war, hatte damals vermutet, dass sie magische Fähigkeiten besaßen und deswegen lautlos in der Nacht töten konnten. Allerdings wusste Tonia aus eigener Erfahrung, dass die Assassinen nicht so lautlos und vorsichtig waren, wie sie es sein wollten.

»Was ist denn jetzt? War das alles?«, schnauzte die Stimme aus dem Nebenraum und riss Tonia aus der Erinnerung.

»Nein, dazu bitte noch: Hol mich in der Prunusstation ab und bring neue Klamotten mit.«

»Das war es jetzt aber, oder?« Die Frau klang nicht mehr ganz so genervt.

»Ja, danke. Schicken Sie den Papageien umgehend los, sobald es geht. Ich will nicht länger hierbleiben als unbedingt notwendig.«

Eine Antwort erhielt sie nicht mehr. Die nächste Stunde tigerte Tonia in ihrer Zelle auf und ab, während sie darauf wartete, dass ihr Onkel sie endlich abholte. Eine weitere Frau kam in die Zelle neben ihr. Sie war um die vierzig und trug ein Kleid aus Moosflicken, das nicht mehr vollständig war. In ihren Haaren hingen Grashalme, die wohl nicht erst seit heute Morgen dort lebten. Sie trug keine Schuhe, hatte aber ein paar Blätter aufeinandergestapelt und sie mit Hanfleinen zusammengebunden.

»Wieso bist du hier?«, fragte die Frau nach einer Weile.

»Ich habe versucht, die Einwohner davon zu überzeugen, dass es in Ulmenstadt Assassinen gibt, die die Unterwelt beherrschen.« Tonia sah wieder zu ihr. »Und du?«

»Wow, das klingt total verrückt.« Die Bemooste rückte ans gegenüberliegende Ende ihrer Zelle, obwohl engmaschig gebundene Bambusstäbe sie voneinander trennten. »Ich bin Löwenzahn.«

Ihre Stimme erinnerte Tonia an die Musikerinnen, die manchmal auf den Veranstaltungen ihres Vaters spielten. Weich und ein wenig abwesend. »Und was machst du hier?«

»Ach, weißt du, ich möchte mich lieber nicht mit einer Verrückten unterhalten.« Löwenzahn nickte und schaute gleich darauf demonstrativ in die andere Richtung.

»Du hast doch angefangen«, erklärte Tonia und schnaubte. »Ist dir wohl peinlich, davon zu erzählen.«

Sofort drehte sich Löwenzahn um und schlug sich empört auf die Brust. »Niemals wird es mir peinlich sein, von den Ungerechtigkeiten zu berichten, die in dieser Stadt herrschen. Die Bäume werden nicht ordentlich gepflegt und mit Sicherheit nicht artgerecht behandelt. Es muss sich radikal am System etwas ändern, sonst …«

»Schnauze da drinnen, sonst kommst du in den Keller!«, brüllte der Katzengesichtige, der gerade an der Tür zu den Zellen vorbeiging.

»Du bist also eine von diesen Baumkuschlern?«, fragte Tonia amüsiert. »Du weißt schon, dass die Bäume lange vor uns da waren und es auch noch lange nach uns sein werden, oder? Die brauchen unseren Schutz nicht.«

»Hast du dich mal mit einem unterhalten?«, empörte sich Löwenzahn. »Dann würdest du nicht so von oben herab reden.«

Tonia wandte sich von ihr ab. Der Katzengesichtige stand in der Tür und beobachtete sie. »Ist meine Papageienpost inzwischen rausgegangen?« Tonia stellte sich an die Bambusstangen, die als Tür dienten.

»Welche Papageienpost? Sie haben noch gar keine angefordert.«

»Natürlich, vor einer Stunde schon. Bei der Kollegin in dem Büro dort drüben.« Tonia deutete auf die offene Tür, die links von Löwenzahns Zelle lag.

»Das ist kein Büro, sondern eine Abstellkammer.«

Verwirrt runzelte Tonia die Stirn. »Da sitzt eine Frau drin«, erklärte sie fest überzeugt. »Ziemlich harte, kratzige Stimme. Hat vermutlich einmal zu oft in den Bierkrug geschaut.«

Lachend kam der junge Bereitschaftspolizist in den Raum, in dem die Zellen eingelassen waren. »Das war wohl Einbildung, so wie die Assassinen, Ms Fill.«

»Kann nicht sein, ich …« Tonia schüttelte den Kopf. Sie hatte klar gehört, wie jemand mit ihr gesprochen hatte. Irgendetwas stimmte nicht. »Dann verlange ich, jetzt eine Nachricht zu schicken«, beeilte sie sich zu sagen, ehe der Katzengesichtige verschwand.

»Na, meinetwegen. Ich schick gleich jemanden mit einem Papageien vorbei«, grummelte er und verließ den Zelltrakt.

Tonia hingegen starrte wieder zu der Tür, hinter der sie ganz eindeutig mit einer Frau geredet hatte. »Wer war das? Ich hab mir das doch nicht eingebildet?« Ihr half es, ihre Gedanken laut auszusprechen, um sie zu sortieren. Das sorgte allerdings öfter für Verwirrungen in ihrem Umfeld. Besonders bei den Hausangestellten ihres Vaters.

»Vielleicht war es ja ein Geist«, kicherte Löwenzahn nebenan und wurde gleich darauf ernst. »Diese Polizeiwache wurde auf dem Rücken von wunderbaren Eiben gebaut, die weichen mussten. Sicher hört man ihr Wispern immer noch im Wind.«

»Das bezweifle ich dann doch sehr stark. Aber irgendwer war da drin«, sagte Tonia und ließ die Tür nicht aus den Augen. Bisher war niemand herausgekommen. Außerdem gab es ein Fenster, denn der Raum war nicht dunkel, wie ein Blick ins Innere verriet. Eventuell war jemand dadurch eingestiegen und hatte sie ausgefragt. Sicher ein Spion der Assassinen, um herauszufinden, was sie wusste. Deswegen auch die Nachfragen, was in die Papageienpost sollte. Ihr Herzschlag beschleunigte sich. Endlich waren sie auf sie aufmerksam geworden. Es würde nicht mehr lange dauern und sie würden einen Assassinen auf Tonia ansetzen, der versuchen würde, sie auszulöschen – aber sie wäre darauf vorbereitet!

»Na, wenn du glaubst, dass da jemand drin war, war da wohl jemand«, erklärte Löwenzahn auf einmal unterstützend. Vielleicht lag es an dem Mann, der gerade eingetreten war, um sie abzuholen. Er trug einen Aktenkoffer und wirkte in seinem etwas zu großen Anzug trottelig, aber dafür lächelte er heller als die Sonne. Tonia legte den Kopf schief und war für einen Moment von dem Lächeln abgelenkt. Der Kerl weckte die Erinnerung an den Todestag ihrer Mutter erneut in ihr. War es das Lächeln? Oder der Anzugträger selbst? Nein, der war zu jung, um der Assassine von damals zu sein.

Dennoch warf sein Lächeln sie zurück zu dem Tag vor zwanzig Jahren. Sie hatte im Zimmer ihrer Mutter unter dem Bett mit den Holzpuppen gespielt. Da ihre Mutter zu der Zeit Rückenprobleme gehabt hatte, war ihr Bett höher als die üblichen. Wenn Tonia die geblümte, dick gefütterte Bettdecke über den Rand gezogen hatte, war sie in ihrer eigenen Höhle gewesen.

Nur zu gut erinnerte sie sich an den Moment, als sie die Tritte auf dem Parkett im Schlafzimmer ihrer Eltern gehört hatte. Erst hielt sie

sie für die ihres Vaters, doch der war an dem Abend in der Fabrik bei einem Notfall gewesen. Ihre Mutter hatte gerade die Wäsche sortiert, als die Schritte erklangen. Sie hatte den Angreifer nicht kommen gehört, hatte fröhlich gesummt, als der Assassine mit dem verhüllten Gesicht hinter sie getreten war. Tonia war sechs Jahre alt gewesen und hatte zusehen müssen, wie ihre Mutter erst mit einem Kissen umgebracht und ihr dann die Pulsader aufgeschlitzt worden war. Nie würde sie ihre Gefühle in dem Moment vergessen. Das Unverständnis über das Blut am Boden, das aus dem Handgelenk floss, die Angst, die langsam von ihr Besitz ergriff, als ihr bewusst wurde, dass ihre Mutter zwar die Augen offen hatte, aber nicht reagierte. Selbst als sie ihr in die Rippen boxte, passierte nichts. Erst als sie laut schrie, kamen die Hausangestellten. Da war der Assassine schon lange weg gewesen. Er hatte nie bemerkt, dass sie alles beobachtet hatte. Die Polizei und ihr Vater glaubten ihrer Geschichte von dem Attentäter nicht, und hielten sie für die Hirngespinste eines kleinen Mädchens. Ihre Mutter hatte sich umgebracht, das sähe man doch. Von dem Augenblick an war Tonia klar gewesen, dass niemand sie unterstützte und sie eigene Wege finden musste, um den wahren Täter zur Rechenschaft zu ziehen.

Seither hatte sie herausgefunden, dass ihre Mutter vom Gentleman-Assassinen getötet worden war. Die Nachricht desselbigen hatte sie am selben Abend gefunden. Allerdings gestaltete sich ihre Suche in den ersten Jahren schwierig. Niemand wollte einem Kind zuhören. Nun war sie sechsundzwanzig und alle glaubten, dass sie verrückt sei. Sogar ihr Vater, auch wenn er das nie ausgesprochen hatte.

»Tonia Fill?«, hörte sie schließlich eine Stimme.

Tonia hob den Kopf und sah, wie eine ihr unbekannte Frau mit ihrem Onkel in den Zelltrakt kam. »Veon!«, entfuhr es ihr. »Schön, dass du es einrichten konntest.«

»Bei der Nachricht?«, lachte er und deutete der Polizistin, die Bambuszelltür zu öffnen.

Unwillkürlich lächelte Tonia. Nicht, weil sie freigelassen wurde, sondern da sie merkte, dass sie sich geirrt hatte. Es gab einen Menschen, der sie bedingungslos unterstützte. Und das war ihr Onkel. Der Bruder ihrer Mutter hatte von vornherein zugehört, wenn sie von dem bösen, gewandeten Mann gesprochen hatte. Er hatte sie nie mitleidig oder abschätzig angesehen. »Danke schön.«

»Komm, ich bringe dich nach Hause«, sagte Veon und nahm sie in den Arm, als sie aus der Zelle trat. Ihm war es egal, dass überall an ihr getrocknetes Schweineblut klebte. Sein blaugrau gemustertes Hemd blieb, wie die Alte es prophezeit hatte, an ihr hängen, als er sie losließ.

»Können wir vorher noch was zu essen holen? Heute wollte Baria Zypresseneintopf kochen und der ist immer so trocken.«

Veon schmunzelte und fuhr sich durch die lockigen schwarzen Haare, die er nach rechts kämmte. Dennoch fielen sie ihm ständig ins dunkle Gesicht. Seine leicht krumme Körperhaltung sorgte dafür, dass man ihn im ersten Moment für einen Duckmäuser hielt, doch Tonia wusste, dass die Haltung nur von seiner Arbeit kam. Er forschte an unterirdischen Vulkanen, was auf Madera schon lange als mystische Wissenschaft abgestempelt war. Es gab nur einen Feuerberg weit hinter dem Gebirge im Osten von Madera und der war seit jeher inaktiv. Dennoch untersuchte er die Gesteinsschichten und ihre Geschichte, machte ab und an sogar Tauchgänge auf den Meeresboden, um dort Gesteinsproben zu entnehmen. Da die Insel sich über das Meer schob und jeden Tag ein wenig weiterglitt, konnte er alle paar Monate neue Sedimente begutachten. »Wie sie es schafft, einen trockenen Eintopf aus einer Pflanze zu schaffen, die selbst Flüssigkeit enthält, bleibt mir auch immer ein Rätsel. Aber natürlich. Wollen wir in den Blauen Bock? Die haben heute wieder Allesfresstag.«

»Klingt gut. Ich lade dich ein.«

»Mach das, kleine Raupe.« Veon bot ihr den Arm an und Tonia hakte sich bei ihm ein. Zwar hatte er keine Wechselkleidung mitgebracht, doch das war ihr egal. So konnte sie wenigstens den Ulmenstädtern weiterhin zeigen, was sie sonst ignorierten. Denn obwohl Tonia verhaftet worden war, würde sie so schnell nicht aufgeben.

KAPITEL 4
PENTA

»Herein!«, rief Wurzel, bevor Penta es verhindern konnte. Schweiß rann ihm von der Stirn, als sich der Kopf von Teska Brem zeigte.

Pentas Zunge klebte am Gaumen. Vor ihm saß die Leiche einer der angesehensten Assassinen zusammengesunken in einem Stuhl und sein Vorgesetzter trat ein.

»Du bist geliefert«, murmelte Wurzel, der in seinem Brustbeutel saß. Penta hatte ihn dort hineingesetzt, weil er mal wieder Erde auf die Papiere und die Leiche geworfen hatte. Indem er ihn im Beutel herumtrug, verhinderte er zumindest, dass der Baum den Gentleman-Assassinen weiter schändete.

»Ähm, guten Morgen, Todesreiter Brem«, stotterte Penta. Seine Finger zitterten, aber er besaß die Geistesgegenwart, ihm ein paar Schritte entgegenzukommen.

»Guten Morgen, Colt. Ah, ich sehe, Sie haben gerade Sprechstunde. Ich störe gar nicht lange.«

Penta stellte sich mit dem Rücken vor den Stuhl des Gentleman-Assassinen. Wurzel versuchte, seinen Stamm länger zu machen, als er war, um an seinem Besitzer vorbeizuschauen.

»Was kann ich für Sie tun?«, fragte Penta, als ob keine Leiche hinter ihm saß.

»Es geht um die Quotenstatistiken für Krams Assassinen. Wir haben die Prüfung vorgezogen.« Teska Brem schüttelte den Kopf und seufzte. »Es war unvermeidlich und leider konnte ich Ihnen nicht früher Bescheid geben. Die Prüfung findet morgen statt. Deswegen brauche ich bis morgen früh die Berichte vollständig und doppelt geprüft.«

Penta öffnete den Mund, wollte widersprechen. Wie sollte er das schaffen? Eine Quotenstatistik dauerte im besten Falle zwei Tage. Und das setzte voraus, dass er seine Assassinen kannte und die Papiere sortiert waren. »Todesreiter Brem, ist es vielleicht möglich, dass wir einen Aufschub beantragen können?«, hakte Penta vorsichtig nach und schob eine Hand hinter sich, damit der Assassine nicht aus Versehen vom Stuhl rutschte. »Ich meine, nun, da ich 27 Assassinen betreue?«

Teska Brem sog die Luft ein und Penta hätte schwören können, dass er dabei zischte. Sein Vorgesetzter verschränkte die Arme vor der Brust und presste die Lippen aufeinander. Sofort ruderte Penta zurück. Sein Vorgesetzter wirkte nicht überzeugt von dem Vorschlag. »Ach, schon gut. Ich schaffe das schon. Meine Prüfung bleibt weiterhin nächste Woche, nicht wahr?« Penta massierte seine Handfläche und spürte den Schweiß auf seiner Haut.

Wurzel war kurz davor aus seinem Topf zu fallen, so sehr lehnte er sich um Penta herum. »Wir sollten aufpassen, dass der Alte den Toten nicht sieht«, sagte der Bonsai laut und deutete mit einem Ast hinter Penta.

Penta hielt die Luft an. In seiner Kehle brannte es und er fühlte, wie tausend Feuerameisen zu einem stampfenden Marschlied daran hinaufliefen. Teska Brem runzelte die Stirn und hob das Kinn. »Toten?«, fragte er und wollte an Penta vorbeischauen.

Sofort streckte der sich und verhinderte so, dass sein Vorgesetzter einen allzu tiefen Blick auf den Gentleman-Assassinen werfen konnte. »Das Tötungsgesuch, Wurzel, das Tötungsgesuch«, rief er schnell und vielleicht ein wenig zu schrill. »Laut Paragraph 3 Absatz 1 darf die Vorgenehmigung nur von dem Todesreiter bearbeitet werden, der für den Assassinen zuständig ist. Eine Prüfung ist natürlich von dieser Regel ausgenommen«, zitierte er das STaGB. Seine Knie zitterten, als Teska Brem in seiner Bewegung innehielt. Er schaute erst von Penta zum Schreibtisch und dann zum Assassinen, der immer noch tot auf dem Stuhl hing. So gut es ihm möglich war, verdeckte Penta den Gentleman-Assassinen. Er betete zu allen Baumgöttern, die es einst gegeben haben mochte und die schon längst in irgendeinem Moor verrotteten, dass Teska Brem sich schnellstmöglich wieder zurückzog.

Die Sekunden verstrichen und Penta spürte, wie der Schweiß an seinem Nacken in den Kragen des Hemds rann. Wenn Teska Brem ihn jetzt erwischte, waren er und seine Beförderung Geschichte. Vor allem er. Das musste er verhindern.

»Natürlich. Das stimmt. Ich hatte auch nicht vor, mir Ihre Vorgenehmigung anzuschauen. Sehr gut, Wurzel, dass du aufpasst«, lobte Brem den Bonsai und tätschelte ihn. Wurzel wand sich unter der Berührung und peitschte die fleischigen Finger beiseite.

»Nimm deine Wurstgriffel von mir. Fett schadet meiner Borke«, kommentierte er.

Penta packte Wurzel am Stamm und zog ihn aus dem Beutel. »Wurzel, ich denke, es ist an der Zeit, dass du deinen morgendlichen Schlaf hältst. Du brauchst doch deinen Schönheitsschlaf.«

»Wurstgriffel?«, hakte Teska Brem nach. »Colt, Sie müssen diesem Gewächs endlich Manieren beibringen. Wie lange ist er nun schon bei Ihnen?«

»Von Anfang an, Todesreiter Brem. Also sieben Jahre«, bemerkte Penta und schob Wurzel an dem Gentleman-Assassinen vorbei auf den Schreibtisch. Es machte ihn stutzig, dass sein Vorgesetzter nicht wusste, wann er in der Todesgilde angefangen hatte. Immerhin hatte er ihm erst vor kurzem eine Beförderung in Aussicht gestellt. Da sollte er wissen, wie lange er bereits für ihn arbeitete.

»Man sollte meinen, dass ein angesehener Todesreiter wie Sie sein Wurzelwerk unter Kontrolle hätte. Sehr enttäuschend, Colt, sehr enttäuschend.« Teska Brem löste die Arme vor der Brust. »Ich denke, Sie sollten sich nun Ihrem Fall zuwenden. Ich will Sie nicht weiter von der Arbeit abhalten.«

Erleichtert atmete Penta auf und nickte eifrig. »Vielen Dank, Todesreiter Brem. Ich geleite Sie zur Tür.«

»Es sind nur zwei Meter. Das schaffe ich schon allein.« Brem winkte ab und ging zur Tür. Penta blieb die ganze Zeit vor dem Stuhl stehen, aus Angst, dass der Gentleman-Assassine doch noch umkippte und herunterrutschte.

»Einen schönen Tag«, wünschte er seinem Vorgesetzten auf dem Weg nach draußen.

»Na, da hast du ja mal Schwein gehabt«, sagte Wurzel und schlug sich mit einem seiner unteren Äste auf den Stamm. »Das wäre beinahe ins Auge gegangen.«

Penta sackte in die Hocke und seufzte. »Warum hast du mich verraten?«, fragte er.

»Wieso verraten?« Wurzel zog empört die Borke über seinen Augen hoch. »Du bist der Paragraphenreiter des Todes. Ich wollte nur deinen Job erledigen und eine Straftat innerhalb der Todesgilde melden.«

Penta stand auf, schlurfte um den Stuhl herum und kniete vor dem Gentleman-Assassinen. Das Bild hatte sich nicht verändert. Der Stift steckte weiterhin im Auge, da Penta es nicht wagte, ihn herauszuziehen. »Was mache ich denn jetzt?«

In dem Moment ging erneut die Tür auf. »Ehe ich es vergesse.« Teska Brem kam noch einmal herein.

Penta sprang auf und sprintete ihm entgegen. Die wenigen Meter sorgten für einen Herzschlag, der dem eines Langstreckenläufers auf einer Bergetappe glich. »Ja, bitte?« Er bremste haarscharf vor seinem Vorgesetzten ab. Dieser wich einen Schritt zurück und stand wieder auf dem Flur.

»Abstand, Colt, wahren Sie Abstand. Solch eine Nähe ist unangemessen.«

Penta nickte. Er konnte seiner Stimme nicht vertrauen. Zu sehr pochte sein Herz in seinem Hals. Er wartete darauf, dass Teska Brem seinen Wunsch vortrug. Er lehnte sich mit einer Hand an den Türrahmen und hoffte, dass er ihm die Sicht versperrte.

»Ich habe heute Abend eine Verabredung mit dieser Anheuerin, die Sie so gut kennen.«

»Mit Kobold?« Penta runzelte die Stirn, dann fiel ihm ein, dass Teska sie vermutlich nicht unter diesem Namen kannte. »Ich meinte, mit Drak.«

»Allerdings. Sie ist die Beste, die wir in Ulmenstadt haben und ich will Ihre jährliche Bewertung mit ihr durchgehen.« Teska Brem stellte sich auf sein anderes Bein. Penta imitierte die Bewegung, damit er weiterhin im Weg stand. »Sollte ich etwas wissen zu ihr? Sind Ihnen Beschwerden zu Ohren gekommen?«, fragte Teska.

»Über Drak? Niemals.« Nur die Üblichen darüber, dass sie an jeder Ecke eine Verschwörung sah. Aber das waren persönliche Einschätzungen, die er von seinen Assassinen erhalten hatte. Nichts, was ihre berufliche Laufbahn betraf. Außerdem würde er sich nie über die Frau beschweren, die ihn von der Straße geholt hatte. »Wie Sie sagten. Sie ist die Beste.«

»Wirklich?« Teska strich sich mit seinen fleischigen Fingern durch die Haare. »Und das sagen Sie nicht nur, weil Sie von ihr großgezogen worden sind?«

»Würden Sie die Wurzel kappen, die Sie genährt hat?«, rief Wurzel aus dem Büro.

Penta presste die Lippen zusammen und biss sich auf die Zunge. »Ich versichere Ihnen, dass es keinerlei Beschwerden gab, die sich auf Draks Arbeit beziehen. Sie wissen, wie sehr ich die Regeln der Todesgilde verfolge. Ich würde Sie niemals enttäuschen.«

»Vor allem würde er niemanden umbringen, ohne dass er vorher die Ausbildung zum Assassinen durchläuft, nicht wahr, Penta?« Wurzel keckerte auf dem Tisch und schlug sich an den Stamm. »Oder ohne vorher ein Formular auszufüllen.«

Erneut runzelte Teska Brem die Stirn. »Was meint Ihr Dunkelnetzschnüffler damit?«

»Keine Ahnung. Wie schon einmal erwähnt, ist Wurzel wirklich alt und ich vermute, dass er nicht mehr lange leben wird.« Die letzten Worte zischte er über die Schulter.

»So wie der Assassine mit dem Stift im Auge.« Wurzel trommelte auf seinem Rumpf und erwischte dabei einen Hohlraum. Der Ton klang bedrohlich genug, um als Untermalung seiner Worte zu dienen.

»Wovon redet er?« Teska Brem lehnte sich wieder vor.

»Er ruft manchmal uralte Fallakten auf, die keinen Bezug zu aktuellen Situationen haben. Ignorieren Sie ihn am besten«, beeilte sich Penta zu sagen. »War es das dann?«

Sein Vorgesetzter legte einen Finger nach dem anderen auf seinem Oberarm ab und wiederholte einige Male diese Fingerübung. Penta hingegen klammerte sich an den Türrahmen, so dass seine Knöchel weiß hervortraten. Falls Teska Brem sich dazu entschied, doch noch in sein Büro zu treten, würde er ihn aufhalten. Um jeden Preis. Er wollte nicht aus der Todesgilde fliegen. Sie war alles, was er kannte. Was sollte er machen, wenn er nicht mehr die Anträge der Assassinen prüfen und bewerten konnte? Als Maler in einem Handwerksbetrieb oder als Verkäufer am Fischstand arbeiten?

Bei dem Gedanken schüttelte er sich. Damit weckte er Teska scheinbar aus seiner Starre. »Vorerst. Aber halten Sie sich bereit, falls ich weitere Fragen haben sollte. Drak ist als Anheuerin unerlässlich, aber deswegen dürfen wir ihr nichts durchgehen lassen.«

»Selbstverständlich nicht«, bestätigte Penta und trat einen Schritt in Richtung Büro. Er griff nach der Türklinke und schloss sie so weit, dass nur noch sein Körper zwischen Tür und Türrahmen passte. »Ich wünsche Ihnen einen ruhigen Arbeitstag.«

»Ein Todesreiter hat niemals Ruhe. Denn gestorben wird immer, nicht wahr, Colt?« Teska Brem legte eine Hand auf den ausladenden Bauch und schüttelte sich vor Lachen.

Aus Höflichkeit lächelte Penta und gab ein paar Laute von sich, von denen er hoffte, dass sie als lachendes Grunzen durchgingen. »Witzig, Sir«, schob er zur Sicherheit hinterher und schloss langsam die Tür hinter sich.

»Manchmal sogar in den Büroräumen der Todesgilde«, rief Wurzel und winkte der geschlossenen Tür.

Penta fiel mit dem Rücken gegen das Holz und prustete die Luft aus. Noch einmal wollte er nicht von seinem Vorgesetzten überrascht werden. Penta drehte den Schlüssel, blieb dennoch angespannt stehen. Für einen Moment senkte er die Lider und lauschte. Schritte entfernten sich von seinem Büro und gleich darauf quietschte eine Tür. *Verdammt*, dachte Penta. *Es gibt nur eine Tür, die solche Geräusche macht.*

Es war das zweite Büro, in das Teska Brem wohl gegangen sein musste. Diesmal blendete er den Bonsai aus, der ihn mit Fragen zu seinen geistigen Fähigkeiten bombardierte. Für ihn war nur wichtig, dass er allein blieb.

Schließlich atmete er durch und stieß sich mit dem Hintern von der Tür ab. »Ich hoffe, dass er jetzt in seinem Büro bleibt. Wir müssen den Gentleman-Assassinen hier irgendwie herausschaffen.«

Penta drehte sich um sich selbst und überlegte, was er tun konnte. Er raufte sich die Haare, denn ihm fiel nichts ein. Sobald Teska Brem den Raum erneut betrat, würde er aufgrund des unveränderten Anblicks auffliegen.

»Wirf ihn doch einfach in deinen Wäschesack und entsorge ihn«, schlug Wurzel nach einer Weile vor. Er grub in seiner Erde und baute einen dunkelbraunen Turm direkt vor seinem Stamm.

»Wie bitte?«

»Wäschesack. Er blutet kaum, also fällt das nicht auf. Und wenn du ihn heraustragst, sieht ihn niemand.«

Penta zog den Vorschlag in Betracht. So schlecht war er nicht. Bis auf eine einzige Tatsache. »Er ist zu schwer für mich. Wenn ich meinen Wäschesack durch den Allesmarkt schleife, werden die Menschen misstrauisch.«

»Dann denk dir selbst etwas aus. Ich mache hier konstruktive Vorschläge.« Wurzel schlug mit einem Zweig mitten in den Turm hinein und verteilte Krümel auf dem Schreibtisch.

»Hör auf damit, sonst hast du bald wieder keine Erde mehr«, murmelte Penta in Gedanken versunken. »Selbst wenn ich ihn entsorgen könnte, wäre das nur die halbe Lösung. Er wäre immer noch tot und ich habe hier ein unterschriebenes Formular, in dem er um eine Tötung bittet.«

Wurzel prustete los. »Bau ein Segelboot daraus und fliehe damit. Behalten musst du das Formular nicht.«

»Es ist ein Formular der Todesgilde«, bemerkte Penta empört. »Das kann ich nicht einfach so wegwerfen.«

»Aber dein Leben?« Wurzel hob seinen Wipfel. »Na ja, ich mochte Papier schon immer lieber als dich. Also behalte ich das Papier und du fliegst aus der Todesgilde.«

»Du hasst Papier, weil es angeblich aus deinen Freunden ist«, erwiderte Penta und schüttelte den Kopf.

»Stimmt.« Wurzel richtete sich auf und schleuderte ihm Erde entgegen. »Hass für dich und die anderen Leichenschubser. Schande über deine Weichteile. Schande über deine Haare und Schande über deinen Hosenstall. Du hast Moos auf dem Gewissen, du Aas!«

»Was nicht lebt, kann nicht sterben, Wurzel, wie oft denn noch? Sie steht immer noch in dem Blumenladen. Niemand wird aus ihr Papier machen.«

»Das sagst du jetzt, aber du weißt, wie viel Papier hier rumliegt.«

Penta öffnete den Mund und schloss ihn wieder, weil es nichts brachte, in diesem Zustand mit Wurzel zu diskutieren. Wenn er erst einmal gegen die Menschen und ihre Papierverschwendung wettern konnte, war er in seinem Element und kam auch so schnell nicht daraus hervor. Abgesehen davon hatte Penta gerade andere Sorgen. Er lief in seinem Büro auf und ab, um sich wachzuhalten. Der Schlafmangel der letzten Tage griff mit unsichtbaren Fingern nach ihm und zerrte an seinen Nerven und seinen Sinnen. »Spätestens wenn Lindor Kram wieder den Dienst übernimmt, wird er seinen Assassinen vermissen. Dann werden Nachforschungen angestellt.«

Er massierte seine Schläfen, hoffte damit, noch ein paar Minuten Zeit herauszuschinden, ehe seine Augen zufielen.

»Dann lass ihn nicht sterben«, schlug Wurzel vor und kratzte sich über die Rinde.

Penta blieb stehen und hielt in seiner Massage inne. »Wurzel, er ist schon längst tot. Wie soll ich ihn da nicht ster…« Da dämmerte Penta, was sein Bonsai vorschlug. »Du meinst, ich soll seinen Platz einnehmen?«

»Was?« Wurzel legte den Wipfel schief. »Du schneidest dich schon an einem Blatt. Was machst du denn erst, wenn du jemanden umbringen musst? Nein, ich meinte einfach, dass du Formulare fälschen sollst.«

Doch Penta hörte ihm kaum zu. In ihm gärte eine Idee, gefüttert vom Schlafmangel und dem Wunsch endlich auf sein Kissen sinken zu dürfen. »Das ist gar keine schlechte Idee. Ich meine, ich sitze seit Jahren hinter dem Schreibtisch und habe keine Ahnung, was die Assassinen da draußen eigentlich machen. Es wäre wie ein praktisches

Praktikum. Die Theorie kenne ich schließlich zur Genüge«, murmelte er vor sich hin.

»Ich verständige schon mal den Leichenbestatter über den Surfer«, sagte Wurzel und schloss die Augen.

Penta sprang zu ihm und packte seinen Topf. »Auf keinen Fall. Du meldest nichts hiervon irgendwem!«

»Doch nicht für den Einäugigen. Für dich.«

Ein Seufzer verließ Penta. »Das brauchst du nicht, Wurzel. Es ist lieb, dass du dir Sorgen machst, aber mir wird nichts passieren. Ich kenne alle Tricks der Assassinen. Ich habe sie alle gelesen.« Er griff zu dem Messingarmband des Gentleman-Assassinen auf seinem Schreibtisch. »Ich habe sogar schon Waffen, die ich nutzen kann. Das ist wirklich gut.«

»Gut zum Sterben?«, versuchte es Wurzel erneut. »Wenn du in diesem Büro abkratzt, dann kriege ich das Blut, oder?«

»Will ich wissen, was du damit anstellen möchtest?«, fragte Penta angewidert.

»Forschungszwecke«, kicherte er. »Aber hauptsächlich habe ich mal gehört, dass menschliches Blut gut für unsere Rinde sein soll. Macht alles so schön knackig. Und deinen Körper gebe ich an meinen Düngerdealer. DD Guano ist immer dankbar, wenn er verwesende Menschen als Kompost nutzen kann. Er kommt nur immer so schlecht daran.«

Penta schüttelte den Kopf und wedelte mit der Armschiene herum.

»Konzentriere dich. Die Vorgenehmigung mit allen relevanten Daten habe ich bereits. Die eigentliche Genehmigung kann ich ausstellen. Dafür brauche ich seine Unterschrift nicht. Das könnte funktionieren, Wurzel.«

»Willst du darüber nicht erst einmal schlafen?«

Der erstaunlich sinnvolle Vorschlag weckte den ersten Zweifel an seinem eigenen Plan. War es der Schlafmangel, der aus ihm sprach, oder ergab das alles tatsächlich Sinn? Penta war sich nicht sicher, ob er seinen Gedanken trauen konnte. Aber sie gaben ihm Hoffnung. Und das war alles, was zählte. Hoffnung darauf, dass er den Tag als Mitglied der Todesgilde überstehen würde.

Er griff nach der Vorgenehmigung und las sie sich durch. Es war eine Frau, die umgebracht werden sollte. Tonia Fill. Der Name kam ihm vage bekannt vor, allerdings wusste er nicht mehr, woher.

»Wenn ich darüber schlafe, wird mir keine bessere Idee kommen, Wurzel.« Penta straffte sich, schüttelte ein letztes Mal die Müdigkeit ab. »Ich habe alles vorliegen, was ich brauche.« Er winkte mit dem Blatt und drehte sich auf dem Absatz um. Schnurstracks marschierte er hinter seinen Schreibtisch und ließ sich in seinen Stuhl fallen. Wie jedes Mal knackte das Holz ein wenig. Frische Luft erfüllte seine Lunge und Hoffnung sein Herz, als er sich an das Formular zur Genehmigung machte.

»Und was machst du jetzt mit der Leiche?«, fragte Wurzel mitten in seine Gedanken hinein.

Penta setzte den Stift ab und klopfte damit auf dem Tisch, während er überlegte. »Schrank«, murmelte er schließlich.

»Welchen Schrank?«

»Der Messingschrank neben der Tür. Der ist groß genug, um ihn zu fassen.« Pentas Gedanken nahmen eine blutige Form an. »Heute Abend, wenn Teska Brem sich mit Drak trifft, schaffe ich den Schrank heraus. Der ist sowieso schwer. Da denkt keiner darüber nach, wenn ich ihn schiebe.«

Wurzel nickte anerkennend. »Ich hätte es nie geglaubt, aber in dir steckt tatsächlich kriminelle Energie. Ich bin fast ein wenig stolz auf dich, Sohn.«

Penta runzelte die Stirn. »Dir ist schon klar, dass ich für die Todesgilde arbeite und sowieso kriminell tätig bin.«

»Als Papierschubser.« Wurzel prustete eine Blase Sauerstoff aus seinem Mund. »Du schiebst meine toten Verwandten von A nach B und schändest ihre Leichname mit Tinte. Mehr machst du nicht.«

»Und das ist nicht kriminell?« Penta spürte, wie die Müdigkeit ihn packte und in eine Schraubzwinge steckte, der er kaum noch entkommen konnte.

Wurzel schnappte nach einem leeren Blatt und riss kleine Fetzen davon ab, um sie sich in den Mund zu stecken. »Ich esse Papier, das der Gilde gehört, ohne ein Anforderungsformular dafür ausgefüllt zu haben. Das ist kriminell«, erklärte Wurzel voller Überzeugung, während er kaute.

Penta entzog ihm den Zettel und schüttelte den Kopf. »Das ist höchstens Kannibalismus an deiner Art. Hör auf damit. Du erstickst nur wieder.«

»Kannst mich ja auch in den Schrank stellen, wenn ich abkratze.« Wurzel hustete bereits. Penta griff nach dem Fetzen, der Wurzel aus dem Mundwinkel hing und zog ihn heraus.

»Heute stirbt niemand mehr, verstanden?«, sagte er und kämpfte mit Wurzel um das Stück Papier zwischen seinen borkigen Lippen. Als er es schaffte, rutschte es ihm durch die Finger und flog direkt in den offenstehenden Mund des Gentleman-Assassinen.

Beide hielten inne und blickten zum Assassinen. Schließlich holte Penta tief Luft, richtete seine Haare und seine Krawatte, und stand auf. Das Formular konnte er später noch ausfüllen. Vorerst musste er den Leichnam aus seinem Blickfeld schaffen. Auch wenn die Tür verriegelt war, konnte Teska Brem jeden Moment auftauchen.

»Wo willst du denn die ganzen Akten aus dem Schrank lagern?«, fragte Wurzel nicht unberechtigt.

Penta drehte sich mit dem ersten Stapel auf dem Arm um sich selbst. »Auf dem Boden stehen schon so viele, dass einige weitere gar nicht auffallen werden, oder?«

Wurzel hob die dünnen Äste an den Stamm und schob sie dann von sich fort. »Stapel dir dein eigenes Grab. Das letzte Mal, dass du Akten auf dem Boden abgelegt hast, hat es dieses nette Exemplar hier das Augenlicht gekostet.«

Penta zögerte, doch wie sonst sollte er den Gentleman-Assassinen ungesehen aus seinem Büro schaffen? Zumindest musste er ihn im Schrank zwischenlagern, bis ihm etwas Besseres eingefallen war. Er winkte Wurzels Kommentar ab und stapelte die Akten in einer Ecke.

Es gelang ihm unter größter Anstrengung, den Leichnam in den Schrank zu bugsieren und ihn so zu drapieren, dass sich die Türen schlossen. »Siehst du, es passt«, sagte Penta mit einem Hauch von Stolz in seiner Stimme und marschierte zu seinem Schreibtisch. Die sportliche Aktivität hatte dafür gesorgt, dass sein Kreislauf in Schwung geraten war. Die Müdigkeit jagte ihn nicht mehr so aktiv.

»Du solltest abschließen«, kommentierte Wurzel, ohne aufzuschauen. Er puhlte bereits wieder in einem seiner Astlöcher herum.

»War…?« Die Frage beantwortete er sich selbst, als der Gentleman-Assassine wie in Zeitlupe die Türen aufdrückte und heraus kippte.

Penta sprang auf und hielt ihn auf, ehe er gegen einen der Aktenstapel fallen konnte.

Er schob ihn zurück in den Schrank und tastete nach dem Schlüssel, der sich irgendwo über ihm befinden musste. Er fand Staub, ein paar Fallakten und Formulare und endlich den Schlüssel.

Die Erleichterung durchströmte ihn, als er das Klicken des Schlosses hörte. »Das wäre ein Chaos gewesen. All diese durcheinandergewirbelten Akten«, sagte er und lächelte.

»Und erst das Blut«, kommentierte Wurzel, ehe er sich auf seinen Topfrand setzte und die Äste in die Luft warf.

Penta verzog das Gesicht und ging zu dem Stuhl, auf dem der Gentleman-Assassine gesessen hatte. Einige Blutstropfen klebten auf der Lehne. Mit einem Tuch wischte er sie ab, reinigte das Holz und richtete ihn parallel zum Tisch aus.

Penta seufzte, als er sich in seinen Stuhl fallen ließ. Das vertraute Knacken erklang und er gönnte sich einen Moment der Ruhe. »Sieht doch alles wieder aus wie zuvor, oder?«, fragte er Wurzel.

»Wenn man von dem Gestank absieht.« Wurzel zupfte an einem alten Ast und rupfte ein totes Stück Rinde ab, um es auf den Schrank mit dem Toten zu schnipsen.

»Er kann noch nicht stinken«, bemerkte Penta, schnupperte aber zur Sicherheit. Es war das übliche Aroma aus Pferdemist, Feuerlack und Staub, der sich auf seine Zunge legte.

Doch Wurzel war bereits eingeschlafen. Penta seufzte erneut. Er hatte viel zu tun. Als Erstes musste er einen Warnbrief an eine gewisse Tonia Fill schicken, damit es so aussah, als ob sich der Gentleman-Assassine ankündigte.

Die Genehmigung für die Tötung musste ausgefüllt und abgeheftet werden. Er musste einen Toten entsorgen. Die Quotenstatistik für Lindor Krams Assassinen erstellen. Und das alles bis morgen früh.

Penta griff zu dem Stift und machte sich daran, seinen Job zu erledigen. Denn abgesehen von illegal tötenden Unterassassinen – zu denen er sich bedauerlicherweise nun auch selbst zählen musste – hasste er nichts so sehr wie unerledigte Aufgaben.

KAPITEL 5
PENTA

Sehr geehrte Tonia Fill,

ich möchte Sie hiermit darüber in Kenntnis setzen, dass Sie innerhalb der nächsten 24 Stunden den Tod finden werden. Nutzen Sie die Zeit, um sich von Ihren Lieben zu verabschieden und alle Geschäfte zu regeln.

Hochachtungsvoll,
G-A

Penta legte die Feder beiseite, die er aus dem Messingarmband genommen hatte. Seine Handschrift war damit etwas kratziger, aber anhand von Notizen aus der Akte des Gentleman-Assassinen war zu ersehen, dass seine Hand beim Schreiben in den letzten Jahren ebenfalls gezittert hatte.

Es war ein schönes Stück, mit dem der Level-1-Assassine geschrieben hat, das musste Penta zugeben. Allerdings bevorzugte er die moderne Version in Form eines Stiftes.

»Hast du die Quotenstatistik auf den Surfer geschickt?«, fragte Penta. Noch in der Nacht hatte er sie abgeschlossen, sich einige Stunden schlafen gelegt und arbeitete seit der Dämmerung des neuen Tages an seinen verbliebenen Aufgaben.

»Ein Surfer?« Wurzel schreckte hoch. »Wieso spricht der Mensch mit mir? Das ist unethisch und wir dürfen das nicht. Wir sind reinblütige Netzschnüffler, die sich keine Fehltritte erlauben.«

Penta hob den Arm und gab Wurzel einen Stoß auf den Wipfel, ohne aufzuschauen. »Du ziehst dir schon wieder alte Daten in deine Astgabeln. Konzentrier dich.«

»Das alte Zeug ist aber sooooo gut«, murmelte er, als hätte er gerade seinen speziellen Dünger konsumiert.

»Hast du die Daten gespeichert?«, vergewisserte sich Penta.

»Alles erledigt und unter dem Namen Penta-hat-ein-Auge-auf-dich-geworfen abgespeichert.« Wurzel hüpfte mit dem Topf einige Zentimeter außer Reichweite und sprang zum Rand des Schreibtischs.

»Wieso zum Henker hast du das getan? Kannst du es umbenennen?« Penta stand auf, da er einen Umschlag für die Mordankündigung brauchte.

»Was einmal im Netz ist, bleibt im Netz.« Seine Wipfel wogten unheilvoll vor und zurück. »Die Netzschnüffler vergessen niemals.«

»Wurzel, kannst du bitte in Zukunft die Speichernamen verwenden, die ich dir gebe?«, bat Penta ihn und öffnete eine Schublade in der Kommode rechts neben seinem Schreibtisch. Darin lagen neben Briefumschlägen auch Münzen, mit denen er die Kinder bezahlte, die für ihn Briefe auslieferten.

»Wo bleibt denn da der Spaß, Papierschubser?« Seitdem er sich die neue Bezeichnung für Penta ausgedacht hatte, verwendete er sie in jedem zweiten Satz. Der Todesreiter kannte das bereits und ignorierte die Beschimpfungen wie jedes Mal.

»Ich glaube nicht, dass dir dein Job Spaß machen soll.«

»Ausnahmsweise stimme ich dir mal zu«, sagte Wurzel und warf seine Äste hinauf. »Nie kommen wir aus diesem miefigen Kabuff. Nie zeigst du mir die Welt. Ich kenne nichts außer diesem Büro.«

»Du bist nicht meine Freundin, Wurzel. Ich muss nicht mit dir ausgehen«, bemerkte Penta, während er die Adresse von Tonia aufschrieb.

»Mit einem solch stämmigen Gewächs wie mir würdest du auch nicht klarkommen. Das kann nur Moos.«

Penta schmunzelte und klebte den Briefumschlag zu, beließ es bei Wurzels Aussage und hoffte, dass er in seine Gedanken um die künstliche Orchidee vertieft war. »Bleib einen Moment lang still. Ich muss kurz vor die Tür.«

Penta wartete nicht auf eine Antwort, sondern verließ das Büro. Der Allesmarkt war ruhig so früh am Morgen. Die ersten Händler trafen ein und legten die Waren auf ihre Stände. Hauptsächlich die Bäcker in der Nebenhalle lärmten bereits lauthals. Der Rest des Marktes lag geräuscharm da und enthüllte die wahren Ausmaße. Hunderte von Meter nach rechts und links reichten die Wege zwischen den Hallen. Nicht weit von ihm rollte ein Mann mit einem Handkarren durch die Straße und verteilte Pakete mit Zeitungen vor den Markthallen. Später würden die Zettel der Nachrichtenblätter unter Tausend Füßen begraben werden. Kaum jemand las das Ulmenstädter Marktblatt. Dennoch wurde es in tausendfacher Auflage gedruckt. Die meisten benutzten das Papier für ihre Einkäufe. Statt in Taschen schlugen die Käufer den Fisch in Zeitungspapier ein. Sobald es regnete, diente die Zeitung als Regenschutz. Wenn sie kein Klopapier mehr hatten …

»Junge, komm mal her!«, rief er einen Burschen zu sich, der in einer Ecke kauerte und entweder auf Essensreste von den Händlern oder einen Laufauftrag hoffte.

Sofort sprang der auf und rannte zu ihm. Vielleicht hatte er ihm schon einmal einen Auftrag gegeben. Penta war sich bei der Dreckkruste auf seinem Gesicht nicht sicher.

»Willst du dir eine schnelle Münze verdienen?«

Der Heranwachsende nickte.

»Kannst du lesen?«

Diesmal schüttelte er den Kopf.

»Bring diesen Brief in das Rosenviertel. Dort gibt es eine Stockallee. Haus 24. Kannst du das finden?«

Er zögerte erst einen Moment, aber schließlich nickte er. Penta zahlte ihm die Münze im Voraus und er sauste los. Mancher glaubte, dass die Aufträge niemals ausgeführt wurden. Doch jeder Junge der Straße wusste, dass sie keine neuen erhalten und somit eine lukrative Nebeneinnahme verlieren würden, wenn ihr Ruf litt. Deswegen wurde jeder Brief ausgeliefert, egal wie weit es war.

»Gut, zurück an die Arbeit. Es gibt noch viel zu tun«, murmelte Penta zu sich selbst und drehte auf dem Absatz um.

***

»Was kannst du mir zu Tonia Fill sagen?«, erkundigte sich Penta bei Wurzel. »Ist ihr Name schon einmal in unseren Daten aufgetaucht?«

Wurzel versank einen Moment in Trance und wirkte wieder, wie man sich einen Baum vorstellte. Steif, leblos und doch so kräftig, dass er Jahrhunderte überstehen würde.

Kurz darauf erwachte der Bonsai zum Leben. »Bisher nicht. Allerdings habe ich die Antragsformulare bestellt, die du für die Bestellungen der neuen Genehmigungen brauchst.«

Penta hob den Kopf vom leeren Blatt Papier. »Welche Antragsformulare? Ach, vergiss es. Ich habe gerade Wichtigeres zu tun. Kannst du mir irgendetwas zu ihr sagen?«

»Sie ist hübsch, hat einen knackigen Hintern und steht auf den Wind, der durch meine saftigen Blätter fährt.«

»Das schließt du woraus?«

»Hoffnung«, seufzte Wurzel und legte seinen Stamm auf einem Ast ab.

»Reden wir von Tonia?«, fragte Penta und runzelte die Stirn.

Wurzel schüttelte sich. »Eine Menschenfrau? Igitt. Nein. Auf keinen Fall würde ich sowas als hübsch bezeichnen. Für wie pervers hältst du mich? Ich meinte Moos. Sie ist eine echte Augenweide, weißt du?«

Penta schloss kurz die Augen und atmete tief durch. »Gut, dann müssen wir uns eine Tötungsart ausdenken, ohne dass wir etwas zu Tonia wissen.« Penta zögerte einen Moment. »Wir könnten zu ihr gehen und nachschauen, wie sie wohnt. Das würde es einfacher machen.«

»Puh, draußen ist es viel zu gefährlich. Wusstest du, dass da Assassinen herumlaufen und Menschen töten?« Wurzel schüttelte sich und zog seine Äste und Blätter enger um seinen Stamm zusammen.

»Du hältst es für keine gute Idee?«, hakte Penta nach.

»Auf gar keinen Fall.« Wurzels Zweige begannen zu zittern.

»Gut, dann gehen wir zu ihr und verfolgen Sie.«

Penta packte Wurzel in seinen Brustbeutel und verstaute ihn unter einem weiten, dünnen Mantel. Der Sommer in Madera war dieses Jahr gemäßigter als sonst, was vermutlich daran lag, dass sie mit der Insel aktuell durch nördlichere Gefilde trieben. Wie so häufig,

wenn er mit Wurzel das Büro verließ, lugte er vorher durch einen Spalt aus der Tür. Wollte er unerkannt bleiben, durfte er nicht mit einem sprechenden Baum gesehen werden.

Es dauerte beinahe eine halbe Stunde, ehe er das Haus der Fills erreichte. Eine prächtige Holzvilla mit Stuckborden an der Außenfassade und einigen prachtvoll geschwungenen Fensterrahmen, die ihn an erstaunt hochgezogene Augenbrauen erinnerten. Es gab drei Stockwerke, wobei das Dach hinunterreichte bis zum ersten. Das dunkelbraune Holz wirkte in der Morgendämmerung schwarz und abwehrend, als ob es genau wusste, was Penta vorhatte und ihm gleich sagen wollte: Dich lasse ich nicht hinein.

Penta kannte diese Art von Villa. Sie stand in der Rosenstraße überall und war beliebt bei den Reichen von Ulmenstadt. Eine Demonstration ihres Wohlstandes.

Ein findiger Erfinder hatte das Übermaß an Holz auf Madera zum Anlass genommen, um die Villen zu erschaffen. Penta kannte seinen Namen nicht, da dieser nichts mit der Todesgilde zu tun hatte. Aber die Menge an Holz, die in diesen Villen verarbeitet worden war, hätte für vierzehn normalgroße Häuser gereicht und vermutlich ganz Unterwald ein Dach über dem Kopf geben können. Stattdessen lebten darin nur die Fills und einige Angestellte.

Die Fills mussten verdammt reich sein, wenn sie sich solch einen Holzpalast hinstellen konnten. Wahrscheinlich besaßen sie ebenfalls ein Baumhaus im Wald, um dem Trubel der Stadt zu entkommen. Penta wusste nicht, wo er herkam, da er sich an seine Zeit vor Kobold nicht erinnerte. Manchmal glaubte er, dass er aus einer dieser Straßen stammte. Es waren Fragmente, die vor seinem inneren Auge aufblitzten. Doch sie ergaben nie ein vollständiges Bild.

In den Fenstern brannte kein Licht. Entweder war niemand wach oder aber die Fills verließen das Haus vor Sonnenaufgang. Penta beschloss, vor Ort zu bleiben und es zu überwachen.

»Zu einer ausgiebigen Recherche gehört es, das Opfer kennenzulernen«, rezitierte er eine Regel der Assassinen.

»Mir ist langweilig«, kam es gedämpft aus seinem Mantel.

»Das ist eine Observierung. Laut den Erfahrungen meiner Assassinen ist dies ein Hauptmerkmal dieser Arbeit.« Penta dachte an all die Male, die er seine Kunden danach gefragt hatte. Jeder hatte ausnahmslos abgewunken und es als Nichtigkeit abgetan. Belanglos und doch unerlässlich, hatte es ihm sein einziger Level 6-Assassine beschrieben.

»Mir ist langweilig«, wiederholte Wurzel.

»Was machst du denn, wenn ich schlafe? Beschäftigst du dich nicht auch mal allein?« Im ersten Stockwerk leuchtete eine Kerze auf.

»Mir ist langweilig«, erwiderte Wurzel in demselben Tonfall.

Penta dämmerte, dass er mal wieder in einer Schleife festhing. Jedes Mal, wenn er jetzt antwortete, würde er nur denselben Satz hören. Egal, was er ihn fragte. Also redete er lieber nicht.

Dafür verfolgte Penta den Weg des Lichtscheins. Dank der zwei Dutzend bodentiefen Fenster konnte er genau erkennen, wo der Kerzenträger entlang ging.

Der Mann trug einen schwarzen Morgenmantel und eine helle Schlafmütze, dazu noch einen weißen Schal, der ihn als Hausdiener kennzeichnete. Im Erdgeschoss entzündete er einen Kamin in einem Zimmer, mittig des Hauses. Dann verschwand er für eine Weile, ehe er mit Anzug, Schal und Handschuhen erneut auftauchte. Er stocherte im Feuer herum, ehe er sich zur Haustür begab und hinaustrat.

Das war Pentas Chance. Hatte der Gentleman-Assassine nicht angedeutet, dass er sich mit seinen Opfern vorher unterhalten hatte? Penta musste mehr über Tonia Fill erfahren. Und wer wusste mehr als der Diener?

»Wie soll ich ihn ansprechen?«, überlegte er laut.

»Mir ist langweilig«, kommentierte Wurzel, der in seiner Schleife festhing.

Penta tätschelte seine Brust und hoffte, dass er den Wipfel des Bonsais traf, damit sich seine Jahresringe endlich sortierten.

Der Mann kam die lange Hofeinfahrt hinuntergeschlendert, in der Ellenbeuge einen leeren Korb. Einkäufe. Er wollte zum Allesmarkt. Vermutlich das Frühstück für die Familie besorgen.

Penta beeilte sich, vor ihm zu laufen, ehe der Mann den Hof verließ. Er verringerte sein Tempo etwas, als er die Schritte hinter sich hörte. *Klug anstellen, ruhig bleiben und so wirken, als ob ich den Weg jeden Tag gehe*, sagte er sich immer wieder in Gedanken.

Es dauerte die komplette Straße, bis der Hausdiener ihn eingeholt hatte. Penta drehte sich zu ihm und nickte ihm zu. Was sollte er ihm sagen? Wie ansprechen? Über das Wetter reden? Es hatte in den letzten Tagen – soweit er wusste, schließlich hatte er das Büro nicht verlassen – keine besonderen Wettervorkommnisse gegeben. Über seinen Beruf sprechen? *Lieber nicht*, überlegte Penta. Vielleicht mochte er ihn nicht. Oder er konnte ihn fragen, wohin er wollte. Allerdings konnte der Diener das auch falsch verstehen. Penta grübelte. In seinem Leben hatte er zwar gestohlen, betrogen und verraten, ja, aber noch nie jemanden verfolgt.

Er schürzte die Lippen. Sollte er einen nichtigen Grund erfinden, um ihn anzusprechen? Das wäre eine Option. Ihn vor Taschendieben auf dem Allesmarkt warnen. Ja, das war eine …

Penta blieb abrupt stehen. Verdammt, wo war der Diener hin? Weit und breit war niemand auf der Straße. Diese verlief schnurgerade und hatte keine Abbiegungen auf den nächsten hundert Metern. Er musste also in einen der Hauseingänge gegangen sein. Penta sah sich um, entdeckte den Bürzel des Jacketts aus einem Eingang nicht weit von ihm wehen. Gleich darauf trat eine Frau aus der Tür und hakte sich bei ihm ein. Sie trug die übliche Kleidung einer Hausmagd und hatte ebenfalls einen Korb dabei. Penta schmunzelte. Morgendliche

Verabredung zum gemeinsamen Einkaufen. Kluger Bursche. So sicherte man sich das nächste Treffen mit einer begehrten Dame, ohne aufdringlich zu wirken.

»Guten Morgen, Elisa«, begrüßte der Diener die Fremde. Penta beeilte sich, hinter ihnen zu bleiben, denn er wollte den Anschluss nicht verpassen.

»Na, wie war dein Tag gestern? Hat der Alte dich wieder gescheucht?« Ihre Stimme war kratzig und vernebelt, als hätte sie zu lange vor einem Kamin gearbeitet und zu viel Ruß eingeatmet. »Oder durftest du wieder die Tiere füttern, weil sie es vergessen hat?«

Penta hielt einen Schritt lang inne. Sie unterhielten sich über ihre Herren. Natürlich. Er zückte seinen Block und notierte sich, dass Tonias Familie Tiere hatte. Auf so einem großen Anwesen nicht verwunderlich. Die meisten der Reichen hatten Pferde für ihre Kutschen und wenige hatten sogar Hunderudel, um Einbrecher abzuhalten. Penta war in seiner Kindheit solch einem Rudel begegnet und hatte es nicht genossen. Bis heute schmerzten die Bisswunden an seinem Unterschenkel, wenn ein Sturm aufzog. Das war auch der Moment gewesen, in dem er festgestellt hatte, dass er gegen einige Tierhaare allergisch reagierte. Vor allem Katzen, doch die gab es zum Glück nicht so oft auf Madera.

»Schlimmer. Ich musste mit ihr einkaufen gehen. Sie will heute Abend auf einen Ball gehen. Aber erst, nachdem sie noch etwas erledigt hat, wie sie meinte. Vermutlich muss ich sie nachher wieder aus irgendeiner Polizeistation abholen.« Der Diener machte ein unflätiges Zeichen. »Ehrlich, wenn ich nicht auf die Arbeit angewiesen wäre, würde ich am liebsten gehen.«

»Ich kenne das. Meine Miss hatte gestern wieder einen schlechten Tag. Hat nur gebrüllt. ‚Wo ist mein Essen? Wo ist mein Geld? Wo ist mein Tee?‘« Sie seufzte. »Auch wenn es böse klingt, aber ich ersehne den Tag, an dem sie das Zeitliche segnet. Wusstest du, dass sie schon

84 ist? Das ist doch unnatürlich. So alt sollte kein Mensch werden.«

Die beiden bogen um eine Ecke und Penta eilte hinterher. Die nächsten Worte verstand er nicht, er hatte jedoch seine ersten Informationen erhalten. In seinen Fingerspitzen kribbelte es. So ein Moment als Assassine war etwas Aufregendes. Wenn er es sich recht überlegte, könnte er sich daran gewöhnen. Bisher war die Observierung nach Vorschrift verlaufen. Er hatte seine Identität nicht preisgegeben und niemanden aus Versehen umgebracht. Verlief der Tag weiter so reibungslos, hätte er morgen bereits Ruhe und konnte sich seinen eigenen Statistiken widmen. Teska Brem war sicher beeindruckt, wenn er ihm diese einige Tage vorher bringen würde.

»... Herr nicht. Der lebt so ungesund, dass er seine Enkelkinder nicht mehr erleben wird. Andererseits: Wer ist schon so verrückt, seine Tochter zu ehelichen?«

Beide lachten. Penta hingegen runzelte die Stirn. War Tonia eine hässliche, alte Jungfer? Wenn ja, machte das für ihn einen Unterschied? Er würde sie umbringen, damit seine Tarnung vollständig war. Egal, wie sie aussah oder wie alt sie war. Er straffte sich, horchte weiter zu.

»Hat sie immer noch diese Wunschvorstellung von einem edlen Reiter, der sie mit auf sein Schloss in Palmenfort nimmt?«, gluckste die Magd.

»Die wird sie wohl nie aufgeben. Sie erzählt es bei jedem Mittagessen, dass sie nur fest genug daran glauben muss, dann würde es wahr werden. Fast so schlimm wie ihre andere Wahnvorstellung. Wir nennen sie nur noch die transusige, traurige Tonia. Denn wenn sie nicht von ihrem Traum erzählt, einmal einem edlen Ritter versprochen zu werden, redet sie von diesen Verschwörungen, die absolut abstrus sind. Sie wird mal einsam in diesem großen Haus enden.«

»Na ja, du wirst ja immer noch für sie da sein«, sagte Elisa gehässig und knuffte ihm in die Rippen. »Bis an dein Lebensende.«

Penta schüttelte den Kopf. Er verabscheute es, wenn man über Personen lästerte, die nicht anwesend waren. Er selbst enthielt sich lieber eines Kommentars, anstatt jemanden zu beleidigen. Eine Regel, die er früh im Dienst von Kobold gelernt hatte. Denn sie tat es eben nicht und handelte sich ständig Ärger damit ein.

»Ich hoffe nicht. Eines Tages möchte ich mit meiner Frau und den Kindern in unserem eigenen Haus sitzen und ein schönes Leben haben.«

Die nächsten Minuten handelten von schnulzigem Geplänkel zwischen den Zweien, das Penta ausblendete. Stattdessen überlegte er, was er mit Tonia anstellen sollte. »Vielleicht Gift?«, murmelte er vor sich hin.

»Mir ist langweilig«, ertönte es lautstark aus seinem Mantel.

Die beiden Liebenden wandten sich zu ihm um und musterten ihn abschätzig, sagten jedoch nichts. Penta zog die Mundwinkel hoch, aber es war kein echtes Lächeln. Die Zwei merkten es wohl und wurden leiser. Penta musste aufholen, damit er sie weiterhin verstand.

»… lange weg. Wenn sie heute Abend wieder von den Polizisten nach Hause gebracht wird, werde ich einfach etwas länger in der Küche bleiben. Soll sie ruhig mal merken, dass ich auch ein Leben habe«, beschwerte sich der Diener. »Sie hat mich letztens sogar mit falschem Namen angesprochen. Als ob ich nicht seit sechs Jahren für sie arbeiten und in ihrem Haus leben würde.«

»Besser als Schimpfwörter. Gestern war ich die Schwabbelente, heute morgen nannte sie mich einen Elefantenhaufen, weil ich angeblich stinken würde wie einer.«

Sofort schüttelte der Hausdiener den Kopf und verneinte es vehement. »Weißt du, was du machen musst?«, sagte er schließlich. »Auf dem Lieblingsplatz deiner Herrin im Garten einfach ein wenig Honig auf den Boden schmieren und schon kommen die Ameisen zu ihr. Das macht sie wahnsinnig.« Er kicherte und bog auf den Allesmarkt ein. Das große, geschwungene Portal mit dem ins Holz geschnitzten Wort Allesmarkt empfing sie wie in einem Schloss. Nur, dass dahinter keine Fanfaren warteten, sondern ein brummender Menschenkreis, der langsam Fahrt aufnahm.

»Hast du das bei deinem Herrn auch gemacht?«, fragte sie und lachte ebenfalls.

»Nein, aber bei Tonia. Ich habe welchen auf ihren Fensterrahmen geschmiert. Die Ameisen sind überall in ihrem Schlafzimmer und sie hat keine Ahnung, wo sie herkommen.«

Beide tauchten in den Strom ein und Penta gab die Verfolgung auf. Er hatte genug Hinweise, um sich an einen Plan zu machen. Er tippte mit dem Finger auf den Block und schmunzelte. In ihm reifte bereits eine Idee. Doch die musste er noch hegen und pflegen und mit Wasser beträufeln, so dass sie keimte und Wurzeln schlug.

Er eilte in sein Büro, vorbei an den Händlern, die ihre Ware wie jeden Morgen ausladend und mit blumigen Worten präsentierten. Als sie ihn erkannten, schwiegen sie sofort wieder, denn er kaufte nie bei den Verkäufern in seiner Umgebung. Zu viele Hygieneverstöße gegen den gesunden Menschenverstand hatte er an den Ständen gesehen. Selbst seine Level 10-Assassinen waren reinlicher und die kamen meistens aus der Obdachlosigkeit ihrer Heimatstädte und sahen keinen anderen Ausweg, als die Ausbildung zum Assassinen anzugehen. Penta räumte Wurzel aus seinem Brustbeutel und setzte sich an seinen Schreibtisch.

»Bist du aufnahmefähig?«, fragte er ihn schließlich.

»Mir ist langweilig«, entgegnete Wurzel, betrachtete ihn mit weit aufgerissenen Augen und schubberte mit einem Ast über einen Becher Tee, den Penta sich am frühen Morgen gemacht hatte.

Penta schlug einmal kräftig gegen Wurzels Hinterwipfel, sodass seine Augen zuklappten und wenige Sekunden später wieder aufgingen, als ob er zu sich gekommen war. »Hui, das tat gut. Wolltest du nicht rausgehen?« Wurzel sah sich um.

»Wir waren draußen. Ich brauche deine Hilfe. Wir müssen einen möglichst perfekten Mord planen.« Penta deutete auf seine Notizen. »Ich habe einiges über sie erfahren, was wir nutzen können. Zum

Beispiel weiß ich, wo ihr Schlafzimmer ist.«

Wurzel straffte sich und hob mahnend einen Zweig. »Du Schlawiner. Ich dachte, du wolltest sie bestatten und nicht begatten?«

»Wurzel«, sagte er und hielt ihm den Mund zu. »Ich will sie in ihrem Schlafzimmer angreifen.«

»Ach so«, brummte Wurzel durch Pentas Hand hindurch. »Das ergibt natürlich mehr Sinn. Wie willst du da reinkommen?«

»Vor dem Haus habe ich eine Leiter gesehen, die ich zumindest bis zum ersten Stockwerk benutzen kann. Über jedem Fenster sind Borde angebracht, an denen ich hinaufklettern kann.«

Wurzel schob Pentas Finger mit einem Ast beiseite. »Darf ich dich an deinen letzten Kletterversuch erinnern? Du bist aus drei Metern Höhe heruntergefallen und hast dir den Arm gebrochen.«

»Du erinnerst dich nicht an die Statistiken des letzten Monats, aber Geschichten, die vor über fünf Jahren passiert sind, die hast du sofort parat?«

»Peinliche Geschichten von dir haben auf dem Surfer einen extra Speicherort. Wird von mir und meinen Kollegen besonders gern aufgerufen, wenn wir uns mal wieder am Leid der Menschen ergötzen wollen«, flachste Wurzel und versteckte sich hinter einem Ordner.

»Wir sollten dringend über deine Qualitäten als Dunkelnetz-schnüffler diskutieren«, merkte Penta an und wandte sich erneut seinen Notizen zu.

»Da gibt es nichts zu diskutieren. Mein Ruf eilt mir voraus.« Wurzel klopfte sich auf den Stamm und kam hervor.

»Darin stimme ich dir sogar zu. Zurück zum Thema.« Penta tippte mit dem Stift auf das Blatt. »Was wäre eine möglichst effektive Tötungsart, die dem Gentleman-Assassinen gerecht wird?«

»Da sticht sich doch der Kaktus ins eigene Fleisch.« Wurzel schüttelte seine Krone. »Du hast keine Ahnung vom Töten und willst jemanden so töten, dass es aussieht, als ob es ein Meister seines Fachs getan hat?«

Penta biss sich auf die Unterlippe. Wurzel hatte Recht. Praktische Erfahrungen hatte er nicht. Jedoch hatte er Zugriff auf die Informationen von zwölf Assassinen, die er seit sieben Jahren betreute. Er kannte alle Fehler, die man machen konnte. Und er wusste aus diversen Berichten, wie man möglichst effizient tötete. Es konnte nicht so schwer sein, das in die Tat umzusetzen.

»Gemeinsam müssten wir das hinbekommen. Was hältst du von einer Punktierung der Lunge?«, schlug Penta vor. »Wenig Blut und der Tod tritt erst Minuten später ein, wenn ich wieder weg bin.«

Wurzel tastete mit einem Ast seinen oberen Stamm ab. »Weißt du, wo du exakt zustechen musst?«, fragte er.

Penta zögerte. »Theoretisch.«

»Ich sehe es schon vor mir. Du stehst vor ihr und bittest sie kurz mal stillzuhalten, damit du ihre Rippen abtasten kannst. Wird ein super Mord.« Wurzel hob einen dünnen Ast und bildete aus den Enden so etwas wie einen Daumen, den er ihm zeigte.

»Hast ja Recht.« Penta legte eine Hand ans Kinn und strich darüber. Er musste sich dringend wieder rasieren. Sie schwiegen und Penta überlegte, wie er Tonia am besten umbringen konnte.

»Doch nicht so einfach, wie du dachtest, oder?«, fragte Wurzel in seine Gedanken hinein. »Worin bist du denn gut?«

»Formulare ausfüllen und Regeln befolgen«, antwortete Penta. »Und ich kann mir gut Dinge merken.«

»Gut, das hilft uns nicht weiter, solange du sie nicht zu Tode langweilen willst.« Wurzel imitierte seine Haltung und kratzte sich über seinen Mund. »Du kannst erstaunlich gut …« Wurzel schwieg und legte den Stamm schräg, während er ihn betrachtete. »Mal ehrlich: Ist zu Tode langweilen eine Option?«

Penta winkte ab und erhob sich aus seinem Stuhl. Es musste etwas geben, das ihn dazu befähigte, jemanden umzubringen. Einige

Minuten lang marschierte er im Slalom um die Fallakten auf dem Boden und dachte nach. »Ich könnte sie überwältigen, wenn sie gerade ihr Kleid anzieht. Das dauert doch bei Frauen immer sehr lange, oder?«

»Wenn du das nicht weißt, Kumpel«, bemerkte Wurzel und schob seine Äste von sich. »Sobald Moos endlich bei mir einzieht, weiß ich mit Sicherheit, was ich mit ihr zu tun habe.«

Penta schüttelte den Kopf bei der Vorstellung und vertrieb den Gedanken sofort. »In Ordnung. Angriff mit dem Messer. Ich packe sie von hinten und durchtrenne ihre Kehle. Das ist nicht so schwer zu treffen.«

»Macht aber eine Riesensauerei und jeder weiß dann, dass sie umgebracht worden ist.« Wurzel deutete auf Penta und schnalzte mit der Zunge. »Schlampige Assassinenarbeit. Besonders, wenn es vom Besten der Besten kommen soll.«

»Ich schlage sie von hinten nieder und lege sie so, dass es aussieht, als ob sie gestürzt ist?« Penta ging zum Fenster und schaute hinaus auf den Fluss. Die Fischer lagen immer noch mit ihren Booten in seiner Nähe. Diesmal schliefen sie jedoch nicht, sondern holten ihre Angeln ein. Anscheinend war ihr Tag erfolgreicher verlaufen als seiner.

»Dagegen spricht nichts. Ist zwar eine der einfachsten Tötungen, aber in deinem Fall wohl angebracht.« Wurzel applaudierte, während Penta sich ein Lächeln erlaubte. »Habe ich mir jetzt etwas Wasser verdient,

Meister?«, bettelte Wurzel.

»Es steht direkt vor dir. Meinst du nicht, dass du alt genug bist, um es dir selbst zu nehmen?«, sagte Penta und schlich müde zum Schreibtisch.

»Ich bin zu schwach«, skandierte Wurzel mit stetig ansteigender Stimme.

Penta setzte sich, griff nach seinem Glas und schüttete ihm etwas Flüssigkeit in den Topf. Nicht jedoch, ohne vorher seine Notizen in Sicherheit zu bringen.

KAPITEL 6
TONIA

Tonia lief zur Firma ihres Vaters. Sie hätte auch eine Kutsche rufen können, aber das Spazieren tat ihr gut. Außerdem konnte sie so die Augen aufhalten, ob sie verfolgt wurde.

Seit sie wusste, dass sie in der Zelle ausgehorcht worden war, schaute sie sich regelmäßig um, suchte neue Wege und lauerte denjenigen auf, die sich ihr näherten oder dieselbe Richtung einschlugen.

Allerdings war bisher nichts passiert. Niemand hatte einen Anschlag auf sie umgesetzt. Niemand wollte sie umbringen. Für einen Moment kam ihr der Gedanke, dass sie sich geirrt und es eine Verwechslung in der Polizeistation gegeben hatte. Doch dann sah sie ihre Mutter tot vor sich liegen und sie wusste, dass es mit Sicherheit ein Assassine gewesen sein musste. Oder jemand, der mit den Assassinen unter einer Decke steckte.

»Guten Morgen, Tonia«, begrüßte sie ein junger Wächter am Eingang des mehrstöckigen Gebäudekomplexes. Er war erst volljährig geworden und hatte den Job seit ein paar Wochen. Sie hatte ihn am ersten Tag freundlich gegrüßt und sich mit ihm einige Minuten unterhalten. Seither sprach er sie jeden Tag an, wenn sie arbeitete. »Haben Sie heute wieder Dienst?«

»Dienst würde ich den Papierkram nicht nennen, den ich erledigen muss, aber ja, ich arbeite heute. Wie lange müssen Sie noch?« Tonia starrte an ihm vorbei in das kleine Wächterhäuschen, das nur als Unterstand bei Regen diente. Ansonsten hatte er draußen zu stehen, um Protokoll darüber zu führen, wann wer die Firma betrat. Es gab nur diesen einen Zugang durch den dunkelbraun gestrichenen, blickdichten Lamellenzaun. Es sei denn, man besaß eine Kletterausrüstung. Doch selbst dann war es fast unmöglich, das Gelände zu betreten, wie sie aus eigener Erfahrung wusste. Vor einem Jahr hatte sie es versucht. Einfach nur, um es auszuprobieren. Ihrem Vater hatte sie erzählt, dass sie die Sicherheit der Firma testen wollte. Er hatte sie zwar skeptisch beäugt, aber die Erklärung akzeptiert. Den wahren Grund wollte sie nicht verraten, schließlich sollte sie die liebe, brave Tochter sein.

»Nur noch bis zur Mittagsschicht. Dann löst mich Gerna ab. Ich hoffe, Sie haben einen ruhigen Arbeitstag, Tonia.«

»Danke schön. Ebenso und nachher einen ruhigen Feierabend.«

Der Junge strahlte mit dem gelben Anstrich seines Häuschens um die Wette. Auf dem Weg in ihr Büro begegneten ihr einige Kollegen, die sie freundlich grüßte. Die meisten nickten höflich, weil sie die Tochter vom Firmeninhaber war. Fills Feuerlacke wurde in ganz Madera benutzt. Sie hatten die besten Angebote und die günstigste Massenproduktion des Landes, wie die Schilder überall in der Firma propagierten.

Tonia ignorierte diese und lief hinauf in ihr Büro, vorbei an den großen Lacktöpfen, den Produktionsbändern und den Rohrpostbahnen, die an den Wänden hinaufführten. Das System hatte ihr Vater vor einem Jahr eingeführt. Damit die Aufseher nicht immer ihre Befehle durch die Halle und gegen den Lärm der Maschinen anbrüllen mussten, wurden

Nachrichten per Rohrpost verschickt. Sie dienten dazu, kurze, prägnante Anweisungen zu verschicken, um eine produktive und schnellere Arbeitsweise zu garantieren.

Tonia hasste diese kleinen, rotbraunen Kirschholzbehälter, weil man nie wusste, wer der Absender war. Es sei denn, jemand schrieb seinen Namen darunter. Die einfache Holztreppe am gegenüberliegenden Ende der Halle führte in den ersten Stock hinauf. An den Wänden hingen Kopien der Auszeichnungen. Bester Feuerlackproduzent der letzten fünf Jahre in Folge.

Sie ballte die Fäuste. Diese Zettel waren das Papier nicht wert, auf dem sie geschrieben worden waren. Gerade, als sie einen der Bilderrahmen abnehmen wollte, kam Camtero die Treppe herunter.

»Ah, Tonia, gut dass ich dich treffe.« Ihr Vater winkte ihr, ihm zu folgen. Sie wusste, dass es keinen Sinn hatte, sich zu sträuben, da er sowieso immer seinen Willen bekam. Also seufzte sie und machte auf dem Absatz kehrt, um hinunter in die Halle zu gehen. »Was gibt es denn, Camtero?«

Seit dem Tod ihrer Mutter und der Tatsache, dass er ihr das Gesehene nicht glaubte, hatte sie ihn nur noch bei seinem Vornamen genannt. Es schien ihn nicht zu stören. Zumindest hatte er nie etwas dagegen gesagt. Für Tonia war es notwendig, da sie ihn erst wieder Vater nennen wollte, wenn er sich seiner Rolle als würdig erwies. Und in den letzten zwanzig Jahren war das nicht der Fall gewesen. Dass Tonia dennoch für ihn arbeitete, hatte nur einen Grund. Ihre Mutter. Fill war der Mädchenname ihrer Mutter, den ihr Vater bei der Hochzeit angenommen hatte. Ihre Familie hatte die Firma vor mittlerweile fünfzig Jahren gegründet. Anfangs war es nur ein kleines Familienunternehmen gewesen. Die Fills hatten gerade genug Feuerlack produziert, um Ulmenstadt zur Hälfte zu beliefern. Unter Camteros alleiniger Herrschaft nach dem Tod ihrer Mutter hatte es immer neue Expansionen gegeben. Dabei entsprach die Philosophie längst nicht mehr der ursprünglichen Fill-Tradition. Tonia hoffte einfach, dass ihr Vater ihr eines Tages die Firma überließ, damit sie alles wieder so leiten konnte, wie es geplant gewesen war.

»Du musst für mich etwas erledigen. Ich habe hier einen wichtigen Brief, der zum Bürgermeister muss.« Camtero blieb stehen. Seine blaugrauen Augen, die unter den grauen Augenbrauen wie zwei tiefe Höhlen wirkten, bohrten sich in ihr Innerstes. »Das ist verdammt wichtig, hörst du?«

»Hast du dafür nicht einen Papageien, der das liefern kann? Ich bin nicht deine Laufmagd«, erklärte Tonia genervt.

»Nein, das kann ich keinem dahergeflatterten Vogel anvertrauen. Es ist wichtig«, sagte Camtero eindringlich. »Es ist die Spende zum Wahlkampf des Bürgermeisters.«

Seine fleischigen Hände packten sie an den Oberarmen und drückten fest zu. »Du bist die einzige, der ich diese Summe anvertrauen kann.«

Tonia schnaubte. Ganz sicher war sie das nicht. Vermutlich war das ein Test, wie loyal sie ihm gegenüber war. Immerhin hatte sie seit einigen Jahren Zugriff auf ihr Erbe und war nicht auf das Geld ihres Vaters angewiesen. Den Großteil davon steckte sie in die Anti-Assassinen-Arbeit. Leider bisher nur mit mäßigem Erfolg, da die meisten Informanten kurz nach dem Erhalt ihrer Bestechungssumme auf wundersame Weise verschwanden oder tot aufgefunden wurden. Angeblich durch natürliche Ursachen gestorben. Tonia wusste es besser. Dahinter konnte nur die Vereinigung der Assassinen stecken.

»Was ist mit deinen Leibwächtern? Die können das doch auch übernehmen? Oder du gehst selbst.« Tonia gab ihm den prall gefüllten Briefumschlag zurück. »Ich bin deutlich überqualifiziert, um als Postbotin zu arbeiten. Schließlich bin ich für die Buchhaltung hier zuständig.«

»Und genau deswegen vertraue ich dir das Geld an, meine Liebe.« Seine honigblonden Haare hatte er nach links gekämmt, sie schienen jedoch ein Eigenleben zu haben, denn ständig musste er sie wieder in Form bringen. Er setzte sein in Ulmenstadt bekanntes Lächeln auf. Tonia verspürte nur Abscheu bei diesem künstlichen Grinsen. Es war so falsch, wie es nur sein konnte und reichte nie bis in seine kalten, blaugrauen Augen. Das Einzige, was sie von ihrem Vater geerbt hatte. Die blauen Augen, während sie sonst alles andere von ihrer Mutter hatte.

Wenn sie sich anstrengte, konnte Tonia sich daran erinnern, wie Camtero vor dem Tod ihrer Mutter gewesen war. Sie glaubte zu wissen, wie er mit ihr im Garten des Anwesens unter der großen Linde gespielt hatte, bis ihre Finger klebrig waren. Aber diese Erinnerungen verblassten stetig mehr.

»Wenn du mir so sehr vertraust, warum darf ich dann die roten Ordner nicht einsehen?«, fragte Tonia und stemmte die Hände in die Hüften. Erwartungsvoll sah sie ihn an.

»Das übersteigt noch deine buchhalterischen Fähigkeiten«, erklärte Camtero mit einer wegwischenden Handbewegung.

»Ich mache das seit fünf Jahren. Du könntest mich dahingehend auch einfach mehr fördern«, forderte Tonia und verschränkte die Arme, um damit die ablehnende Haltung ihres Vaters zu erwidern.

»Was für eine Förderung verlangst du denn noch? Gebe ich dir nicht schon alles? Du wohnst zuhause, ich lasse dir die freie Wahl, wann du dir einen Mann oder meinetwegen eine Frau suchst, dränge dich zu nichts. Und so dankst du es mir? Mit noch mehr Forderungen?«

»Dein Ernst, Camtero?« Tonia schnaubte. »Du lässt mich nur in dem Haus wohnen, weil es rechtlich gesehen mir gehört. Und wen ich mir aussuche, ist schon mal so gar nicht deine Entscheidung. Also stell das nicht so hin, als ob du gnädig wärst. Das liegt alles in meiner Hand. Nicht in deiner.«

Camtero ließ für einen Moment die Maske des liebenden Vaters fallen. Seine Mundwinkel zuckten verächtlich. »Du willst mir also nicht helfen? Nicht einmal, wenn ich durch diese Spende vielleicht zum nächsten Bürgermeister werde und nicht mehr so viel in der Firma arbeiten könnte?«, zischte er.

Tonia runzelte die Stirn. »Du willst Bürgermeister werden? Seit wann?«

»Es hat sich in den letzten Monaten ergeben, dass ich mich öfter mit dem Bürgermeister getroffen habe. Ihm geht es gesundheitlich nicht so gut. Eine Infektion, die sich hartnäckig hält.« Camtero drehte die Hand und setzte wieder das beherzte Lächeln auf, das jeder in Ulmenstadt kannte, weil es auf den hölzernen Behältern der Feuerlacke eingraviert war. »Ich habe ihm zuerst angeboten, dass ich ihm die besten Ärzte über die Holzwege in die Stadt hole, aber er hat abgelehnt. Er hat sogar den Vorschlag gemacht, dass ich sein Nachfolger werde.« Stolz warf er sich in die Brust und lächelte so breit wie sonst nur für die Abbildographen.

»Aber dich hat Politik nie interessiert«, warf Tonia ein.

»Das ist so nicht ganz korrekt. Ich bin auf dieser Insel geboren und möchte, dass sie ihr volles Potenzial ausschöpft. Vor allem möchte ich, dass Ulmenstadt eine größere Bewandtnis in den Geschicken des Landes spielt. Dafür stehe ich mit meinem Namen ein!«

»Du musst hier nicht deine Amtseinführungsansprache an mir üben, Camtero.« Tonia schüttelte den Kopf. »Wenn du mir zusicherst, dass ich die Firma bekomme, sobald du Bürgermeister bist, ist mir der Rest egal.«

»Du bekommst dann alles, was du verdient hast, mein Goldstück.« Er packte Tonia erneut an den Oberarmen, zog sie zu sich heran und drückte ihr einen Kuss auf die Wange.

Tonia ließ es zu. Er war ihr Vater und auch wenn sie so manche seiner Entscheidungen nicht nachvollziehen konnte, hatte sie eine Eigenschaft von ihrer Mutter geerbt, die Tonia stets davon abgehalten hatte, ihn zu verlassen: Die Liebe zur Familie. Egal, wie sehr man sich zerstritten hatte, egal, wie nervtötend der Onkel aus Palmenfort mit seinen Berichten über die Wanderung der Krebse war: Es gab immer einen Weg in die Familie zurück.

Camtero lächelte sie wieder breit an und nickte ihr zu. »Dann übernimmst du den Gang zum Bürgermeister?«

»Unter Protest, aber ja.« Für das Wohl der Firma, schob sie in Gedanken hinterher und verzog das Gesicht, als hätte sie Schmerzen.

Nach seiner Firmenübernahme war das Logo der Fills das erste, was er verändert hatte. Statt einem Holzfass mit dem elegant-einprägsamen Fill-Schriftzug, prangte nun sein breites Lächeln auf den Lackfässern. Und sie standen überall in der Stadt. In jedem Einkaufsladen, an jeder Schreinerei und in jeder Polizeiwache. Camtero Fill war das gelungen, was ihrer Mutter verwehrt geblieben war. Er hatte die Marke Fill zu einem landesweiten Erfolg geführt. Dennoch konnte sie nicht leiden, was er aus dem Geschäft gemacht hatte. Die Herzlichkeit, mit der die Arbeiter früher in die Halle getreten waren, wurde unterdrückt und vorne an der Tür abgegeben. Niemand kam mit einem Lächeln durch den Eingang. Alle erledigten ihre Routine und gingen wieder. Das wollte Tonia ändern. Seine Andeutung, dass er in die Politik ging und damit den Firmenvorsitz ihr überlassen würde, schenkte ihr Hoffnungen auf eine bessere Zukunft für die Firma. Auf eine Umkehr der Profitgier ihres Vaters, zurück zu den Werten ihrer Mutter.

»Danke, du bist die Beste. Dann los. Das kann nicht warten.«

»Möchte ich wissen, wofür das Geld wirklich ist?«, fragte Tonia, als sie den Umschlag entgegennahm. Dass es nicht zur Unterstützung des Wahlkampfs des Bürgermeisters war, wenn der nicht mehr vorhatte anzutreten, war ihr klar.

»Sei einfach ein braves Mädchen und bring es ihm, in Ordnung?« Camtero tätschelte ihre Wange und ging an ihr vorbei auf die Treppe zu, die in den oberen Stock führte.

»Brav?« Tonia schnaubte. »Wie gut kennst du mich?« Tonia betrachtete den Briefumschlag, der ganz offensichtlich prall gefüllt war, und marschierte los. Eventuell konnte sie auf dem Weg zum

Treibhaus noch einmal anhalten und nachschauen, wie viel tatsächlich da drin war. Es war ein weißer Umschlag, den er verwendet hatte. Kein Siegel, kein Firmenlogo. Nichts. Sie konnte ihn jederzeit austauschen und niemand würde es bemerken. Tonia sah sich um und machte einen kurzen Schlenker in die Postabteilung der Firma. Der kleine Anbau erinnerte sie an die Gartenlaube an ihrem Haus. Etwas abseits, viel zu lange nicht ordentlich geputzt und vielleicht ein wenig morsch. Doch stets frisch angestrichen, um den Schein zu wahren.

»Guten Morgen«, begrüßte Tonia die einzige Angestellte, die in der Abteilung saß. Matta war alt. Als Tonia ein Kind gewesen war, hatte sie geglaubt, dass Matta eine Baumhexe war, die einfach vom Tod vergessen worden war. Ihre Mutter hatte ihr das Märchen der Baumhexen immer vorgelesen. Eine Gedichtgeschicht, wie sie auf Madera hießen. Es war die Geschichte von drei Hexen, die von den Bäumen die Unsterblichkeit lernten und mit ihnen lebten. Aber auch von der dunklen Seite ihrer Macht, wenn sie mal wieder versuchten, des Nachts Kinder zu entführen, die allein im Wald unterwegs waren. Tonia schüttelte bei den Erinnerungen ihren Kopf, weil sie sich bis heute darüber ärgerte, vor den Baumhexen Angst gehabt zu haben. Welches Kind ging freiwillig in den Wald? Unvorbereitet?

Als sie das erste Mal auf Matta getroffen war, hatte Tonia laut gekreischt und sie als Baumhexe bezeichnet. Dass die Postangestellte mit einem selbst geschnitzten, mit Fratzen verzierten Stab herumlief, machte es nicht besser.

»Tonia, wie schön, dich zu sehen. Heute schon allein im Wald gewesen?«

»Matta, immer noch nicht tot umgefallen?«, erwiderte Tonia und umarmte die alte Frau herzlich. »Hast du die Medizin bekommen?«

»Ja, danke. Meinem Rücken fühlt sich nicht mehr an, als ob er jeden Augenblick durchbricht, auch wenn ich immer noch glaube, dass du da heimlich Stinkmorchel reingerieben hast. Ich rieche, als ob ich mich darin gewälzt hätte«, schimpfte sie mit ihrer rauen, viel zu brüchigen Stimme.

»Ich wollte erst Knoblauch nehmen, aber dann fiel mir ein, dass du dich damit ja wohlfühlen würdest.« Tonia deutete auf die Schüssel mit dem Eintopf, den die Alte ständig zum Mittag aß. Sie vermutete, dass die einzige Zutat Knoblauch war. Zumindest erfüllte der Geruch den Raum bereits so sehr, dass es selbst an Tagen, an denen Matta krank war, danach stank.

»Was führt dich in meine Abteilung?« Matta zeigte auf den einzigen Stuhl, den es hier gab. Sie bekam nicht viel Besuch, weswegen sie den zweiten Stuhl vor Jahren an die Ausstattungsabteilung zurückgegeben hatte.

»Ich brauche einen Briefumschlag. So einen wie den hier.«

Matta runzelte die Stirn. »Was hast du vor?«

»Meinem Vater ein Schnippchen schlagen«, erwiderte Tonia ehrlich.

Nach dem Tod ihrer Mutter war Tonia nicht oft mit in die Firma gekommen. Aber wenn, dann hatte ihr Vater sie bei Matta abgesetzt, damit sie sich um Tonia kümmerte. Tonia verheimlichte der alten Frau so gut wie nichts.

»Mehr muss ich nicht wissen. Umschläge liegen in dem oberen Regal. Hol dir einfach einen raus.«

»Danke schön, Matta. Ich komme nachher noch einmal vorbei. Bleib so lange am Leben.« Tonia drückte ihr einen Kuss auf die Stirn und winkte ihr.

»Du auch, Kleines.«

Gleich darauf verließ Tonia die Poststelle mit einem neuen Umschlag und machte sich auf den Weg in die Innenstadt von Ulmenstadt. Sie wollte ihre Kutsche nehmen, um ihn in Ruhe zu öffnen, aber das hätte nur die Aufmerksamkeit ihres Vaters generiert. Das Treibhaus befand sich in Laufreichweite der Fill-Fabrik, wenn man Lust hatte zu wandern. Grundsätzlich bewegte Tonia sich gern, weswegen sie nur schwer erklären könnte, weswegen sie für die kurze Strecke die Kutsche benutzte.

Sie passierte den Rand des Allesmarkts, den sie seit einiger Zeit beobachtete. Ihr Instinkt sagte ihr, dass am Brunnen der Aufträge in der Mitte des Marktes die Assassinen ebenfalls ihr Lager hatten. Doch bisher hatte sie dort niemanden ausfindig machen können, der diesem Beruf nachging.

Ein paar Straßen vom Allesmarkt entfernt kam sie an der *Grünen Borke* vorbei. Es gab in dem Theater meist Musik zu hören, aber ab und an gab es auch Schauspielstücke, die sie interessierten. Ein großes Plakat kündigte ein Stück über die Liebe zwischen einem Baum und einem Künstler an. Tonia notierte sich innerlich, dass sie demnächst wieder in eine Vorstellung wollte.

Sie atmete die frische Luft ein, die in der Innenstadt herrschte, seit dort die alten Kamine verboten worden waren. Die rußfreie Umgebung machte das Atmen sehr viel leichter. Tonia griff in die Innentasche ihres grünbraunen Mantels und strich über den Umschlag. Das Treibhaus kam in Sicht. Ein kugelförmig angelegter Bau, dessen helles Weidenholz im Sonnenlicht strahlte. Tonia musste sich geblendet abwenden. Dabei fiel ihr Blick auf eine Gruppe von Menschen, die Kartoffelsäcke als Kleidung trugen und kleine Blätter verteilten.

Kaum bemerkte einer der Verteilenden Tonias Blick, eilte er auf sie zu. »Guten Tag, darf ich Ihnen einen unserer Blattmomente mitgeben?«

»Nein danke, ich bin in Eile.«

»Das sind wir auch, wenn es um die Rettung und Pflege unserer Bäume geht«, sagte der Mann Mitte vierzig, der ihr sein Blatt weiterhin unter die Nase hielt. Es roch nach Kuh und erst da bemerkte sie, dass es Leder in Form eines Blattes war. Sie hatten es grün angemalt, um dann mit schwarzer Tinte ihre Parolen darauf zu schreiben. Tonia las die Überschrift. *Wenn wir die Bäume nicht retten, werden sie uns auch nicht retten.* Sie schnaubte. Diese Verschwörungstheoretiker glaubten ernsthaft an Bäume, die ein Bewusstsein hatten. Immer wieder traf sie diese Kauze auf der Straße, aber meistens konnte sie ihnen erfolgreich ausweichen.

»Und mir unterstellt man, dass ich verrückt wäre«, murmelte sie und hob erneut die Hand, um den Weg freizumachen. Doch der Mann stellte sich vor sie.

»Schauen Sie nicht weg. Ich sehe doch, dass Sie auch eine Skeptikerin am systemischen Umgang mit den Bäumen sind. Trauen Sie sich und treten Sie aus dem Schatten hervor, um unsere Sache zu stärken. Gemeinsam …«

»Hören Sie auf mit dem Blödsinn. Es gibt keine Bäume mit Bewusstsein. Das ist eine Legende, die von irgendwelchen Sekten in die Welt gesetzt wurde. Oder hat ihnen die Espe dort vorn vorhin einen guten Morgen gewünscht?« Tonia deutete auf den übergroßen Laubbaum, der, seit sie denken konnte, vor dem Treibhaus von Ulmenstadt stand.

»Heute Morgen nicht, nein«, sagte der Mann und wedelte mit dem Lederblatt. »Es gibt so viel auf der Welt, was wir nicht verstehen. So wahr ich Schmetterling heiße, stehe ich dafür, dass wir uns mit den Bäumen vereinen müssen, um …«

Tonias Gedanken drifteten zu dem Theaterstück ab, das sie sich notiert hatte. Steckte hinter der Grundidee etwa diese Verschwörungstheorie? Sie rümpfte die Nase und schüttelte den Kopf. »Warum auch immer ihre Eltern Sie Schmetterling genannt haben, bitte schön. Freie Namenswahl und alles, aber ich werde nun weitergehen. Und wenn Sie mir nicht aus dem Weg gehen, werde ich mir Ihren Kartoffelsack schnappen und Sie damit an Ihre geliebte Bäume ketten. Und fragen Sie nicht, wie eng das dann im Schritt kneift.«

Der Mann presste die Lippen aufeinander und machte zwar nur widerwillig Platz, doch es reichte, damit Tonia endlich ihren Weg zum Treibhaus fortsetzen konnte.

Unter der großen Espe, die davor aufragte, wartete wie jeden Vormittag die plappernde Pappel: Eine Person, die die Nachrichten des Tages verkündete. Alle fünf Minuten stieg sie auf ein aus Steinen gemauertes Podest und schrie das aktuelle Tagesgeschehen in die Stadt hinein. Hier bekam jeder, der nicht lesen konnte, seine tägliche Dosis Informationen. Tatsächlich standen einige Interessierte herum, die auf die ausführlichen Informationen zur vollen Stunde lauerten. Die Frau, die hinter dem simplen Holzpodest auf einem schmalen Stuhl saß, trug einen breiten Hut und einen Schleier, der ihr Gesicht größtenteils verbarg. Das war Vorschrift. Nachrichten sollten anonym verbreitet werden, damit der Verkünder von schlechten Worten nicht gehasst wurde. Sie hatte von Hetzjagden auf Nachrichtensprecher in Tannengut gehört, aber ob die Berichte stimmten, wusste sie nicht, da es nicht über die offiziellen Kanäle geteilt worden war. Außerdem war Tannengut nicht die modernste Stadt, was die Ansichten der freien Nachrichtenverkündung anging. Tonias Großtante hatte jahrelang dort gelebt. Jedes Mal, wenn sie zu Besuch gekommen war, hatte sie sich über veraltete Gesetze beschwert, die in Madera vor Jahren abgeschafft worden waren.

Selbst sie als Kind hatte in der Schule mehr mitbekommen als ihre Großtante.

»5 Minuten bis zur plappernden Pappel«, verkündete ein Begleiter der Nachrichtensprecherin. Er trug keinen Schleier, da sein einziger Job die Zeitansage war. Das nahmen einem nur die übel, die es sowieso schon eilig hatten.

Tonia ging an dem Podest vorbei. Wenn sie sich beeilte, konnte sie vielleicht die neusten Nachrichten hören. Dazu musste sie allerdings den Umschlag heimlich öffnen, einen Teil des Geldes herausnehmen und den Rest wieder in den neuen Brief verschließen. Und natürlich alles beim Bürgermeister abgeben. Sie straffte die Schultern.

Der strahlendweiße Rundbogen-Eingang stand offen, was bedeutete, dass die Regierenden gerade nicht in einer Sitzung waren. Tonia betrat die helle Eingangshalle des Treibhauses. Als sie das erste Mal hier aufgeschlagen war, hatte sie ihren Vater gefragt, warum es so genannt wurde. Immerhin wuchsen hier nur in den grünen, nicht mit Holzlatten überzogenen Ecken Pflanzen aus dem Boden.

»Weil hier das Treiben der ganzen Stadt verwaltet wird«, hatte er geantwortet. »Alles wird vorangetrieben, um die Stadt ordentlich zu führen.«

Obwohl es sich ihr damals nicht erschlossen hatte, verstand sie mittlerweile, was er damit gemeint hatte.

Die Büros waren auf verschiedene Etagen verteilt, aber in der Mitte ragte eine breite, schachtförmige Öffnung bis nach oben zum Glasdach. Die Balustraden der einzelnen Stockwerke waren aus den Originalästen einer Weide geformt, wie sie inzwischen wusste.

Hinter einem Sprecherpult stand ein älterer Herr, der strenger dreinschaute als die Hausdame der Fills. Tonia ging direkt auf ihn zu. »Guten Tag, mein Name ist Tonia Fill. Ich möchte gerne im Namen meines Vaters zum Bürgermeister.«

Der einzige Vorteil, eine Fill zu sein: Sie bekam nur durch Camtero sofortige Termine, wenn sie es verlangte. Niemand wollte sich mit ihm anlegen, weil er mit dem Feuerlack ein Imperium aufgebaut hatte, auf das viele Menschen in Ulmenstadt angewiesen waren.

»Oh, natürlich. Ich kündige Sie an.«

»Das wird nicht nötig sein. Ich werde vorher noch die Toilette benutzen und finde meinen Weg selbst hinauf. Danke schön«, erklärte Tonia selbstbewusst und marschierte an seinem Stehpult vorbei zum händisch betriebenen Aufzug. Ein junges Mädchen wartete bereits auf sie mit offener Tür und kurbelte gleich darauf so lange, bis sie im obersten Stockwerk ankamen. Tonia lief bis zur Toilette, einem kleinen Raum, der nur spärlich belüftet und für sämtliche

Geschlechter gedacht war. Im Treibhaus hatte man nicht so viel Platz, als dass man für alle eigene Waschräume bieten konnte. Die Bürokratie, die in diesem Land herrschte, benötigte zu viel Raum.

Tonia setzte sich auf den Toilettendeckel und öffnete endlich den Umschlag. Die Scheine waren, wie sie erwartet hatte, keine Eichen, sondern Mammutnoten. Die höchste Währung in Madera. Tonia schüttelte den Kopf. Das war nicht nur eine Unterstützung zum Wahlkampf. Diese Summe diente mit Sicherheit als Bestechung des Bürgermeisters, damit er nicht mehr antrat. Offensichtlich drohte ihr Vater dem Mann noch mit anderen Dingen, so dass er sein Amt nicht verteidigen wollte.

Sie nahm das Geld in die Hand und ließ es durch ihre Finger rascheln. Wenn sie einen Teil davon abzweigte, um ihn für ihre Zwecke zu nutzen, würde das nicht auffallen. Sofern Tonia den Bürgermeister richtig einschätzte, würde er selbst bei einer fest vereinbarten Geldsumme nichts sagen. Und Camtero würde nicht nachfragen, weil er Tonia vertraute.

Oder sie gab das Geld gar nicht ab und schaute sich an, wie das mühsam aufgebaute Kartenhaus ihres Vaters in sich zusammenfiel. Denn diese Zahlung war wichtig, dessen war Tonia sich bewusst. Ohne diese würde die Drohung von Camtero vermutlich ins Leere laufen und er würde kein Bürgermeister werden. Das bedeutete aber, dass er weiterhin in der Fill-Fabrik sein Unwesen trieb.

Was davon war das kleinere Übel? Ihn für die Geschicke von Ulmenstadt an die Macht zu lassen, wo er jedoch vom Stadtrat eingebremst werden konnte oder seine Diktatur über das Familienimperium? Wofür sie sich auch entschied, es würde für Schmerzen sorgen. So oder so.

Also konnte sie die Verantwortung für ihn in die Hände der Stadtversammlung geben. Immerhin hatte sie sich bis heute um ihn gekümmert. Es wurde Zeit, dass sie ihr Erbe antrat.

Entschlossen steckte sie einige Mammutnoten in ihre Manteltasche und holte den neuen Umschlag hervor, um den Rest dorthinein zu legen und sorgsam zu verschließen. Tonia richtete sich auf und machte sich dazu bereit, dem Bürgermeister von Ulmenstadt gegenüberzutreten. In der Hoffnung, dass ihre Entscheidung die richtige war.

KAPITEL 7
PENTA

Der Abend war gekommen. Penta fühlte sich wie damals nach dem zweiten Glas Bier, das er zusammen mit Kobold im Hartholz-Café getrunken hatte, einer heruntergekommenen Kneipe in Unterwald, in der sich die Randalierer der Unterwelt trafen. Es war kein gemütlicher Ort für einen Achtjährigen gewesen, aber Kobold hatte darauf bestanden, ihn mitzunehmen. Sie hatte ihn nicht allein zuhause lassen können. Abgesehen davon hatte Penta an diesem Abend seinen ersten Assassinen kennengelernt. Einen Level 7, der kurz danach geschnappt worden war.

Das würde ihm nicht passieren. Er hatte jede Bewegung seines Plans bis ins kleinste Detail mit Wurzel durchgesprochen und geplant. Obwohl der Dunkelnetzschnüffler die meiste Zeit eine wahre Belastung für ihn bedeutete, hatte er seine lichten Augenblicke, in denen er nützlich sein konnte.

»Hast du an das Seil gedacht?«, erinnerte ihn Wurzel in diesem Moment.

Penta schlug sich gegen die Manteltasche. Es war ein dünnes, aus Palmensträngen gedrehtes Tau. Leicht und doch stabil genug, um einen Mann seiner Statur zu tragen. Es musste auch nur für einen einzigen Sprung halten. Danach konnte er es entsorgen und sein Leben so weiterleben, wie er es sich erträumt hatte.

»Guter Junge«, lobte Wurzel ihn und versuchte, ihm aus seinem Brustbeutel heraus auf seine Schulter zu klopfen. »Und jetzt gibt mir all dein Geld, sonst verrate ich dich an die Wachen.«

Penta ignorierte Wurzel und schloss seinen Mantel. »Warum nehme ich dich noch mal mit?«, fragte Penta ihn, obwohl er die

Antwort genau kannte. Laut den Vorschriften musste ein Todesreiter seinen Dunkelnetzschnüffler bei offiziellen Einsätzen bei sich tragen, um jedwede Todesgilde-relevanten Handlungen auf dem Surfer zu dokumentieren. Penta war bewusst, dass er mit dem Mord an dem Gentleman-Assassinen eines der höchsten Gesetze der Gilde überhaupt gebrochen hatte, aber er musste nicht mehr Verstöße hinzufügen. Deswegen trug er Wurzel nun bei sich, egal wohin er ging.

»Weil ich dein einziger Freund bin und du ohne mich hoffnungslos verloren wärst«, erwiderte Wurzel und holte ihn in die Gegenwart zurück. Seine Stimme drang gedämpft durch das Innenfutter des Mantels. Es würde reichen, die meisten seiner Kommentare zu verbergen, wenn sie auf dem Weg zur Villa waren.

»Gut, dann haben wir wohl alles. Ich glaube, wir sind bereit.«

»So bereit, wie ein gerupftes Huhn flugfähig ist«, bestätigte Wurzel und klopfte mit seinen Ästen gegen Pentas Brust.

***

Die Villa war hell erleuchtet. Die Abenddämmerung hatte eingesetzt und erschwerte ihm die Suche nach dem Fenster mit den Ameisen. Auf das Grundstück zu gelangen war nicht schwer, da das Tor unbewacht offenstand. Der direkte Weg hingegen war ein Problem. Der Mond war aufgegangen und der Rasen erstrahlte in seinem Licht. Es gab so gut wie keine Bäume auf dem Gelände und wenn waren sie zu weit voneinander entfernt, um in ihrem Schatten vorzudringen.

»Wir müssen uns am Rand bewegen«, beschloss er und ließ sich seine Entscheidung von Wurzel bestätigen.

»Sind da Mauern?«, fragte der Bonsai.

»Komplett ummauert das Grundstück.« Penta hob den Kopf. »Der Mond scheint im Süden. Dann nehme ich die südliche Seite, um im Schatten der Mauer zu laufen«, schlug er vor.

Je näher er seinem Ziel kam, desto nervöser wurde er. Obwohl er exakt geplant hatte, wie er den Mord begehen und im Anschluss fliehen wollte, kamen ihm Zweifel. Zugleich erlebte er ein Hochgefühl, das ihn fast schon betrunken machte. Seine Finger kribbelten und er hatte Mühe, nicht zu kichern. Eine unsägliche Übersprunghandlung, wenn er glaubte, nicht vorbereitet zu sein. Dabei war er genau das. Bis in die letzte Faser seines Daseins bereit. Die letzten vierundzwanzig Stunden hatte er damit verbracht, eine Karte des Grundstücks zu zeichnen und seinen Weg darauf nachzustellen. Jede Kleinigkeit hatte er bedachte. Er wusste, dass nichts schief gehen konnte, und doch war da diese nagende Ungewissheit, irgendetwas übersehen zu haben.

Penta schlich im Schatten der Mauer, wich einem grau gemauerten Brunnen und zwei Steinfiguren aus, die ihm kurz Schutz boten, und schaffte es, bis auf Höhe des Hauses zu gelangen.

Penta zögerte. In einem Beet zwischen dem Haus und der Mauer lief ein Mann mit einer Spitzhacke und einem Strohhut. Er bearbeitete die Erde und redete die ganze Zeit vor sich hin.

»Mist, einen Gärtner, der in den Abendstunden noch arbeitet, habe ich nicht einkalkuliert«, sagte er leise und überlegte direkt, was er machen konnte.

»Töte ihn, Meister, töte ihn!«, flüsterte Wurzel aus seinem Mantel.

»Nein, dann wäre mein Unfallmord an Tonia zunichte gemacht. Um ihn herumlaufen kann ich auch nicht, da es ein zu weiter Weg ist. So komme ich nie ans Haus.«

Penta drückte sich an die Mauer und beobachtete den Gärtner. Er schleuderte irgendetwas Schweres in einen Eimer und schimpfte vor sich hin. Während Penta grübelte, was er tun konnte, warf der Mann mit dem Strohhut seine Hacke weg und hob den Eimer an, um zum Haus zurückzugehen.

Die Erleichterung erfasste Penta. »Endlich läuft mal etwas nach Plan«, murmelte er und klopfte gegen seine Brust.

»Au«, maulte Wurzel. »Ich mag ein Baum sein, aber ich habe auch Gefühle.«

Den Weg zwischen Mauer und Haus hatte er schnell überwunden. Er flog leichtfüßig über den kurzgemähten Rasen und drückte sich schließlich an die Häuserwand. Das Holz war warm und fühlte sich weich an. Nicht so rau und kratzig wie die Häuser in der Nähe vom Allesmarkt. Qualität hatte seinen Preis und anscheinend konnte man sich anschmiegsames Holz leisten, wenn man der Hersteller von Feuerlack schlechthin war. Tonias Vater war der größte der fünf Produzenten, die in Ulmenstadt konkurrierten. So viel hatte Penta vorweg herausgefunden. Außerdem kandidierte der Mann für einen Sitz im Treibhaus, wenn er den Gerüchten der Straße trauen durfte. Da er jedoch nur die Tochter umbringen sollte, hatte er das Blatt mit den Informationen über Camtero Fill entsorgt.

»Ist sie schon tot?«, fragte Wurzel durch den Mantel hindurch.

»Wir sind noch nicht mal drinnen.«

»Dann beeil dich mal. Ich muss mal meine untere Krone ausschütteln, sonst piesel ich dir in den Mantel.« Die Ausdrucksweise des Bonsais wurde im Alter nicht besser, wie Penta immer wieder feststellte.

»Sei endlich ruhig.«

Nicht weit von ihm war eine Veranda, auf der zwei Frauen standen. Hausmädchen, der Kleidung nach zu urteilen. Sie pafften an einer Pfeife und redeten über das Abendessen. Penta machte sich keine Sorgen entdeckt zu werden. Er hockte sicher hinter einem Brombeerbusch und musste nur abwarten, bis die Pause beendet war.

Schließlich verschwanden sie im Innern des Hauses und der Weg ums Haus war frei. Er suchte nach Hinweisen auf die Ameisen. Es dauerte eine Weile, da der Mond zwar schien, aber die winzigen Bewegungen in den mit dunkler Erde ausgelegten Beeten rund um das Haus nur schwer auszumachen waren.

Endlich fand er das besagte Fenster. Schon am Boden sammelten sich die daumennagellangen Tiere und suchten sich einen Weg hinauf in den ersten Stock.

»Sehr gut«, brummte Penta und zog sich die Kapuze weiter über den Kopf. Er konnte nicht riskieren, erkannt zu werden. Der Mantel des Gentleman-Assassinen passte ihm erstaunlicherweise. Er schwang bis knapp unter seinen Kniekehlen und bot ihm die nötige Beinfreiheit, die er für seine Aufgabe benötigte. Außerdem fühlte er sich darin wie ein Held, der auf dem Weg zu einer wichtigen Mission war. Eine Gänsehaut breitete sich auf seinem Rücken aus. Er spürte förmlich, wie der Mantel ihm Kraft verlieh und ihn beinahe unsichtbar machte. Es war der Einfluss des Assassinenmantels, der ihn voranschreiten ließ.

Die Leiter, die er an der Mauer eines Gartenhäuschens gefunden hatte, stellte er gegen die Wand und erklomm die erste Sprosse, kaum dass die Dämmerung zur Nacht gewechselt hatte.

»Wie hoch sind wir?«, fragte Wurzel unter dem Mantel in Pentas Brustbeutel.

»Etwa zwei Meter über dem Boden. Wieso fragst du?« Penta befestigte das Palmenseil mit einem Haken an der Fensterbank. Das war sein schneller Weg hinunter, sobald er seinen Auftrag erfüllt hatte.

»Unfallverhütungsvorschrift Paragraph 2 besagt, dass man nicht höher als fünf Meter ungesichert auf ein Gebäude klettern darf.« Wurzel benutzte die Stimme, mit der er immer die Vorschriften zitierte. Höher, mit Wind zwischen der Borke und einem nervtötenden Unterton, bei dem sich Penta jedes Mal die Zehennägel aufrollten.

»Keine Sorge. Wir klettern nur bis maximal vier Meter«, versicherte er ihm. Nicht auszumalen, gegen welche Statuten er hätte verstoßen müssen, wenn Tonia Fill ihr Schlafzimmer im zweiten Stockwerk gehabt hätte. »Ich will schließlich nicht meine Altersversorgung riskieren.« Da fiel Penta ein, dass die Versorgungsansprüche des Gentleman-Assassinen reichen würden, um ein angenehmes Leben zu führen. Vielleicht sollte er die Rolle noch etwas länger spielen und in den Ruhestand wechseln, sobald er diesen Auftrag erfüllt hatte. Alt genug war er dafür. Er schüttelte den Kopf. Nein, auf gar keinen Fall. Er liebte seine Arbeit, daran würde das potenziell lukrative, wenn auch illegale Auskommen des Gentleman-Assassinen nichts ändern.

»Im Jahr der Stechpalme gab es einen Zwischenfall«, begann Wurzel. Er klang dabei wie der mysteriöse Geschichtenerzähler, der auf dem Allesmarkt seine Erzählungen jedem vortrug, der ein paar Münzen entbehren konnte. »Ein Level 9-Assassine machte sich auf, einen ehrlosen Mann zu ermorden. Dieser hielt sich in einem Baumhaus in der Nähe von Tannengut auf und verließ das Haus nicht mehr. Der Assassine glaubte, dass er die Höhe ignorieren konnte, in der das Baumhaus montiert war. Er hielt sich für besser als die Vorschriften. Er glaubte, die Todesreiter wären zu vorsichtig und schiss auf die Paragraphen. Ein Vogel pickte auf seinen Kopf und lenkte ihn ab. Er hatte sich nicht gesichert. Du ahnst, was passiert ist. Es sind nur zehn Meter gewesen, aber er konnte nie wieder arbeiten.« Wurzel schubberte sich an Pentas Brust. »War nur noch ein sabberndes Stückchen Elend.«

Ein Schauer rann über Pentas Rücken. Auch wenn er die Geschichte aus Erzählungen kannte, war er nicht erpicht darauf, sie selbst zu erleben. »Wir werden nicht fallen. Wir sind gesichert.«

»Nicht mal, wenn ich dich stoße?« Wurzel drückte mit seinen dürren Ästen gegen Pentas Rippen und stieß immer wieder mit Schwung hinein.

»Welchen Sinn hätte es?« Penta schraubte den Haken ein letztes Mal zur Sicherheit fest. »Wir wären beide verletzt und müssten erklären, was wir auf dem Grundstück machen. Das wäre das Ende deiner Karriere.«

Wurzel keuchte auf und hörte auf zu drücken. »Dabei habe ich so lange darauf hingearbeitet, um dort zu sein, wo ich jetzt bin.«

Penta streichelte über seine Brust und tätschelte Wurzel ein letztes Mal, ehe er weiter hinaufkletterte und durchs Fenster linste.

Er brauchte den Raum nicht abzusuchen, denn Tonia Fill stand hinter einem Paravent und zog in diesem Moment ein hellbraunes, figurbetontes Kleid an, das hinter der Trennwand über zwei Arme glitt. Eine Bewegung im Augenwinkel lenkte seine Aufmerksamkeit auf einen Spiegel. Darin konnte er jedes Details ihres erstaunlich durchtrainierten, dunklen Körpers erkennen. Penta errötete, senkte den Blick und biss sich auf die Lippen. Er wollte wenigstens den Anstand besitzen und warten, bis sie bekleidet war. Wenn die Bestatter sie holten, sollte sie nicht nackt daliegen. Außerdem war es realistischer, dass sie nicht bekleidungslos durch ihr Haus lief und sich tödlich verletzte.

»Geht es los?«, fragte Wurzel.

»Warte noch einen Moment.« Penta umklammerte mit einer Ellenbeuge die oberste Sprosse und tastete nach dem Messing-Armband unter seinem Ärmel. Daran hatte er ein Messer befestigt, das auch Glas schneiden konnte. Es war ein Geschenk von Kobold gewesen, als er in die Todesgilde aufgenommen worden war. Penta hatte ihr im Gegenzug ein Abonnement für die *Nature* geschenkt, einem Blatt für Verschwörungstheoretiker, die davon überzeugt waren, dass es in dieser Welt mehr gab, als es den Anschein hatte. Sie las es nur selten, weil sie Angst hatte, durch die Strahlungen des schlecht gewaschenen Papiers Hautausschlag zu bekommen, hatte sich aber sehr über die Geste gefreut.

Es rumpelte im Zimmer und Penta hob den Kopf. Tonia war inzwischen bekleidet und wanderte zu einem Spiegeltisch. Auf dem Weg dorthin hatte sie eine Bürste verloren. Trotzdem das Kleid hauteng war, konnte sie sich darin ohne Schwierigkeiten bücken. Ihre Bewegungen waren die einer Hochgeborenen. Elegant und arrogant. Ihre weiblichen Rundungen kamen unter dem Stoff deutlich zur Geltung. Penta schluckte. Sie war nicht unattraktiv.

Tonia Fill setzte sich auf den Stuhl vor dem Spiegel. Sie kämmte sich die Haare mit der Bürste, die sie zuvor vom Boden aufgehoben hatte. Dutzende von Döschen, Fläschchen und Flakons standen auf dem Tisch vor ihr und warteten auf ihren Einsatz. Der Spiegel hatte eine seltsame Form und erinnerte ihn an ein Tier, allerdings konnte er nicht sagen, welches es darstellen sollte. Eine wilde, bestialische Mischung aus Meerschweinchen und Katze.

Vorsichtig machte sich Penta daran, die Halterungen des Fensters aus den Angeln zu heben. Wenn er mit dem Messer das Glas aufschnitt, wäre es zu laut und er würde Tonia auf sich aufmerksam machen, deswegen hatte er sich für die zweite Möglichkeit einzubrechen entschieden.

Von außen war es eine anstrengende Angelegenheit, da die Bolzen zwischen Fensterrahmen und Fenster befestigt waren. Mit der Spitze seines Messers musste er beständig Druck ausüben und die Metallbolzen auffangen, bevor sie auf die Fensterbank fielen.

»Ab jetzt Stille«, flüsterte Penta in seinen Mantel hinein.

Wurzel rührte sich nicht. Entweder war er eingeschlafen oder er befolgte ausnahmsweise seine Befehle.

Nach einigen Minuten Fummelarbeit hatte Penta das Fenster freigehebelt. Er hob es aus den Halterungen und schob es auf dem breiten Fenstersims vor das zweite der Flügelfenster.

Alles so lautlos, dass Tonia es nicht mitbekam. Sie saß ein paar Meter von ihm entfernt und pfiff eine fröhliche Melodie, die zusammen mit einem seltsamen Duft aus ihrem Zimmer zu ihm flog. Warme, stickige Luft drängte nach draußen, während die kühle Nachtluft sich langsam ins Innere schob. Er musste schneller als die kühle Luft sein, damit sie seine Ankunft nicht bemerkte.

Penta sammelte erneut all seine Konzentration, atmete mehrere Male tief durch und zog sich dann am Fensterrahmen auf den Sims. Von dort war es nur ein Sprung und er stand in dem Schlafzimmer seines Opfers.

In dem Moment, in dem er landete, drehte sich Tonia um. Penta musste sich beeilen. Ihm blieben nur Sekunden. Sein Herzschlag setzte aus, er sog die Luft in seine Lunge, sprintete los und …

»Hatschi!«

Er verlor sein Ziel aus dem Blick, als er nieste. Er fing sich, öffnete die Augen wieder und fokussierte auf Tonia. Sie saß auf dem Stuhl vor dem Frisiertisch und legte den Kopf schräg. Er nieste erneut. Mehrfach hintereinander. Die Kapuze rutschte bei den Bewegungen in sein Blickfeld und er stolperte über etwas, das auf dem Teppich lag.

»Verdammt!«, brummte er und riss die Arme nach vorne. Er landete auf den Unterarmen, glitt kurz über das Parkett, ehe er auf der Seite zum Liegen kam. Wurzel schimpfte in seinem Mantel und polterte gegen seine Brust.

Da sah er den Übeltäter, der ihn zu Fall gebracht hatte. Ein schwarzweiß getigerter Kater, der sich genüsslich gegen die Innenseite seiner Beine drückte. Ein hässliches Vieh, dessen Fell teilweise fehlte und teilweise verlaust war.

Penta nieste. *Sie hat ein Haustier*, durchfuhr es ihn und er stemmte sich hoch. Da bemerkte er zwei weitere Katzen und einen Hund, die in der Ecke des Zimmers geschlafen zu haben schienen.

Nicht eins. Mehrere. Der Parkettboden war übersät mit Tierhaaren. Aus der Entfernung nicht zu erkennen, aus der Nähe jedoch gut erkennbar. Wie hatte er das übersehen können?

»Der Gentleman-Assassine, nehme ich an?«, kommentierte Tonia und schien nicht überrascht, ihn zu sehen.

Penta wollte sich hochdrücken, doch jedes Mal, wenn er beinahe auf den Beinen war, erfasste ihn eine erneute Niesattacke und er landete auf allen vieren. Wurzel trommelte inzwischen im Stakkato auf ihn ein und verlangte freigelassen zu werden. Seine Stimme wurde leiser.

Er hörte, dass Tonia ebenfalls etwas sagte, konnte es allerdings nicht verstehen. Eine der Katzen strich ihm um den Knöchel und er zuckte zurück. Sein Brustkorb fühlte sich immer enger an. Er musste von hier verschwinden. Sofort. Sonst war er geliefert.

»… nicht fliehen. Das Gift wirkt zwar etwas anders als geplant, aber es wirkt.«

Gift? Welches Gift?, fragte er sich.

»Allergie«, brachte er unter größter Mühe zwischen zwei heftigen Niesattacken hervor. Seine Augen juckten und er rieb mit dem Handrücken darüber. Ein Fehler. Die Katzenhaare an seinen Händen machten es schlimmer.

»Eine Allergie?« Tonias Stimme drang wie durch Watte zu ihm durch. Er war sich sicher, dass er vor wenigen Minuten normal gehört hatte. Warum klang nun das Miauen der Katze wie das Kreischen einer Möwe? Penta sah, wie sich das Maul der Katze hinter ihm öffnete und schloss, die Geräusche, die er hörte, passten jedoch nicht dazu.

»Noch besser. Man sollte sich niemals mit einer Fill anlegen. So viel ist sicher.« Tonia war kaum hörbar, eher wie ein Gefühl, das sich in seinem Innern ausbreitete. Wer war diese Tonia Fill, dass sie dem besten Assassinen von Ulmenstadt so gelassen gegenübertrat? Penta schüttelte den Kopf, wusste nicht, wo oben und unten war. In seinen Ohren rauschte ein Wasserfall, der ihn überspülte.

Etwas packte ihn am Kragen und zog ihn über den Boden. Penta konnte sich nicht wehren. Seine Glieder waren so schwach wie ein Blatt in einem Orkan. Er konnte nicht einmal mehr seinen eigenen Weg bestimmen.

»Wohin?«, fragte er. Allerdings konnte er nicht mit Sicherheit sagen, ob er es nur in seinem Verstand hörte oder es laut aussprach.

Da keine Antwort kam, musste es wohl Ersteres gewesen sein. Inzwischen waren seine Augen so verquollen, dass er die Katzen und Hunde nicht erkannte. Seine Umgebung bestand nur noch aus verschwommenen Brauntönen. Er fühlte nichts bis auf ein sanftes Wärmegefühl an seiner Wange. Penta wusste nicht, wie lange er sich in diesem Zustand aufhielt. Er spürte nur, wie die Dunkelheit ihn immer mehr umfasste und seine Kehle schloss.

KAPITEL 8
TONIA

Verwirrt sah sie auf den Kerl vor ihren Füßen, der sich in keuchenden Atemzügen erging. Hatte er etwa eine Tierhaarallergie? Das konnte nicht sein, denn ihre Mutter hatte damals ebenfalls einen Kater besessen. Entweder war das hier nicht derselbe Mann oder es war grundsätzlich nicht der Assassine, auf den sie gewartet hatte.

Tonia runzelte die Stirn, als das Rasseln aus seinem Mund schlimmer wurde. Sie stöhnte und zerrte ihn in das Ankleidezimmer, in dem ihre Tiere Zutrittsverbot hatten. Auch wenn sie ständig Katzenhaare auf ihrer Kleidung trug und das mit Stolz, hatte sie keine Lust, diese von vornherein beim Anziehen einzuatmen.

Mit einem kräftigen Ruck zog sie den Kerl auf einen Stuhl und betrachtete ihn. Er war jünger, als sie gedacht hätte. Aber das hatte ja nichts zu bedeuten. Vielleicht wurde der Titel an den Sohn weitergegeben. Sie hatte damals nicht viel gesehen vom Gentleman-Assassinen, doch dieser Mann hier war ziemlich sicher ein völlig anderer.

Seit sie die Nachricht am gestrigen Tag erhalten hatte, war sie unbeschwert durch die Gegend gelaufen. Sie hatte sich sogar mit ihrem Vater vertragen und war ins Theater gegangen. Allerdings verstand Camtero nicht, wieso sie so fröhlich war. Dass sie verschiedene Gifte ausprobiert hatte, um den Assassinen zu stellen und festzusetzen, konnte sie ihm schlecht sagen. Es war eine Fähigkeit, die sie von ihrem Onkel Veon gelernt hatte. Seit sie denken konnte, hatte sie immer wieder Tage in seinem Labor verbracht und Fragen gestellt. Endlich einmal konnte sie das Wissen einsetzen, das sie sich in all den Jahren angeeignet hatte.

Der Brief war nicht lang gewesen, aber er hatte einen Freudentaumel in ihr ausgelöst. Minutenlang war sie durch ihr Zimmer gesprungen und hatte ein wenig Tango mit Bella, ihrem neusten Straßenkatzenzugang, getanzt. Nach so langer Zeit bot sich ihr die Möglichkeit, zu beweisen, was damals wirklich mit ihrer Mutter passiert war und genau die wollte sie nutzen. Wenn sie versagte, bekäme sie keine zweite Chance, da sie tot wäre. Da der einzige, schnelle Zugang durch ihre Fensterfront war, hatte sie dort ein Gift gestreut, das in kleinen Dosen für Ohnmachtsanfälle sorgte. Mehr brauchte sie nicht. Einfach ein paar Tropfen auf das Holz träufeln und darauf warten, dass es von der Haut des Assassinen eingesogen wurde. Den Rest tat die körpereigene Chemie.

Und nun saß dieser Assassine vor ihr auf dem Stuhl und atmete schwer. Mit einer Bürste entfernte sie die Haare ihrer Haustiere von seinem Umhang und warf diese aus dem Ankleidezimmer. Dazu kippte sie seinen Kopf nach hinten und träufelte etwas von dem Gegengift auf seine Nasenschleimhäute in der Hoffnung, dass er leichter atmen konnte. Allerdings blieb er weiterhin ohnmächtig. Hatte sie das Gift zu hoch dosiert? Er war ein schlaksiger Kerl, vielleicht konnte er nicht so viel ab. Sie hob seinen Arm an.

»Wie kann jemand wie du eigentlich andere umbringen? Du hast Arme so dünn wie Reisigzweige«, murmelte Tonia und ließ die Hand wieder fallen.

Ein erneuter Niesanfall sorgte für eine schlimmere Atmung bei dem dürren Kerl. Tonia krempelte die Ärmel ihres Kleids hoch und begann ihn auszuziehen. In der Innentasche des Umhangs sah sie einen in sich zusammengesackten Bonsai. Kurz fragte sich, warum der Assassine einen kleinen Baum mit sich herumschleppte, doch das konnte sie noch bei ihrer Befragung in Erfahrung bringen. Erst einmal musste sie herausfinden, wer er war.

Sie zerrte ihn aus seinen Klamotten und zog ihm ein frisches Hemd von ihrem Vater über. Da ihre Schlafzimmer durch das Ankleidezimmer verbunden waren, besaß jeder von ihnen eine Hälfte des Raums. Und abgesehen von den vielen Anzügen, die Camtero sorgsam aufgereiht hatte, trug er eine Unmenge an verschiedenen Krawatten. Zuerst überlegte Tonia, damit den Assassinen zu fesseln, aber dann fiel ihr ein, dass die Stoffe leicht eingerissen werden konnten. Zu ihrem Ekel hatte sie vor einigen Jahren ihren Vater beim Sex mit einer jüngeren Frau erwischt, die auf Fesselspiele stand. Dafür hatten sie eben seine Krawatten benutzt, die sehr schnell gerissen waren, als Camtero sich hatte befreien wollen.

Tonia schüttelte den Kopf bei der Erinnerung. Schon damals war ihr übel geworden, ihren Vater im Bett mit einer anderen als ihrer Mutter zu sehen, und auch heute wollte sie die Vorstellung am liebsten aus ihrem Gedächtnis brennen.

Da bemerkte sie das dünne Seil, an der Seite des Mantels. Er musste sich damit draußen gesichert haben, allerdings war es gerissen, als er über Krätze gefallen war, das verlauste Äquivalent eines Stubentigers. Rasch knotete sie die Schnur ab und fesselte ihn an den Stuhl. Tonia betrachtete ihr Werk und war vorerst zufrieden. So schnell würde er nicht verschwinden. Wer war er? Ganz sicher nicht der Mörder ihrer Mutter, aber er schien der neben ihm liegenden Ausrüstung nach ein Assassine zu sein. An seinem Handgelenk hatte sie ein Messer gefunden und der Umhang war recht eindeutig, wobei sie ihn auf der Straße in den Abendstunden vermutlich nicht als Assassinen wahrgenommen hätte, sofern er die Kapuze nicht aufgesetzt hätte. Einen Ausweis trug er nicht bei sich und die Pflanze wirkte nicht so, als ob sie noch lange überleben würde. Vor allem, wenn er sie weiterhin mit sich herumschleppte, statt ihr Sonnenlicht zu gönnen.

»Bist du ein Kundschafter?«, fragte sie leise und ging näher an sein Gesicht heran. Er hatte einen leichten Dreitagebart, wobei sie sich nicht sicher war, ob dieser gewollt war. Vielleicht eine Folge von zu wenig Zeit, denn ansonsten war der Mann sehr korrekt gekleidet gewesen. Mal abgesehen von der Tollpatschigkeit hätte er durchaus Potenzial, als Berater bei ihrem Vater durchzugehen. Die sahen ebenfalls so steif aus wie der Kerl vor ihr.

»Wieso ist es hier so dunkel, verdammte Borke?«, hörte sie auf einmal eine Stimme.

Erschrocken fuhr Tonia zusammen und überlegte, woher die Worte kamen. Da sah sie die Bewegung unter dem Umhang des Assassinen.

»Penta, mir wird kalt. Schwing deinen dürren Arsch wieder her und wärm mich gefälligst, sonst sind meine Leitungen irgendwann eingefroren.« Die knarzende Stimme kam eindeutig aus dem Umhang. Doch da war keine Person gewesen. Nur der Bonsai.

Tonia runzelte die Stirn. Das konnte nicht sein. Nein, das waren nur Verschwörungstheorien. Bäume konnten nicht sprechen. Das waren nur die Ansichten einer verqueren Minderheit.

»Penta?« Wieder dieser knarzende Ton, der sie an Holz erinnerte, das übereinander gerieben wurde.

»Hallo?«, fragte sie leise in den Raum hinein.

»Ich weiß, du stehst auf Rollenspiele, Penta, aber hör auf mit deiner Frauenstimme und befreie mich hier. Ich sehe nichts.«

»Wer spricht da?«

»Na, Wurzel. Bist du jetzt dement, oder was?«

Tonia machte einen Schritt nach vorne und öffnete den Umhang vorsichtig. Zwei knopfartigen Knoten aus Rinde starrten sie an. Nichts rührte sich, bis auf einmal diese Knoten blinzelten.

Sie schrie nicht, doch sie spürte, wie sich ihr gesamter Verstand umdrehte und ihre Welt auf den Kopf stellte. Wie war das möglich?

»Du bist nicht Penta«, murmelte Wurzel und verzog seinen Mund angewidert. »Mit Frauen rede ich nicht.«

Die Beleidigung lockerte Tonias Schockstarre. »Wie bitte?«

»Versteh mich nicht falsch. Ihr seid ganz okay. Aber du bist einfach keine Moos.«

»Willst du damit sagen, dass ich nicht hübsch bin, oder was soll mir das sagen?«, fragte Tonia und klappte den Umhang so um, dass sie dem Bonsai direkt gegenüberstand. »Denn weißt du: Schönheit ist nicht alles bei einer Frau, verstanden?«

Tonia wollte mit dem Zeigefinger mahnend auf ihn zeigen, als ihr klar wurde, dass sie sich gerade mit einem Ginkobonsai unterhielt.

»Nein, du bist einfach nur keine Orchidee. Um genau zu sein, bist du nicht Moos.«

Tonia kam nicht mehr mit und stellte rein mechanisch die nächste halbwegs logische Frage. Dabei war ihr Verstand noch damit beschäftigt die Tatsache zu verarbeiten, dass dieser Baum ganz offensichtlich mit ihr sprach. »Was hat denn nun Moos mit Orchideen zu tun?«

»Moos ist eine Orchidee. Das ist ihr Name. Der schönste Name der Welt für die schönste Blume von Madera. Ich dachte immer, nur Penta ist so schwer von Begriff, aber das scheint ein Menschheitsproblem zu sein.« Der Bonsai verschränkte die Äste vor der Brust.

Tonia streckte einen Finger aus und stieß Wurzel an. »Du bist echt?«

»So echt, wie man es nur sein kann. Und wo ist jetzt mein Todesreiter?«

»Todesreiter? Du meinst den Assassinen da?«, fragte Tonia und deutete über ihre Schulter. Sie trat einen Schritt beiseite, damit Wurzel den Blick auf Penta werfen konnte.

»Assassine?« Wurzel löste seine Äste und schlug sich mit einem auf den unteren Stamm. Dann lachte er, was wieder wie ein langgezogenes Knarzen klang. »Das Einzige, was der kann, ist Zeit totschlagen und meine Freunde und Verwandten beschmieren, der alte Bürokrat.«

Der kleine Bonsai sah sie neugierig an. »Bist du auch so eine Papierverschwenderin?«

Tonia schüttelte den Kopf. Bei allen Eichen, wenn die Bäume wirklich sprechen konnten, so wie Wurzel, schrieb sie in der Firma auf Leichen. Ihr wurde übel und sie musste die Gedankenspirale, die sich in Gang setzte, aufhalten, um nicht auf einmal selbst ohnmächtig zu werden. »Ich habe einige Fragen«, sagte sie stattdessen.

»Dann solltest du dir jemanden suchen, der sie dir beantwortet. Da fällt mir ein. Ist die Trulla schon tot, die er umbringen wollte?«

»Nein, das wäre dann wohl ich gewesen. Wieso sollte er mich umbringen?«

»Weiß nicht. Wurde halt beantragt.« Wurzel verteilte ein wenig seiner Erde auf dem Boden des Ankleidezimmers. »Hast du Dünger?«

»Was?« Tonia schloss kurz die Augen, um sich zu konzentrieren. »Nein, vermutlich irgendwo im Gartenhaus, aber nicht hier.«

»Danke.« Wurzel lehnte sich zurück und verschränkte die Äste hinter seinem Wipfel.

»Wofür?«

»Dass du jetzt losmarschierst und ihn mir holst. Aber den guten Stoff, bitte.«

»Ähm, nein, das werde ich nicht machen. Nachher befreist du ihn noch und dann seid ihr weg. Das kann ich nicht riskieren. Ihr seid mein einziger Beweis und ganz sicher werde ich den da nicht aus den Augen lassen.« Tonia schüttelte den Kopf so sehr, dass ihre Haare in ihr Gesicht peitschten.

»Dann lass mich wenigstens aus dieser miefigen Bude raus. Ich brauche Sonnenlicht, sonst gehe ich ein.« Wurzel sah wirklich kränklich aus. Seine Äste hingen herunter und an einigen Blättern hatte sich bereits ein gelber Rand gebildet. Tat er das mit Absicht? Konnte ein sprechender Baum auch beeinflussen, wie sein Laub aussah? Das war alles zu viel für Tonia und sie konnte sich nur auf eine Sache konzentrieren. Und das war eindeutig nicht Wurzel.

»Kannst du laufen?«, fragte Tonia neugierig und suchte Wurzeln, die aus dem Topf kamen, damit der Bonsai selbst gehen konnte.

»Klar, deswegen lasse ich mich von dem dürren Kerl herumschleppen. Ich bin ein Dunkelnetzschnüffler, Puppe, und keiner von diesen Wanderbäumen, die sich überall niederlassen!«, meckerte Wurzel und schüttelte missbilligend den Kopf. »Die Menschheit kannst du wirklich nur als Dünger gebrauchen.«

»In Ordnung. Ich stelle dich jetzt in mein Schlafzimmer und du bleibst dort, verstanden?«

»Solange es da besser riecht als hier nach den Mottenkugeln, meinetwegen.«

Tonia zögerte, fasste dann schließlich in die Umhangtasche und zog den fast quadratischen Topf des Bonsais heraus. Mit Abstand trug sie ihn bis zu ihrem Frisiertisch, wo er sich sofort vor dem Spiegel aufstellte und in einem borkigen Ton knarzte. »Wieso sagt mir keiner, dass ich aussehe, wie von einem Häcksler ausgespuckt? Kein Wunder, dass mich Moos keines Blickes gewürdigt hat in den letzten Wochen.«

»Deine Freundin?«, fragte Tonia wie aus einem Reflex, weil sie hoffte, dabei mehr Informationen über den Penta aus dem Nebenzimmer zu erfahren.

»Noch nicht. Aber ich hoffe, dass Penta sie mir bald kauft und wir dann für immer vereint sind.« Ein wohliger Windhauch entfuhr seiner Rinde und er schaute in den Spiegel.

Gleich darauf war er damit beschäftigt, alte Blätter aus seiner Krone zu zupfen.

Tonia schüttelte den Kopf, ging zurück in das Ankleidezimmer, nachdem sie sichergestellt

hatte, dass Wurzel nirgendwo hinkam und grübelte. Über sprechende Bäume, einen Assassinen, der in Wirklichkeit ein Todesreiter war und viel zu viele Fragen, auf die sie keine Antwort erhalten würde, solange Penta ohnmächtig war. Sie musste warten, dass er endlich erwachte.

KAPITEL 9
PENTA

Penta wurde von seinem eigenen Niesen geweckt. Seine Augen waren verquollen, aber zumindest konnte er einen Teil seiner Umgebung erkennen. Er saß in einem lichtarmen Zimmer, das vermutlich als Ankleideraum diente. Fenster gab es keine und nur eine Tür in Sichtweite, vor der jemand stand. Sein Verstand war noch immer von den Katzen- und Hundehaaren vernebelt. Er atmete einige Male tief durch. Erneute Niesattacken folgten nicht, also gab es in diesem Raum keine Haare.

»Na, wieder wach?«, fragte Tonia und stieß sich mit einem Bein ab.

Penta schaffte es, ein Auge weiter zu öffnen. Sie trug kein Kleid mehr, sondern eine legere Haushose und ein Oberteil, das sich mit einem Bund um ihre Hüfte schmiegte. Farben konnte er nicht erkennen, da es dafür zu dunkel war.

»Was …?« Seine Stimme war kratzig und fühlte sich so rau an wie eine Käsereibe. Er räusperte sich einmal, spürte, wie sich ein großer Brocken von seinen Stimmbändern löste. Er schluckte ihn herunter und fuhr dann fort. »Was haben Sie mit mir vor?«

Es war die erste Frage, die ihm in den Sinn kam. Allerdings bildete sich gerade ein ganzes Rudel von ihnen vor seinem Kehlkopf und wollte raus.

»Das entscheide ich noch. Im Moment überlege ich, ob ich eine meiner Katzen hereinholen soll, um Sie zum Reden zu bringen.«

»NEIN!«, rief Penta und riss sein halb geöffnetes Auge weiter auf, so dass es schmerzte.

»Sie reden also freiwillig?« Tonia ging zur Tür und legte eine Hand auf die Klinke. »Andernfalls erlaube ich meinen Tieren ausnahmsweise dieses Zimmer zu betreten.«

»Ich rede, aber bitte keine Tiere.« Penta sackte auf seinem Stuhl zusammen. »Meine Allergie ist schlimmer geworden. Früher bin ich nie in Ohnmacht gefallen.«

Tonia entfernte sich von der Tür und winkte lässig ab. »Das hat nichts mit der Allergie zu tun. Das war mein Betäubungsgift am Fensterrahmen«, erklärte sie und stellte sich mit verschränkten Armen direkt vor ihm auf.

»Gift?« Dunkel erinnerte er sich daran, dass sie so etwas angedeutet hatte, bevor es finster geworden war. Sein Kreislauf erholte sich langsam von der Überdosis Tierhaare, dennoch kribbelte es ihn am ganzen Körper und er brauchte dringend eine Grundreinigung, die über die übliche Katzenwäsche am Morgen hinausging.

»Eines meiner Hobbys. Ich mische gerne Kräuter aus dem Wald um Ulmenstadt.« Tonia ging zu einem Kleiderständer links von ihm und griff nach einem Mantel, den sie sich überwarf. Erst da fiel ihm auf, dass es der Assassinenmantel war, den er zuvor getragen hatte. Er saß hingegen nur in Unterwäsche und mit einem locker übergeworfenen Hemd bekleidet auf einem Stuhl und war gefesselt. Penta riss an dem Seil, das ihn an Ort und Stelle hielt, aber es war fachmännisch verknotet. Und zu allem Überfluss war es sein Sicherungsseil. Verdammt. Er hatte alles falsch gemacht, was möglich war.

»Woher …?« Penta brauchte die Frage nicht zu Ende stellen. Ihm war klar, dass er sie gewarnt hatte. So waren nun mal die Vorschriften. Wenn der Gentleman-Assassine seine Opfer nicht vorwarnte, wäre er seine Lizenz losgewesen. Dann hätte er bei seinem Betreuer vorstellig werden, und eine Erklärung in doppelter Ausfertigung unterschrieben abgeben müssen. Penta schloss kurz die verquollenen Augen und fragte sich, warum er nicht diese Option gewählt hatte. Einfach aufgeben, dann hätte er kein Problem mit der Leiche gehabt, die er mittlerweile in einer Nacht und Nebelaktion entsorgt hatte.

»Das Ankündigungsschreiben hat mich vorgewarnt und ich konnte mich vorbereiten. Vielen Dank dafür.« Sie kam mit dem Mantel zu ihm und klopfte ihm auf die Schulter.

»Aber woher wussten Sie, dass ich wirklich kommen würde? Sonst halten alle die Assassinen für eine Legende, die sich erzählt wird, aber die niemand wirklich glaubt.« Penta war gleichermaßen verwirrt und erstaunt. Auch wenn sein Verstand noch nicht ganz wiederhergestellt war, merkte er, dass diese Frau keinerlei Angst vor ihm hatte und gleichzeitig zu wissen schien, wer oder was er darzustellen versuchte. Dabei durfte das nicht sein. Die Geheimhaltungsverpflichtung eines jeden Mitglieds der Assassinengilde sollte verhindern, dass Außenstehende von ihr erfuhren.

»Ich stelle hier die Fragen.« Sie ging um Penta herum und gab ihm einen Klaps auf den Hinterkopf. »Wer sind Sie? Und lügen Sie mich an, werden die Schläge härter.«

Penta schwieg. Was sollte er darauf antworten? »Ich bin der Gentleman-Assassine.«

Der Schlag kam unerwartet undamenhaft. »Au«, entfuhr es ihm und er zog den Kopf ein. »Sie haben doch mein Schreiben erhalten.«

»Ich habe das Schreiben des Gentleman-Assassinen erhalten. Das ist korrekt. Jedoch sind Sie das nicht.« Tonia wanderte um Penta und lehnte sich vor. »Ich kenne den Gentleman-Assassinen und weiß, dass Sie das nicht sein können.«

Schweiß brach ihm aus, obwohl er kaum etwas anhatte. »Woher kennen Sie den Gentleman… mich?«, fragte Penta und bekam gerade noch so die Kurve, ehe er sich verraten hätte.

Diesmal sah er den Schlag kommen und duckte sich. Dennoch streifte ihre Hand seinen Kopf und fuhr ihm durch die Haare. Ein kalter Lufthauch erfasste ihn und er zitterte. Wieso wusste sie, wann er log und wann nicht?

Da fiel ihm eine Bemerkung des Gentleman-Assassinen ein. *Es ist quasi eine Frage der Ehre.* Was hatte er damit gemeint? Welche Ehre bot der Mord an einer jungen Frau? Doch egal, wie lange er überlegte, er konnte sich keinen Reim darauf machen.

»Keine Lügen, sagte ich.« Tonia packte Penta am Kragen seines Hemds und schüttelte ihn. »Es ist eine Beleidigung, wenn Sie behaupten, der Gentleman-Assassine zu sein. Er hat meine Mutter umgebracht. Vor meinen Augen.«

»Ah, das ergibt Sinn.« Endlich verstand Penta die Aussage des Gentleman-Assassinen. Es blieb in der Familie. Er legte die Stirn in Falten. »Aber einem Assassinen ist es nicht erlaubt, vor Zeugen zu morden.«

Tonia knirschte mit den Zähnen und ließ seinen Kragen los. »Er hat mich unter dem Bett vermutlich nicht bemerkt. Ich hatte mich damals hier versteckt und habe mit den Puppen meiner Mutter gespielt. Sie mochte das nie, aber ich tat es trotzdem.« Sie wandte ihm den Rücken zu und Penta atmete erleichtert durch den Mund aus. Seine Nase war immer noch zugeschwollen, auch wenn zumindest ein quietschender Hauch bereits durchdrang.

»Als das Fenster geöffnet wurde, spürte ich den Lufthauch unter der Bettdecke, die herunterhing. Also wollte ich nachsehen, ob meine Mutter irgendwo hinging. Tatsächlich war es ein Mann, der durch das Fenster eingebrochen war. Ebenso wie Sie. Allerdings war er weniger tollpatschig. Ich konnte hören, wie Sie die Leiter gegen die Hauswand gestellt haben.«

»Das haben Sie nicht!«, erwiderte er und suchte in dem Halbdunkel nach ihr. »Ich war äußerst leise.«

»In Ihrer Vorstellungskraft vielleicht.« Tonia lachte und es klang wie ein Schraubstock, den man mit einer Säge bearbeitete. Pentas Nackenhaare stellten sich auf. »Wieso glauben Sie, habe ich mich nicht einmal zum Fenster umgedreht?«

Penta biss sich auf die Zunge, da ihm keine Erwiderung einfiel.

»Also, noch einmal.« Tonia zückte ein Messer aus ihrem Gürtel, das ihm vorher nicht aufgefallen war, und hielt es ihm vors Gesicht. »Wer sind Sie und wo ist der echte Gentleman-Assassine?«

»Wollen Sie sich etwa für den Mord an Ihrer Mutter an ihm rächen?«, lenkte Penta ab. Er atmete tief ein und spürte, dass etwas nicht stimmte. Es fehlte… »Wo ist Wurzel?«, entfuhr es ihm lauter, als er beabsichtigt hatte.

»Der kleine Bonsai?« Tonia deutete mit der Klinge über ihre Schulter. »Der wartet brav vor meinem Spiegel und bürstet sich die Blätter. Seltsamer Dunkelnetzschnüffler, wenn ich ehrlich bin. Redet ein wenig zu viel.«

Penta schluckte, riss an seinen Fesseln, doch sie hatten sich seit seinem letzten Versuch nicht auf wundersame Weise gelockert. »Wenn Sie ihm auch nur einen Ast gekrümmt haben …«, drohte Penta.

»Dann was? Erstechen Sie mich mit diesen dürren Stelzen, die Sie Beine nennen?« Erneut der Schraubstock und die Säge. Penta schüttelte sich bei dem Geräusch.

»Sie werden schon sehen, was Sie davon haben, mir zu drohen.«

»Wuhu«, erwiderte Tonia und hob die Arme abwehrend vor die Brust. »Ich habe schon richtig Angst vor Ihnen. Soll ich kurz meine Katzen reinlassen, damit Sie sich auf den Löwenkampf vorbereiten können?«

Penta kniff die Lippen zusammen, musste sie aber wieder öffnen, da er keine Luft bekam. »Was wollen Sie vom Gentleman-Assassinen?«

»Ich will ihn vor Gericht stellen und endlich ganz Madera beweisen, dass es die Assassinen wirklich gibt.« Tonia ballte eine Faust und stach das Messer in die Luft. Penta wich mit dem Kopf sicherheitshalber etwas zurück. Auch wenn sie ihn scheinbar problemlos überwältigt und hierher geschleift hatte, wirkte sie nicht sicher im Umgang mit der Klinge.

»Wieso?«, hakte er nach.

»Damit man mir glaubt. Seit dem Tod meiner Mutter versuche ich zu beweisen, dass es euch gibt, aber bisher ist es mir nicht gelungen.«

Ein Erinnerungsfetzen flackerte in seinem Verstand auf. Wie der Versuch der Glut, sich ein letztes Mal zu erheben, bevor sie erkaltete und in Vergessenheit geriet. Es war der Name Tonia Fill, der ihm einmal mehr bekannt vorkam. Nur woher?

»Es macht Ihre Mutter auch nicht lebendig, wenn Sie die Assassinen verraten.« Penta atmete durch die Nase und es quietschte erneut. »Außerdem bringen Sie damit hunderte von Menschen um ihre Arbeit. Wollen Sie wirklich dafür verantwortlich sein, wenn sich die Arbeitslosenzahl von Ulmenstadt verdoppelt?«

Tonia hielt inne. »Ist das Ihr Ernst?« Sie kam auf ihn zu, legte die Klinge an seine Kehle. »Ich rette damit Leben. Da scheiß ich doch auf die Arbeit von ein paar Hundert.«

Penta spürte die kalte Klinge an seinem Hals. Trotzdem es eine bedrohliche Situation war, empfand er keine Angst. Es war einer dieser rationalen Augenblicke, die ihn immer wieder überkamen. Es ergab keinen Sinn, ihn umzubringen. Besonders, da sie darauf aus war, Leben zu retten und mit seinem Wissen vergangene Ereignisse zu beweisen. »Wenn Sie mich jetzt umbringen, machen Sie genau das Gegenteil von dem, was Sie gerade sagten. Außerdem bin ich Ihre einzige Verbindung zur Gilde. Sie sollten also das Messer weglegen.«

Es dauerte einen Moment, aber tatsächlich zog sich Tonia zurück. »In Ordnung. Machen wir es uns einfach. Ich habe ein paar Fragen. Sie beantworten sie mir und ich lege dafür das Messer weg. Einverstanden?«

Penta haderte. Verriet er die Todesgilde, verstieß er erneut gegen Vorschriften. Immerhin war es ihre oberste Regel, nicht entdeckt zu werden. Wenn er allerdings Tonias Vertrauen erringen und wieder freikommen konnte, bekam er eine neue Chance, sie umzubringen. Und da eine Frau, für die eine genehmigte Tötungsanforderung vorlag, ihn nicht verraten konnte …

»In Ordnung. Aber erst holen Sie mir Wurzel her. Ich will sichergehen, dass es ihm gut geht.«

Tonia zögerte noch einen Moment, ehe sie nickte. »Meinetwegen.«

Kurz darauf kehrte sie mit Wurzel in ihren Händen zurück. Er schüttelte sich und spuckte aus seinem Mund.

»Wurzel, alles in Ordnung?«, fragte Penta ehrlich besorgt.

»Überhaupt nicht. Einer dieser Flohträger hat mich angepinkelt.«

Penta verdrehte die Augen. »Ich meine, ob die Frau dir etwas angetan hat?«

»Nein, sie war sehr nett zu mir. Hat mir sogar etwas Wasser gegeben, da die letzten Tage mich ausgedörrt haben.« Tonia stellte Wurzel auf den Boden neben Penta, so dass seine Blätter ihn an seinem nackten Bein kitzelten. »War sogar netter als du und hat meine tote Borke rausgezupft.«

»Ich mache es nur nicht, weil du darunter diverse Käfer versteckst.« Penta beugte sich so weit wie möglich zu ihm herunter. »Dich mögen sie nicht stören, aber mich beißen sie nachts im Schlaf.«

»Schluss damit. Sie sehen, es geht ihm gut. Kommen wir also zu meinen Fragen.« Tonia schob Wurzel mit dem Fuß beiseite. »Ich weiß, dass Sie nicht der Gentleman-Assassine sind. Da Sie einen Dunkelnetzschnüffler bei sich tragen, müssen Sie wohl einer der Beamten sein, die im Hintergrund arbeiten. Liege ich da richtig?«

Penta runzelte die Stirn. Wieso wusste sie das? Die Menschen in Ulmenstadt ahnten normalerweise nicht einmal, dass es sprechende Bäume gab. Und jetzt redete diese Frau ganz selbstverständlich von einem Dunkelnetzschnüffler, als wüsste es jeder?

»Wow, die ist klug. Hat dich sofort durchschaut.« Wurzel klatschte mit den Ästen und lächelte. »Vorhin dachte ich noch, dass sie genauso ein Hohlstamm ist wie du, aber jetzt …« Wurzel nickte anerkennend.

Penta seufzte. Seine Nase wurde von Minute zu Minute freier, doch er brauchte frische Luft und seine Medikamente, damit er wieder normal atmen konnte. »Wurzel, auch wenn du das vermutlich nie gelernt hast, ich bitte dich: Halt die Klappe.«

»Mir den Mund verbieten, aber selbst reden. Das sind mir die Liebsten. Wenn du kannst, schneid ihm die Zunge raus, Schätzchen. Er hat eh nichts zu melden«, brummte Wurzel und verschränkte die Äste vor der Brust.

»Ein Todesreiter also.« Tonia klatschte in die Hand. »Fast noch besser als ein Assassine. Das heißt, Sie sind der Kopf hinter der Sache, wenn Sie den Papierkram erledigen. Sie kennen die Abläufe viel besser.«

Penta schüttelte den Kopf. »Wieso wissen Sie so viel über uns?«

»Ich versuche schon seit Jahren zu beweisen, dass es euch gibt. Aber bisher ist es mir nicht gelungen. Danke einiger Informationen von Wurzel hier und dem, was ich selbst schon über Jahre mühsam zusammengekramt habe, kann ich mir nun ein recht gutes Bild zeichnen.«

In dem Augenblick dämmerte Penta, woher er den Namen kannte. »Sie sind Tonia Fill, die Gründerin der AA!«

Nun war es an Tonia verwirrt zu sein. »Natürlich. Ist das nicht der Grund, warum Sie hier sind?«

»Was? Nein. Wieso sollte ich Sie deswegen umbringen?«

Sie schwiegen, starrten einander an. Wurzel pfiff ein Lied.

»Wenn Sie mich nicht umbringen wollen, weil ich der Todesgilde zu nahe gekommen bin …« Tonia wartete einen Moment, als könnte sie selbst nicht glauben, was sie als nächstes sagte. »Wieso wollen Sie mich dann umbringen?«

»Es gab einen Auftrag«, antwortete Penta wahrheitsgemäß. »Und den führe ich aus.«

Tonia massierte ihre Stirn und drehte sich mit dem Gesicht zur Tür. Geflüsterte Worte flogen zu ihm, doch da er ständig schniefte, konnte er kaum etwas verstehen.

»Okay, noch einmal von vorne«, sagte sie schließlich. »Wenn Sie nicht der Gentleman-Assassine sind, ich aber eine Nachricht von ihm mit der Mordankündigung bekommen habe, warum ist er nicht gekommen?«

Wurzel hörte auf zu pfeifen und schnalzte mit der Borke. »Er wäre der erste Tote, der mordet.«

»Der Gentleman-Assassine ist tot?« Tonia hielt eine Hand vor den Mund. »Ich wusste ja, dass er alt sein musste, aber er ist wirklich gestorben?«

»Das ist korrekt.« Penta musste ja nicht erwähnen, dass er daran schuld war. Sollte sie ruhig glauben, dass es das Alter war. Wie er tatsächlich gestorben war, war irrelevant für Ton…

»Der Leichenschubser hier hat ihm einen Bleistift ins Auge gerammt.«

»Wurzel!«

»Sie haben was?«, entfuhr es Tonia. »Ist das nicht verboten?«

»Nein, das ist …« Penta riss erneut an den Fesseln.

»Aber sowas von«, kommentierte Wurzel und pfiff lauthals durch ein Astloch. »Wenn die ihn erwischen, werden sie ihn hochkantig aus der Gilde schmeißen und vermutlich umbringen.«

»Verdammt noch mal, halt deinen Mund, du dämliches Gewächs. Es ist nicht nur mein Hals, der in der Schlinge steckt«, brüllte Penta.

Die Stille, die in diesem Moment das Ankleidezimmer erfasste, war so zerbrechlich wie eine Vase bei einem Erdbeben unter Madera. Penta hörte jeden einzelnen Atemzug von Tonia, wenn er nicht schniefte.

»Hätte ich ihr das nicht verraten sollen?«, fragte Wurzel. »Ich meine, sie ist doch nett und sieht nicht so aus, als ob sie uns verraten würde.«

»Woher willst du das wissen?«, kommentierte Penta und deutete mit den Fingern seiner gefesselten Hände auf sich. »Immerhin bin ich gerade kein freier Mann, wie dir vielleicht aufgefallen ist.«

Wurzel streckte seinen Stamm durch und reckte sich, so dass er bis zur Lehne des Stuhls reichte. »Ich dachte, du hast deine Meinung zum Begatten vielleicht doch geändert und gibst dich deiner geheimen Leidenschaft an Fesselspielen hin.«

Penta schüttelte den Kopf. »Ich habe keine Vorliebe für Fesselspiele, vor allem nicht vor dir. Wie kommst du denn darauf?«

»Die Verbindung zum Surfer ist gerade unterbrochen. Bitte starten Sie mich neu.«

Penta drückte sich in die Rückenlehne. »Netter Versuch. Vortäuschen war noch nie deine Stärke.«

»Ihr wisst schon, dass ihr beide meine Gefangenen seid, oder?«, mischte sich Tonia ein. »Sie haben also den Gentleman-Assassinen mit einem Bleistift getötet?«

»War ein Unfall«, sagte Penta und senkte den Blick. »Ich habe es nicht gewollt.«

»Ich hätte nie gedacht, dass man einen Assassinen aus Versehen töten kann. Aber sei es so. Wenn Sie mich nicht umbringen wollten, wer dann?«

»Keine Ahnung.« Penta zuckte mit den Schultern.

»Wie können Sie keine Ahnung haben? Irgendwer muss den Auftrag doch aufgegeben haben, oder nicht?« Tonia verschränkte die Arme vor der Brust.

»Ja, aber ich kenne den Auftraggeber nicht.«

Tonia wartete einen Moment, beobachtete Penta. Er spürte, wie das Kribbeln in seiner Nase zurückkehrte. Bisher hatte ihn seine Allergie nie so heftig getroffen. Er war allen Tieren mit Fell ausgewichen, sobald er sie nur von weitem gesehen hatte. Das ausgerechnet in dem Zimmer seines ersten Opfers gleich ein ganzes Rudel Katzen und Hunde wohnte, hatte er nicht vorhersehen können.

»Sagt er die Wahrheit?«, fragte Tonia Wurzel.

»Das stimmt auf jeden Fall«, erwiderte der Bonsai und salutierte. »Er mag ein Papierschubser sein, aber zumindest ist er ehrlich.«

»Wie kommt ihr dann an die Aufträge?« Tonia kratzte sich am Hinterkopf. Ihre Haare, die vorher halbwegs sortiert nach hinten gekämmt waren, zerfielen in viele dünne Strähnchen und umrahmten ihr Gesicht.

»Die Assassinen tauchen bei mir auf und haben bereits ihren Auftrag erhalten.« Penta zuckte mit den Schultern. »Ich weiß selbst nicht, wie genau sie ihre Aufträge erhalten.«

Tonia kam näher und einige Strähnen fielen ihm dabei gegen die Wangen. »Nicht genau? Das heißt, Sie wissen, wie in etwa es vonstatten geht? Erklären Sie es mir!«, verlangte sie.

»Das verstößt gegen die Regeln. Mir ist es nicht erlaubt, einer Außenstehenden näheres zur Gilde zu erzählen«, versuchte er es. Allerdings ahnte er, dass es zwecklos war.

»Es widerspricht auch den Regeln, einen Assassinen zu töten, nehme ich mal an. Entweder Sie sagen es mir oder ich finde einen Weg, um Sie an Ihre Kollegen zu verraten.«

Die Drohung war eiskalt vorgetragen und schickte Schauer über Pentas nackte Beine. Gänsehaut breitete sich auf ihnen aus. »Das wagen Sie nicht«, zischte er.

»Wenn Sie wissen, wer ich bin, dann haben Sie auch eine Ahnung, zu was ich alles fähig bin. Zweifeln Sie etwa meine Entschlossenheit an?«

Penta schluckte, lehnte sich im Stuhl zurück. Tonia Fill war nicht nur die Gründerin der AA, der Anti-Assassinen, sondern auch die größte Eiferin der recht kleinen Gruppe. Niemand nahm sie und ihre Arbeit ernst, da ihre Methoden, um die Einwohner darauf aufmerksam zu machen, dass es angeblich Assassinen gäbe, mehr als fragwürdig waren.

Penta konnte sich lebhaft an eine der letzten Aktionen erinnern. Sie hatte begonnen, Infoblätter auf dem Allesmarkt zu verteilen. Das selbst war kein Problem gewesen. Immerhin hatte sie dafür eine Genehmigung erhalten, wie er erfahren hatte. Jedoch hatten die Blätter angefangen, die Haut der Besucher zu verfärben. Sie wurde blutrot und das Rot ließ sich nicht entfernen. Außerdem färbte sie auf alles ab, mit dem die Hände in Kontakt gerieten. Der Text auf den Flyern lautete: Wenn Sie nichts gegen die Assassinen unternehmen, haben Sie alle Blut an den Händen.

Es hatte Tage, teilweise bis zu einer Woche gedauert, bis die Farbe abgegangen war. Tonia Fill war zu einer Geldstrafe verurteilt worden. Und ihr war untersagt worden, neue Infoblätter auf dem Allesmarkt zu verteilen. Das hielt sie allerdings nicht davon ab, anderweitige Aktionen zu organisieren. Sie besaß eine treue, wenn auch kaum nennenswerte Anhängerschaft, die ihr glaubte und genauso verrückt war.

»Ich zweifle nicht Ihre Entschlossenheit an, sondern Ihre Methoden. Seit wie vielen Jahren versuchen Sie schon, die Todesgilde auffliegen zu lassen?« Penta wusste, dass er sich weit aus dem Fenster lehnte, aber eventuell konnte er sie so von ihrem selbstgefälligen Thron stoßen. »Außerdem haben Sie nicht mal eine Idee, wie Sie jemanden von uns kontaktieren sollen.«

»Wer laut genug schreit, der wird erhört«, kommentierte sie lässig, als machte ihr sein Einwand gar nichts aus. »Vielleicht wird sich niemand von der Gilde mit mir abgeben, aber sie werden von meinen Worten hören. Und dann sind Sie geliefert.«

Er hatte sich wirklich den falschen Tag und die falsche Frau zum Diskutieren ausgesucht. »Kommen Sie. Ich habe Ihre Mutter nicht umgebracht. Lassen Sie mich einfach wieder gehen und wir vergessen das hier.« Es war ein letzter, verzweifelter Versuch.

Die Antwort bestand aus einem Lachen, das ihm erneut die Haare zu Berge stehen ließ. »Ganz sicher nicht. Ich lasse Sie nicht eher gehen, bis Sie mir nicht gesagt haben, wer den Anschlag auf mich angeordnet hat.«

»Hören Sie, ich sagte es bereits …«

Sie hob die Hand und brachte ihn zum Schweigen. »Es ist mir egal, wie, aber Sie finden heraus, wer mich umbringen lassen will, sonst erfährt ganz Madera von Ihnen und dem Gentleman-Assassinen.«

Tonia lehnte sich vor und blickte ihm tief in die Augen. »Und glauben Sie mir, wenn ich sage, dass ich die finanziellen Mittel dazu habe, diesen Plan in die Tat umzusetzen.«

Penta hielt dem Blick einige Sekunden stand, ehe er sich abwandte. An einen Stuhl gefesselt, von Wurzel verraten und ohne eine Ahnung, wie er entkommen sollte, wusste er nicht mehr weiter. Er sackte in sich zusammen und schloss die Augen. »Meinetwegen«, antwortete er schließlich leise.

Die Häme konnte er selbst durch seine geschlossenen Lider spüren. Sie fraß sich in seinen Magen und sorgte dafür, dass er sich zusammenzog.

»Wunderbar.« Tonia klatschte in die Hände und schreckte Penta auf. »Ich denke, wir haben soeben eine klare Linie geschaffen, wer das Sagen hat. Aber nur noch einmal zur Sicherheit.« Sie deutete auf sich und nickte.

Die Niederlage schmeckte bitter wie ein Glas zu lange gezogener Brombeerschnaps. Das letzte Mal, dass er so kläglich verloren hatte, war auf der Straße gewesen. Vor der Zeit mit Kobold, als er nichts von der Todesgilde geahnt hatte. Damals hatte er sich von einem jungen Trickdieb in einem Kartenspiel um all seine Ersparnisse bringen lassen. Seither hielt er sich vom Glücksspiel fern. Zwar hatte er gelernt, welchen Trick der Dieb angewandt hatte, doch das Spiel selbst bereitete ihm kein Vergnügen mehr.

»Was genau machen wir als Erstes?«

Penta deutete auf seine Fesseln. »Sie müssen mich losschneiden. So schön dieses Ankleidezimmer auch ist, aber ich kann von hier aus nichts herausfinden.«

»Schneiden Sie mich auch los?«, mischte sich Wurzel ein, der für seine Verhältnisse erstaunlich lange ruhig gewesen war. »Fesselspiele sind zwar spannend, aber nichts für mich. Ich bin ein integres Gehölz.«

KAPITEL 10
TONIA

Penta rieb sich die Handgelenke, als sie ihm die Fesseln abnahm. Die roten Striemen darauf brannten vermutlich, aber er versuchte, die Schmerzen nicht zu zeigen. Wenn Tonia allerdings eines im Laufe der Zeit gelernt hatte, dann, dass man Schmerzen immer sah, egal, ob man sie verbarg oder nicht. Zumindest, wenn man sie sehen wollte. Matta hatte Tonias Schmerz immer gesehen, so sehr sie ihn auch hatte verstecken wollen. Ihr Vater hingegen hatte ihn nicht beachtet, obwohl sie vor ihm deutlich gezeigt hatte, wie es ihr ging.

»Kommen Sie, Tonia, ich bin mir sicher, es gibt einen sicheren Ort, wo man Sie erst einmal unterbringen kann«, sagte Penta, als sie aus der Vordertür der Villa marschierten. Abgesehen von ein paar seltsamen Blicken des Hausdieners hatte sich niemand darum geschert, dass sie männlichen Besuch gehabt hatte. Es kam nicht oft vor, aber wenn, dann war das Personal wohlerzogen genug, um sich eines Kommentars zu enthalten. Seltsamerweise war Wurzel, der sich wieder in der Innentasche von Pentas Umhang befand, still geblieben. Seine Äste hingen herunter, als Penta ihn in die Tasche gesteckt hatte, und die Müdigkeit hatte sich in kleinen Ringen unter den Knopfaugen des Bonsais abgezeichnet.

»Ich weiche nicht von Ihrer Seite. Ich lasse Sie nicht entkommen. Auf gar keinen Fall«, sagte Tonia und wedelte mit dem Finger vor seiner Nase herum. »Das ist das Einzige, was ich heute mit Sicherheit nicht tun werde.«

Die Nachtluft war kühl für den Sommer und kroch Tonia unter den Mantel. Penta hüllte sich enger in den Umhang, den Tonia ihm zurückgegeben hatte. Ebenso wie die Hose. Der Anblick seiner dünnen Storchenbeine hatte Mitleid in ihr geweckt und das wollte sie für jemanden wie ihn nicht empfinden. »Wenn ich dort, wo ich hingehe, nicht allein auftauche, wird mein Kontakt gar nichts sagen. Sie ist nicht gerade eine vertrauensselige Persönlichkeit«, bemerkte Penta.

»Das lassen Sie mal meine Sorge sein.« Sie schleuderte ihre langen Haare hinter ihre Schulter und zog den Kragen ihres Lammfellmantels fester um ihren Hals. Der hatte sie noch in jeder kalten Nacht, in der der Kamin ausgefallen war, warmgehalten. »Ich habe eine einnehmende Persönlichkeit.«

»Das bezweifle ich auch nicht, aber mein Kontakt wird trotzdem nicht mit mir reden.« Penta hob die Arme beschwichtigend vor die Brust. »Passen Sie auf. Sie haben mich in der Hand. Ich besorge die Infos und wenn ich nicht rechtzeitig zurück bin, können Sie mich so viel verraten, wie Sie wollen.«

»Das ist ein scheiß Vorschlag«, drang Wurzels Stimme unter dem Mantel hervor. Der obere Teil seines Stamms lugte zwischen den Knöpfen heraus und starrte Tonia an. »Wo ist da der Vorteil für mich? Hören Sie. Ich bin offiziell ausgebildeter Holzwurm und befugt, mich durch alle Unwegbarkeiten zu schlängeln und zu verhandeln. Mein Vorschlag: Koch uns was Schönes, Schätzchen, während wir arbeiten gehen.«

Penta schob den Kopf von Wurzel zurück. »Du bist höchstens ein Holzpferd und reitest uns immer tiefer rein. Los, zurück an deinen Platz.«

»Dieser Bonsai ist ganz schön sexistisch.« Tonia stemmte eine Hand in die Hüfte. »Ich bin kein Heimchen, das man an den Herd schickt.«

»Er meint das nicht so«, negierte Penta und machte eine wegwerfende Handbewegung, während er vor dem Tor zum Grundstück stehenblieb.

»Und ob«, rief Wurzel dumpf unter dem Umhang.

Penta hieb einmal kräftig gegen den Topf des Dunkelnetzschnüfflers, woraufhin es unangenehm knackte, ehe Wurzel verstummte.

»Bitte nehmen Sie Wurzel nicht so ernst. Er ist alt und nicht mehr Herr seiner Jahresringe.«

Der Mond kroch hinter den Wolken hervor, während Tonia überlegte. Es war eine fast sternenklare Nacht geworden. Sie wusste nicht, wie lange sie in dem Ankleidezimmer gewesen waren – zu viele Gedanken hatten ihr Zeitgefühl benebelt –, doch der Morgen dämmerte noch nicht.

»Ich bitte Sie, sagen Sie mir einfach, wo ich Sie abliefern kann, solange ich Informationen einhole«, wandte er sich erneut an sie. »Sie könnten auch zuhause bleiben, aber ich weiß nicht, wie sicher es hier ist.«

»Wird denn auch schon mal mehr als ein Assassine beauftragt?«, hakte sie nach und steckte die Hände in die tiefen Manteltaschen, die ebenfalls mit Lammfell ausgekleidet waren.

»Selten, aber es kann vorkommen.« Penta zuckte mit den Schultern. »Meist wird einer der Anträge abgelehnt, aber es kann schon mal einer durchs Raster fallen, wenn der Dunkelnetzschnüffler den Antrag nicht rechtzeitig auf dem Surfer speichert.« Das schien sein Element zu sein, obwohl Tonia nur die Hälfte von dem verstand, was er sagte.

»Faszinierend«, erwiderte sie und deutete auf Wurzel. »Und er sorgt für die Speicherung? Mit Wurzel haben Sie wohl auch einen echten Glücksgriff gelandet, was?«

Penta senkte den Kopf und tätschelte gleich darauf die Tasche, hinter der Wurzel scheinbar eingeschlafen war, denn er kommentierte nichts mehr. Schliefen Bäume überhaupt? Sie hatte so viele Fragen zu dem, was gerade passierte in ihrem Leben, dass sie diese nicht alle auf einmal stellen konnte. »Er ist schon ein wenig skurril, aber man lernt zu schätzen, was man aneinander hat.«

»Das klingt ja fast schon, als ob das ein einsames Leben ist und man nur einen Baum hat, mit dem man reden kann«, lachte Tonia und Penta schluckte hart. Hatte sie ins Schwarze getroffen?

»Nicht direkt. Ich habe auch noch Kollegen, mit denen ich ab und an spreche, und natürlich die Assassinen«, erklärte Penta und zuckte mit den Schultern.

»Wie kann man sich eigentlich dazu entscheiden, in so einer Organisation zu arbeiten? Wurdest du – darf ich du sagen? – da hineingeboren?«

»Ich bin Penta«, sagte der Todesreiter nach einigen Sekunden der Überlegung.

»Tonia, aber das weißt du ja schon. Hast du gerade überlegt, ob deinen Namen zu verraten dich noch weiter in die Scheiße reitet?«, witzelte sie und traf scheinbar erneut die Zielscheibe.

»Ich bin es nicht gewohnt, mit Außenstehenden zu kommunizieren und die meisten, die ich kenne, wissen wer ich bin und was ich tue.«

»Das beantwortet nicht meine Frage«, bemerkte Tonia und schnaubte.

»Ja, ich habe überlegt. Du kennst das System nicht.«

»Dann erzähl mir davon. Ich will es kennenlernen«, sagte Tonia und versuchte, die Neugier zurückzuhalten. Es steckte jedoch so viel in diesen Antworten, dass es ihr schwerfiel.

»Um noch mehr gegen mich in der Hand zu haben. Auf keinen Fall.« Penta rieb sich die Augen, die von dunklen Ringen umrandet waren. Scheinbar bekam er nicht viel Schlaf.

»Na, dann erzähl mir wenigstens, wie du da gelandet bist. Daran ist doch sicher nichts Geheimes, oder?« Sie gab nicht auf. Wenn Tonia sich in etwas festgebissen hatte, ließ sie so schnell nicht wieder los.

Penta führte sie an einer Häuserreihe vorbei, deren Fenster vereinzelt hell erleuchtet waren. In den Häusern gab es keinen Kerzenschein, sondern wie bei ihr auch die Glühwürmchenlampen. Speziell gezüchtete kleine Käfer, die seit Jahrzehnten schon darauf abgerichtet wurden, die ganze Nacht hindurch zu leuchten, sobald sie eine Bewegung bemerkten. Erst als sie die beleuchteten Häuser passiert hatten, räusperte sich Penta. »Ich habe auf der Straße gelebt und wurde dort von jemandem gefunden, der mein Talent erkannt hat.«

»Man braucht ein Talent, um bei euch mitzumachen?« Tonia hob amüsiert eine Augenbraue.

»Nicht jeder hat die Fähigkeiten, die ich mitbringe. Du würdest in der Gilde nicht einen Tag überstehen«, sagte Penta überheblich und streckte den Rücken kerzengerade durch. Dabei achtete er allerdings darauf, dass Wurzel in seinem Mantel genug Platz hatte.

»Wieso? Weil ich eine Frau bin?«, brauste sie auf und ballte die Fäuste. Mit dem kleinen Pimpf würde sie es jederzeit aufnehmen. »Du kennst mich nicht und beleidigst mich direkt? Respekt für diese Überheblichkeit.«

»Das hat nichts mit dir als Frau zu tun. Es gibt einige ausgezeichnete weibliche Assassinen. Ich selbst betreue vier.«

»Also gibt es doch einige mehr, als ich gedacht habe«, erklärte Tonia etwas ruhiger. »Aber warum bitte wäre ich dafür ungeeignet?«

»Willst du das wirklich wissen?« Penta runzelte die Stirn. Er konnte sich anscheinend keinen Reim auf Tonia machen, die sich mit ihm über die Assassinen unterhielt, als wäre es das Normalste der Welt.

Dabei spürte sie dieses Prickeln in ihren Adern. Niemandem sonst war es bisher gelungen, einen Assassinen festzusetzen. Weder der Polizei noch einem Bürger. Nur ihr. Wobei sie genaugenommen keinen Assassinen in ihrem Gewahrsam hatte, sondern einen der

Todesreiter. Eine dämliche Bezeichnung für die Betreuer, wie sie fand. Auch wenn sie aufgeregt war, wollte sie sich das nicht anmerken lassen und nickte erst nach einigen Sekunden gemächlich, als wäre es für sie wirklich alltäglich, so etwas zu erleben.

»Du könntest meine Arbeit nie verrichten, weil du dafür nicht ausgebildet bist.«

Tonia lachte lauthals auf. »Du weißt schon, dass ich das lernen kann, oder?«

»Wirst du aber nicht, da du nicht dafür geeignet bist, in der Gilde zu arbeiten.«

»Wir drehen uns im Kreis, lieber Penta.« Tonia tippte ihm auf die Nase, was ihn vollkommen aus dem Konzept brachte und er stehen blieb.

»Was willst du von mir, Tonia? Du willst die Gilde auffliegen lassen und nicht für sie arbeiten. Warum also willst du, dass ich dir sage, dass du dafür geeignet bist?«, fragte Penta und hob die Arme, um sie gleich darauf wieder fallen zu lassen.

Tonia legte den Kopf schief. »Das ist eine gute Frage und soll ich dir was sagen? Ich weiß es nicht. Ich kann gerne alles.« Sie zuckte mit den Schultern und ging weiter. »Kommst du jetzt oder soll ich einfach so in die Welt brüllen, was du getan hast?«

»Schon gut, schon gut«, sagte Penta und lief los. »Kein Grund zu drohen. Ich habe schon verstanden, dass du mich in der Hand hast. Das Konzept der Erpressung ist mir nicht unbekannt.«

»Würde mich auch wundern, wenn du das als Mörder nicht kennen würdest.«

»Ich bin kein Mörder«, verteidigte sich Penta, vergrub aber die Hände gleich darauf in den Taschen seines Umhangs. »Jedenfalls nicht mit Absicht.«

»Mord ist Mord, egal, ob du in ihn hineinstolperst oder ihn eiskalt begehst. Dafür braucht es eine Bestrafung.«

»Und du bist dann wohl meine«, murmelte Penta leise vor sich hin.

»Bitte?«, fragte sie nach, obwohl sie ihn bestens verstanden habe.

»Du bist meine Strafe dafür, dass ich gestolpert bin«, sagte er laut.

Anerkennend nickte Tonia. Zumindest war er ehrlich. »Sieh es, wie du willst. Ich denke, dass ich genau zur richtigen Zeit am richtigen Ort war.«

»Wieso das?« Penta bog ab und machte sich auf den Weg in Richtung Unterwald.

»Weil ich jetzt endlich mehr erfahren kann. Wie wahrscheinlich war es, dass ausgerechnet du den Typen abmurkst und dann beschließt, seinen Auftrag auszuführen? Hätte jemand anderes das gemacht? Vermutlich nicht. Das Schicksal will, dass ich jetzt endlich mehr erfahre!«

»Oder es war einfach Pech von mir«, bemerkte Penta mit erhobenem Zeigefinger. »Du glaubst doch nicht etwa daran, dass es jemanden gibt, der deinen und meinen Weg lenkt?«

»Ich bin keine von diesen Großer Gärtner-Anhänger, wenn du das meinst«, sagte Tonia und fragte sich, ob sie wirklich gerade nach Unterwald gingen. »Aber das Schicksal muss ja auch keine Person oder Gärtner sein. Es kann auch einfach nur ein Staubkorn sein, das den Weg bereitet hat. Wer weiß.«

»Ach, hör mir auf mit dieser verschwurbelten Kacke«, tönte es aus dem Umhang von Penta. Wurzel musste wohl aus seiner kurzen Schlafphase erwacht sein.

Penta und Tonia schwiegen, während Wurzel seltsame Geräusche mit seinen Blättern machte. Penta führte sie über die fast leeren Gänge des Allesmarkt. Zu dieser Tageszeit wurden kaum noch Waren verkauft, doch einige Händler hatten sich auf ein Rund-um-die-Uhr-Konzept geeinigt und betreuten die Stände ihrer Nachbarn mit. Allerdings verspürte Tonia kein gesteigertes Interesse, um diese Uhrzeit Tomaten oder einen Sessel zu kaufen.

Unterwald war ein Viertel, das an das Ende des Allesmarkt anknüpfte. Tonia war erst einmal hineingekommen, als sie versucht hatte, mehr über die Assassinen zu erfahren. Sie hatte sich als Bettlerin ausgegeben, die Arbeit suchte. Jedoch war sie schon nach wenigen Metern aufgeflogen. Unterwald war wie ein kleines Dorf in der Stadt. Es lag unter einem dichtgewachsenen Hain aus Ulmen, die alle ineinander verästelt waren. Das Tageslicht drang nur selten durch, wie man erkannte, wenn man den Holzweg über den Bäumen nahm. Es gab Gerüchte, dass Unterwald einen eigenen Bürgermeister hatte. Allerdings war dieser bisher nie in Erscheinung getreten und Tonia glaubte auch nicht daran. Niemand wusste, wie es dort aussah, da die Polizei sich nur ab und an dorthin wagte.

»Wen genau treffen wir denn?«

»Sie heißt Drak und ist die Frau, die mich gefunden hat, als ich auf der Straße gelebt habe.«

»Heißt das, du kommst eigentlich aus Unterwald?«

»Ja, hast du damit ein Problem?«, fragte Penta aggressiver, als er es vermutlich gewollt hatte.

»Der Bursche sah nicht immer so gelackt aus«, kommentierte Wurzel. »Ich habe ein Abbild von ihm gesehen, als Drak ihn gefunden hat. Meine Fresse, war der schräg.«

»Er meint damit meine Haare«, beeilte sich Penta zu sagen. »Ich hatte früher lange Haare und das irritiert ihn bei einem Mann.«

»Sah bestimmt gut aus.« Tonia nickte ihm zu, war aber zu abgelenkt von dem Bereich, in den sie sich gerade begaben. Vor ihr erstreckte sich die Treppe, die den einzigen Zugang zu Unterwald darstellte. Wenn man nicht über den Bäumen einfach abspringen und in den Wipfeln der Ulmen landen wollte.

Am Fuß der Stufen begann ein Weg aus Glühwürmchenlampen, die alle verdammt hell leuchteten, als wollten sie eine andere Art der Dunkelheit vertreiben.

»Wo genau wollen wir denn hin?«, fragte Tonia nicht ganz bei der Sache.

»Das sagen wir dir nicht«, murmelte Wurzel. »Ist nur für Eingeweihte.«

»Ihr nehmt mich mit und ich sehe es doch gleich. Warum also nicht jetzt sagen?«

»Ignorier Wurzel. Er hat manchmal die Angewohnheit, ablehnend zu sein, obwohl es – wie du sagst – keinen Sinn ergibt. Wir gehen in die *Spelunke*.«

Tonia überlegte, ob sie den Namen schon mal gehört hatte, doch bisher war er ihr nicht untergekommen. »Was genau ist das? Ein Restaurant? Ein Theater? Oder einfach ein Haus?«

»Es ist eine Kneipe. In Unterwald gibt es nicht viele Orte wie die *Spelunke*, aber du wirst sehen, was ich meine«, sagte Penta und deutete nach vorn.

Aus dem Schatten eines hohen Ulmenstamms trat ein Mann mit hellen Haaren und dunklem Gesicht. In der Hand hielt er einen hölzernen Schläger. Er starrte Penta an, der gleich darauf ein seltsames Handzeichen machte. Sofort zog sich der Mann zurück. »Kommt man damit hier rein?«

Penta nickte nur abgehakt und Tonia versuchte, sich einzuprägen, welche Verrenkungen Penta mit seinen Fingern gemacht hatte, um beim nächsten Mal allein herzukommen. Tonia gab sich alle Mühe, unbeteiligt zu wirken, aber tatsächlich kam sie sich vor wie ein Kind im Süßigkeitenladen. Überall gab es etwas Neues zu entdecken. Neben den Häusern, die zwischen die Baumstämme gebaut wurden, gab es einfache Zeltüberwürfe, die mit bunten Farben bemalt waren. Darin wohnten offensichtlich Männer, Frauen und Kinder, die fröhlich davor herumliefen.

Tonia konnte alles nicht so schnell aufnehmen, wie Penta sie durch die engen Gänge lotste. Da die Bäume so dicht und vollkommen durcheinander standen, schien es keine richtige Straße zu geben. Ab und an führte er sie durch eines der Zelte, weil es keinen anderen Weg gab.

»Wie kann man sich hier nur zurechtfinden?«, fragte Tonia nach einigen Abzweigungen. Sie hatte längst die Orientierung verloren.

»Wenn man hier aufgewachsen ist, weiß man, wie man sich orientiert.« Tonia folgte seinem Fingerzeig nach oben. Dort sah sie die Sterne in quadratischen Flächen durch das dichte Blätterwerk schimmern. Verwirrt schaute sie näher hin. Seile gingen von den Quadraten ab und führten zu verschiedenen Punkten innerhalb von Unterwald.

»Was ist das?«

»Nicht weiter wichtig. Wir sind da.«

Eine Plane hing vor ihnen, die Penta beiseite zog und sie vorbeiließ. Aus dem Innern drang eine fürchterliche Mischung aus Schweiß, vergorenen Früchten und Feuer. Die warme Luft, die ihr entgegenschlug, fühlte sich wie eine Wand an, gegen die sie lief. Einzig ihre Neugier trieb sie in diesen seltsamen Gestank.

»Was ist das?«, fragte Tonia und hielt sich ihren Mantelärmel vor die Nase, um zumindest ein paar Sekunden einen angenehmeren Duft wahrzunehmen.

»Das ist die *Spelunke*. Hier hält sich Drak meistens auf.« Penta sah sich um und deutete auf eine Runde, in der mehrere Personen saßen.

»Ja, aber was ist das für ein Gestank? Das hält doch niemand aus, der bei klarem Verstand ist.« Tonia verzog angewidert das Gesicht.

»Wie gesagt: Die *Spelunke* hat ihren Namen nicht von irgendwoher. Es ist die mit Abstand schlechteste Kneipe in Unterwald, aber dafür gibt es hier Met.«

»Honigwein?«, fragte Tonia verwirrt. »Ist der nicht verboten worden, um die Bienen zu schützen?«

»Genau. Weil man sich in Unterwald so sehr an die Gesetze da oben hält«, kommentierte Wurzel trocken.

Penta schüttelte den Kopf. »Ich kann dich auch wieder zurückbringen, wenn es dir zu viel wird. Dann vergessen wir das alles und …«

»Auf gar keinen Fall. Ich habe seit Jahren auf diesen Moment hingearbeitet. Da wird mich ein wenig Gestank nicht abhalten.« Entschlossen ging sie auf die Runde zu. Sie bestand aus jeweils zwei Frauen und Männern, die vornübergebeugt auf ihren Schemeln saßen und angeregt diskutierten.

»Bist du denn verrückt. Du darfst sie nicht einfach so stören«, rief Penta und hielt sie davon ab, weiterzugehen. »Wir setzen uns hier hin, bis ihr Treffen vorbei ist. Sonst wird sie vermutlich gar nicht mit uns reden.«

»Setzt du mich zu ihr?«, fragte Wurzel und reckte den Kopf aus dem geöffneten Umhang von Penta. »Ich will den neusten Klatsch aus Madera erfahren.«

»Das ist kein Klatsch, sondern Verschwörungstheorien, die sich meistens als nicht haltbar rausstellen, und das weißt du, Wurzel. Du bleibst hier, sonst bekommst du nur wieder Alpträume.«

»Was meinst du mit Verschwörungstheorien?«

Penta deutete auf zwei ranzige, schon von Holzwürmern angenagte Schemel und sie setzten sich. »Hör es dir einfach selbst an. Dann weißt du, was ich meine.«

Tonia richtete ihre Aufmerksamkeit auf die Runde und versuchte, in dem Stimmwirrwarr, das in der *Spelunke* herrschte, etwas zu verstehen.

»… die Käferloiden sind auf dem Vormarsch, sag ich dir. Ich habe gerade wieder von der Freundin eines Bekannten gehört, dass ihre Mutter mit einem Baum gesprochen hat und der hat von einem Jungen gehört, dass es hinter dem Gebirge von Käferloiden nur so wimmelt.«

»Was sind Käferloide?«, fragte Tonia an Wurzel gewandt, da sie von Penta keine richtige Antwort erwartete.

Seine Blätter raschelten aufgeregt, als er antwortete. »Das sind Käferwesen, die ein Bewusstsein haben. Ich hatte auch schon mal einen. Der hat mit voller Absicht immer genau in dem Astloch gesessen, in dem es mich gerade juckte. Dann hat er mich gekitzelt und es noch verstärkt. Diese Biester planen die Herrschaft über Madera an sich zu reißen, sag ich dir.«

»Und wie?«

»Pst, das ist Unsinn. Hört endlich auf zu reden, sonst stört ihr Kobold noch«, mischte sich Penta wieder ein und deutete auf die ältere, kleinwüchsige Frau, deren Gesicht deformiert war. War das die Ziehmutter von Penta? Sie wirkte mit ihren drei Messern am Gürtel und dem grimmigen Blick im ersten Moment nicht wie jemand, der sich liebevoll um einen Straßenjungen kümmerte. Doch Penta schien die Frau anzuhimmeln oder sie zumindest zu respektieren.

»Aber mal weg von den Käferloiden«, sagte Drak, die sich mit einer kratzigen und sehr tiefen Stimme einmischte. »Habt ihr schon das Neuste gehört? In der Bucht von Palmenfort wurden Meerbaumfrauen gesichtet. Sie sollen dort eine Siedlung in einer Senke errichten. Ich warte aktuell noch auf meinen nächsten Urlaub, dann will ich mir das anschauen. All die Jahre haben sie behauptet, dass es keine Meerbaumfrauen gibt, haben etwas von Fischen mit seltsamen Deformierungen geredet. Jetzt können sie es nicht mehr leugnen«, ereiferte sie sich.

Ihre Mitverschwörer nickten andächtig. »Das klingt plausibel. Habe das auch schon gehört«, stimmte ein stämmiger Mann mit einem Borkenhut zu. »Also von dir gerade, aber du bist vertrauenswürdig. Immerhin hast du uns von den verdünnten Feuerlacken erzählt. Seither gehe ich nicht mehr in die Nähe von Feuer.«

Tonia schaute zu der kleinen Brennschale, die nur wenige Meter von ihm entfernt auf dem Boden stand und für Wärme in dem Raum sorgte. *So ganz konsistent war er nicht in seinen Handlungen*, dachte sie und schüttelte den Kopf. »Verdünnte Feuerlacke?«, fragte sie dennoch laut. Denn das Thema interessierte sie von Berufswegen aus und ließ ihre Alarmglocken schrillen.

Die vier aus der Runde drehten sich zeitgleich zu ihnen um, als ob sie jetzt erst bemerkt hätten, dass Penta, Tonia und Wurzel sich hinter sie gesetzt hätten. »Wer ist das, Frischling?«

»Seine neue Rollenspielpartnerin«, kommentierte Wurzel trocken und streckte die Äste nach Drak aus.

»Ich habe dich wohl doch gut erzogen«, sagte Drak sichtlich stolz und schlug sich auf die füllige Brust, die mit einem Schal bedeckt war. »Aber du solltest dich nicht in Dinge einmischen, von denen du nichts verstehst, Kindchen.«

»Wurde der Feuerlack mit Wasser verdünnt oder mit Waltran?«, fragte Tonia unbeirrt weiter. Auch wenn sie nicht an Meerbaumfrauen glaubte, gab ihr das mit dem Lack zu denken.

Drak hob eine ihrer grau melierten, buschigen Augenbrauen und musterte Tonia abschätzend. Bevor sie jedoch antworten konnte, stolperte ein Kerl in die Runde und landete auf Draks Schoß. Er war offensichtlich angetrunken und fühlte sich mutig, denn er berührte den Schal. »Hübscher Stoff«, sagte er.

Drak schnaubte und lächelte den Kerl an, der ihr ganz ungeniert über die Brust streichelte. Tonia stand bereits auf, um ihn von Draks Beinen zu zerren, ebenso wie Draks Sitznachbar. Noch während sie lächelte, griff sie nach dem Schemel, der nun frei geworden war, und pfefferte diesen mit voller Wucht gegen den Hinterkopf des Grabschers.

Mit einem lauten Brüllen fiel dieser vornüber und landete auf allen vieren, wobei er sich mit einer Hand gleich darauf den Kopf hielt. »Bist du verrückt, du Zwerg?«

Drak richtete sich vor ihm auf und verzog angewidert die Lippen. »Man nennt mich Kobold und nicht Zwerg, verstanden?« Dann holte sie mit ihrem Bein aus und trat ihm so fest ins Gesicht, dass er eine Rolle zur Seite machte und auf einen brüchigen Holzstuhl donnerte.

Tonia wich dem Angreifer aus, als der sich an ihr hochziehen wollte. Stattdessen reichte sie ihren Schemel an Drak, damit sie eine zusätzliche Verteidigung hatte.

»Danke, Schätzchen, du darfst aber auch gerne zulangen, wenn du möchtest«, bot sie ihn Tonia in aller Seelenruhe wieder an, doch Tonia lehnte dankend ab. Sie hatte zwar vor langer Zeit die Kampfkunst gelernt, setzte sie jedoch nur sehr selten ein. Niemand sonst schien von dem Kampf Notiz zu nehmen, denn alle fuhren in dem fort, was sie taten. Drei Frauen saßen nicht weit von ihnen und spielten Karten, während in einer dunklen Ecke ein paar Männer aus großen Holzbechern etwas hastig tranken.

»Los, Drak, mach ihn fertig. Reiß ihm die Eingeweide heraus und häng sie dir als Gürtel um die Hüfte«, rief Wurzel und wedelte mit seinen Ästen.

Tonia runzelte die Stirn und beobachtete den kleinen Bonsai dabei, wie er auf Pentas Schoß nach vorne rutschte, um ja nichts zu verpassen.

Drak stapfte auf den Kerl zu, der es gewagt hatte, sie anzufassen, und prügelte auf ihn ein, bis er schwer atmend liegen blieb und sich nicht mehr rührte. Mit Tritten beförderte Drak ihn schließlich hinaus vor die Plane und setzte sich im Anschluss zurück auf ihren Schemel.

»Wo waren wir?«, fragte sie ihre Freunde seelenruhig, als wäre nichts gewesen.

»Waltran oder Wasser?«, erinnerte Tonia sie.

»Ach ja«, sagte Drak. »Jeder Idiot sollte doch wissen, dass Waltran brennbar ist und man damit nicht strecken sollte, oder? Trotzdem tun es einige immer noch. So wie dieser …« Bevor sie ihren Satz weiterführen konnte, bemerkte sie Penta und wandte sich diesem zu.

»Penta, mein Kleiner, was machst du denn hier? Brauchst du was?« Sie umarmte den Todesreiter auf Hüfthöhe, da sie nicht viel größer war.

»Jein. Hättest du kurz Zeit für mich? Es wäre dringend.«

»Für dich doch immer, mein erfolgreicher Junge.« Sie nahm Pentas Hand, in der er nicht Wurzel hielt, und lotste ihn nach draußen. Tonia folgte ihnen, denn sie wollte auf keinen Fall etwas verpassen.

Der Waldweg, in den Drak sie führte, war von einigen Holzwänden und Baumstämmen umgeben und nur von einer Seite einsehbar. Scheinbar war das ein Ort, an dem man ungestört reden konnte.

»Was ist los und wer ist die flotte Biene?«

»Die flotte Biene heißt Tonia und möchte nicht Biene genannt werden«, merkte Tonia an. »Und wir sind hier, weil wir rausfinden wollen, wer mich umbringen lassen will.«

Drak runzelte die Stirn. »Warte. Du bist die kleine Fill, die vom Gentleman-Assassinen umgebracht werden sollte? Penta, was ist hier los?«

»Das ist eine verdammt lange Geschichte und ich lasse dir gerne Wurzel hier, um sie dir zu erzählen. Aber jetzt musst du mir erst mal vertrauen.«

»Lass dich von ihm nicht anstiften«, kommentierte Wurzel mit einem knorrigen Lachen. »Das endet manchmal tödlich.«

»Das Gestrüpp kannst du schön für dich behalten«, sagte Drak, streichelte jedoch liebevoll Wurzels Baumkrone. »Ich vertraue dir vollkommen. Also, was genau brauchst du?«

»Den Auftraggeber des Mordes.«

»Du weißt, dass ich den nicht kenne«, erwiderte Drak und stemmte eine Hand in die Hüfte, während sie mit der anderen in ihre Tasche griff. Sie zog eine Pfeife hervor.

»Aber du weißt, von welchem Mittelsmann der Auftrag kam. Kannst du mir bitte helfen?«, flehte Penta.

Drak stopfte sich hellgrünes Gras in die Pfeife, das verdächtig nach Pfeffertabak aussah. Der brannte länger und hatte angeblich einen brennenden Abgang aus der Lunge. Manche behauptete sogar, dass man hinterher Feuer spucken konnte, doch das waren nur Gerüchte. Drak paffte ein paar Mal und beobachtete sie dabei ausgiebig. »Du weißt, dass das gegen jede Regel verstößt, die ich dir beigebracht habe?«

Penta nickte demütig und wie ein geschlagener Hund. »Ich muss es dennoch wissen. Bitte. Sobald das erledigt ist, werde ich es dir erklären.«

»Da gibt es nicht viel zu erklären«, brummte Wurzel und deutete auf Penta. »Der hat halt einfach …«

»Wurzel, das besprechen wir ein anderes Mal. Kannst du bitte prüfen, wie lange Teska Brem noch bleiben will?«

»Dieser Schmierhals hat mich ausgefragt, ob ich noch mehr Todesreiter ausbilden will. Meinte, dass ich ein Händchen dafür hätte«, bemerkte Drak und tätschelte gleich darauf Pentas Hand. »Aber mit dir ist mir einfach schon mein Meisterstück gelungen.«

»Danke, Kobold. Aber wärst du so lieb? Ich habe es wirklich eilig«, drängelte Penta erneut.

»Na, meinetwegen, aber dafür musst du mir demnächst wieder das Nature vorlesen, wenn es kommt, verstanden?«

»Versprochen. Sobald die Urlaubsvertretung von Lindor Kram vorbei ist«, sagte Penta und steckte Wurzel zurück in seinen Umhang.

»Es wird dir nicht gefallen, wohin ich euch schicke.« Drak zog an ihrer Pfeife und hüllte Penta mit der Wolke aus Pfeffertabak ein. Der stechende Geruch trieb Tonia die Tränen in die Augen, aber Penta zuckte nicht einmal mit der Wimper. Wenn er bei der Frau aufgewachsen war, kannte er es wohl zur Genüge.

»Ihr müsst in die *Blaue Borke*.«

Penta stöhnte, während Wurzel einen Jubelschrei ausstieß. »Auf zu Jemma und DD Guano.«

»Wer ist Jemma?«, fragte Tonia verwirrt. »Und was ist ein DD Guano?«

Penta hingegen ignorierte sie zunächst und seufzte. »Was will sie diesen Monat haben?«

»Vulkanasche mit Avocadokernen und Bergkristall. Das Zeug benutzt sie, um damit Edeldünger herzustellen, den sie an irgend so eine Sekte verkauft. Die glauben daran, dass ein sprechender Baum ihr König ist und sie durch den Weltuntergang führen wird. So unrealistische Vorstellungen.«

Tonia hob eine Augenbraue, sagte aber nichts.

»In Ordnung. Hast du eine Idee, wo wir das Zeug herbekommen?«, fragte Penta seine Ziehmutter.

»Vermutlich müsst ihr dafür irgendwo einbrechen. Ist echt selten geworden.« Drak paffte erneut, diesmal in Tonias Richtung. Sofort verschwamm der Anblick der älteren Frau vor ihren Augen.

»Vulkanasche und Bergkristall?« Tonia hustete und wischte sich das brennende Gefühl aus den Augen. »Ich hätte da vielleicht eine Idee.«

KAPITEL 11
TONIA

»Du hast wirklich einen Onkel, der in der Vulkanologie arbeitet?«, fragte Penta offensichtlich verwirrt. »Wie passt das mit deiner Familiengeschichte zusammen?«

»Gar nicht. Er ist der Bruder meiner Mutter und galt immer als schwarzes Schaf, weil er daran glaubt, dass es unter dem Meeresspiegel Vulkane gibt, die jederzeit ausbrechen könnten.«

»Als ob das Wasser nicht das Feuer aufhalten würde«, schnalzte Wurzel mit seiner Borkenzunge. »Ein bisschen mehr Verstand hätte ich deinem Onkel schon zugetraut, immerhin veröffentlicht er im Nature.«

»Moment, du kennst ihren Onkel?« Penta runzelte die Stirn und starrte Wurzel an.

»Natürlich. Immer, wenn du mich bei Drak lässt, lese ich mit ihr diese hochangesehene Zeitschrift. Und sein Name taucht dort öfter mal auf.« Wurzel schlug sich gegen die Brust und aus Pentas Umhang drang eine weiße Wolke heraus. Die Nacht war fast vorbei und es war kalt geworden. Tonia hatte darauf bestanden, noch ein wenig in Unterwald zu bleiben, auch wenn sie kein Ziel hatten. Aber die morgendlichen Sonnenstrahlen durch die Blätter der Ulmen zu sehen, war wunderschön gewesen. Sie hatte nicht das Gefühl, fehl am Platz zu sein. Viel eher glaubte sie, sich in Unterwald heimisch zu fühlen. Was abstrus war, immerhin war sie in einer vollkommen anderen Welt aufgewachsen und einen Luxus gewohnt, den sich die meisten hier vermutlich nicht mal vorstellen konnten.

»Hei, ist das ein Bonsai in deiner Tasche?«, fragte da auf einmal eine Frau mit explodierter Mähne auf dem Kopf. Die Haare standen in alle Richtungen wirr ab.

»Ist nur ein kleiner Baum, den ich als Geschenk mit mir rumschleppe«, wiegelte Penta ab.

»Bist du ein freier Baum?« Die Frau lehnte sich vor und berührte Penta am Umhang.

»Ich werde in diesem miefigen Mantel gefangen gehalten. Freiheit für Wurzel. Freiheit für Wurzel!«, skandierte der Ginkobonsai immer wieder.

Penta schubste die Unbekannte von sich. »Ich verbitte mir ein Gespräch mit meinem Baum.«

Tonia schüttelte den Kopf. In den letzten paar Stunden hatte sie mehr erlebt, als sie sich hatte vorstellen können. Aber diesen Satz zu hören, hätte sie sich nicht träumen lassen.

»Ich bin ein Borkenkäfer und helfe dir, wenn du das wünschst. Du musst uns nur eine Nachricht zukommen lassen. Mein Name ist Stubenlöwe«, keifte die Frau. Penta schob die Fremde beiseite und ging an ihr vorbei. »Melde dich einfach, wenn du befreit werden willst. Wir sind immer für dich da. Immer«, rief sie ihnen hinterher.

»In Unterwald lassen sie inzwischen auch jeden rein!«, schimpfte Penta und ballte die Fäuste. »Wir sollten dringend zu deinem Onkel, bevor wir hier auf noch mehr seltsame Gestalten treffen.«

»Die Borkenkäfer habe ich auch schon ein paar Mal vor dem Treibhaus getroffen. Sie haben mir immer wieder versucht zu sagen, dass Bäume reden könnten, und ich habe ihnen nicht geglaubt. Haben die etwa mit ihren ganzen Ansichten recht?«, fragte Tonia nun ihrerseits verwirrt.

»Ich kenne die nicht, aber vermutlich nicht. Mach dir da nicht so viele Gedanken drum. In Unterwald gibt es viele, die seltsame Ansichten vertreten. Du wirst dieses Viertel sowieso nicht mehr betreten, also brauchst du dir darum keine Sorgen zu machen.« Penta winkte ab und führte sie die Treppe hinauf, die aus dem kleinen Viertel unter der Baumdecke hinausführte.

»Woher willst du das wissen? Vielleicht habe ich mir das Handzeichen ja gemerkt.«

»Das ändert sich unregelmäßig und du hast keinen Kontakt, um die Veränderungen zu erhalten. Und nein, von mir wirst du es nicht erhalten. Im Moment hätte ich nur die Gilde gegen mich, aber ganz Unterwald wäre hinter mir her, wenn ich den Zutritt enthülle.« Penta schüttelte entschieden den Kopf und Tonia beließ es dabei. Immerhin war der regelmäßige Besuch dieser Gegend nicht ihr Ziel. Sie wollte die Assassinen aufdecken. Mehr nicht.

Eine Weile schlenderten sie schweigend nebeneinanderher. Sie passierten eine gelb gestrichene Häuserreihe. Alle Gebäude hatten dieselbe Form und Farbe. Sogar die Blumenanordnung im Vorgarten war identisch. Tonia fragte sich, wer in diese Eintönigkeit wohnen wollte, und ging voraus, um zum Labor ihres Onkels zu kommen.

»Veon ist ein Frühaufsteher, er wird also vermutlich schon wach sein, wenn wir ankommen.«

»Sehr gut. Wir dürfen keine weitere Zeit verlieren. Ich muss bald wieder an die Arbeit«, merkte Penta an.

»Wie kannst du nur für so eine Organisation arbeiten? Es geht hier um Menschenleben!« Tonia wurde klar, dass sie bisher so versessen darauf gewesen war, mehr über die Gilde herauszufinden, dass sie sich nicht mit Penta auseinandergesetzt hatte. Er hatte ihr auch noch nicht verraten, warum er damals Drak gefolgt war, statt selbst einen Weg zu wählen.

»Es sind nur Menschen.« Wurzels Stimme klang so gelangweilt, als ob er jeden Moment einschlief. »Ihr seid so vergänglich wie eine Pusteblume. Ein Windhauch der Zeit und schon seid ihr in alle Winde verstreut und niemand weiß mehr, wie ihr mal ausgesehen habt.«

Tonia und Penta sahen sich mit hochgezogenen Augenbrauen an. »Ist der immer so philosophisch?«, fragte sie schließlich.

»Eigentlich nicht. Wurzel, ist alles in Ordnung bei dir?« Die Sorge, die aus Penta sprach, war echt, das konnte sie erkennen. Bisher war sie davon ausgegangen, dass die beiden eine Pflichtgemeinschaft bildeten, doch nun wirkte es auf sie so, als ob Penta den Bonsai mochte.

»Wurzel?« Ein leises Schnarchen erklang aus der Innentasche und Penta seufzte.

»War wohl nur ein geistiger Ausrutscher kurz vor dem Einschlafen. Vielleicht schläft er jetzt ja etwas länger«, erklärte Penta und lief dann wieder rasch hinter ihr her.

Erst vor dem Labor, einem unscheinbaren, ungestrichenen Holzhaus, wurde Tonia langsamer. Bisher hatte sie keine Probleme damit gehabt, Penta zu begleiten. Nun mit ihm zu ihrem Onkel zu gehen, erinnerte sie daran, wie gefährlich dieser stocksteife Beamte für sie und ihre Familie werden könnte. Was, wenn er sich entschloss, sie doch umzubringen? Was hinderte ihn daran? Bisher nichts weiter. Warum aber hatte er es nicht erneut versucht? Immerhin hätte er sie mit Draks Hilfe leicht überwinden und umbringen können. Sie brauchte dringend eine Lösung für dieses Problem. Vielleicht konnte sie einen Brief hinterlegen, der an seine Vorgesetzten geschickt wurde, wenn ihr etwas geschah.

»Ich möchte noch einmal etwas klarstellen!«, begann sie daher. »Ich habe dich in der Hand und du wirst nichts tun, was ich nicht vorher genehmigt habe, verstanden?«

Penta rieb sich die mit dunklen Ringen untermalten Augen und nickte. »Wie oft denn noch? Ja, ich mache das, was du sagst. Können wir das jetzt bitte die Materialien holen, damit wir das hinter uns bringen? Ich bin wirklich müde und möchte einfach nur schlafen.«

»Wieso bist du so müde? Müde Menschen sind unaufmerksam und machen Fehler.«

»Ach, tatsächlich?«, kommentierte Penta sarkastisch. »Wem sagst du das?«

»Kein Grund, gleich pissig zu werden«, merkte Tonia an und verschränkte die Arme vor der Brust. »Rede vernünftig mit mir. Immerhin wolltest du mich umbringen.«

»Wenn du es unbedingt wissen musst: Ich habe die Urlaubsvertretung für einen Kollegen übernommen und muss jetzt doppelt so viele Assassinen betreuen wie vorher. Da der aber nicht besonders ordentlich gearbeitet hat, musste ich in der letzten Woche ein paar Nachtschichten einlegen und bin entsprechend erschöpft. Also, können wir jetzt?« Penta klang genervt. Er verschränkte die Arme, löste sie aber sofort wieder, als Wurzel unter ihm quietschte.

Tonia beobachtete ihn. War das der Grund, warum Penta bisher nicht darauf gekommen war, sie umzubringen, sobald sich die Gelegenheit ergab? Ihr waren bereits vier, vielleicht sogar fünf Momente aufgefallen, in denen er sie leicht hätte erwischen können. Oder war er nicht der geborene Mörder? Sie würde noch mehr aufpassen müssen, sobald sie allein waren.

»Ehrlich, das klingt, als ob du irgendwo im RABE arbeitest, wenn du so redest.« Damit klopfte sie an der Tür zu dem einfachen Holzhaus an.

Kurz darauf öffnete sich die Tür wie von Geisterhand. Penta blieb allerdings stehen und wagte es nicht, ins Innere zu gehen. Hatte er etwa Angst vor einer Tür, die von einem Mechanismus geöffnet wurde? Skeptisch beobachtete er den Türrahmen und untersuchte ihn.

»Das ist nichts, wovor man sich fürchten muss. Komm schon. Mein Onkel ist vermutlich hinten im Labor«, sagte sie und winkte ihn hinter sich her.

Penta zögerte noch immer, folgte ihr aber schließlich. Der Vorraum war nur zum Empfang von Waren gedacht, weswegen er spärlich eingerichtet war. Das Wohnzimmer dahinter hingegen liebte Tonia sehr. Es war behaglich mit dem graubraunen Sessel, dessen Holzsprungfedern ausgeleiert waren und der Leseecke, die der Onkel für Tonia als Kind errichtet hatte, damit sie es gemütlich hatte. Dazu war es vollgepackt mit allerhand wunderlichen Dingen wie der fleischfressenden Pflanze und einem Apparat, der zeigte, wo auf der Welt sich Madera gerade befand. Anfangs hatte Tonia diese Art der Technik als Magie bezeichnet. Sie war natürlich, wie jeder andere auf Madera mit den Erzählungen aufgewachsen, dass ihre Insel über das Meer trieb wie ein Boot ohne Segel, doch man sah die Bewegungen kaum, da sie zu langsam vonstattenging. Deswegen glaubten viele nicht daran. Veon jedoch besaß eine Landkarte der Welt und richtete das Inselmodell regelmäßig nach der Konstellation der Sterne aus. Angeblich bewegte sie sich mit einigen Zentimetern am Tag, aber da es kaum weitere Landmassen gab, hatte niemand an der Küste einen Bezugspunkt. Zumindest war bis heute keine andere Insel entdeckt worden.

»Was sind das für rote Punkte auf der Karte?«, fragte Penta.

»Vulkane. Zumindest vermutet mein Onkel sie dort«, erklärte Tonia nebensächlich. Sie kannte die Karte zu lange, als dass sie noch großes Interesse daran zeigte. »Veon?«, rief sie in den offenstehenden Raum hinter dem Wohnzimmer rein.

»Tonia, schon so früh wach oder hast du die Nacht zum Tag gemacht?«, erklang die stets ruhige Stimme ihres Onkels. Sofort breitete sich die Wärme in ihr aus, die sie immer schon verspürt hatte, wenn sie bei ihm war.

»Letzteres. Und du?«

Sie ging auf ihn zu und wartete nicht darauf, dass Penta ihr folgte. Weglaufen würde er nicht. Sie musste nur Angst um ihren Rücken haben, in den er ihr jeden Augenblick fallen könnte.

»Habe die ganze Nacht über dieser alten Aufzeichnung gesessen. Darin heißt es, dass wir nicht mehr weit von einem aktiven Vulkan entfernt sind. Allerdings ist die Abschrift lückenhaft und ich kann den genauen Ort nicht bestimmen. Deswegen bereite ich gerade ein Tauchboot vor, mit dem ich den Meeresboden absuchen kann. Nächste Woche will ich danach suchen.«

»Du willst in dem Kasten tauchen gehen?«, fragte Tonia verwirrt, als sie die Maschine sah, die vor Veon auf dem Boden stand. Sie war etwa mannshoch und hatte einige Glasfenster. Allerdings bestand sie vollkommen aus Holz.

»Vielleicht. Allerdings bin ich mir nicht sicher, wie ich ihn aus meinem Labor bekomme. Das steht noch zur Diskussion. Hast du vielleicht eine Idee, junger Mann?«

»Veon, das ist Penta«, beeilte sich Tonia zu sagen, da sie den Blick von Penta nicht genau deuten konnte. Eigentlich sollte er für Veons Theorien Verständnis haben. Immerhin brachte er dies auch für seine Ziehmutter auf. Vermutlich maß er wie so viele Menschen mit zweierlei Maß.

»Oh, okay, Penta, ich war mir nicht sicher, ob wir uns schon kannten. Also benenne ich erst mal alle nach ihren auffallendsten Eigenschaften. Das hilft meistens über die Anfangsphase hinweg.« Entschuldigend lächelte Onkel Veon und wandte sich dann wieder an Tonia. »Was möchtest du denn heute hier? Musst du nicht arbeiten?«

»Heute nicht. Ich bräuchte etwas von dir.« Sie deutete auf Penta. »Ich habe endlich den Beweis gefunden.«

»Du meinst …?« Veon riss die Augen auf, starrte zu dem Todesreiter und verstand sofort, was sie meinte.

»Genau das. Er gehört den Assassinen an.« Sie machte eine wegwerfende Handbewegung. »Ist zwar selbst keiner, aber er kennt die Abläufe. Deswegen bin ich aber nicht hier.«

»Wie hast du ihn gefunden?«

»Er hat mich gefunden, weil er mich umbringen wollte.« Wieder wedelte sie mit den Händen vor dem Gesicht, als er sie erschrocken in den Arm nehmen wollte. »Lass mich bitte erst mal aussprechen und wenn alles vorbei ist, erkläre ich dir, was passiert ist. Jedenfalls hilft er mir jetzt, herauszufinden, wer den Auftrag erteilt hat. Dafür brauchen wir allerdings etwas von dir.«

Veon verschränkte die Arme vor der Brust und sah sie skeptisch an. »Du weißt, Blümchen, dass ich alles für dich tun würde, aber was genau brauchst du?«

»Einen Bergkristall und Vulkanasche.« Penta trat einen Schritt vor. »Und du wirst ihm nicht alles erklären, wenn das vorbei ist. Die Gilde muss geheim bleiben.«

»Das entscheidest nicht du, Penta!«, sagte Tonia bestimmt.

»Ähm, doch. Das ist mein Beruf«, erklärte er und baute sich vor Tonia auf. Da er hochgewachsen war, überragte er sie um mehr als einen Kopf, das hielt sie jedoch nicht davon ab, sich ihm entgegenzustellen. Die Größe war nicht alles, wenn es um Rebellion ging. Das hatte sie früh von ihrem Vater gelernt.

»Ich allein bestimme, was hier erzählt wird und was nicht. Das haben wir bereits geklärt. Oder möchtest du, dass ich hier und jetzt dem Nächsten erzähle, was passiert ist?«, fragte sie provokativ.

»Tu es«, flüsterte Wurzel aus der Innentasche von Penta.

Veon schaute verwirrt auf die Brust von Penta und schüttelte dann den Kopf, als hielte er Wurzels Stimme für ein Hirngespinst. Um ihn von der Tatsache abzulenken, dass da ein sprechender Bonsai in Pentas Umhang saß, der scheinbar wieder wach geworden war, nahm sie Veons Hand und drückte sie fest. »Also, wir bräuchten diese beiden Zutaten. Hast du etwas davon hier rumliegen?«

»Ja, schon, aber …«

»Bitte, Onkel Veon, damit kann ich endlich beweisen, dass Mama von einem Assassinen umgebracht wurde und sich nicht selbst das Leben genommen hat«, flehte sie und spürte, wie die Tränen der Wut in ihre Augen stiegen. Obwohl ihr Onkel nie an einen Selbstmord geglaubt hatte, war er untätig geblieben. Statt etwas zu unternehmen, nachdem sie ihm von ihrer Beobachtung erzählt hatte, hatte er die Ergebnisse der Polizei akzeptiert und weitergemacht, als ob nichts gewesen wäre.

»Das sind wirklich seltene Gegenstände, Blümchen. Und ich weiß nicht, was ihr damit vorhabt«, zögerte Veon.

»Bestechung. Alles nur Bestechung«, brüllte Wurzel diesmal so laut, dass Tonia es nicht mehr überspielen konnte. Veon öffnete den Umhang von Penta und zuckte zusammen, als ihm Wurzel seine Hinterseite entgegenstreckte. »Kannst du da mal kratzen? In der Beengtheit dieser Kleidung ist es mir nicht möglich, mir mein Astloch zu schubbern. Keine Ahnung, wie ihr Menschen das aushaltet, immer so eingezwängt zu sein. Locker hängen lassen ist doch viel lässiger.«

»Onkel Veon, nicht schreien. Das ist Wurzel. Er ist ein Bonsai und er spricht. Ich weiß es auch erst seit heute und komme noch nicht so ganz damit klar, aber wir müssen uns jetzt auf die Gegenstände konzentrieren. Bitte.« Tonia zerrte an dem türkisfarbenen Morgenmantel, mit dem Veon in seinem Labor stand.

»Aber er spricht.« Veons Augen begannen zu leuchten und Tonia wusste, dass er kurz davorstand, in seinen wissenschaftlichen Wissensdurst abzudriften. Diese versetzte ihn in einen Konzentrationstunnel, aus dem er sich nur schwer befreien konnte. Erst, wenn seine Neugier gestillt war, kam er wieder in die Realität zurück. Das dauerte meist nur Minuten, manchmal konnte es allerdings einen Tag andauern, an dem er dann vergaß zu essen und zu trinken.

»Veon!«, rief Tonia laut, um ihn davon abzuhalten, mit den Gedanken weg zu driften. »Konzentrier dich. Du kannst ihm immer noch später Fragen stellen. Wir haben jetzt erst einmal eine andere Mission!«

Ihr Onkel rieb sich die Augen und nickte, konnte den Blick aber nicht von Wurzel abwenden. Beide starrten sich an. »Kennen wir uns?«, fragte das kleine Gewächs und schien damit Veon in seinen Bann ziehen zu wollen.

»Faszinierend. Bitte, darf ich ihm nur eine Frage stellen?«

»Besser nicht«, mischte sich Penta ein und gähnte mit aufgerissenem Mund. »Wir brauchen die Asche und den Kristall.«

»Ich bin mir sicher, dass wir eine Einigung erzielen können, wenn ihr mir den Bonsai – ist das ein Ginko? – hierlasst. Zu Forschungszwecken.« Veon streckte die Hand erneut nach Wurzel aus. Der schlug allerdings mit seinen Zweigen nach Veon, so dass dieser sich zurückzog.

»Ich bin kein Versuchsobjekt. Krieg das in deinen seltsam umrahmten Schädel rein!«, meckerte Wurzel. »Außerdem würde Penta mich nie allein lassen. Selbst wenn er sich nachts einen von der Palme wedelt, bin ich immer da und …«

»Schluss jetzt, Wurzel!«, kreischte Penta und wurde blass. Dabei sah er zu Tonia, die ihn wiederum nur mit einem amüsierten Grinsen anstarrte. »Vielleicht sollten wir ihn doch hierlassen, bevor wir zu Jemma gehen.«

»Du willst mich zurücklassen?«, fragte Wurzel und schniefte, als ob er weinen würde.

»Wurzel, du kannst Jemma nicht mal ausstehen. Das letzte Mal hast du sie als Brathähnchen bezeichnet, dem vergessen wurde, die Federn zu rupfen. Und das mal davor hast du ihren Vorschlag als Gehirnkotze bezeichnet. Es ist wohl besser, wenn wir dich diesmal nicht mitnehmen.«

»Das wird auf dem Surfer in deiner Akte vermerkt. *Lässt Kollegen zurück, wenn sie es am wenigsten gebrauchen können*«, zischte Wurzel.

Penta seufzte und nahm Wurzel aus der Innentasche, um ihn auf den glattgehobelten weiß lackierten Tisch zu stellen. »Lösch das sofort wieder, sonst sage ich DD Guano, dass er seine nächste Lieferung vergessen soll.«

»*Außerdem setzt er Kollegen gerne unter Druck und erpresst sie.*« Wurzel verschränkte die Äste vor dem Stamm und sah Penta herausfordernd an. »Sonst noch etwas, was du eingefügt haben möchtest?«

»Nein, danke. Wenn Sie möchten, können Sie ihn direkt stutzen, bis nichts mehr übrig ist von dem Bonsai!«

»*Droht mit einem weiteren Mord an einem Kollegen*. Das macht sich bestimmt super in deinem Lebenslauf.« Wurzel verzog seine Borkenlippen zu einem Grinsen und hob einen Ast, an dem nur ein Zweig war, so nach oben, dass es aussah, als zeigte er einen Daumen.

Tonia konnte nicht anders und lachte. »Ihr zwei arbeitet eindeutig schon zu lange zusammen. Hättest du was dagegen, ihn zu hüten, Onkel Veon?«

»Nein, auf keinen Fall. Ich kümmere mich gut um ihn. Bestimmt finden wir hier auch noch ein wenig Dünger für ihn, damit seine Blätter nicht so herunterhängen«, sagte Veon und hob den Topf von Wurzel hoch, um ihn näher zu betrachten.

Tonia tippte ihm auf die Schulter, wollte verhindern, dass er direkt mit der Untersuchung von Wurzel anfing. »Bergkristall und Vulkanasche?«

»In dem Regal dort hinten findest du den Kristall und die Asche ist im Tresor. Kombination kennst du ja«, murmelte Veon und driftete bereits in seine Wissenschaftsneugier ab.

»Hörte ich Vulkanasche?«, fragte Wurzel und drehte seinen Stamm so weit, dass er in Richtung Tresor schauen konnte. »Gib mir was von dem Zeug. Dann geht es mir wieder richtig gut. Weißt du, wie schwer es ist, an das gute Zeug wie Vulkanasche zu kommen?«

»Wirklich? Wieso ist das so?« Veon nahm Wurzel mit zu seinen Notizen.

»Bist du ein Psychiater oder warum willst du das wissen? Hier gibt es nix zu analysieren. Ich habe den reinsten Verstand, den man sich nur vorstellen kann«, erwiderte Wurzel.

Tonia ignorierte das Gespräch vorerst und lief zum Tresor, um ihn zu öffnen. Die Kombination war leicht zu merken. Das Geburtsdatum ihrer Mutter und ihr Todestag. Beides würde sie nie vergessen. Ein Holzgefäß in Form eines Vulkans stand in dem mittleren Fach hinter einer Packung mit seltsam grünem Schlamm und einigen Büchern, die sehr alt aussahen. Doch die interessierten sie nicht.

»Nimm nicht alles. Ein kleiner Teil sollte genügen«, erklärte Penta, als sie den gesamten Vulkanaschebestand mitnehmen wollte. »Wir wollen nicht ihren Laden kaufen.«

»Ist das Zeug so viel wert?«, fragte Tonia verwirrt.

Penta riss die Augen auf. »In gewissen Kreisen schon. Für dich mag es nur ein Stück Staub sein, aber für Bäume ist das wie ein Superdünger, der sie antreibt.«

»Ich habe wohl noch viel zu lernen, wenn es um sprechende Bäume geht«, murmelte Tonia und konnte nicht fassen, dass sie daran überhaupt dachte.

Für einen Moment schien ihr Gedankenzug sie überrollen zu wollen. Wie ein zu schneller Seilkorb des Holzwegs raste er auf sie zu und wollte sie umreißen, sie unter der Last der Fragen erdrücken. Rasch konzentrierte sie sich auf ihr Ziel. Das Einzige, was aktuell wirklich zählte. Endlich zu beweisen, wer ihre Mutter umgebracht hatte. Es dauerte einige Atemzüge lang, dann hatte sie ihre Gedanken unter Kontrolle und erhob sich.

»Dann lass uns mal zu Jemma gehen! Wie du schon sagst, wir haben keine Zeit zu verlieren.«

KAPITEL 12
PENTA

»Und wieder zurück in Unterwald. Hast du nicht gesagt, dass ich da so schnell nicht wieder hinkomme?«, fragte Tonia ihn mit einem süffisanten Grinsen.

Hatte er anfangs gedacht, dass sie attraktiv war, musste er das mittlerweile negieren. Vielleicht mochte sie optisch ansprechend sein, aber sie war zu selbstgefällig, als dass er sich jemals etwas mit ihr vorstellen könnte.

»Sobald das alles vorbei ist, meinte ich. Und jetzt still, sonst lass ich dich hier gleich festsetzen.«

»Nein, wirst du nicht«, erklärte sie und tippte auf ihren Mund. »Du weißt, ich werde nicht schweigen.«

Penta rieb sich den müden Kopf. Er konnte kaum geradeaus denken. Immerhin hatte er Wurzel kurzfristig untergebracht, auch wenn er ihn lieber bei Drak gelassen hätte. Vielleicht tat ihm der Aufenthalt mit einer Person des normalen Lebens mal ganz gut. Und wenn er zu viel verriet, konnte Penta immer noch einen Mord in Auftrag geben.

Penta passierte einige der zeltähnlichen Bauten in Unterwald und hielt vor einem schmalen Haus, das in einem leuchtenden Blau angemalt wurde. Nach oben hin gab es keine Andeutung, wie hoch das Gebäude war. Eigentlich war es nur eine doppelflügelige Tür, auf deren oberen Ende zwei Fenster prangten, die jeweils in sechs Glasflächen unterteilt waren. Allerdings konnte Tonia durch sie nicht ins Innere schauen, da sie zu milchig waren. Zwei unterschiedlich breite Griffe waren auf den Türen angebracht. Penta packte beide nun an und drückte sie nach innen auf. »Willkommen in der *Blauen Borke*«, sagte er und deutete hinein.

Tonia drängelte sich an ihm vorbei, um zu sehen, worauf er zeigte. Hinter der Tür offenbarte sich eine berauschendere Welt, als sie erwartet hatte. Nach einem kurzen Gang öffnete sich der Raum, wie sie es nur von Villen kannte. Die *Blaue Borke* war nicht besonders hoch, aber dafür breit und lang. Die gesamte Fläche war offen und schlang sich um diverse Baumstämme, die die Dachkonstruktion aus Holz und Planen stabilisierten. Um die Rinde waren Lichterketten gespannt, die sich auf und ab drehten, so dass es aussah, als ob der Baum sich bewegte.

»Wow«, sagte Tonia und sie wirbelte einmal um sich selbst. »Damit habe ich jetzt nicht gerechnet. Das ist ja innen viel größer, als es von außen den Anschein hat.«

»Ja, der Dunkelmarkt ist nur den Eingeweihten bekannt. Und Jemma ist sowas wie die Lady der Waren hier, also was auch immer du tust, schau ihr nicht in die Augen oder verärgere sie. Das mag sie gar nicht.«

»Okay, klingt eingebildet, aber meinetwegen. Solange ich die Info bekomme, tanze ich sogar für sie im Bikini.« Tonia passierte Penta und rempelte dabei fast einen Verkäufer an seinem Stand um, der Metflaschen anbot. Die gesamte *Blaue Borke* war ein einziger illegaler Handelsplatz. Wer hier seine Waren verkaufte oder kaufte, verstieß gegen jedes Gesetz von Ulmenstadt. Penta störte das nicht, da er sowieso in einer ganz eigenen Welt lebte, die mit dem normalen Alltag seiner Mitbürger wenig zu tun hatte.

»Wo ist sie denn?«, fragte Tonia über die Schulter und lief an einem mit grünem Stoff ausgelegten Tisch vorbei, auf dem Holzgläser mit kleinen Tieren aufgestapelt waren. Hauptsächlich Frösche und Glühwürmchen, aber auch winzige Fische, die durch eine Kerze hinter dem Glas aussahen, als ob sie leuchteten.

»Vermutlich in ihrer Sitzecke dort.« Er deutete auf einen dunklen Bereich hinter den ersten Reihen an Ständen. Obwohl er wusste, wo die Kissenberge aufgetürmt waren, auf denen Jemma üblicherweise saß, konnte er sie im schummrigen Licht des Dunkelmarkts nicht ausmachen. Normalerweise war es hier heller, hatte er das Gefühl, vermutlich lag das daran, dass er sonst nachts vorbeikam und nicht mitten am Tag, wenn alle Händler schliefen. Gegenüber ihrer Sitzecke, auf der anderen Seite gab es ein fast exaktes Spiegelbild, das jedoch weit weniger einladend dekoriert war. Statt warmen Farben und einer kaum wahrnehmbaren Beleuchtung herrschte ein ranziges Licht, das immer wieder flackerte. Auf den rauen, zu bunten Kissen lagen ein paar Düngerdealer, die auf Kundschaft warteten, und ein Anheuerer, wie Penta ausmachte.

»Penta, mein Lieber, was führt dich hierher?«, fragte eine wunderschöne, verführerische Stimme, die ihm wohlig ums Herz streichelte und ihm zugleich eine Gänsehaut verpasste. Denn auch wenn sie so klang, als ob Jemma eine ruhige, in sich gekehrte Person war, konnte sie ihre Stimmlage zu einer Lautstärke hochschrauben, die selbst Wurzel zu viel wurde.

»Ich hätte eine Lieferung für dich und bräuchte dafür etwas im Gegenzug«, sagte Penta und stellte sich so hin, dass Jemma Tonia nicht sofort erkannte. Die Anführerin des Dunkelmarkts hatte ein Gespür für Menschen, die nicht hierhergehörten. Mit einer der Gründe, warum sie so lange schon die *Blaue Borke* leitete. Seit er denken konnte, hieß der Besitzer schon immer Jemma. Allerdings war die Frau vor ihm höchstens ein paar Jahre älter als er. Drak hatte ihm einmal erzählt, dass vor Jemma ein Mann die Leitung innegehabt hatte. Er sollte sich auch so genannt haben, wieso, konnte sie ihm nicht sagen. Penta vermutete, dass es eine Art Titel war, der von einem Anführer zum nächsten weitergegeben wurde.

»Wer ist das Mädchen?«

»Mein Name ist Tonia und ich bin kein Mädchen«, erklärte Tonia und starrte Jemma direkt in die Augen. Verdammt, wieso konnte sie nicht einmal auf ihn hören? So langsam verstand er, warum jemand sie umbringen wollte. Vor allem, wenn sie in jedem ihrer Lebensbereiche so rebellisch und aufmüpfig war.

»Interessant«, sagte Jemma nur und stellte sich vor seine Begleiterin. Die beiden waren nicht besonders groß, sozusagen auf Augenhöhe. Sogar was die feurigen Blitze anging, die sie einander zuwarfen. Keine wollte zuerst blinzeln.

Schließlich ging er dazwischen, als Tonias Augenlider anfingen zu zucken. »Können wir verhandeln?« Penta deutete auf die Kissen.

»Kommt darauf an, was du zu bieten hast. Ich gehe davon aus, dass du weißt, was ich aktuell benötige?«, fragte Jemma und zwinkerte Tonia zu.

»Drak hat mich aufgeklärt.«

»Dann habt ihr es mitgebracht?« Jemma sah Penta mit einem Blick an, der ihm das Blut in den Adern gefrieren ließ.

»Wie immer habe ich es an einem sicheren Ort verwahrt. Du weißt, wie selten Vulkanasche geworden ist. Das musste ich schützen.«

»Kluger Junge. Drak hat dich gut erzogen. Da ich gerade auf die nächste Chargenlieferung warte, kämst du mir ganz recht.« Jemma deutete auf die Polster zu ihrer linken und setzte sich wieder elegant hin.

Ihm fiel es nicht so leicht, sich auf den unebenen Kissen halbwegs bequem hinzusetzen. Tonia hingegen sah ebenfalls aus wie eine Göttin, als sie sich hinsetzte. Scheinbar war das etwas, was Frauen sehr viel besser beherrschten als Männer. »Wie viel hast du für mich?«, fragte Jemma und breitete die Arme aus. Dabei stieß sie gegen eine der Glühwürmchenlampen und sofort wurde es heller. Geblendet sah Penta weg, da er sich gerade erst an die dunkle Umgebung gewöhnt hatte. Jemma war wie immer in ihren langen, grauen Mantel gekleidet, trug eine blaue, überknielange Hose und hatte ihre roten Haare auf einer Seite zurückgebunden, während sie auf der anderen offen herunterhingen. Ihre fast schwarze Haut war mit feinem Glitzer überzogen, was ihr in der Dämmerung des Dunkelmarkts ein verruchtes Aussehen gab.

»Genug, um deine nächste Lieferung für die Baumliebhaber zu versorgen.«

»Bist du dir da sicher? Ich habe einen neuen Abnehmer aufgetan und ich weiß nicht, ob deine Lieferung ausreicht.« Jemma betrachtete ihre Fingernägel scheinbar nebensächlich, schaute aber immer wieder zwischen ihren Fingern neugierig zu Penta hinüber.

»Du weißt doch noch gar nicht, was wir von dir wollen«, sagte Penta und rutschte auf seinem Kissen hin und her. Es war unbequem und sorgte nicht dafür, dass er sich wohlfühlte. Die Selbstsicherheit, die Jemma ausstrahlte, fehlte ihm gänzlich. Was vermutlich daran lag, dass er es nicht gewohnt war, von anderen abhängig zu sein. Normalerweise war er derjenige, auf den man angewiesen war. Die Assassinen mussten das tun, was er wollte. Genau genommen, was das StaGb vorschrieb, aber er setzte die Regeln um. Und solange die Assassinen das akzeptierten, saß er am längeren Hebel.

Hier hatte ihn Jemma in der Hand. Und Tonia. Wie war es nur so weit gekommen, dass zwei Frauen sein Leben vollkommen bestimmten und er mit keiner von ihnen verheiratet war?

Kopfschüttelnd saß er da und wartete darauf, dass Jemma antwortete.

»Entschuldige Penta, würdest du mir bitte ein Glas Wasser besorgen?«, sagte Tonia da auf einmal und sah ihn höflich an.

Was sollte das denn jetzt? Er war nicht ihr Diener und das hatte er ihr hoffentlich deutlich genug gemacht. Ja, sie erpresste ihn, aber wollte er sich in aller Öffentlichkeit demütigen lassen?

»Wir sind bald fertig und dann besorge ich dir ein Wasser.«

»Wenn du möchtest, kann ich dir eins holen.« Jemma deutete freundlich auf eine schmale Theke, die nicht immer als Getränkebar diente, sondern manchmal auch als Verkaufstresen. Jedes Mal, wenn er in den Dunkelmarkt eintrat, sah der Tresen anders aus. Er veränderte sich von Grund auf. Vor einigen Jahren hatte Penta Jemma dazu befragt und sie hatte nur auf ihre Nase getippt und meinte: »Der Dunkelmarkt ist nun mal lebendig und hat einen eigenen Kopf. Ich bin nur die Kapitänin, die hier ab und an das Ruder rumreist, wenn es mal in die falsche Richtung steuert.«

Penta hatte nur die Hälfte begriffen, aber genickt und gelächelt, weil er es sich nicht mit Jemma verscherzen wollte.

»Oh, das wäre zauberhaft. Ich begleite dich«, sagte Tonia und erhob sich ebenso elegant, wie sie sich hingesetzt hatte. Penta rutschte auf dem schwarzen Leintuch, das den Boden bedeckte, aus und landete erneut in den Kissen.

»Ich warte hier, einverstanden?«, fragte er verwirrt, dass die beiden Frauen sich scheinbar auf Anhieb verstanden.

»Ja ja«, erwiderte Tonia und winkte über die Schulter, als ob er ein Niemand war.

Es war der erste ruhige Moment, den er hatte, seitdem er versucht hatte, am Abend zuvor Tonia umzubringen. Penta starrte auf seine Hände, die sich um eines der dunkelblauen, mit Rosenblüten verzierten Kissen krallten. Was war in seinem Leben schiefgelaufen, dass er jetzt nicht an den Quotenstatistiken saß, die in einer Woche abgegeben werden mussten?

Penta rieb sich die müden Augen. Er brauchte dringend Schlaf, sonst würde er seine geistige Gesundheit gefährden. Einige der Düngerdealer erwachten aus ihrem Halbschlaf, reckten sich und winkten zu ihm rüber. Vereinzelt erkannte er ein Gesicht, aber niemand kam zur Begrüßung zu ihm herüber. Es war eher so, als ob sie ihn mieden, weil er in der Ecke von Jemma saß. Oder vermuteten sie Jemma hier drüben? Wenigstens irgendwer hatte Angst vor ihm.

Er schaute auf seine um das Kissen geballten Fäuste, lockerte jeden einzelnen Finger und atmete tief durch. Zumindest war von der

Allergie nichts geblieben. Tonia hatte frische Kleidung angezogen, die nicht voller Katzenhaare war und er war so weit gereinigt, dass er es aushielt. Dennoch schämte er sich für seine Operation. Wie hatte er nur annehmen können, dass er eine Chance als Assassine hatte? Penta war nicht ausgebildet. Er besaß keinerlei Fähigkeiten, die ihn dafür qualifizierten. Sein Beruf als Todesreiter entsprach seinem Körperbau und seinem geistigen Anspruch. Nicht die doch recht körperliche Arbeit als Assassine.

Ein leises Knacken war von der Theke zu hören und Penta erkannte das erschrockene Gesicht von Jemma. Verwirrt runzelte er die Stirn. Seit wann hatte Jemma Angst? Und vor was?

Gleich darauf trug sie zwei Holzbecher in ihren Händen und kam mit Tonia zurück. »Hier, Tonia, möchtest du meinen Platz? Der ist etwas bequemer«, sagte Jemma unterwürfig.

Nun war Penta vollends verwundert. Was geschah hier? Ein weiteres Knacken ertönte aus Tonias Richtung und Jemma schaute zu Boden. »Alles in Ordnung, Jemma?«

»Ja, natürlich, Penta«, erwiderte Tonia und ließ sich auf den Platz von Jemma nieder. »Also, du wolltest uns gerade sagen, was wir wissen wollten?«

Jemma setzte sich auf die kleinen Kissen, die am Rand ihrer Sitzecke den Fußboden zierten, und zog die Knie heran, während sie zu Penta sah. Ihre Augen zuckten jedoch wild zu Tonia, die eine rotierende Bewegung mit ihrem Handgelenk machte. »Erzähl schon, Jemma.«

Penta schüttelte den Kopf, sagte aber vorerst nichts, solange er möglichst schnell an sein Ziel kam. Tonias Informationen besorgen und sie dann aus dem Weg räumen. Da stockte er und strich sich über die Augen. Warum wollte er sie nicht sofort umbringen? Nicht hier und nicht in der Öffentlichkeit, aber wenn sich die Gelegenheit ergab, wäre es die einfachste Lösung, um wieder in sein altes Leben zurückzukehren. Der Mordauftrag war im Surfer von Wurzel gespeichert, so dass er diesen nicht mehr zurückziehen konnte. Tonia musste also so oder so sterben.

Penta massierte seine Schläfen und kämpfte gegen die Müdigkeit an. Diese forderte bereits seinen Tribut. Dass er nicht vorher daran gedacht hatte, sie umzubringen, zeigte, wie sehr er Schlaf brauchte.

»Was wolltest du denn wissen, Penta?« Jemma schaute verschreckt zu Tonia, die wohlwollend nickte.

Zögernd sah Penta von Tonia weg und fragte sich, was die Frauen an der Theke besprochen hatten. Tonia hingegen nippte an ihrem Glas Wasser und wirkte zufrieden. »Wir brauchen den Namen des Mordauftraggebers für Tonia. Kannst du ihn uns nennen?«

Sofort ruckte Jemmas Blick wieder zu Tonia. »Oh, du bist diese Tonia. Okay, das wusste ich nicht. Ich schwöre es!« Jemma klammerte sich an ihren Holzbecher und presste die Lippen aufeinander.

»Ich glaube dir. Und jetzt beantworte seine Frage.«

»Seinen richtigen Namen kenne ich nicht. Er nannte sich nur der Holzwurm und sieht aus wie ein ganz normaler Kerl.«

»Keine besonderen Kennzeichen an seinem Körper? Bestimmter Haarschnitt oder vielleicht ein Unterwäldler?«, hakte Penta nach. »Mit Holzwurm können wir nicht viel anfangen, ehrlich gesagt.«

»Ich kannte ihn nicht und ich habe nicht die geringste Ahnung, wer er sein könnte. Vermutlich kommt er aus Ulmenstadt, aber sicher bin ich nicht.« Jemma zog den Kopf ein und versteckte einen Teil ihres Gesichts hinter ihren zur Hälfte offen, roten Haaren.

»Na toll. Was machen wir jetzt?«, fragte Tonia und erhob sich ruckartig. Sie stellte den Holzbecher mit einem lauten Krachen auf das winzige Podest, das neben dem Kissenthron von Jemma stand. Die schaute kurz auf, blieb aber sitzen, während Penta ebenfalls aufstand und Jemma zum Abschied winkte.

Penta zuckte mit den Schultern. »Wir können uns hier unten umhören, ob jemand den Holzwurm kennt. Aber ich kann dir nicht versprechen, dass es sofortigen Erfolg bringt. Willst du erst mal wieder nach Hause?«

Tonia verzog den Mund und schüttelte den Kopf. »Wir gehen zu Veon. Dort vermutet mich wohl nicht so schnell ein weiterer Assassine. Und du kommst mit mir. Wir müssen einen Schlachtplan entwerfen.«

»Das ist kein Krieg, in den du ziehst, Tonia«, sagte Penta mit erhobener Augenbraue, während sie in Richtung Ausgang gingen.

»Für dich vielleicht nicht, aber hier geht es um mein Leben, und das werde ich bis zur letzten Sekunde verteidigen. Ich muss herausfinden, wer der Holzwurm ist - und das schnellstmöglich.«

»Wenn du es nicht herausfindest, dann ist das doch nicht schlimm.« Penta zuckte mit den Schultern.

»Du willst mich wirklich tot sehen, oder? Vielleicht ist es ja doch die Assassinengilde, die mich töten will und du bist nur hier, um mich möglichst qualvoll umzubringen. Mit deinem ewigen Stumpfsinn.«

»Zuerst einmal heißt es nicht Assassinengilde, sondern Todesgilde. Zumindest ist das der Name, der für uns gilt. Der ursprüngliche Name ist verloren gegangen«, erklärte Penta mit erhobenem Zeigefinger. »Des Weiteren erteilt die Todesgilde selbst keine Aufträge, außer falls ein Assassine gegen die Regeln verstößt. Und das wagen die wenigsten.«

»Wieso? Weil ihr gleich jeden umbringt, der euch in die Quere kommt?« Tonia zog die Augenbrauen hoch und deutete auf sich. »So wie mich?«

Penta runzelte die Stirn. »Genau genommen ja, aber du musst mir glauben, wenn ich sage, dass wir den Auftrag nicht erteilt haben.«

»Vielleicht sollte ich Wurzel fragen. Dieser kleine Bonsai war bisher der Einzige, der ehrlich zu mir war. Von Anfang an«, murmelte Tonia und lehnte sich an einen der Baumstämme, um noch einmal in den Dunkelmarkt zu schauen.

Auch Penta sah sich um, konnte allerdings nichts Außergewöhnliches erkennen. Die Düngerdealer waren aus ihren Kissenbergen gestiegen und verteilten sich auf dem Dunkelmarkt. Vermutlich machten sie sich demnächst auf die Reise, um ihre Kunden zu beliefern. Da fiel ihm ein, dass die nächste Lieferung bei Wurzel ebenfalls anstand. Eventuell konnte er DD Guano hier abfangen und ihm sagen, dass er diesmal selbst abholte, da er nicht in seinem Büro saß.

»Ich habe bisher nicht gelogen.«

»Natürlich nicht, Gentleman-Assassine«, sagte Tonia und schnipste gegen seinen Umhang. »Du warst die Ehrlichkeit in Person.«

»Abgesehen davon. Das war aus der Not heraus geboren.« Penta grummelte vor sich hin. »Wären deine Katzen nicht gewesen, würden wir dieses Gespräch gar nicht führen müssen.«

»Dann muss ich ihnen wohl heute Abend eine besonders große Portion Fisch hinstellen.« Tonia stieß sich von dem Baumstamm ab und rempelte Penta an der Schulter an. »So, können wir jetzt endlich herausfinden, wer mich umbringen will? Ich muss noch Fisch besorgen.«

»Deswegen sind wir ja hier. Wir wissen zumindest schon mal, dass es jemand ist, der sich Holzwurm nennt. Vielleicht jemand, der in der Holzverarbeitung arbeitet?«, schlug Penta vor.

»Meinst du, jemand ist so dumm, dass er diesen Namen wählt, wenn er sich durch Holz frisst?« Tonia schüttelte den Kopf und ging weiter auf den Ausgang zu. Die Stände dort hatten sich bereits wieder verändert. Statt des Metverkäufers baute eine Frau mit verschiedenen Messern ihre Waren auf und dekorierte das dunkle Stofftuch mit Holzattrappen.

Enttäuscht schlug Tonia ihre Faust in die Luft. »Es könnte jeder sein. Dieser Name verschleiert einfach komplett alles. Meinst du, es gibt jemanden, der weiß, wer sich dahinter verbirgt?«

»Wir müssten Nachforschungen anstellen. Aber das dauert sicher eine Weile. Was willst du so lange machen?«

Tonia blieb vor dem Eingang stehen. »Keine Ahnung. Vermutlich zu meinem Onkel gehen und hoffen, dass mich dort niemand von deinen Kollegen findet.«

Penta überkam das Mitleid, als er sah, wie sie sich unruhig umsah. Von der eben noch so selbstbewussten Frau, die es geschafft hatte, Jemma einzuschüchtern, schien die Fassade abzubröckeln. Darunter zum Vorschein kam eine Frau, die verstand, wie verletzlich sie sich gemacht hatte, indem sie in Unterwald in die Höhle der Löwen gegangen war. Hier unten lebten jede Menge Assassinen. Meistens die Level 10er, aber auch einige, die nicht von ihrer ursprünglichen Heimat loskamen. Penta begegnete in den kleinen Gassen und Feldwegen des Viertels häufig seinen Kunden, obwohl diese meistens wenig Zeit für ein Pläuschchen hatten, grüßten sie ihn doch immer. Nun stand er mit einer Frau hier, die er umbringen sollte. Als er einen Schritt auf sie zumachte, begann seine Nase zu jucken. Hatte sie etwa noch Tierhaare an sich? Rasch trat er zurück und schüttelte den Kopf. Wieso hatte er Mitleid mit ihr? Sie war das Opfer des Gentleman-Assassinen und sollte schon längst im Fluss treiben oder tot irgendwo hängen. Penta rückte seine schief sitzende Krawatte unter dem Umhang zurecht und richtete sich wieder auf.

»Was hast du eigentlich mit Jemma gemacht? Die hat ja gekuscht wie ein Hund.« Penta war nur selten neugierig, aber diese Information hätte er gerne. In seinem zukünftigen Leben würde er ab und an mit Jemma arbeiten müssen, vorausgesetzt, er kam aus diesem Schlamassel heraus. Da könnte solches Wissen hilfreich sein.

Tonia schmunzelte, als sie sich daran erinnerte. »Jeder Mensch reagiert individuell auf gewissen Informationen. Jemma war … sagen wir … nicht gut darauf zu sprechen, dass ich ihr gewisse Dinge angedroht habe.«

»Du hast ihr gedroht und sie hat dich nicht gleich rausgeworfen?« Penta runzelte die Stirn. »Was kann ihr solche Angst machen, dass sie als Herrscherin über den Dunkelmarkt dich nicht sofort rausschmeißen lässt?«

Tonia grinste und tippte sich an die Nase. »Ja.«

»Wie? Ja? Das ist keine Antwort auf meine Frage.«

»Genau.« Tonia schaute sich um. »Also, wie finden wir heraus, wer der Holzwurm ist? Möglichst schnell, ohne viel Aufsehen zu erregen?«

Penta schnaubte, ging an Tonia vorbei und hielt ihr wieder den Vorhang auf. »Irgendwo müssen wir ja anfangen, herauszufinden, wer der Holzwurm ist. Deswegen schlage ich den trillernden Trompetenbaum vor.«

»Ist das so etwas wie die plappernde Pappel in Ulmenstadt?«, fragte Tonia.

»Ja, sowas in der Art. Nur, dass es sich in unserem Fall um eine Musikgruppe handelt, die mit Informationen dealt«, sagte Penta und deutete in eine dunkle Gasse, die von schwarzgrünen Laken überzogen war. Die Dunkelheit, die dort vorherrschte, war bezeichnend für das, was sie erwartete. Penta schüttelte sich bei dem Gedanken an die Banden, die dahinter ihr Unwesen trieben.

Da stupste ihn von hinten ein Mann an, der mit dem Rücken zu ihm stand. »Der Holzwurm?«, fragte er leise.

Tonia drehte sich sofort zu ihm um, während Penta sich von dem Anblick der Gasse löste. Es gab wenig, was ihm Angst machte. Als Todesreiter war er von der Gilde geschützt, solange er sich an die Regeln hielt. Allerdings tat er das gerade nicht. Und somit war er angreifbar geworden. Etwas, das er dringend ändern musste. Vornehmlich, indem er Tonia umbrachte. Dazwischen lagen jedoch einige Katzenhaare, die irgendwo an ihrem Körper verborgen darauf warteten, ihn erneut zum Niesen zu bringen.

Penta drehte sich um und runzelte die Stirn. »Guano?«

KAPITEL 13
TONIA

»DD Guano, bitte, Penta.« Der Mann, der hinter Penta stand und ihn nicht ansah, hatte etwas von einem Gärtner. Er trug eine lange, hellbraune Latzhose, deren Träger sich über einem großen weißen Shirt falsch herum kreuzten. Er hatte keine Jacke an, trug dafür aber einen dicken Schal um den Hals, der mehrfach geschlungen war.

»DD Guano, entschuldige bitte. Natürlich.« Penta neigte den Kopf leicht.

Tonia machte sich innerlich einen Vermerk, dass dieser Kerl vor ihr scheinbar höhergestellt war als Penta. Oder er zumindest von ihm abhängig war.

»Weißt du etwas über den Holzwurm?«, fragte Tonia, statt sich erst einmal ein Bild von dem Kerl zu machen. Sie hatte keine Zeit.

»Sucht ihr ihn?«, wollte DD Guano wissen. »Wenn ja, hätte ich vielleicht einen Hinweis für euch.«

»Wie viel?«, fragte Penta mit einem Seufzen.

»Ach, Penta, mein Lieber.« DD Guano schlug ihm auf die Schulter. »Ich nehme dein Geld nur, wenn du Dünger kaufst. Hier liegen die Sachen aber ein wenig anders.«

»Was verlangst du für eine Information über den Holzwurm?« Tonia fuhr sich mit der Zunge über die Lippen. Sollte er wirklich etwas wissen, war sie bereit, beinahe alles zu tun. Je schneller sie den Auftraggeber fanden, der sie umbringen wollte, desto besser für sie.

»Ich bräuchte da ein paar Ersatzteile für meinen Netzschnüffler.«

»Moment, du bist auch ein Assassinenbetreuer?«, fragte Tonia verwirrt und schaute zu Penta. »Ich dachte, du wärst ein – wie hast du es genannt – Düngerdealer? Reicht ein illegaler Beruf etwa nicht?«

»Wo hast du die denn aufgetrieben, Penta? Kratzbürstig und attraktiv. Genau nach meinem Geschmack.« DD Guano lächelte ihr freundlich zu. Nicht anzüglich, sondern wirklich so, als ob er Tonia auf einmal sehr viel anziehender fand. Dass er dabei immer noch mit dem Rücken zu Penta stand, machte es ein wenig seltsam. »Ich bin Düngerdealer, aber ich brauche meine Verbindung zum Surfer, um selbst ein paar Geschäfte zu tätigen. Und ich bin nicht so düster wie die Assassinen. Die brauchen nämlich ihre Dunkelnetzschnüffler, während ich nur einen normalen habe.«

Die Informationen schlugen wie ein Blitz in Tonias Verstand ein. Sie konnte diese allerdings nicht verarbeiten, da ihr einige Zusammenhänge fehlten. Sie schüttelte den Kopf. »Keine Ahnung, was du damit sagen möchtest, aber wenn du auch einen sprechenden Baum hast, wieso brauchst du dann Ersatzteile? Sie sind doch keine Maschinen.«

»Oh, das nicht, aber auch sie haben einen Sinn für Modebewusstsein. Und ich kann meinen Angestellten doch nicht mit einem alten Blättergewand herumlaufen lassen. Wie sähe das denn aus?« DD Guano schnalzte mit der Zunge. »Auf keinen Fall.«

»Moment, Bäume haben Ersatzteile?« Tonia kannte Menschen, die sich Holzpflöcke zur Verbundenheit mit der Natur durch irgendwelche Körperteile rammten, dass Bäume jedoch neue Teile verlangten, wollte nicht in ihren Verstand.

»Meine Liebe, du warst noch nicht sehr oft hier unten, oder?«

»Sie ist neu dabei«, beeilte Penta sich zu sagen. »Aber zurück zum Geschäft. Was genau braucht dein Netzschnüffler?«

»Ich bräuchte von Douglasie ein paar neue Äste. Mein Netzschnüffler wird alt und verliert einige davon. Damit er sich wohler fühlt, brauche ich neue«, sagte er besorgt.

»Und warum gehst du da nicht selbst hin?« Penta deutete über die Schulter. »Ist doch nur ein paar Kieswege entfernt.«

Tonia folgte seinem Fingerzeig und entdeckte tatsächlich einen mit Kies bestückten Weg, der so schmal war, dass sie kaum hindurchgepasst hätte. »Was ist Douglasie?«

»Ein Händler, der für deinen Baum Ersatzteile liefert. Er ist der Beste und hat schon mehrere Zweigstellen eröffnet«, erklärte Penta.

»Überall hier im Unterwald oder etwa auch in Ulmenstadt?«, fragte Tonia neugierig. Bisher war ihr nichts in der Richtung aufgefallen, aber sie kannte nicht jedes Geschäft in der Stadt.

Penta und DD Guano sahen sie an, als hätte sie die dümmste Frage aller Zeiten gestellt. »Die Informationen, welche seiner Zweigstellen gerade aktiv ist, bekommst du natürlich nur hier unten. Also du erfährst, bei welchem Händer du die Zweige verkauft bekommst, die am häufigsten angefragt werden«, erklärte DD Guano langsam. »Ich habe allerdings Zutrittsverbot an jeder einzelnen Stelle. Lange Geschichte. Nahm kein schönes Ende für das Eichhörnchen«, sagte DD Guano und schüttelte sich.

Tonia presste die Lippen aufeinander. Sie wunderte sich immer mehr darüber, wie es bisher gelungen war, all das geheim zu halten.

»Du möchtest also, dass wir dir diese Ersatzteile kaufen und liefern. Und du bringst uns im Anschluss zum Holzwurm?« Penta versuchte, den Deal, den DD Guano vorschlug, in Worte zu verpacken, die wohl hier unten bindend waren, denn er streckte die Hand aus. Der Beamte, der auf Handschlag etwas tun wollte. Sie hatte in den letzten Stunden viel erlebt, doch das erschien ihr das seltsamste von allem.

»Ich bringe euch nicht hin. Nein, nein. Das müsst ihr selbst machen. Aber ich werde euch etwas zu ihm verraten, dass euch sagt, wer er ist. Und glaubt mir, ihr werdet wissen, wo ihr ihn findet.«

»Woher wissen wir, dass du uns nicht über den Tisch ziehen willst?« Tonia baute sich vor dem Mann auf, dessen diffuse Augen im Halbdunkel Unterwalds fast so blaugrau wie ihre leuchteten.

»Das würde ich niemals. Penta kennt mich schon lange und weiß, dass ich vielleicht nicht immer die Wahrheit sage, aber wenn ich einen Handschlag tätige, dann halte ich mich daran. Nicht wahr, mein Lieber?« DD Guano schlug in der Sekunde in die dargebotene Hand von Penta ein.

»Er hat Recht. Wir hatten vor drei Jahren eine verabredete Düngerlieferung. DD Guano war allerdings kurz vorher verletzt worden. Er hat sich trotz blutendem Arm zu mir geschleppt und alles geliefert. Wie vereinbart.«

»Und du hast ihn dann ins Rankenhaus gebracht?«, fragte Tonia verstört. Was waren das für Geschäftsgebaren? Jeder in Ulmenstadt hatte doch Verständnis, wenn man verwundet war. Besonders, wenn man blutete.

»Warum sollte er?« DD Guano schüttelte den Kopf. »Ich bin ins Rankenhaus hier unten gegangen und habe mich versorgen lassen. Musste vorher aber noch zwei andere Lieferungen erledigen.«

»Das ist …« Tonia kam nicht dazu, es auszusprechen, da in der Sekunde jemand aus dem Innern des Dunkelmarkts trat und sich leise nuschelnd an ihnen vorbeientschuldigte.

Erst als die Person vorbei war, redeten sie weiter. »Gut, dann sind wir uns einig. Wir besorgen die Erweiterungen und du verrätst uns, wer der Holzwurm ist.«

»Deal!« DD Guano ergriff erneut Pentas Hand und schüttelte sie kräftig. »Bis wann schafft ihr das?«

»Wir gehen sofort hin«, sagte Tonia wie aus der Pistole geschossen.

»Das geht nicht. Douglasie öffnet erst in einigen Stunden.« Penta deutete in Richtung Baumkronen.

»Und was machen wir so lange?«, fragte Tonia und warf die Arme in die Luft. »Ich werde sicher nicht Däumchen drehen.«

»Wenn ihr noch etwas Dünger gebrauchen könnt …« DD Guano zeigte auf seinen mehrfach gewickelten Schal und machte unmissverständlich klar, dass er dort wohl den heißen Scheiß versteckt hielt.

»Im Moment nicht, aber ich hole demnächst Wurzels Lieferung ab. Vermutlich bin ich die nächsten Stunden nicht im Büro, also mach dir nicht die Mühe.« Penta verabschiedete sich von DD Guano, der Tonia zuzwinkerte.

»Freut mich, wenn die Kunden zu mir kommen. Spart mir etwas Weg. Bis später, ihr Lieben.«

Gleich darauf verschwand DD Guano wieder im Innern des Dunkelmarkts und hinterließ eine seltsame Leere in Tonia. Als ob sie sich gerne mit ihm unterhalten hätte. Dabei hatte sie nur die Hälfte von dem verstanden, was er gesagt hatte.

»Und was machen wir jetzt?«, fragte Tonia erneut.

»Wir gehen Wurzel holen und nehmen ihn mit zu Douglasie. Es ist realistischer, dass wir etwas kaufen wollen, wenn wir einen Baum dabeihaben.« Penta nickte und marschierte los.

Bald darauf erreichten sie das Haus ihres Onkels, dessen Eingangstür weit offenstand. Tonia runzelte ihre Stirn. »Das sieht ihm nicht ähnlich«, murmelte sie und beschleunigte ihre Schritte.

»Was ist los?«

Tonia betrat das Labor und sah das Chaos, das verursacht worden war. Überall lagen Gerätschaften herum. Erdproben waren über den Boden verstreut und an den Wänden klebten seltsam grüne Flecken, die wie Flechtenteppiche aussahen.

Sofort sah sie sich nach Veon um und entdeckte ihn unter einem Tisch liegend. Ihr Herz blieb fast stehen, als sie die ausgestreckten Beine erkannte. »Nein!«, brüllte sie, rannte zu ihrem Onkel und warf sich auf die Knie neben ihm. Er lag mit dem Gesicht zum Boden gewandt. Hektisch drehte sie ihn um und suchte seinen Puls.

»Was ist hier passiert?«, hörte sie Penta im Hintergrund. »Wo ist Wurzel?«

»Veon!« Tonia interessierte es nicht, wo sein dämlicher Baum gerade stand. Sie wollte nur wissen, ob ihr Onkel lebte. Sie konnte keine Blutungen an ihm erkennen, aber er war nicht bei Bewusstsein. Es dauerte quälend lange, bis ihre Finger nicht mehr zitterten und sie sich auf den Pulsschlag konzentrieren konnte.

Veon lebte.

Erleichtert schnaufte sie durch und legte ihn so, dass er frei atmete. Gleich darauf tastete sie seinen Körper ab. In seinem Arm knirschte es verdächtig, weswegen sie vorsichtiger vorging.

»Hast du Wurzel gesehen?«, fragte Penta nach einigen Minuten.

»Nein.« Veon war so weit versorgt. Vermutlich hatte er sich ein paar Knochen gebrochen, aber er war am Leben. Sie würde ihn in ein Rankenhaus bringen müssen. Vielleicht konnte Penta ihr behilflich sein, denn allein tragen konnte sie Veon nicht. »Wir müssen diesen Stuhl dort umbauen. Veon hat Rollen darunter gebaut, damit er schneller von einem Punkt im Labor zum anderen rollen kann.« Sie deutete auf einen braunen Holzstuhl, der an der Wand hing und von der grünen Flechte überdeckt war. »Was ist das in deiner Hand?«

»Das ist Moos«, antwortete Penta und hielt ihr einen Topf mit einer Orchidee entgegen.

»Das ist eine Orchidee«, sagte Tonia trocken.

Penta winkte ab und stellte die weißblättrige Pflanze mit den dunkelgrünen Blättern auf einen Stapel zerfledderter Bücher, die auf dem Tisch lagen. »Nein, sie heißt Moos. Zumindest hat Wurzel sie so getauft.«

»Ach, die Blume, in die er sich verliebt hat? Was macht die hier?«

»So, wie ich Wurzel kenne, hat er Veon so lange bequatscht, bis der sie ihm gekauft hat.«

»Moment. Gekauft?«

»Ja, sie ist eine Kunstblume. Der Allesmarkt ist nicht so weit weg, also könnte er dort schnell hingelaufen sein. Dummer Kerl.«

»Mein Onkel ist nicht dumm!«, ereiferte sich Tonia und baute sich vor Penta auf.

»Ich meinte Wurzel. Der kann einfach seinen Mund nicht halten. Er wird irgendwann noch mein Untergang sein.« Penta schüttelte den Kopf und hatte diesen wehmütigen Blick drauf, den sie von ihrem besten Freund aus Kindertagen kannte. Jedes Mal, wenn er gesehen hatte, was sie an Essen mit in die Schule genommen hatte, hatte er diesen gezeigt. Und sie hatte schließlich alles mit ihm geteilt, weil es sowieso zu viel gewesen war. Dass ihre Mutter mit Absicht drei Brote mehr geschmiert hatte, weil sie wusste, dass Tonia mit ihm teilte, war ihr erst später bewusst geworden. Penta schien Wurzel zu vermissen, obwohl er es nie zugeben würde.

»Wir müssen Veon ins Rankenhaus bringen. Er hat ein paar gebrochene Knochen.«

»Das können wir gleich machen, aber vorher würde ich gerne noch den Tatort untersuchen«, schlug Penta vor. »Hier ist ein Verbrechen geschehen und ich vermute, dass es mit dir zu tun hat.«

Tonia hielt den Atem an. »Es ist meine Schuld, dass er verletzt wurde.« Sie drehte sich zu Veon und kniete sich wieder zu ihm. »Es tut mir leid. Ich finde denjenigen, der dir das angetan hat und werde ihm die Augen in die Höhlen quetschen, bis sie sehen, wie verroht sie von innen sind!«

»Ähm, okay. Schau du dich um, ich kümmere mich um den Stuhl, in Ordnung?«

Tonia nickte und erhob sich. Zwischen all den Proben, die auf dem Boden gelandet waren, war es schwer etwas zu erkennen, das nicht hierhergehörte. Konzentriert suchte sie die Umgebung ab, nicht jedoch, ohne regelmäßig auf ihren Onkel zu achten. Dessen Brust hob und senkte sich, so dass sie halbwegs beruhigt weitermachen konnte.

Gerade schaute sie eine offene Schublade durch, als sie darunter einen kleinen gelben Fetzen im Augenwinkel bemerkte. Er lag eingeklemmt unter einem umgekippten Labortisch und einer Schublade, die einige Meter weiter nach links in die Vitrine gehörte.

»Ich glaube, ich habe etwas«, sagte sie und zupfte an dem Stück Papier.

Sofort kam Penta angelaufen und schob den rollbaren Stuhl vor sich her. »Was ist das?«

»Ich weiß nicht. Es kommt mir entfernt bekannt vor, aber ich weiß nicht, wo ich es schon einmal gesehen habe.« Sie legte den Schnipsel auf die Kommode und untersuchte ihn genau.

»Ist das ein D?«, fragte Penta und deutete auf einen schwarzen Strich mit einem Halbbogen daran, der allerdings halb abgerissen war. »Und was sind das für grüne Blätter?«

»Keine Ahnung. Wie gesagt, irgendwo habe ich es schon mal gesehen. Und du?«

Hoffnungsfroh sah sie Penta an. Doch der schüttelte den Kopf. »Der Form nach zu urteilen, war das Papier rund, aber es könnte auch nur ausgeschnitten worden sein. Bist du dir sicher, dass es nicht von einem der Holzbehälter deines Onkels stammt?«, fragte Penta.

»Mein Onkel kann die Farbe Gelb nicht ausstehen. Freiwillig hätte er das nie hier geduldet«, erklärte Tonia und drehte den Schnipsel. »Meinst du, das war DD Guano?«

»Weil da ein paar Blätter und ein D drauf sind? Nein, der ist absolut gegen Gewalt. Er hat noch nie jemanden geschlagen. Nicht einmal den Kerl, der ihn verletzt hat.« Penta nahm den Fetzen in die Hand und hielt ihn gegen das Licht. »Es scheint einfaches Papier zu sein. Ich packe es vorerst ein und wir schauen später nach, was es bedeutet.«

»Hast du noch etwas gefunden?« Tonia schob den Stuhl zu ihrem Onkel.

»Nein. Wer auch immer hier war, um deinem Onkel etwas anzutun, hat scheinbar sämtliche Spuren beseitigt.« Penta half ihr, Veon in den Stuhl zu hieven. Ihr Onkel stöhnte, aber mithilfe ihres Gürtels konnten sie ihn an Ort und Stelle festbinden.

»Oder du bist einfach kein Ermittler und findest deswegen nichts«, sagte sie trocken. »Wieso geht eigentlich jeder dahergelaufene Kerl davon aus, dass er automatisch alles findet?«

»Davon gehe ich nicht aus«, verteidigte Penta sich. »Ich dachte nur, dass wir sicher was gefunden hätten, wenn hier was wäre. Wurzel ist außerdem manchmal geistig inkontinent, aber wenn es darauf ankommt, kann ich mich auf ihn verlassen.«

»Schon gut. Vermisst du ihn?«

»Vermissen ist das falsche Wort.« Penta knetete seine Hände. »Ich will nicht, dass er mich verrät. Immerhin weiß er einiges und er war in den letzten sieben Jahren nicht ohne mich draußen unterwegs. Wenn er also auf jemanden trifft, den er nicht kennt, kann es passieren, dass er Dinge verrät.«

»Aha. Dinge also. Du meinst nicht zufällig den Mord an dem Gentleman-Assassinen?« Tonia konnte nicht widerstehen. Zu verlockend war der ängstliche Ausdruck in seinen Augen, der jedes Mal kam, wenn sie das Thema ansprach.

»Pst, du weißt nicht, ob uns jemand zuhört«, murmelte er.

»Wirklich? Wir sind seit einer Weile hier und niemand hat uns gestört. Ich denke, wer auch immer meinen Onkel angegriffen hat, wird schon längst weg sein.«

»Und hat vermutlich Wurzel mitgenommen. Vielleicht galt der Angriff auch nicht dir oder deinem Onkel, sondern Wurzel.« Penta riss die Augen auf. »Was, wenn jemand herausgefunden hat, was ich getan habe? Und jetzt ist die Gilde hinter mir her? Wir müssen Wurzel finden!«

»Was hat Wurzel denn mit der Gilde zu tun?« Tonia schob Veon einen Meter weit, ehe sie gegen eine Tischkante stieß. Moos stand auf den Büchern und wackelte nun. »Und ich bezweifle, dass dieser Angriff dir galt. Sei nicht so egoistisch zu glauben, dass sich die Welt um dich dreht.«

»Er ist der Einzige, der bezeugen kann, dass ich nicht mit Absicht getötet habe. Das es ein Unfall war. Und ich muss verhindern, dass er demjenigen von den Assassinen erzählt.« Penta rieb sich über die Brust, genau genommen die Stelle, an der normalerweise Wurzel saß, wenn Penta ihn mit sich trug. Sein Blick huschte zu Moos, die er nahm und in die Innentasche steckte.

Tonia überlegte, ob sie ihn ein wenig quälen wollte, ließ es jedoch bleiben. Obwohl er es verdient hätte, immerhin hatte er sie umbringen wollen, aber sie brauchte ihn, damit sie mehr über den Auftraggeber herausfand.

»Wieso nimmst du die Kunstblume mit?«

»Ich weiß nicht«, sagte Penta und drehte sich von Tonia weg. Sie konnte nicht erkennen, was in ihm vorging, doch er murmelte gleich darauf leise etwas von: »…Wurzel glücklich machen.« Sie beließ es dabei und schaute wieder zu Veon herunter.

»Wir bringen Veon ins Rankenhaus und danach helfe ich dir, Wurzel zu suchen. Dieser Fetzen hier ist sicher ein guter Anhaltspunkt. Und dann finden wir heraus, wer dieser verdammte Holzwurm ist!« Entschlossen schob Tonia ihren Onkel weiter hinaus. Bei jeder kleinen Unebenheit stöhnte er und sie entschuldigte sich. Aber Penta folgte ihr und tat das, was sie von ihm verlangte. Wer es auch auf sie abgesehen hatte, wollte scheinbar nun über ihre Familie an sie herankommen. Das würde sie nicht zulassen. Vor allem nicht Veon. Er war ihr Onkel, hatte sich jedoch immer mehr Zeit genommen für sie als ihr wahrer Vater, weswegen sie nie erlauben würde, dass ihm etwas zustieß.

Ihre Finger packten die Griffe des Stuhls und schoben Veon die Straße hinunter in Richtung Rankenhaus. Und wenn es das Letzte war, was sie tat: Ihre Familie würde sie beschützen.

Das Rankenhaus war ein Holzklotz, der von außen wie ein Baustein aussah, den man auf Madera überall in den Kinderzimmern fand. Rechteckig und mit ein paar kleinen Verschönerungen an den

Seiten. Jeder konnte die Klötze dank der Startausrüstung von einigen Schablonen und Farbeimern mit ein wenig Farbe verzieren. Vor ihr ragte allerdings ein Gebäude auf, das mit echten, grünen Ranken überzogen war. Es war das Erkennungszeichen für die medizinischen Einrichtungen auf Madera. Keine andere Institution oder Privathaus durfte diese Kletterpflanzen an den Außenwänden wachsen lassen.

»Bringst du ihn mit rein?«, fragte Tonia und deutete auf Veon.

»Natürlich. Dorthin, wo du gehst, gehe auch ich«, sagte Penta rasch und runzelte gleich darauf die Stirn. »Du weißt, wie das gemeint ist.«

»Rein tödlich, schon klar.« Tonia nickte entspannt. »Aber nicht, solange ich dich jederzeit mit einem einfachen Brief an die Presse auffliegen lassen kann, sollte ich unter seltsamen Umständen vorzeitig sterben. Außerdem habe ich immer noch die Katzenhaare auf Reserve«, sagte sie und klopfte sich auf Hosentasche. »Also, entspann dich und mach einfach, was ich dir sage.«

Penta schob den Stuhl zusammen mit Tonia den kleinen Berg hinauf, der zu dem Rankenhaus führte. Vor dem Eingang standen ein paar der Schwestern und rauchten irgendein Kraut aus einer Pfeife. Kaum sahen sie Tonia und Penta, klopften sie diese jedoch aus und steckten sie weg.

»Was ist passiert?«

»Er ist von der Leiter gefallen und hat sich wohl den Arm und eine Rippe gebrochen, aber sicher bin ich mir nicht«, sagte Tonia und klang wie ein eingeschüchtertes Mädchen, das sie nun wirklich nicht wahr.

Sie hatte diese Stimme über die Jahre immer mehr verbessert. Wenn sie wollte, dass man ihr half, setzte sie diese ein. Inzwischen hatte sie die hilfsbedürftige Tonia Fill-Stimme perfektioniert. Abgesehen von einigen engeren Vertrauten, glaubte ihr jeder sofort.

»Wir kümmern uns um ihn. Sie bekommen gleich die Formulare und können alles ausfüllen, während wir ihn behandeln.«

Die Frauen nahmen Veons Stuhl aus ihren Händen und schoben ihn weiter, als wäre solch ein Konstrukt alltäglich bei ihnen. Erst, als sich die dichtgewachsenen Lianen wie von selbst zur Seite bewegten, um sie ins Innere des Rankenhauses zu lassen, erkannte sie die Verblüffung auf den Gesichtern der Angestellten drinnen.

»Hier ist er in Sicherheit. Wir beeilen uns mit den Formularen und dann suchen wir nach Wurzel und dem Holzwurm.«

»Bei den Formularen kann ich helfen. Das ist meine Spezialität.« Penta streckte sich und folgte Tonia zum Empfangstresen hinter dem Lianenvorhang, wo bereits ein älterer Herr lächelnd auf sie wartete, um sie zu begrüßen.

KAPITEL 14
PENTA

»Und du bist dir sicher, dass du das hier schon mal gesehen hast?«, fragte Penta seine Kontaktperson.

»Ja, Alter, das sieht aus wie das Hautbild von der einen Kellnerin im *Goldenden Blatt*. Habe sie schon mal darauf angesprochen, aber sie wollte mir nicht verraten, wofür das steht.« Der kleine Junge tippte ungeduldig mit den Fingern auf seinen Oberschenkel und streckte die andere Hand aus. »Kriege ich jetzt mein Blattgeld?«

»Hier und sieh zu, dass du davon was zu essen kaufst«, sagte Penta und schaute sich um. »Am besten aber nicht im *Goldenden Blatt*. Davon wird man nicht satt.«

»Ist das nicht dieses neumoderne Restaurant, das von irgendwelchen Baumkuschlern eröffnet wurde?«, fragte Tonia und sah sich auf dem Allesmarkt um.

Sie befanden sich in der hintersten Ecke des Sammelplatzes am Brunnen der Aufträge. Da es später Nachmittag war, gab es nicht mehr so viele Auftraggeber, die Arbeiten zu verteilen hatten. Dafür lungerten Kinder herum, die auf Almosen oder kurze Laufaufträge hofften.

»Es ist ein Restaurant, in dem es kein lebendes Essen gibt, so behauptet es zumindest das Schild vor dem Eingang. Ich bin da vor einigen Wochen dran vorbeigegangen, als ich etwas besorgen musste«, erklärte Penta.

»Was bedeutet denn lebendes Essen?«, wollte Tonia wissen. »Also keine Tiere und auch keine Pflanzen?«

»Bei Pflanzen machen sie eine Ausnahme. Salat gibt es, allerdings auch nur sehr ausgewählten, da sie davon überzeugt sind, dass nicht nur Bäume ein Bewusstsein haben. Gemüse gibt es aber wohl.«

»In Ordnung. Dann lädst du mich also ins *Goldende Blatt* ein«, bestimmte Tonia und marschierte los, zurück in den Strom der Menschen, die ihre unendlichen Kreise im Allesmarkt drehten.

»Moment, wieso sollte ich dich einladen?« Penta rannte hinter ihr her und versuchte, mit ihr mitzuhalten. Was gar nicht so leicht war, da sie sich erstaunlich gut in der Menge bewegte. Viel besser als Penta – und er lebte quasi auf dem Allesmarkt.

»Weil du versucht hast, mich umzubringen, ich bereits darauf verzichte, dich dazu zu zwingen, mit mir wieder nach Unterwald zu gehen, weil Douglasie mittlerweile wohl geöffnet haben dürfte und weil ich einfach Hunger habe. Seit deinem Besuch gestern Abend habe ich nichts mehr gegessen.«

Penta verzog den Mund. »Meinetwegen. Aber satt wirst du dort nicht.«

»Du weißt nicht, was ich mir alles bestellen werde«, sagte Tonia und zwinkerte ihm zu.

»Nein, wir suchen Wurzel und nicht meinen Ruin«, erklärte Penta mit fester Stimme.

»Vielleicht ein bisschen von beidem.« Tonia verließ den Allesmarkt und wartete darauf, dass Penta die Richtung vorgab. Mit knirschenden Zähnen und Kopfschmerzen von der Müdigkeit deutete er nach rechts, woraufhin Tonia weiter entschlossen voranging.

Ihm taten bereits die Füße weh von den Strecken, die er zurückgelegt hatte. Wenn der Tag vorbei und Tonia tot war, würde er sich ein Fußbad mit kühler Minze einlaufen lassen. Egal, als was Wurzel ihn dann bezeichnete. So viel wie heute war er lange nicht mehr gelaufen. Das letzte Mal, als er einen Tagesausflug an den Rand von Ulmenstadt gemacht hatte, um dort mal einen Tag ohne Wurzel zu sein.

Kaum erreichten sie das *Goldende Blatt*, zerrte Tonia ihn hinein und setzte sich an den einzig freien Tisch am Fenster. »Was meinst du, ob die Kellnerin hier ist?«, flüsterte Tonia und lehnte sich näher an ihn heran. Wieder begann seine Nase zu kribbeln und er drückte sich so weit in seinen Stuhl aus seltsam weichem Harz, dass er fast umkippte. Was allerdings auch an der Instabilität des Möbelstücks liegen konnte.

»Ich hoffe es, denn ich will endlich ins Bett«, brummte er.

»Bist du eigentlich immer so unerträglich, wenn du müde bist?«, fragte Tonia und grinste breit. Sie lehnte sich ebenfalls zurück, schaffte es jedoch, deutlich eleganter zu sitzen als er.

»Ja.« Mehr sagte er nicht, während er nach der Karte griff, die aus einem Leinenstoff gemacht war, der künstlich gestärkt worden war. Er hatte so etwas schon einmal auf dem Allesmarkt gesehen und sich gefragt, ob das eine Alternative zu Papier sein könnte. Das gesamte Innenleben des Restaurants schien holzfrei zu sein. Die Tische hatte man aus Kleidung zu Bergen gedreht und geklebt. Auch der Tresen bestand aus einem Moosteppich, der auf einem Erdhaufen angepflanzt worden war. Das Haus selbst war aus Holz gebaut, aber vermutlich nicht von den jetzigen Besitzern.

»Herzlich willkommen im *Goldenden Blatt*. Mein Name ist Löwenzahn und ich bin Ihre Kellnerin für heute. Möchten Sie eine Empfehlung oder suchen Sie noch auf der Karte?« Die alte Frau, die mit einem breiten Grinsen vor ihnen stand, hatte ihre langen, grauen Haare zu zwei gleichmäßigen Zöpfen geflochten. Ihre Kleidung war aus Moos, Flechten und anderen Blumen zusammengestellt. Alle paar Minuten krümelte Erde von ihr herunter und landete auf dem Fußboden, der komplett aus Mutterboden zu bestehen schien.

»Ähm, Sie laufen aus«, merkte Tonia an und deutete auf den Boden.

»Wir sind alle Teil dieser Erde und wenn wir ihr etwas zurückgeben können, dann tue ich das gerne«, sagte Löwenzahn mit verklärtem

Blick. Tonia runzelte die Stirn und beobachtete die Kellnerin ein wenig deutlicher.

»In Ordnung.« Penta schüttelte mit hochgezogenen Augenbrauen den Kopf, ehe er Löwenzahn musterte. Da sah er an ihrem Knöchel das Hautbild, das sein Kontakt wohl gemeint hatte.

Tonia schien es ebenfalls bemerkt zu haben, denn sie zeigte darauf. »Das ist aber schön. Hat es eine Bedeutung?«

Löwenzahn nickte eifrig. »Das ist das Zeichen der Borkenkäfer. Wir setzen uns für den Schutz von Bäumen ein.«

»Moment«, Tonia schloss kurz die Augen, »sagtest du Löwenzahn? Ich habe vor einigen Wochen schon mal jemanden getroffen, der so hieß und auch für die Bäume gelebt hat. Seid ihr verwandt?«

»Ach so, nein. Sie ist leider aus den Borkenkäfern ausgeschieden und ich durfte ihren Platz und Namen übernehmen. Und ich bin so glücklich darüber. Wisst ihr, wie selten sie jemanden aufnehmen? Das ist ein unendliches Glück gewesen. Und das in meinem Alter.« Sie plapperte wie ein kleines Kind fleißig vor sich her und tippte dann immer wieder mit dem Stift auf das wiederbeschreibbare Leder, das sie in der Hand hielt.

Penta hob irgendwann die Hand, um ihren glückseligen Redefluss zu beenden. »Und was genau machen die Borkenkäfer?«

»Oh, das ist ganz unterschiedlich. Die meiste Zeit kümmern wir uns nur um die Bäume in den Außenbezirken, aber eigentlich warten wir auf unseren Scol.«

»Was ist ein Scol?«, fragte Tonia und deutete Penta, den Schnipsel herauszuholen, um ihn ihr zu zeigen. Natürlich hatte er selbst daran gedacht, allerdings war er sich nicht sicher, wie er es anbringen sollte.

»Der Heilsbringer für alle Bäume. Er spricht zu uns durch die Borke und ist die Krone der Wurzel.«

Penta versuchte, nicht zu skeptisch zu schauen. Er kannte viele Verschwörungstheorien von Drak. Eigentlich hatte er alle bereits gehört, doch diese Gruppe schien einen anderen Weg zu verfolgen. Es klang fast schon wie eine Sekte, die ihre Anhänger indoktrinierte.

»In Ordnung.« Tonia hatte sich besser im Griff, denn sie sah begeistert zu Löwenzahn. »Das klingt megainteressant. Willst du dich nicht kurz zu uns setzen?«

»Sehr gerne. Danke. Baum, seid ihr aber freundlich. Das habe ich selten. Die meisten wollen nur was essen und sind dann schnell wieder weg. Aber ihr seid neugierig. Das ist eine gute Eigenschaft.« Löwenzahn zog sich einen der Kleidungsstühle heran und setzte sich an die Gangseite des Tischs. Aus ihrem Ärmel rieselte leicht feuchte Erde.

»Aber sicher doch«, sagte Penta rasch, um ebenfalls interessiert zu wirken. »Und was macht ihr, wenn ihr nicht auf euren Scol wartet? Habt ihr feste Pläne?«

»Oh, der Scol ist noch nicht erschienen. Er wird es aber eines Tages und wir sind uns sicher, dass das in den nächsten Jahresringen passieren wird.«

»Wow, können wir ihn dann auch sehen oder können das nur ausgewählte Mitglieder der Borkenkäfer?«, fragte Penta, da er sich nicht sicher war, ob sie an der richtigen Stelle waren. Immerhin suchten sie Wurzel und nicht nach einer Sekte, die irgendwelche Wälder anbetete.

»Es ist ein Baum, Junge. Den kann jeder sehen. Nur ob ihr ihn auch hören könnt, weiß niemand bisher.« Sie verlor kurz ihren fröhlichen Ausdruck und schaute zu Boden. »Das werden wir erst wissen, wenn wir ihn sehen. Aber er wandelt unter uns. Dessen sind wir uns sicher.« Sofort strahlte sie wieder wie eine Löwenzahnblüte.

Penta spielte in seinen Fingern mit dem Fetzen, den sie in Veons Labor gefunden hatten. Wie genau sollte er das anbringen, ohne dass es zu verdächtig wirkte? Wusste sie, dass Penta sie ausfragte, um Wurzel zu finden? Hatte sie etwas mit der Entführung zu tun?

»Du, Löwenzahn, ich habe mal eine Frage. Dieses Logo von euch: Habt ihr das überall oder ist das nur ein geheimes Erkennungszeichen?«

»Oh, das ist überall zu sehen. Auf unseren Torfsendungen, den Faltblättern, die wir ausgeben, um über die lebenden Bäume zu informieren, und auch, wenn wir mal wieder neue Bäume pflanzen, setzen wir die in Form unseres Logos an, damit dem großen Gärtner klar wird, wie sehr wir der Umwelt und besonders den mächtigen Stämmen huldigen.«

»Der große Gärtner? Wirklich? Sagt der euch, was ihr machen sollt?«

Löwenzahn griff nach einem kleinen Glasbecher, der in der Mitte des Tischs stand und drehte ihn in ihren Händen. »Bisher nicht. Ich bin mir sicher, dass er aber wohlwollend von seiner großen Wiese aus auf uns herabsieht.«

Tonia lehnte sich vor und grinste verschwörerisch, als wären die beiden lange befreundet und würden sich alles erzählen. »Habt ihr auch schon mal was Illegales gemacht?«

Löwenzahn runzelte die Stirn und Penta glaubte, dass sie nun misstrauisch werden würde. Doch gleich darauf klarte sich ihre Miene wieder auf. »Oh, du meinst so etwas wie die Bäume pflanzen?« Sie winkte ab. »Andauernd. Aber ich bin erst seit kurzem dabei. Ich weiß nur, was man mir bisher gesagt hat. So viel durfte ich noch nicht machen. Zwar habe ich einen Platz in der Vereinigung erhalten, aber ich muss mich erst noch hocharbeiten.«

»Und wie macht man das?« Penta wurde tatsächlich neugierig. Das klang ein wenig wie bei den Assassinen, die ebenfalls am Anfang nicht viele Informationen erhielten, sondern nur nach und nach eingeweiht wurden.

»Ich bekomme Aufgaben, die ich erfüllen muss. Wie z.B. bis Ende Negundo hier zu kellnern. Wenn ich das fehlerfrei mache, darf ich ab dem Herbst helfen, die Bäume zu entlauben.« Löwenzahn reckte stolz das Kinn und klopfte auf den Tisch. »Und dann geht es rasend schnell aufwärts für mich. Denn auch wenn man es mir nicht ansieht, bin ich eine fantastische Kletterin.«

»Habt ihr auch schon mal Bäume aus ihrer natürlichen Umgebung herausgerissen?«

Löwenzahn riss entsetzt die Augen auf. »Auf keinen Fall. Sie sind tief in der Erde verwurzelt und dürfen nicht verpflanzt werden. Das wäre gegen jede Regel, die wir haben. Nein, wir geben den Bäumen nur Dünger, damit sie gedeihen und ihre Wurzeln noch tiefer in die Erde treiben. Denn so hat es der Große Gärtner gewollt.«

»Also würdet ihr auch keine, sagen wir, kleinen Setzlinge entführen? Die, die noch nicht ihren Platz auf der Welt gefunden haben?«, vergewisserte sich Tonia.

»Oh doch.« Löwenzahn nickte eifrig. »Stellt euch mal vor, die würden in den Töpfen weiter ihr trostloses Leben führen. Nein, wir bringen sie in die Freiheit und bieten ihnen ein Leben voller Dünger und Glück. Das ist es, was wir Borkenkäfer tun. Habt ihr vielleicht auch Lust, mal bei einer unserer Sitzungen dabei zu sein? Wir haben in ein paar Tagen wieder ein Seminar, um Neulingen unsere Werte zu vermitteln.«

»Bist du dadurch auch auf die Borkenkäfer gestoßen?« Penta hatte Mühe, ruhig sitzen zu bleiben. Unter dem Tisch spielte er bereits mit dem Saum des Umhangs, der längst einer Überarbeitung bedurfte. Einfach nur, um sich von diesem hochgradigen Blödsinn abzulenken, der ihm gerade aufgetischt wurde.

»Ich wurde von meiner Nachbarin eingeladen. Libelle ist noch ganz jung, aber hat schon sehr viel Ahnung von der Materie«, erklärte Löwenzahn bedeutsam. »Habt ihr also Interesse, ebenfalls mal vorbeizuschauen?«

»Sehr gerne«, beeilte Tonia sich zu sagen. »Habt ihr euren Sitz in einem Klostergarten?«

Penta wusste nicht, wie sie es schaffte, den Sarkasmus aus ihrer Stimme zu vertreiben. Ihm wäre das nicht so leicht gelungen, weswegen er lieber schwieg. Er hatte bereits Mühe, nicht lauthals dagegen anzugehen, denn was Löwenzahn da von sich gab, war ausgewachsener Mist.

»Nein, wir sitzen im *Hecker-Café* drüben in Bannwald.«

Tonia und Penta sahen sich an. Bannwald lag am anderen Ende der Stadt und war von einem Wildzaun umgeben, da es dort zwar einige Bewohner in den Baumhäusern am Seeufer gab, ansonsten jedoch fast nur Tiere. Dort sollte es ein Café geben? »Was ist ein *Hecker-Café*?«, fragte Tonia in der Sekunde und sprach damit seine Gedanken aus.

»Das ist ein Café, in dem man von Hecken und Bäumen umgeben ist. Das hält die Tiere ab und ist erstaunlich bequem, wenn die Hecken gut gepflegt sind.«

»Also ist das ein geheimer Unterschlupf?«

Löwenzahn lachte. »Nein, nicht geheim. Es kommen nur nicht sehr viele Menschen rein.« Sie stutzte, runzelte kurz die Stirn. »Aber ich denke, ich werde jetzt erst mal weiterarbeiten, wenn ihr keine Fragen mehr habt.«

»Nein, vorerst nicht. Aber vielen Dank. Das war sehr aufschlussreich«, sagte Penta voller Inbrunst, denn das war es wirklich gewesen. Tonia bestellte rasch einen Salat aus einigen Tomaten, Gurken und Auberginen, während Penta nichts fand, das seinen Hunger stillen würde. Also fragte er nur nach Wasser.

»Aber sicher doch. Es war mir ein Vergnügen, mit Ihnen zu plaudern.« Löwenzahn ging erneut in ihre höfliche Sprechweise über.

Tonia wartete noch einen Moment, ehe sie sich über den Tisch zu Penta lehnte. »Wir müssen also nach Bannwald.«

»Meinst du, sie halten ihn dort gefangen?«

»Wenn sie ihn denn wirklich haben. Ich weiß jetzt auch wieder, wo ich dieses Logo schon mal gesehen habe. Auf der Straße sprechen diese Fanatiker mich immer wieder an und wollen mich bekehren.

Das ist definitiv eine Sekte und eine von den Aggressiveren. Wir müssen vorsichtig sein.«

Vor Pentas innerem Auge tauchte eine Erinnerung auf. Als sie gestern auf dem Dunkelmarkt gewesen waren, hatte ein Borkenkäfer Wurzel angesprochen. Wieso kam ihm das jetzt erst in den Sinn? Natürlich. Wie hatte sie sich genannt? »Stubenlöwe!«, entfuhr es ihm.

»Wie bit…« Da schlug Tonia sich vor die Stirn. »Die Frau. Natürlich. Ich habe erst im Gefängnis eine von den Borkenkäfern getroffen und in Unterwald noch einmal. Meinst du, die verfolgen mich?«

»Wieso sollten sie das tun?« Penta schüttelte den Kopf. »Die Welt dreht sich nicht um dich, Tonia.«

»Na ja, im Moment schon ein wenig. Immerhin sitzt mir der Mann gegenüber, der mich umbringen wollte und es vermutlich immer noch will.« Sie schaute Penta mit zusammengekniffenen Lippen an.

»Im Moment möchte ich einfach nur ins Bett und schlafen. Mehr nicht. Also, falls du nichts dagegen hast, lass uns das hinter uns bringen, damit ich wieder in mein gemütliches Büro kann«, meckerte Penta und rümpfte die Nase, als der Teller mit dem Gemüse vor Tonia abgestellt wurde.

»Das sieht fantastisch aus«, lobte Tonia die Kellnerin und die lief rot an, als wäre sie die Köchin.

»Danke schön.« Sie zog sich zurück und überließ Tonia und Penta dem Essen.

»Wollen wir heute Abend noch zum *Hecker-Café*? Bannwald ist nicht groß und wir könnten schon mal rausfinden, wo genau der Ort ist«, schlug Tonia vor, bevor sie sich eines der Gurkenstückchen in den Mund schob.

Penta wollte am liebsten schreien und sagen, dass er heute nirgendwo mehr hinging, außer ins Bett, doch das wäre kontraproduktiv. Irgendwo da draußen war Wurzel unterwegs und führte gerade Gespräche mit werweißwem und verriet alle möglichen Geheimnisse über ihn. Das konnte er nicht zulassen. Schweren Herzens nickte er. »Ja, das machen wir. Wurzel muss gefunden werden. Aber dann werden wir heute nicht mehr zu Douglasie gehen können.«

Tonia hielt im Kauen inne und sah ihn mit skeptischem Blick an. »Dann dauert es aber noch länger, bis wir den Holzwurm ausfindig machen. Das ist dir bewusst.«

Penta seufzte. »Ja, ich weiß, dass ich dich dann noch länger bei mir habe. Wenn ich aber nicht bald Schlaf bekomme, kann ich nicht mehr klar denken und dann verstehe ich gar keine Zusammenhänge mehr.«

»Ich möchte nur, dass dir das bewusst ist. Denn solange wir den Holzwurm nicht haben, werde ich an dir kleben wie Hundescheiße am Schuh.«

»Wenigstens stinkst du nicht so«, sagte Penta und trank einen Schluck Wasser.

Tonia lachte und klang dabei wie ein grunzender Hund, der sich an einem Stein verschluckt hatte.

Eine halbe Stunde später standen sie wieder auf dem Bürgersteig vor dem *Goldenden Blatt* und Penta war um einige Blattgeldstücke ärmer. Das war das teuerste Essen, das er je bezahlt hatte. Aber zumindest schien Tonia glücklich und satt zu sein. »So, wie wollen wir dorthin? Soll ich uns eine Kutsche rufen?«

Die Sonne neigte sich stärker dem Horizont zu, als Penta gedacht hätte. Seit fast einem ganzen Tag hatte er nicht mehr geschlafen. Die Nacht in Unterwald war zwar erholsam gewesen, dennoch fehlte seinem Körper eindeutig, dass er die Augen schloss. »Das wäre ausgezeichnet.«

Zehn Minuten später saßen sie in der Kutsche und Penta konnte nicht in Worte fassen, wie dankbar er Tonia war. Seine Fußsohlen brannten und er wusste nicht, ob er überhaupt noch einen Schritt machen konnte.

»Ruh du dich aus, ich sag Bescheid, wenn wir angekommen sind«, schlug Tonia einfühlsam vor und lächelte freundlich. Da Penta in der drückenden Wärme der mit rot gepolstertem Leder ausgestatteten Holzkutsche sowieso keine Sekunde länger die Augen hätte aufhalten können, lehnte er die Schläfe an das kühle Fenster und schlief sofort ein.

Ein sanftes Rütteln an seiner Schulter und das Jucken in seiner Nase weckten ihn gefühlt eine Minute später. Da es aber bereits fast dunkel in dem Waldstück war, in dem die verästelten Weiden standen, wusste er, dass mindestens eine halbe Stunde vergangen war.

»Ich denke, ich habe es gefunden. Hier stehen künstlich gerupfte Hecken, die wie ein Labyrinth aufgebaut sind. Allerdings komme ich nicht hindurch. Willst du auch mal schauen? Vielleicht hast du ja noch eine Idee.«

»Hat der Fahrer eine Heckenschere dabei?«, gähnte Penta und streckte sich.

»Nein, das war das erste, was ich gefragt habe«, entgegnete sie entnervt. »Sonst noch irgendwelche Geistesblitze, die meine schlechte Laune ein wenig erhellen?«

Penta spürte, wie jede Bewegung zu viel Kraft kostete. Wenn das alles vorbei war, würde er doch endlich einmal den Urlaub nehmen, den er seit sieben Jahren sammelte. Eine gute Woche dürfte er vermutlich zusammengespart haben. »Moment, ich sehe nach.«

Die Finsternis außerhalb der Kutsche machte es jedoch nicht leichter und er hatte Schwierigkeiten, nicht über herumliegende Äste und Wurzeln zu stolpern. Der Kutscher hatte zwar eine Glühwürmchenlampe, allerdings war diese schon alt und leuchtete gerade einen Meter weit, ehe der Wald wieder in tiefer Dunkelheit versank. Penta hob den Kopf. Der Mond war hinter einer dichten Wolkendecke verborgen und es würde vermutlich in den nächsten Minuten anfangen zu regnen. Vereinzelt spürte er bereits einen Tropfen auf seinem Gesicht. Dennoch lief Penta einmal um die gesamte, nicht unerhebliche Hecke herum. Doch er fand nirgendwo einen Eingang. Es war, als ob jemand mithilfe des Gewächses eine Mauer errichtet hatte, durch die man nicht kam, wenn man nicht wusste, wie. Selbst seine Versuche, durch das Geäst zu steigen, endeten damit, dass er sich einen Teil des Umhangs aufriss.

»Es macht einfach keinen Sinn. Wir sollten es morgen versuchen. Dann haben wir vielleicht eine Chance, eine Lücke in deren Sicherheitssystem zu finden«, murmelte Penta und gähnte erneut. Die kurze Zeit an der frischen Luft und im Land der Träume hatten ihn nicht wacher werden lassen. Allerdings spürte er, wie zumindest sein Verstand etwas leichtgängiger wurde.

»Du meinst, dass wir morgen einen Weg durch die Hecke finden?« Tonia schmunzelte. »Ich weiß, dass es bei Veon ein paar ziemlich große Messer gibt, mit denen ich hier arbeiten könnte.«

»Lass das nicht deine neue Freundin Löwenzahn hören. Die würde dich vermutlich lebendig häuten, bevor du auch nur einen Zweig abtrennen könntest.«

»Soll sie versuchen.« Tonia stieg in die Kutsche zu Penta, der gleich darauf an das Dach klopfte, um Bannwald wieder zu verlassen.

KAPITEL 15
TONIA

Tonia lag auf Veons Bett. Obwohl er im Rankenhaus gut versorgt war, machte sie sich immer noch Sorgen um ihn. »Warum nur sind sie hergekommen?«, murmelte sie vor sich hin und spürte den Vibrationen des Tages nach. Es war so viel passiert, dass sie das Gefühl hatte, die ganze Erde unter ihr würde zittern. Dabei waren das wohl nur die Nachwirkungen des Erlebten.

»Wie bitte?«, fragte Penta, der auf einer Gästematratze auf dem Boden auf der anderen Seite des Zimmers vor der Tür lag. Er hatte darauf bestanden, dass er bei ihr blieb, damit sie nicht abhauen konnte. Dass sie das längst hätte tun können, als er in der Kutsche tief und selig geschlafen hatte, war ihm bisher nicht aufgegangen und Tonia wollte ihn nicht darauf stoßen.

»Ach, ich überlege nur, warum sie zu meinem Onkel gekommen sind und ihn überfallen haben. Waren das wirklich die Borkenkäfer, die ihn angegriffen haben? Die erscheinen mir nicht sehr aggressiv. Zumindest nicht körperlich.«

»Von der Gilde war es zumindest niemand, so viel kann ich dir sagen«, erwiderte Penta und streckte sich unter seiner dünnen Decke. Es war eine kühle Negundo-Nacht, obwohl es tagsüber warm genug war, um ohne Jacke herumzulaufen. Nachts hingegen zeigten die Temperaturen, dass der Herbst bereits Anlauf nahm.

»Aber die Borkenkäfer? Wirklich? Wenn die alle so sind wie Löwenzahn, dann kann ich mir das einfach nicht vorstellen.«

»Du hast doch diese Stubenlöwe gesehen. Die hat sich auch sehr penetrant an uns herangeschoben. Vielleicht ist etwas schief gegangen dabei und dein Onkel ist einfach nur doof gefallen.«

»Vielleicht«, seufzte Tonia und verschränkte die Arme hinter dem Kopf. »Das erklärt aber immer noch nicht, warum ich umgebracht werden soll.«

»Aus meiner Erfahrung heraus ist es meistens jemand, dem du im Weg bist«, erklärte Penta pragmatisch. »Gibt es denn jemanden, der besser ohne dich dran wäre?«

Tonia überlegte und schüttelte den Kopf. »Vielleicht ein Konkurrent meines Vaters. Er hat vor für den Posten des Bürgermeisters zu kandidieren und ich soll im Anschluss die Firma übernehmen. Wenn das jemand herausgefunden hat, dann könnte das ein guter Grund sein. Ohne mich als Nachfolgerin müsste mein Vater die Firma verkaufen.«

»Du hast also keine Geschwister? Was ist mit deinem Onkel?«

»Der hat keine Kinder, wenn du das meinst. Und er selbst ist Wissenschaftler und nicht zum Firmeninhaber geeignet«, winkte Tonia hinter dem Kopf ab. »Es gibt nur vier andere Feuerlackhersteller, die sich einen Kauf von Fills Feuerlacke leisten könnten.«

»Und traust du einem von ihnen zu, dass er den Mord an dir in Auftrag gibt?« Pentas Stimme klang weich und einfühlsam und sie fragte sich, ob das an seiner Müdigkeit lag oder ob er sich langsam für sie erwärmte. Er war wirklich nicht ihr Typ, doch mit einem Todesreiter hatte sie noch nie eine Nacht verbracht. *Vielleicht, wenn es sich*

ergab, dachte sie und zuckte mit den Schultern, ehe ihre Gedanken zurück zu seiner Frage kehrten.

»Einer von ihnen sicher. Aber ich weiß nicht, wer.«

In der Dunkelheit des Zimmers konnte sie nicht erkennen, was er tat, aber seine Decke raschelte erneut. »Wieso bist du dir da so sicher?«

Tonia biss sich auf die Unterlippe. Bisher hatte sie mit niemandem darüber gesprochen. Um jedoch herauszufinden, wer sie umbringen lassen wollte, würde sie sogar ihre dubiosesten Geheimnisse preisgeben. Einfach nur, damit sie wieder ihre Ruhe hatte. »Ich habe vor einigen Monaten herausgefunden, dass die Feuerlacke verdünnt sind. Scheinbar gibt es jemanden in der Produktion, der für die Konkurrenz arbeitet und uns sabotiert. Ich habe es meinem Vater bereits mitgeteilt, aber noch konnte er nicht herausfinden, wer dafür verantwortlich war. Vermutlich war ihm sein Wahlkampf wichtiger«, schnaubte sie und drehte sich auf die Seite.

Nichts war bedeutsamer als die Firma. Die Familie ja, aber in ihrem Fall traf das eher nicht zu. Zumindest nicht, seitdem ihre Mutter tot war.

»Und du denkst, dass einer der Konkurrenten dich aus dem Weg haben will, damit niemand mehr deinen Vater antreibt, den Schuldigen zu finden?«, fasste Penta ihre Worte zusammen.

»Genau. Vielleicht ist es aber auch der Saboteur selbst, der den Auftrag gegeben hat und es ist niemand von der Konkurrenz. Aber das ergibt im Moment am meisten Sinn.«

Einen Augenblick lang herrschte Stille und Tonia glaubte, dass Penta eingeschlafen sei. Doch dann räusperte er sich geräuschvoll. »Die Feuerlacke sind wirklich verdünnt? Schützen sie dann überhaupt noch?«

»Unwahrscheinlich. Einen gewissen Schutz werden sie wohl noch bieten, aber bei dem Versuch, den ich gestartet habe, brannte der Stuhl am Ende lichterloh.« Tonia massierte ihre Schläfen, als sie an den Tag dachte, an dem sie den Stuhl in ihrem Schlafzimmer gestrichen hatte.

Sie hatte es bei Kerzenschein gemacht, weil es schon spät war. Dabei war ihr die Kerze umgestoßen und hatte das Holz in Brand gesetzt. Es hatte nicht lange gedauert, da stand es komplett in Flammen und brannte herunter. Sie hatte aus ihrem Badezimmer rasch einen Eimer mit Wasser geholt, doch selbst das hatte nicht verhindert, dass auf ihrem Fußboden nun ein hässlicher schwarzer Fleck prangte. Zuerst hatte sie es für eine fehlerhafte Dose gehalten, als sie allerdings eine Woche später wieder eine aus einer anderen Charge mitgenommen und getestet hatte, war dasselbe geschehen. Daraufhin hatte sie mit ihrem Vater gesprochen und er hatte versprochen, sich darum zu kümmern. Passiert war dennoch nichts.

»Das ist eine ernste Bedrohung für die Stadt. Weißt du, wie lange das schon so ist?«

»Um ehrlich zu sein, nein. Nicht wirklich. Aber es ist immer noch nicht behoben. Ich hoffe sehr, dass mein Vater die aktuellen Lieferungen zurückhält, so wie ich es ihm geraten habe. Er sagte, dass er erst einmal die alten Bestände abverkaufen wollte. Allerdings hat er schon seit Wochen nicht mehr mit mir darüber geredet.« Tonia seufzte und spürte, wie die Traurigkeit ihr Herz packte. In seltenen Augenblicken wie diesen wünschte sie sich, dass ihr Vater die Herzlichkeit ihrer Mutter hätte. Dass er sie in den Arm schloss und sie festhielt. Obwohl sie erwachsen war, verspürte sie dieses Bedürfnis nach Zuneigung ein ums andere Mal.

»Klingt, als hättet ihr kein sehr inniges Verhältnis«, sagte Penta.

»Nicht so wirklich. Manchmal glaube ich, dass mein Vater mit meiner Mutter gestorben ist. Ich kann mich zwar nicht ganz erinnern, aber ich meine ab und an in meinen Erinnerungen Momente der Freude aufblitzen zu sehen, die mit meinem Vater zusammenhängen. Aber das ist schon zu lange her.«

»Du bist also auch irgendwie eine Waise wie ich«, nuschelte Penta und sie konnte den Unterton seiner Worte nicht deuten. Hörte sie da den Versuch von Verbundenheit heraus? Wollte er sich mit ihr identifizieren? Es war ja grundsätzlich nicht schlecht, wenn derjenige, der sich berufen fühlte, sie umzubringen, auf einmal Gefühle für sie entwickelte. Damit konnte sie spielen, um ihn auf ihre Seite zu ziehen. Denn ewig würden die Katzenhaare ihn nicht davon abhalten.

»Ja, irgendwie schon.« Tonia schnaubte gespielt und sagte mit ebenfalls weicher Stimme. »Dann haben wir wohl mehr gemeinsam, als wir anfangs dachten. Das gefällt mir, Penta.«

Penta reagierte zunächst nicht auf die Aussage, räusperte sich nach einigen Sekunden schließlich. »Ähm, ja, also, gute Nacht.«

Tonia lächelte und applaudierte sich innerlich, dass sie ihn mit dieser Feststellung verwirrt hatte. Wenn sie das noch ein paar Mal machte, hatte sie ihn so weit, dass er sie nicht umbringen wollte. Zufrieden legte Tonia ein paar Tierhaare eine Armlänge von sich entfernt auf den Boden und drehte sich wieder herum. Mit einem Lächeln auf den Lippen und der Gewissheit, wach zu werden, falls er sich näherte, schlief sie ein.

***

Die Sonne schien durch das Kutschenfenster. Tonia merkte inzwischen ihre Füße. Obwohl sie gerne spazierte, war der gestrige Tag sogar für sie anstrengend gewesen. Deswegen hatte sie direkt nach dem kurzen Frühstück aus Veons Speisekammer einen Kutscher gerufen. Penta saß ihr gegenüber und obwohl er die Nacht über komplett durchgeschlafen hatte, wirkte er nicht erholt. Er musste in den letzten Wochen viel erlebt haben, dass er so erledigt aussah.

»Warum schleppst du diese Kunstblume mit dir herum?«, fragte sie, als er wieder einmal seine sämtlichen Taschen ausräumte, um zu schauen, was er dabeihatte. Es war das vierte Mal, und langsam glaubte sie, dass er das zur Beruhigung tat.

»Wenn Wurzel sie sieht, wird er sicher glücklich sein. Er wurde entführt, da kann er Positives gebrauchen«, stellte er sachlich fest, auch wenn Tonia genau spürte, wie sehr er diesen kleinen Bonsai vermisste.

»Wir wissen noch nicht, ob er entführt wurde. Wir vermuten es nur, Penta«, korrigierte sie ihn. »Aber wahrscheinlich hast du Recht. Alles deutet darauf hin.«

Er klopfte auf die große Heckenschere, die auf dem Sitz neben ihm lag. »Diesmal holen wir ihn da raus.«

»Wenn er denn wirklich da ist. Ansonsten werden wir herausfinden, wo er gefangen gehalten wird. Und im Anschluss kaufen wir ein paar Ersatzteile für DD Guanos Baum.« Tonia massierte sich die Schläfen.

»Du kommst erstaunlich gut klar mit dieser anderen Welt, die auf einmal in dein Leben getreten ist. Wie kommt das?« Penta starrte sie an, schien in ihr lesen zu wollen, aber das ließ sie nicht zu. Nicht, solange sie keinen Vorteil davon hatte.

»Ich wusste ja schon immer, dass es Assassinen gibt. Nur, welches Ausmaß das Ganze angenommen hat, das macht mir etwas zu schaffen«, gab sie ehrlich zu. Vielleicht konnte sie so das Level seines Mitleids für sie noch nach oben treiben. »Und dass Bäume sprechen können, ist einfach so verrückt, dass ich es irgendwie akzeptiere und nicht zu sehr darüber nachdenke. Sonst würde vermutlich mein Schädel platzen.«

Penta schnaubte und grinste dümmlich.

»Was?«

»Ach, es ist nur…« Penta winkte ab. »Ich weiß genau, was Wurzel dazu gesagt hätte.«

Tonia verschränkte die Arme vor der Brust. »Und was wäre das?«

»Die Sauerei machst du aber selbst weg«, äffte er die knarzige Stimme des kleinen Bonsais erstaunlich gut nach. »Oder er hätte nach deinem Blut gefragt.«

Tonia schüttelte sich. »Ich möchte lieber nicht wissen, wofür er das braucht, oder?«

Penta schüttelte den Kopf. »Es ist besser für dein weiteres Leben, das nicht zu erfahren.« Einen Moment lang starrte er aus dem Fenster und schien in eine andere Welt abzutauchen. Dann räusperte er sich und richtete sich kerzengerade auf dem diesmal dunkelgrünen Leder auf. »Wie gehen wir vor?«

»Einfach einen Weg hineinschlagen und sehen, wo wir rauskommen?«, schlug Tonia begeistert vor.

Penta sah sie verstört an. »Ich dachte eher daran, dass wir erst einmal freundlich anklopfen oder zumindest das Café noch einmal untersuchen. Nicht gleich mit der Schere in die Wände schneiden.«

»Ach, das ist doch langweilig. Mal ehrlich. Wir könnten viel mehr erreichen, wenn wir sie direkt schocken. Die sind bestimmt nicht gut in der Verteidigung und wir …«

»Und wir nicht im Angriff, Tonia.«

»Du vielleicht nicht«, murmelte Tonia und dachte an die Kampfunterrichtsstunden, die sie in ihrer Kindheit erhalten hatte. Nachdem ihre Mutter von einem Assassinen ermordet worden war, hatte sie beschlossen, sich selbst verteidigen zu können. Also hatte sie ihren Vater so lange angefleht, bis er ihr die Stunden bezahlte. Dass er vermutlich einfach seine Ruhe vor ihr haben wollte, war ihr erst Jahre später aufgegangen. Zwar hatte sie seit Jahren nicht mehr intensiv trainiert, aber um sich gegen ein paar Baumkuschler durchzusetzen, würde es allemal reichen.

»Was meinst du?« Penta runzelte die Stirn.

»Ach, nichts. Gut, dann versuchen wir es erst einmal auf deine Art. Aber wenn das nicht klappt …« Sie deutete mit beiden Daumen auf sich und grinste.

»Dann greifen wir zur Heckenschere. Schon verstanden.« Penta winkte ab. »Kein Wunder, dass Wurzel dich sofort mochte. Ihr habt denselben Hang zur Gewalt.«

»Sagt der Kerl, der seinen Lebensunterhalt mit der Ermordung von Menschen verdient«, erwiderte Tonia mit einem Schnauben.

»Ich ermorde niemanden für Geld. Mein Job ist es, die Tötungen in einem geregelten Maße stattfinden zu lassen. Sonst würde hier vermutlich Anarchie herrschen und es gäbe viel häufiger Tote auf den Straßen«, erklärte Penta überzeugt.

»Du glaubst das wirklich«, stellte sie nach einigen Sekunden fest. »Wie viele von den Auftraggebern würden tatsächlich selbst zur Waffe greifen, wenn es euch nicht gäbe? Sicher nicht einmal die Hälfte.«

»Die vielleicht nicht, aber es gäbe viel mehr willkürliche Tötungen durch die, die zu Assassinen ausgebildet werden. Dort lernen sie, ihren Blutdurst unter Kontrolle zu halten und ihn gezielt einzusetzen. Da genau festgelegt ist, wem wie viele Tötungen im Jahr erlaubt sind, wird das alles streng reguliert. Sollte jemand gegen unsere Regeln verstoßen, wird die Person verstoßen.«

»Das ist doch gequirlte Schneckenkacke«, brauste Tonia auf. »Wenn ihr sie nicht ausbilden würdet, würden sie vielleicht nach ihrem ersten Opfer schon geschnappt werden und von der Straße verschwinden. So aber bleiben sie und morden fleißig weiter.«

Penta hob belehrend den Zeigefinger und Tonia spürte, wie die Wut in ihr zu brodeln begann. Diese Geste erinnerte sie an die Momente ihres Vaters, wenn er ihr wieder einreden wollte, dass es so etwas wie Assassinen nicht gab. »Aber nur die besten«, bemerkte er. »Alle anderen sind streng limitiert.«

»Das ist so absurd und unlogisch!«, fauchte sie.

Penta öffnete den Mund und wollte etwas sagen, doch da stoppte der Kutscher. Sie hatten Bannwald erreicht und hielten vor dem Hecker-Café.

»Schau mal, da steht jemand am Eingang«, sagte Penta mit einem selbstgefälligen Grinsen, das sie ihm am liebsten augenblicklich aus dem Gesicht geschlagen hätte.

Stattdessen konzentrierte sie sich auf ihre Außenwirkung, wie es sich als Tochter des größten Feuerlackherstellers gehörte und lächelte. »Na, dann können wir ja deinen Weg ausprobieren, Penta.«

»Danke schön, Tonia.« Er ließ ihr den Vortritt beim Ausstieg.

Bei Tag war die Hecke noch beeindruckender als am vorangegangenen Abend. Da hatte sie nur bemerkt, wie dicht die Äste gewachsen waren. Aber nun konnte sie sehen, wie engmaschig die Hecke verbunden war. Nirgendwo gab es eine Blattlücke, durch die man linsen konnten. Innerlich fluchte sie. Ein wenig hatte sie gehofft, dass sie zumindest Wurzel von außen bereits erkennen könnten.

»Guten Morgen«, begrüßte sie den Mann, der mit seinem knallroten Anzug aussah wie eine Wand aus Feuer, durch die sie erst durchbrechen mussten.

»Das ist Privatgelände. Hier kommen Sie nur rein, wenn Sie wissen wie«, erklärte der Türsteher und kniff die Augen zusammen, als könnte er Tonia und Penta nur schwer ausmachen.

Tonia runzelte die Stirn. »Und wie sollen wir erfahren, wie man reinkommt, wenn wir noch nie drin waren?«

Er legte den Kopf schief und öffnete den Mund, schloss ihn jedoch gleich wieder.

Penta stellte sich vor den Kerl, der in etwa so groß war wie er und räusperte sich, wie er es so oft tat, ohne es zu bemerken. »Werter Herr, wir wurden von Löwenzahn hergeschickt, um uns die Borkenkäfer anzuschauen. Wir sind sehr daran interessiert, mehr über die Vereinigung zu erfahren. Wären Sie also so freundlich und lassen uns durch?«

Der Mann schaute uns an, als ob wir durchsichtig wären, sagte aber nur: »Solange ihr nicht wisst, wie ihr reinkommt, lasse ich euch nicht durch.«

»Und wie erfahren wir das?«, fragte Tonia genervt. Diese Unterhaltung drehte sich im Kreis.

Keine Antwort.

Penta wandte sich von dem Türsteher ab und Tonia zu. »Vielleicht brauchen wir eine Art Passwort«, schlug er vor. »Ich habe von einigen Firmen gehört, die auch solche Türsteher eingestellt haben. Wir sollten uns nicht mit denen anlegen, da die uns auslöschen, wenn wir versuchen, einzudringen.«

»Du meinst, sie beauftragen einen Assassinen?« Tonia warf die Arme in die Luft. »Das ist doch zum Bienenquetschen.«

»Konzentrier dich. Fluchen hilft hier nicht«, ermahnte Penta sie.

»Dir vielleicht nicht. Mir schon.« Tonia trat gegen die Hecke, aber es passierte rein gar nichts. »Gut, was für ein Passwort?«

»Vermutlich irgendetwas, das mit den Borkenkäfern zu tun hat«, sagte er und zuckte mit den Schultern.

»Das kann alles sein. Von *Rettet die Bäume* bis hin zu *Tannen statt Pannen* könnte das alles sein.«

Penta kratzte sich über die Brust und schob Moos ein Stück weit zur Seite. »Au, dieses Holz sticht einfach hart in meine Haut. Willst du sie nicht eine Weile tragen?« Penta zerrte die kleine weiße Kunstorchidee heraus und hielt sie Tonia hin.

»Stört dich bei Wurzel doch sonst auch nicht.« Tonia hob abwehrend die Arme.

»Wurzels Äste sind weich und geben nach. Die hier sind einfach nur stechend.«

»Ihr dürft passieren«, sagte auf einmal der Mann am Eingang und trat beiseite.

»Warte, was?« Penta runzelte die Stirn, aber Tonia war geistesgegenwärtig genug, um ihn mit sich zu zerren.

»Danke schön und bis später«, rief sie dem Kerl noch zu, ehe sie im Innern des Cafés verschwand. Sie tauchten ein in einen wunderschön beleuchteten Korridor, der mit Kirschlorbeer verziert war. In der Hecke hingen die Glühwürmchenlampen, die sie aus dem Dunkelmarkt kannte. Allerdings waren sie hier nicht in Gläsern eingesperrt, sondern sirrten in Netzen herum, die versteift worden waren und wie kleine Käfige aussahen. Dafür konnte die Luft frei zirkulieren und man musste nicht regelmäßig die Deckel öffnen, um zu verhindern, dass die Glühwürmchen starben.

»Was ist da gerade passiert?«, fragte Penta erneut nach einigen Schritten.

»Keine Ahnung. Er hat uns durchgelassen, nachdem du Moos herausgezogen hast.« Tonia dachte an die zusammengekniffenen Augen des Türstehers. »Vermutlich hielt er sie für einen echten Baum. Der war wohl kurzsichtig.«

»Wirklich? Wir sind an ihm vorbeigekommen, weil er nicht richtig gucken kann?« Penta schüttelte den Kopf. »Das könnte bei uns nicht passieren. Die Borkenkäfer sind wohl doch nicht so gut organisiert, wie ich dachte.«

»Bist du nur mitgekommen, weil du dachtest, dass du hier noch was für deine Todesgilde lernen kannst?« Tonia zerrte ihn weiter. »Egal, antworte nicht darauf. Wir haben Wichtigeres zu tun.«

Penta steckte im Laufen Moos wieder in die Innentasche, während Tonia ihn losließ. Es gab nur einen Gang, der in verschlungenen Wegen irgendwo in die Mitte führte. Hinter den Hecken hörte sie gedämpft Gespräche und Holzbecher, die klapperten, allerdings verstand sie kein Wort.

Dann öffnete sich die Hecke und machte Platz für eine aus dem Labyrinth geschnittene, überdachte Terrasse. Unter dem Laken, das darüber gespannt war, saßen ein halbes Dutzend Menschen auf Kissen auf dem Boden, hielten Becher mit einer dunklen Flüssigkeit darin in ihren Händen und redeten mit kleinen Bonsais vor ihnen. Vor zwei Tagen hätte sie der Anblick sehr verwundert, aber seit sie Penta und Wurzel begegnet war, wunderte sie kaum noch etwas.

»Das sind Netzschnüffler«, murmelte Penta verwirrt und blieb stehen. »Was machen die hier? Die gehören nicht zu den normalen Bewohnern von Ulmenstadt.«

»Vielleicht werden sie hier gepflegt?«, schlug Tonia vor, als sie sah, wie einer von den Frauen ihren Bonsai mit einer winzigen Schere beschnitt. Der Eschenbonsai schien es zu genießen.

»Das gefällt dir, Pelangi, oder?«, fragte eine Frau mit knallbunten Haaren und einer rauchigen Stimme, die so gar nicht zu ihrem eleganten Aussehen passte. Auch die Blätter des Bonsais waren bunt, genauer gesagt waren sie in den Farben des Regenbogens gehalten. Ob das nun Erweiterungen waren, wie sie DD Guano verlangte oder ob der Baum wirklich solche Blattfarben entwickelt hatte, konnte Tonia nicht sagen. Irritiert schaute sie wieder weg, auch wenn sie den bunten Bonsai hübsch fand.

»Dann haben sie Wurzel gar nicht entführt, weil sie beweisen wollen, dass Bäume sprechen.« Penta verzog das Gesicht angestrengt, während er nachdachte. »Warum haben sie das dann gemacht?«

»Ist das so wichtig oder können wir erst einmal Wurzel befreien und dann Fragen stellen?« Tonia schaute sich weiter um.

Von der Mitte des Labyrinths aus gab es mehrere Räume, die in die Hecke geschnitten waren. Zumindest vermutete sie in den dunklen Öffnungen Zimmer. Die meisten von ihnen besaßen eine Tür, die angelehnt war, vor einer stand erneut ein Wachmann. Tonia stöhnte. »Gib mir mal Moos, ich will wissen, was dahinter ist.«

»Du bringst sie aber wieder zurück, oder?«, fragte Penta skeptisch, zog sie allerdings aus der Innentasche.

»Sorg dich nicht um die kleine Kunstblume. Immerhin gehört sie technisch gesehen meiner Familie.« Tonia grabschte danach und ging auf den zweiten Türsteher zu. Der trug denselben knallroten Anzug wie der erste, kniff jedoch nicht die Augen zusammen.

»Ich möchte gerne durch und weiß, wie das geht«, sagte Tonia selbstbewusst. Sicheres Auftreten bei völliger Ahnungslosigkeit hatte sie schon so manches Mal durch den Alltag gebracht.

»Zutritt nicht gewährt«, erwiderte der Rotanzug und verschränkte die kräftigen Arme vor der Brust. Auch wenn ihre Fähigkeiten in der Selbstverteidigung nicht so schlecht waren, hatte sie kein gesteigertes Interesse an einer Auseinandersetzung mit diesem Berg von Mann.

»Warum nicht?«

»Hier kommen nur die durch, die wahrlich erhaben sind.« Rotanzug warf einen Blick auf Moos. »Nicht, die die es nur vorgeben zu sein.«

Na toll, ein philosophischer Türsteher. Tonia seufzte und ging zu Penta. »Wir brauchen ein Ablenkungsmanöver. Er lässt mich nicht durch.«

»Und warum siehst du mich dabei so an?« Penta wich einen Schritt zurück und diesmal hatte es nichts mit ihren Katzenhaaren zu tun.

»Weil werweißwas für Tiere dort hinten warten könnten und ich es nicht riskieren will, dass wir auffliegen, weil du wieder zusammenbrichst. Also machst du die Ablenkung.«

Penta wollte widersprechen, aber merkte dann doch, dass es zwecklos wäre. »In Ordnung. Was soll ich tun?«

»Wie wäre es, wenn wir die Stühle dort abfackeln? Wenn sie mit Fills Feuerlack eingeschmiert sind, werden sie brennen wie Zunder.«

»Nein, wir brennen nicht alles nieder. Nachher brennt hier alles. Denn die Hecken werden wohl nicht mit dem Feuerlack eingeschmiert sein. Willst du in einem Flammeninferno festsitzen und ganz Bannwald vermutlich abfackeln?«

»Geh mal davon aus, dass die Hecken ebenfalls eingeschmiert sind. Auf einem der Faltzettel habe ich mal ein Bild gesehen, wie sie mit Pinseln und einem kleinen Fass einen frisch gepflanzten Baum einstrichen.« Tonia schüttelte den Kopf. Warum hatte sie das Bild abgespeichert?

»Trotzdem will ich das Risiko nicht eingehen. Es muss etwas anderes geben, was die Menschen hier ablenkt.« Penta tippte sich gegen die Schläfe. »Wir müssen nur nachdenken.«

»Dann denk mal schneller, ich will heute noch was erreichen.« Tonia ging demonstrativ den ersten Schritt in Richtung des Türstehers.

Penta sah sich verzweifelt um, ehe er innehielt und die Augen schloss. Vermutlich fiel ihm Onkel Veons Rosenschere ein, die er in der Innentasche seines Umhangs gesteckt hatte, um eine Waffe bei sich zu tragen. Auch wenn er immer wieder murmelte, dass sie nicht genehmigt wäre.

Sie schlich sich an den Rand der Terrasse und stellte sich unauffällig an die Hecke, Moos in der linken Hand. Ihre Lippen bewegte sie, um so zu tun, als ob sie mit dem Gewächs redete. Dabei beobachtete sie Penta, denn sie wollte nicht verpassen, was nun folgte.

»Ich habe eine Schere und ich werde sie gegen die Bäume einsetzen!«, brüllte er auf einmal mit einer Kraft in der Stimme, die sie ihm gar nicht zugetraut hätte. Tonia schob sich einen Schritt näher an die bewachte Tür und spürte das Kratzen der Zweige auf ihrem Mantel.

Die Blicke der Anwesenden richteten sich ruckartig auf Penta. Sogar Rotanzug starrte ihn an und legte eine Hand an die Hüfte. Sie konnte dort keine Waffe entdecken, aber vielleicht verbarg sich etwas unter dem schlechtsitzenden Jackett.

»Was haben Sie vor?«, fragte eine junge Frau mit dunkelroten Haaren. »Doch nicht etwa die Bäume beschneiden?«

»Oh doch. Genau das!« Penta hob die Rosenschere hoch in die Luft. Hektisch sah er sich um und sprang zur nächstgelegenen Wand. »Seht ihr, wie sie in meinen Händen liegt? Ich will spüren, wie die Bäume unter meinen Fingern leiden!«

Tonia schüttelte amüsiert den Kopf, als der Rotanzug tatsächlich auf die Bedrohung reagierte und den Weg frei machte. Sie wartete eine Sekunde, um sicherzugehen, dass er sie auch nicht mehr im Augenwinkel erkannte und rannte auf die Öffnung zu. Elegant schlüpfte sie durch die Tür, die nur angelehnt war und befand sich in einem dunklen, schlauchartigen Gang, der scheinbar nur ein paar Meter weit führte.

Vorsichtig tastete sie sich voran. Nur sehr wenig Tageslicht drang hindurch und Tonia brauchte einen Moment, um sich an die Dunkelheit zu gewöhnen. Mit dem Fuß stieß sie an eine Mauer aus Laub vor sich, die sich allerdings bewegen ließ. Sie gab nach und Sonnenlicht blendete sie sofort wieder. Blinzelnd sah sie zu Boden und bemerkte einen kleinen aus Flechten erstellten Pfad, der auf dem ansonsten normalen Waldboden zu sehen war. Tonia schaute um die Tür, als die Sonne sie nicht mehr blind machte.

Dahinter zeigte sich ihr ein abstruses Bild. Wurzel saß in einem viel zu großen Topf in der Mitte eines künstlich angelegten Teichs. Der Flechtenpfad führte einmal mitten in das runde Gewässer. Verschiedene Baumstatuen aus Stein waren rundherum aufgebaut und auf das Zentrum ausgerichtet. Vor Wurzel kniete ein Mann, der in etwa so alt wie ihr Vater, aber deutlich besser in Form war. Er streckte ihr den knackigen Hintern entgegen und Tonia konnte nicht anders als wohlwollend anzuerkennen, dass sie in diesen Arsch gerne mal reinbeißen würde.

Wurzel erzählte gerade etwas, das sie aufgrund des Winds, der durch die Hecke fuhr, nicht verstand. Der Fremde, vermutlich ein Borkenkäfer, wenn sie sich das Logo direkt über seinem Knackarsch auf dem nackten Rücken ansah, lauschte andächtig Wurzels Worten.

Das sah nicht so aus, als ob Wurzel in Gefahr war. Warum hatten sie sich also die Mühe gemacht? Sie hätten schon längst bei Douglasie sein können.

»Ist nett, dass ihr mir eine Frau besorgt habt, Hornisse, aber für mich gibt es nur die Eine«, brummte Wurzel zufrieden und seufzte gleich darauf, als er sich in seinem Topf zurücklehnte.

»Welche Frau?«, fragte der halbnackte Kerl und erhob sich aus seiner hockenden Position.

Kaum erkannte er sie, runzelte er die Stirn, musterte sie von oben bis unten. »Wer bist du?«

»Ich bin die Neue«, sagte Tonia rasch und kam auf ihn zu.

»Wie heißt du?« Skeptisch kam er näher, behielt sie im Auge. Seine schneeweiße Hose hatte an den Knien grüne Flecken von dem Flechtenteppich, auf dem er gekniet hatte, dafür trug er keine Schuhe und machte deutlich weniger Geräusche als sie.

Tonia grübelte kurz. »Mein Name ist Löwenzahn«, antwortete sie auf dem Bauch heraus. Sie hoffte, dass dieser Hornisse bisher nicht der Kellnerin begegnet war. Wie groß war die Vereinigung der Borkenkäfer? Kannten sich alle untereinander? Hatte sie eine Chance, unerkannt zu entkommen?

»Nein, du bist kein Löwenzahn. Dafür bist du zu fest in deiner Mitte verankert. Also, ich frage dich ein letztes Mal.« Er stellte sich leicht schräg zu ihr hin und blockierte damit den Weg zu Wurzel. Seine Hände hatte er zu Fäusten geballt und er schien sich auf einen Kampf einzustellen.

Tonia presste die Lippen zusammen. Der durchtrainierte Oberkörper und das kantige Gesicht ihres Gegenübers lenkten sie von klaren Gedanken ab. Wieso musste der Kerl auch so attraktiv sein und genau ihrem Typ entsprechen? Aufmerksam, heiß und ein wenig mystisch.

»Nenn mich einfach Schmetterling«, erwiderte sie mit einem angespannten Lächeln. Nicht einmal sie selbst hätte das überzeugt, aber es war das erste Tier, das ihr mit einer festen Mitte eingefallen war.

»Wurzel, mach dich bereit, beschützt zu werden.«

»Mach, wie du denkst, Stachelchen«, brummte Wurzel, der nicht so aussah, als ob er fortwollte.

»Willst du dich wirklich mit mir anlegen?«, fragte Tonia amüsiert und sah, wie der Knackarsch leicht in die Hocke ging und auf sie deutete.

»Kommt darauf an, was dein Begehr hier ist, junge Frau.«

Verdammt, er war fast doppelt so alt wie sie, warum fühlte sie sich von ihm angezogen? Tonia sah sich um und entdeckte die

Blütenblätter, die überall am Rand des Teichs lagen. Sie waren ihr erst nicht aufgefallen, da sie auf Wurzel geachtet hatte. Aber dort befanden sich Chiliblüten, die eine aphrodisierende Wirkung hatten, wenn man dafür empfänglich war. Und verdammt, das war sie scheinbar. Tonia hielt die Luft an, während sie sich konzentrierte. »Ich werde Wurzel wieder mitnehmen und ihn seinem rechtmäßigen Besitzer zurückbringen.«

»Das kann ich leider nicht zulassen«, erklärte Hornisse.

»Wurzel, du musst zu Penta zurück. Der macht sich Sorgen um dich«, versuchte Tonia es direkt an den Bonsai gewandt.

»Wer ist das? Hat er Dünger für mich?« Wurzel ruckte mit seiner Krone kurz hoch und schaute zu Tonia herüber.

»DD Guano steht schon mit der nächsten Lieferung bereit.« Tonia spürte, wie die Anspannung zwischen Hornisse und ihr wuchs. Der Borkenkäfer kam auf sie zu und wollte sie scheinbar ergreifen, aber sie tauchte unter seinem Griff ab.

Ein Schritt nach vorne und eine elegante Drehung auf der Hacke später stand sie hinter ihm und marschierte auf Wurzel zu.

»Stopp, nur die, die dem Kult der Borkenkäfer versprochen sind, dürfen diesen heiligen Ort betreten!«, rief Hornisse und ergriff sie am Kragen.

Tonia schlug seine Hand beiseite und deutete über die Schulter zu Wurzel. »Er gehört euch nicht. Egal, was er vielleicht gesagt hat, und jetzt lass mich los, sonst wirst du es bereuen«, drohte sie zischend.

Hornisse war so nah bei ihr, dass sie seinen Stachel spüren konnte. Kurz war sie abgelenkt, ob der aufgeladenen Anspannung, die zwischen ihnen herrschte. Wollte er mit ihr kämpfen oder sie küssen? Tonia konnte es nicht sagen, auch wenn beide Möglichkeiten ihre Verlockung boten. Tonia packte ihn, hielt ihn an seinem Schal fest, den er trotz nacktem Oberkörper trug, war seinen Lippen so nah …

Bevor sie jedoch dem Verlangen nachgeben konnte, trat sie ihm zwischen die Beine. Die Härte, die sie dabei spürte, ließ sie doch schwach werden. Mit einem kräftigen Ruck an dem Stoff um seinen Hals verhinderte sie, dass er in sich zusammensackte und küsste ihn mit einer Inbrunst, die sie lange nicht gespürt hatte. Er schmeckte nach Erdbeeren und den Chiliblüten und nach mehr, dafür hatte sie jedoch keine Zeit.

Schweren Herzens löste sie sich von Hornisse und der sackte mit einem Ächzen auf dem Flechtenpfad zusammen. »Es tut mir leid«, sagte sie ehrlich betroffen. »Aber wenn du mehr möchtest, schick mir eine Papageienpost.«

Damit wandte sie sich ab und ging zu Wurzel, der in seinem überdimensionalen Topf saß und Tonia amüsiert anstarrte. Erst langsam senkte sich sein Blick auf das, was Tonia in der Hand hielt. »Moos!«, kreischte der Bonsai gleich darauf.

»Sie kam mit, um dich zu retten.« Tonia stellte sie zu Wurzel, während sie seinen alten Topf nahm, der in einem kleinen Steinkreis bereitstand, und ihn mit Erde füllte. Wurzel schlang seinen linken Ast um Moos und drückte sie fest an sich. »Ich habe immer an dich gedacht. Danke, dass du mich gerettet hast.«

»Vielleicht war ich auch beteiligt«, murmelte Tonia und grub rund um Wurzel herum. »Und jetzt ab da rein mit dir.«

Wurzel starrte Tonia an und zögerte.

»Komm schon, ich habe dir deine Liebste mitgebracht. Du schuldest mir was«, forderte Tonia und legte die Finger um den Topf von Moos.

»Harte Bandagen, mit denen du hier drohst. Meinetwegen. Aber kannst du ein wenig von der Erde da vorne links mitnehmen? Da ist der gute Dünger drin.«

»Natürlich.« Sie verpackte Wurzel und nahm ihn und Moos in die Hand, um beide zurück ins *Hecker-Café* zu bringen. Hoffentlich hatte man Penta nur vor die Tür gesetzt und ihn nicht festgesetzt. Wie sie ihn mit Wurzel und Moos befreien sollte, wusste sie nicht.

»Ich kann dich nicht mit ihm gehen lassen«, sagte Hornisse, der sich langsam wieder auf die Beine kämpfte.

»So sehr ich deine Hingabe mir gegenüber auch begrüße, aber du wirst keine andere Wahl haben.« Tonia schmunzelte, als ihr eine Idee kam. »Ihr Borkenkäfer seid doch zum Schutz der Bäume da, oder?«

Hornisse nickte mit schmerzverzerrtem Gesicht.

»Solltest du mich nicht gleich vorbeilassen, werde ich deinen Freunden erzählen, dass du eine sich ihres Schicksals bewusste Holzeisenbahn in dem Schrank unter deiner Treppe hast.«

Hornisse riss die Augen auf und schüttelte den Kopf. »Das kannst du nicht tun. Das wäre das Ende meiner Karriere.«

»Dann lass mich durch!«, forderte Tonia und genoss die Macht, die sie in diesem Moment über ihn ausübte, vielleicht ein klein wenig zu sehr. Doch er würde sie nicht aufhalten.

»Aber, Wurzel!«, versuchte Hornisse es an den Bonsai gewandt.

»Lass uns passieren. Zu jedem König gehört seine Königin und ich muss meine bestammen«, erklärte Wurzel mit hochherrschaftlicher Stimme. Sofort machte Hornisse Platz und Tonia marschierte an ihm vorbei. »Papageie mich«, flüsterte sie Hornisse ins Ohr, als sie dicht bei ihm war.

Eine Reaktion wartete sie nicht mehr ab, sondern ging direkt zum Ausgang. Wurzel in der einen Hand und Moos in der anderen.

KAPITEL 16
PENTA

»Lass die Schere fallen!«, sagte eine der Borkenkäfer links von ihm.

»Warum sollte ich? Es fühlt sich bestimmt gut an, wenn ich jetzt einfach ein paar Zweige abschneide«, rief er und deutete auf die Hecke.

»Das willst du nicht. Komm schon. Lass das sein. Es bringt doch nichts, mit Gewalt zu drohen. Leg die Schere beiseite und wir reden in aller Ruhe.« Die beruhigende Stimme einer älteren Frau, die in einem hellgrünen Ganzkörperanzug vor ihm stand, ließ ihn tatsächlich kurz den Arm senken.

»Und was, wenn nicht?«

»Dann sind wir gezwungen, ihn auf dich zu hetzen«, sagte die Frau weiterhin ruhig und zeigte auf den Mann im roten Anzug. Der kam näher und zog aus seiner Hosentasche eine kleine hölzerne Messerattrappe, die er in die Handfläche legte. Vermutlich war das Hartholz und tat verdammt weh, wenn er damit getroffen wurde.

Tonia war längst in dem Gang verschwunden und er senkte die Schere. »Na gut. Ich denke, ich habe heute einfach einen schlechten Tag. Entschuldigt bitte. Löwenzahn hat mich hergeschickt, weil sie meinte, dass ich hier gut reinpassen würde. Dabei hat sie wohl vergessen zu erwähnen, dass ich nicht heute hergehen sollte.«

Penta tat so, als ob er in Tränen ausbräche. Es war wie mit der Ablenkungstaktik, falls jemand in sein Büro eintrat. Um von seinen wahren Absichten abzulenken, wenn man in der Öffentlichkeit war, half es immer, als Mann zu weinen. Damit konnte man jeden verwirren.

»Was ist denn jetzt los?«, fragte ein Junge, der kaum volljährig sein konnte. Auf dem Arm trug er einen Ginkobonsai, der Wurzel entfernt ähnelte, nur in jung und frisch.

»Weiß nicht. Vielleicht hat er gerade einen Nervenzusammenbruch. Wir sollten uns anhören, was er zu sagen hat. Vielleicht wird er dann ja geborkt!«, nuschelte ein anderer Kerl, der danebenstand. Auch er hatte einen Bonsai unter den Arm geklemmt, wirkte jedoch weniger konzentriert. Sein Netzschnüffler versuchte, ihm mit schlagenden Ästen klarzumachen, dass er bald aus dem Topf fiel, aber er bemerkte es nicht und hielt nur seine Pfeife fest zwischen seinen Lippen.

»Du meinst, er könnte einer von uns werden? Das wäre fantastisch«, erklärte der erste Jüngling. »Wir brauchen so viel Hilfe, wie wir kriegen können, um den Scol zu empfangen.«

Die beiden unterhielten sich kurz und ließen Penta in Ruhe. Verwirrt hörte der auf sein falsches Schluchzen von sich zu geben und lauschte der Unterhaltung. Der Wurzel-ähnliche Bonsai versteifte sich auf einmal. »Information nun abrufbar.«

»Oh, spuck schon aus«, verlangte der Jüngling und hielt seinen Bonsai an sein Ohr, so dass dieser ihm die Benachrichtigung mitteilen konnte.

»Was soll das heißen?«, fragte der Jüngling, schüttelte erst den Kopf und riss die Augen auf. »Holzwürmer in Ulmenstadt? Das ist ja schrecklich. Sind etwa die Bäume befallen? Dann müssen wir ihnen helfen.«

»Nein!«, sagte der Bonsai und flüsterte erneut in sein Ohr.

»Ach, nur einer, dann …«

Da packte der Mann im roten Anzug Penta und nahm ihm die Schere weg. »Das ist kein Spielzeug, verstanden? Hier solltest du niemals wieder mit so etwas auftauchen.«

Penta nickte beflissentlich und versuchte, unschuldig dreinzuschauen. Dem skeptischen Blick seines Gegenübers nach zu urteilen war ihm das nicht gelungen. »Versprochen. Die Herren meinten, ich dürfte mich hier ein wenig umsehen. Steht das Angebot noch?«, fragte Penta und deutete auf die beiden jungen Männer.

»Aber sicher doch. Wir würden uns freuen, wenn …«

In dem Moment drangen laute Geräusche aus dem Gang, in dem Tonia verschwunden war. Panik machte sich in ihm breit und er schaute sich zur Sicherheit nach den Fluchtwegen um. Diese hätte er bereits beim Betreten überprüfen müssen, so wie es das StaGb vorschrieb. Je länger er sich für den Gentleman-Assassinen ausgab, desto mehr merkte er, dass es nicht so leicht war, die Theorie in die Praxis umzusetzen. Vielleicht sollte er bei seinen Klienten ein wenig mehr Milde walten lassen, wenn mal wieder etwas schief ging, statt direkt die Vorgesetzten zu benachrichtigen.

Die Gedanken wurden von einem krakeelenden Wurzel unterbrochen, der auf Tonias Händen getragen aus dem Gang kam. Seine Blätter sahen gestutzt aus und hatten einen seltsamen Glanz, aber sonst schien es ihm gut zu gehen. Penta musste jetzt nur hoffen, dass er nichts ausgeplaudert hatte, was ihn oder die Gilde verraten würde. Andererseits befand er sich gerade im Innern einer Sekte, die den Menschen klarzumachen versuchte, dass es sprechende Bäume gab. Mal abgesehen von den Eingeweihten glaubten die wenigsten daran. Also konnte er Glück haben, dass niemand den Borkenkäfern Glauben schenkte, falls Wurzel geredet hatte.

»Los, verschwinden wir!«, brüllte Tonia in einer Lautstärke, die den Hafenarbeitern auf den Flussschiffen in nichts nachstand.

Das musste man ihm nicht zwei Mal sagen. Er nahm die Beine in die Hand und sprintete zum Ausgang. Die Jünglinge allerdings waren ebenso fix in ihrer Auffassungsgabe und machten sich sofort an die Verfolgung.

»Was ist passiert?«, fragte Penta, als sie durch den dunklen Gang hinausrannten.

»Jetzt? Das willst du jetzt wissen?« Tonia stieß ihn in die Hecke, um neben ihm zu laufen. Er wusste nicht, wieso, aber diese kleine, zierliche Frau war deutlich schneller als er. Trotzdem sie Wurzel und Moos trug.

»Gut, später dann«, keuchte er einsichtig und zeigte auf die halb geöffnete Tür vor ihnen. »Willst du oder soll ich?«

Tonia deutete ihm erneut vorzulaufen und Penta sprang mit aller Kraft gegen die Heckentür. Diese schwang nur beschwerlich auf, da sie keine Scharniere besaß, sondern nur ein paar biegsame Äste. Es reichte immerhin, dass Tonia durchschlüpfen konnte. Allerdings wurde er einen Meter zurückgeschleudert.

Direkt in die beiden Jünglinge hinein, die dicht hinter ihnen gewesen waren. Er fühlte sich wie ein Ei, das zwei Kegel umwarf und selbst einfach auf der Seite liegen blieb. Sofort sprang er auf, prustete die Haare aus den Augen und rannte auf den Ausgang zu. Sein Glück war die Neugier des Türstehers, der in diesem Augenblick die Tür aufmachte und ihm dadurch den Platz machte, den er brauchte, um ebenfalls zu entkommen.

»Hei, stehenbleiben!«, brüllte er hinter Penta her, doch da war es schon zu spät. Penta steuerte auf die Kutsche zu, die auf Tonias Befehl hin wendete und kletterte durch die offene Tür.

»Los, los, los!« Tonia grölte mit einem vibrierenden Laut in der Kehle, der jeden Soldaten neidisch gemacht hätte.

Penta landete auf allen vieren vor Tonia, während diese die Tür schloss und beim harten Anfahren selbst in die Kissen des Sitzraums gedrückt wurde. Er richtete sich auf und schaute aus dem Fenster. Die Jünglinge verfolgten sie immer weiterhin und riefen etwas, was er nicht verstand. Sie hatten es tatsächlich geschafft.

Lachend und mit schnell schlagendem Herzen ließ er sich in die Polster fallen. »Das war doch mal erfolgreich«, sagte er und nahm Wurzel aus Tonias Händen.

»Du müffelst nicht so schön wie Hornisse«, meckerte Wurzel, als Penta ihn an sich drückte.

»Ich habe dich auch vermisst, Wurzel. Was ist passiert?« Kurzfristig hatten ihn die Glücksgefühle übermannt, aber sein logischer Verstand holte ihn zurück in die Gegenwart.

»Du hast mich entführt.« Wurzel senkte den Kopf, kaum, dass er auf Pentas Schoß saß.

»Ich? Nein, das waren diese Borkenkäfer«, korrigierte er seinen Bonsai. »Wir haben dich gerade wieder befreit. Und hast du schon gesehen? Moos ist auch hier.«

»Jaaaa.« Wurzel seufzte nach oben gerichtet, so dass der Wind zwischen seinen Wipfelblättern hindurchglitt. Er sah sehnsüchtig zu der Kunstblume und streckte die Äste nach ihr aus.

»Erst sagst du uns, was los war, nachdem wir gegangen sind!« Tonias Gesichtsausdruck blieb hart. Es machte ihr scheinbar nichts aus, Wurzel zu erpressen, obwohl sie ihn erst aus der Gewalt seiner Entführer befreit hatte.

»Gönn ihm doch ein paar Minuten. Er muss schreckliches erlebt haben«, sagte Penta und strich Wurzel über die Krone.

»Nö, war eigentlich viel schöner als bei dir altem Papierschubser. Die haben mir den besten Dünger gegeben, den ich je probiert habe. Ist wohl illegal, aber das ill egal«, nuschelte er und kicherte rau.

»Wie bitte?« Penta runzelte die Stirn und Tonia berichtete ihm, wie sie Wurzel in einem großen Topf mit allen Annehmlichkeiten gefunden hatte.

»Wir machen uns Sorgen und du genießt das Leben in vollen Zügen?« Penta strafte Wurzel mit einem bösen Blick, während der ihn gepflegt ignorierte.

»Wie schön das Streicheln der Blätter war, als Libelle meine Rinde massiert hat. Das ging runter bis in die mittleren Jahresringe. Da solltest du dir ein bisschen was abschneiden.«

»Das meinst du wörtlich, oder?« Penta schmunzelte.

»Natürlich. Am besten die Finger, die waren so sanft und geschmeidig«, schwärmte Wurzel.

Penta schüttelte den Kopf und spürte die wohlige Wärme, die in sein Herz floss. Auch wenn Wurzel ihn jedes Mal tiefer in die Scheiße ritt, merkte er wieder einmal, wie viel ihm dieser kleine Bonsai bedeutete. Er stellte ihn neben sich auf das Polster und tätschelte seinen Stamm.

»Sagst du mir jetzt, was ich wissen will oder muss ich Moos erst die Blüten ausreißen?«, fragte Tonia brutal in die eigentlich gemütliche Stimmung hinein.

»Schon gut. Die kannst du auch ausbilden lassen. Erpresser-Assassine oder sowas«, brummte Wurzel und holte Luft. »Es ist eine Liebesgeschichte, wisst ihr? Denn alles begann damit, dass ich Veon davon überzeugte, meine Holde aus den Fingern dieser geifernden Hexe zu befreien.«

»Ohne blumige Ausschmückungen bitte.« Tonia packte drohend eines der unteren Blätter von Moos.

Wurzel verzog seine knubbelige Nase und murmelte etwas, das Penta nicht verstand. Dann richtete er sich auf. »Veon kaufte mir Moos, die Borkenkäfer sind uns gefolgt. Sie wollten mich befreien. Veon hat sich gewehrt, fiel doof auf seinen Labortisch, war tot. Ich wurde zum König der Insekten.«

Penta legte die Stirn in Falten. »Welcher Insekten?«

Wurzel sagte nichts, sondern streckte nur seine Äste immer weiter in Richtung Moos. »Ich habe dir alles gesagt, jetzt gib mir die Liebe meines Lebens, die ich im Angesicht meines eigenen Baumsafts vor allem beschützt habe.«

Mit einem amüsierten Lächeln gab Tonia ihm seine Geliebte. Sofort nahm er sie in den Arm und kuschelte mit ihr. Tonia deutete auf Wurzel. »Die beiden sind wohl erst mal beschäftigt. Vielleicht verrät er später noch, was wirklich passiert ist.«

»Ich glaube, das hat er schon.« Penta seufzte. »Erwarte nicht zu viel von seinem Speicher. Manchmal ist er ganz klar und dann wiederum nicht. Ich bin mir sicher, dass er in seinem Verstand wirklich der König von irgendeiner Mücke oder sowas geworden ist, weil sie sich vor ihm verneigt hat. Wir werden es wohl nie erfahren.«

»Und was machen wir jetzt? Fahren wir direkt bis Unterwald?«

Penta schüttelte den Kopf und lehnte sich gegen die Rückwand. »Wir könnten mit Wurzel in diesem Zustand hingehen, aber ich bezweifle, dass das klappt. Wir brauchen einen anderen Plan.«

»Warum sollte das nicht funktionieren? Du hast selbst gesagt, dass wir ihn brauchen, um dort einkaufen zu gehen.«

Penta rutschte unangenehm berührt auf dem Polster hin und her und mied ihren Blick. Es war wohl Zeit für die Wahrheit. »Ja, das habe ich gesagt, aber ich habe gelogen. Der Netzschnüffler von DD Guano ist kein Ginko, also werden wir dort keine passende Auskunft bekommen. Ich wollte einfach nur, dass er in Sicherheit ist.« *Und nicht noch mehr Menschen verrät, dass es die Gilde gibt*, fügte er in Gedanken hinzu.

Tonia starrte ihn wütend an, was er körperlich spürte. »Erzähl mir keinen Blödsinn. Wir haben fast einen ganzen Tag darauf verschwendet, um deinen dämlichen Bonsai zurückzuholen, nur damit er nicht weitere deiner ach so kostbaren Geheimnisse ausplaudert?«

Er nickte und schloss die Augen. »Ich weiß, dass es nicht die beste Leistung von mir war, aber ich konnte es nicht riskieren.«

»Du weißt aber schon, dass ich sicher nicht hinter dem Baum halten werde, sobald wir den Holzwurm gefunden haben, oder? Du kannst mich nicht umbringen, solange du nicht in meine Nähe kommen kannst. Also wird sowieso alles auffliegen!« Sie stutzte und verengte die Augen zu Schlitzen. »Aber mit dieser Suche nach Wurzel hast du das auch noch mal herausgezögert. Sowohl meine Enthüllung als auch den Fund des Holzwurms. Ist das etwa dein

Plan? Mich hinzuhalten, bis ich mürbe bin? Oder bist du etwa der Auftraggeber?«

Penta schnaubte. »Wieso sollte ich mir selbst den Auftrag erteilen, dich umbringen zu lassen? Ich kannte dich vorher nicht einmal.«

»Aber warum zögerst du das alles heraus? Es wird herauskommen. Ob du willst oder nicht«, rief sie und das Leder unter ihrer Faust knirschte hart, während sie ihre Fingerknöchel dort hineinbohrte.

»Nenn mich einen hoffnungslosen Optimisten. Vielleicht finde ich noch eine Lösung, wie ich all das schaffe.« Penta nieste und musterte rasch Tonias Kleidung. Doch da waren aktuell keine Katzenhaare zu sehen. Eventuell waren es die Pferde von draußen, die ihn niesen ließen.

»Das hat nichts mit Optimismus zu tun, sondern mit grenzenloser Naivität.« Tonia schleuderte ihm ihre Faust entgegen, stoppte jedoch kurz vor seinem Gesicht. Sie hätte ihn voll erwischt, hätte sie nicht gestoppt. »Wenn ich dich nicht bräuchte, wärst du schon lange weg vom Fenster. Du bist armselig, Penta.«

»Endlich mal eine, die den Mut hat, das auszusprechen, was ich ihm schon seit Jahren sage. Ein armes, kleines Würstchen, dessen Eier vor langer Zeit in eine Pfanne geschlagen und gekocht wurden«, kommentierte Wurzel, während er über die weißen Blütenblätter von Moos strich.

»Selbst dein Baum ist ehrlicher als du. Das sollte dir zu denken geben.« Tonia nahm sich wieder zurück und setzte sich in einer fließenden Bewegung auf das grüne Leder. »Wie soll ich sicher sein, dass du mir wirklich helfen möchtest? Vielleicht sollte ich doch einfach alles ausplaudern.«

Penta presste die Lippen aufeinander. Die Behauptung, dass Wurzel wahrheitsliebender sein sollte als er, traf ihn hart. Denn bisher war er immer aufrecht gewesen. Nur dieses eine Mal hatte er die Wahrheit ein wenig zurechtgebogen, da er Wurzel dringend brauchte. Wenn die Gilde davon erfuhr, dass er seinen Dunkelnetzschnüffler an eine

Horde Baumkuschler verloren hatte, würde er ausgelöscht werden. Ein Todesreiter konnte leicht ersetzt werden. Ein Dunkelnetzschnüffler nicht so sehr. Die Verwurzelung mit dem Surfer dauerte ewig und gelang nicht jedem Baum. Manche probierten es ewig, aber schafften es nicht. Ein Todesreiter hingegen bekam einen Monat lang Wissen eingetrichtert, ehe er oder sie als Assistent eines bereits arbeitenden Todesreiters anfing und angelernt wurde. Den Weg, den Penta genommen hatte, gab es nicht so häufig. Denn er hatte von Kindesbeinen an alles gelernt und kannte das StaGb beinahe auswendig.

»Ich bin ehrlich gewesen. Wie du ja weißt, hat mich das auch in noch größere Schwierigkeiten gebracht. Immerhin weißt du inzwischen mehr, als du wissen solltest«, versuchte er die Situation zu beruhigen.

»Nur, weil ich gut darin bin, Informationen zu erhalten.«

»Es tut mir leid, wenn ich dich damit verletzt habe«, sagte er und suchte den Blick von Tonia.

Die hingegen sah ihn nur verächtlich an. »Du hast mich nicht verletzt. Mal ehrlich, für wie fragil hältst du mich? Ich bin doch kein Porzellanpüppchen.«

»Ja, du hast recht. Trotzdem möchte ich mich entschuldigen.«

»Das kann ich akzeptieren, auch wenn ich immer noch sauer bin.« Sie streckte ihm die Hand entgegen. »Von jetzt an aber keine Abzweigungen mehr, versprochen?«

»Versprochen.« Penta schlug ein.

»Und was machen wir jetzt?«, wollte Tonia wissen, als sie sich zurücklehnte, die Arme vor der Brust verschränkt.

»Wir fahren zu Drak und überlegen uns, was wir machen können.«

»Wieder in die *Spelunke*?«, fragte Tonia und ihre Augen begannen zu strahlen. Anscheinend hatte sie sich dort wohlgefühlt, obwohl Penta nicht verstand warum. Vielleicht der harte Kontrast zu ihrem bisherigen Leben.

»Nein, wir gehen zu ihr nach Hause. Zumindest das, in dem sie heute Nacht schläft«, sagte er mit einem Achselzucken.

Wenn Tonia die Aussage verwirrte, zeigte sie es nicht. Auch den Rest der Fahrt bis Unterwald schwieg sie.

Den Kutscher bezahlte sie und schickt ihn nach Hause, da keiner von ihnen wusste, wie lange sie hier sein würden. Penta führte Tonia vorbei an den Geschäftsecken von Unterwald, bis sie in eine kleine Gegend kamen, in der weniger Zelte aufgeschlagen oder Laken gespannt waren. Stattdessen gab es hier sehr viel mehr Freifläche. Penta hatte in der Anfangszeit bei Drak nie begriffen, warum sie andauernd woanders schlief. Mittlerweile hatte er verstanden, dass sie paranoid war und sich ständig verfolgt fühlte. Sie musste es einfach tun.

»Dort hinten ist ihr zuhause«, sagte Penta und deutete auf ein Laken mit einem Kreis und einem geraden Strich hindurch. An den Ecken waren winzige Dreiecke angebracht, so dass es wie eine geteilte Sonne aussah.

»Das ist ein Laken«, erwiderte Tonia verwirrt. »Darunter ist nichts zu sehen außer Wald.«

Penta tippte sich an die Nase und führte sie weiter, bis sie bei dem aufgespannten Laken ankamen. »Geh hinein.«

»Unter das Laken in den Wald?«, vergewisserte sich Tonia.

Penta nickte und zählte in Gedanken von drei rückwärts. Kaum kam er bei eins an, knallte Tonia mit dem Kopf gegen eine Holzplatte.

»Au! Was für eine Scheiße ist das?«, fragte sie und streckte die Hände nach vorne.

»Das, meine liebe Tonia, nennt man Geheimversteck.« Penta deutete auf die detailliert bemalte Holzplatte. »Es hat ein paar Monate gedauert, aber Drak hat den Wald perfekt getroffen.«

»Moment, das hat sie erschaffen? Wie?«

»Viel Geduld, Farbe und ein gutes Auge.«

Wurzel krächzte aus dem Mantel. »Also wirklich nur ein gutes Auge. Auf dem anderen ist sie blind wie ein Maulwurf.«

»Wer ist da?«, hörte er.

»Drak, ich bin es mit Wurzel und Tonia. Wir brauchen deine Hilfe und deinen Verstand«, antwortete er mit gedämpfter Stimme.

Drak öffnete die Holzwand, hinter der sie wohnte. Der Duft nach Myrrhe und Minze drang aus dem Innern. Scheinbar machte sie sich schon wieder ihren abscheulichen Tee. In seiner Jugend hatte er ihn gehasst. Der Nachgeschmack blieb haften und war mit jeder verstrichenen Sekunde ekelhafter geworden. »Ah, Penta, mein Herz, komm rein. Ist sie immer noch nicht tot?«

»Nein, ist sie nicht«, sagte Tonia und drängelte sich an Penta vorbei, um die Erste im Geheimversteck zu sein. Dieses war nicht besonders groß oder komfortabel ausgestattet, aber es reichte, um Draks Ansprüchen zu genügen. Sie nahm nur selten Gäste mit zu sich nach Hause.

»Sehr gut. Dann kann ich euch ja meine Elchsuppe anbieten. Ist ein neues Rezept, das ich von Klaka habe. Soll vor den Baum-Mensch-Hybriden schützen. Sie mögen den Geruch nach Elch nicht.« Drak zeigte auf einen abgesägten Baumstamm, der als Sitzfläche diente.

»Was ist das hier?«, fragte Tonia und deutete auf die Innenseite der Holzwand.

»Das ist das Nachtbild. Sie kann ja schlecht das Tagesbild anbringen, wenn es Nacht ist. Dann findet man sofort ihren Unterschlupf.«

»Aber deutet das Laken nicht eh darauf hin?«, wollte Tonia wissen.

Penta schüttelte den Kopf. »Das Zeichen dort oben bedeutet, dass hier ein Grab ist. Die meisten schreckt das ab.«

Tonia sah auf den Erdboden zu ihren Füßen, doch Penta legte ihr beruhigend eine Hand auf die Schulter. »Ist kein Grab, keine Sorge.«

Drak schnaubte und stellte ihnen zwei Holzschalen mit einer stinkenden Brühe hin. »Esst, Kinder, esst. Das wird euch stärken für die Nacht.«

»Eigentlich brauchen wir keine Stärkung, sondern einen Baum, den wir bei Douglasie ausstatten können«, sagte Tonia und schob die Schüssel weg.

Sie mochte vielleicht von dem Teller im *Goldenden Blatt* satt sein, aber Penta brauchte dringend etwas Festes zu Essen. Und wenn es Elchfleisch aus dem Norden der Insel war, störte es ihn nicht.

»Möchte ich wissen, warum ihr zu diesem Teilehändler geht?«, fragte Drak an ihn gewandt, eine Hand in die Hüfte gestemmt.

»Lieber nicht.«

»Ich könnte auch noch ein paar Verschönerungen gebrauchen. Ein paar Baumflechten, die ich als Haare benutzen kann wären nicht schlecht«, kommentierte Wurzel.

Penta schaute verwirrt in seinen Umhang. »Wozu brauchst du Haare?«

»Schau dir Moos an. Diese perfekte Schönheit. Dagegen kacke ich ab wie dieser eine Assassine von dir. Wie heißt er noch? Wind-Assassine?«

»Nein, Windel-Assassine«, korrigierte Penta automatisch.

»Genau der. Der hatte übrigens schon wieder einen Streit mit dem Pömpel-Assassinen. Du solltest die beiden dringend zu einem klärenden Gespräch einladen, sonst hast du noch mehr Unterassassinen an der Backe.«

»Noch mehr?«, fragte Drak neugierig nach.

»Ach, nichts. Er greift schon wieder auf alte Daten zu. Du kennst ihn ja.« Penta notierte sich dennoch innerlich, dass er die Zwei einladen würde, um das zu klären. »Sag mal, hast du eine Idee, wie wir da reinkommen, ohne den passenden Baum zu haben?«

»Wir könnten mit einem Pfeil die Wachen davor ausschalten und uns reinschleichen«, schlug Tonia vor.

»Die Wache ist ein Baum. Das wird also nichts werden. Es sei denn, du möchtest einen Baum vergiften, was mal eben ein paar Monate dauern dürfte und dann zu sehr auffällt«, erklärte Penta kopfschüttelnd. »Außerdem müssen wir nur zu Douglasie, um Informationen zu erhalten. Ist schließlich ein illegales Geschäft. Das muss geheim gehalten werden.«

»Du meinst, wie deine Assassinen, die sprechenden Bäume und so?«, flachste Tonia und schaute ihn herausfordernd an.

»Genau das!«, erwiderte Penta weniger amüsiert.

»Seilt euch von besagtem Baum ins Innere und klaut euch, was ihr tragen könnt. Den Rest bringe ich schon an den Baum«, sagte Wurzel und streichelte Moos. »Oder an die Pflanze. Es gibt einige Pflanzen, die mehr Baum gebrauchen könnten. Aber du nicht, meine Liebe. Du bist perfekt.«

»Das können wir auch nicht machen. Der Baum würde uns abwerfen. Wurzel, du warst genauso wenig dort wie Tonia. Also vielleicht solltet ihr erst einmal erfahren, was Douglasie eigentlich ist?«, merkte Penta genervt an.

»Das hättest du schon längst mal machen können«, meckerte Wurzel, der gleich darauf aufmerksam lauschte.

»Es ist einfach nur ein Treffpunkt, an dem man die Person trifft, die das verkauft. Die eigentlichen Ersatzteile befinden sich in einem Möbelgeschäft oben in Ulmenstadt.«

»Wirklich?«, fragte Tonia überrascht.

»Wirklich. Auch wenn du es vielleicht nicht glauben magst, aber nicht alle Menschen dort oben sind gesetzestreue Bürger.« Drak patschte Tonia auf die Wange und schmunzelte. »Du bist ja schließlich auch gerade hier und verstößt durch deine Anwesenheit allein schon gegen bestimmt die Hälfte der Gesetze.«

»Nein«, sagte Tonia verwundert. »Der Aufenthalt in Unterwald ist nicht verboten. Im Gegenteil. Man kommt ja nicht einmal hier rein.«

»Und wer verhindert das?«, sagte Drak langgezogen. »Bestimmt nicht wir. Immerhin hätten wir hier viel mehr Kunden sonst. Das wird von den Milizen kontrolliert. Die wollen nicht, dass wir zu mächtig werden.« Sie schnalzte mit der Zunge und schaute zu Penta. »Die muss noch viel lernen, wenn sie hierbleiben will.«

»Das hatte ich nicht vor«, erwiderte Tonia sichtlich genervt.

»Anfangs sagen das alle und am Ende landen sie doch wieder bei Mama Kobold. Unterwald hat eine magische Anziehungskraft. Anders kann ich mir nicht erklären, wie ein so kluger Junge wie Penta hier gelandet ist.«

Er drehte sich peinlich berührt weg, sah aber in Tonias Augen, wie seine Zurückhaltung ob des Kompliments sie amüsierte.

»Wir sollten jetzt nicht über mich reden, sondern darüber, wie wir herausfinden, welcher Händler die Ersatzteile verkauft.«

»Dann gehe ich einfach hin und spreche jeden einzelnen an«, schlug Tonia vor. »Oder ich fange sie erst ein und befrage sie dann.« Sie zog ein Messer hervor, von dem Penta nicht einmal gewusst hatte, dass sie es besaß, und spielte damit im Schein der Glühwürmchenlampe.

»Ähm, nein, damit verschreckst du sie«, sagte Penta.

»Uh, du könntest anfangen, ihnen Nadeln unter die Fingernägel zu stecken. Habe gehört, das soll eine sehr erfolgreiche Foltermethode sein«, kommentierte Wurzel und ließ kurz von Moos ab.

»Tut auf jeden Fall sehr weh«, stimmte Tonia zu.

»Nehmt Eichhörnchenzähne, die sind schmerzhafter«, sagte Drak und gesellte sich in die Runde dazu. »Jedes Eichhörnchen, das vom Antlitz der Welt verschwindet, ist ein gutes Eichhörnchen.«

»Warum?«, fragte Tonia ehrlich interessiert.

»Sie tauschen heimlich Bäume aus und pflanzen dafür die Mensch-Baum-Hybriden. Die warten dann auf die Dunkelheit und fressen Menschen.«

»Also sind es halbe Kannibalen?«, wollte Wurzel angewidert wissen.

»Ihr foltert bitte niemanden hier in Dunkelwald«, forderte Penta etwas lauter, aber Tonia, Drak und Wurzel machten weiter.

»Was auch sehr gut sein soll, ist Sonnenlicht direkt ins Auge. Eine ehemalige Schulkameradin von mir hat so ihre Sehkraft verloren. Auf einer Seite. Jetzt läuft sie mit einer Augenklappe herum.« Tonia schnaubte und bohrte das Messer in den Stamm unter sich. »Sie hat sogar verschiedene, je nachdem, welche Farbe ihr Kleid hat.«

»Du könntest sie auch über den Ast mit dem Gesicht abwärts baumeln lassen und darauf hoffen, dass sie was sagen, bevor zu viel Blut im Kopf ist«, murmelte Wurzel grübelnd.

»Da müsst ihr aber auf die Käferloiden aufpassen. Nicht, dass die sich vorher in das Gehirn fressen«, erklärte Drak ernst.

»Schluss jetzt!«, rief Penta. »Das bringt uns nicht weiter. Außerdem gibt es keinen Mord ohne Antragsformular.«

Wütend stierte er in die Runde und vergewisserte sich, dass sie alle schwiegen. Nur Wurzel holte Luft und Penta wusste, was er im Begriff war zu sagen. »Ja, außer den einen. Und jetzt ist Schluss mit dem Blödsinn.« Penta schloss kurz die Augen, sortierte seine Gedanken und nickte entschlossen. »In Ordnung. Wir machen folgendes!«

KAPITEL 17
TONIA

»Wieso muss ich dafür ein Kleid anziehen?«, maulte Tonia. »Ich kam doch auch so sehr gut zurecht bisher.«

»Damit du aussiehst wie die reiche Tochter, die wir dort gleich reinschicken«, erklärte Penta mit ruhiger Stimme. Sie hatten die Nacht bei Drak verbracht, nachdem sie bei der Douglasie den Namen der Verkäuferin erfahren hatten. Inzwischen allerdings hatten sie Unterwald hinter sich gelassen und befanden sich auf dem Allesmarkt in einer kleinen Ecke der Möbelhalle. Penta kannte sich erstaunlich gut aus in dem Bereich und hatte sie direkt in die Nähe des Händlers geführt, der die illegalen Erweiterungen verkaufen sollte.

»Ich bin die Tochter eines reichen Mannes und ich ziehe mich nicht so aufgeplüscht an.« Sie trug ein Rüschenkleid, das in einem hellen Bonbonrosa gehalten war. Als Kind hätte sie sich über so ein Prinzessinnenkleid gefreut, mittlerweile war es ihr nur peinlich. Zu ihrem Glück hatte Penta nicht nur das Kleid organisiert, sondern auch eine Augenmaske, damit man sie nicht erkannte.

Dass sie keins ihrer Kleidungsstücke tragen durfte, hatte er damit begründet, dass ja ein weiterer Assassine mittlerweile auf sie angesetzt worden sein könnte, weswegen sie vorerst nicht nach Hause konnte. Zähneknirschend hatte sie dem zugestimmt, obwohl sie glaubte, inzwischen zu verstehen, dass er der einzige Todesreiter in Ulmenstadt war.

»Hier werden sie es dir eher abkaufen, wenn du so aussiehst.« Penta drückte ihr die passende Handtasche in die Hand.

»Woher hast du das eigentlich?«, wollte Tonia wissen.

»Von Zuckerpuppe.« Wurzel saß auf dem Stein in seinem Topf und deutete auf Penta. »Ist seine Gespielin.«

Penta schluckte und schüttelte gleich darauf die Hände. »Sie ist eine Bekannte, die sich gerne verkleidet. Mehr nicht. Wurzel, halt die Klappe.«

»Du dreckiges Luder«, sagte Tonia grinsend und schlug ihm auf die Schulter. »Das hätte ich nicht von dir erwartet, Penta.«

Penta atmete tief durch und seufzte. »Bist du bereit?«

»Natürlich. Ich will endlich wissen, wer der Holzwurm ist. Und ich werde dafür gern einen illegalen Händler für Baumverschönerungen aufsuchen, um diese Information zu erreichen.« Tonia lachte. »Wer hätte vor drei Tagen gedacht, dass ich diesen Satz einmal aussprechen würde und er Sinn ergibt?«

Eine Frau drehte sich zu ihr um und tippte sich an die Stirn. Sie murmelte etwas von Spinnern. Aber Tonia wusste, dass sie auf dem besten Weg war, alles zu beweisen.

»Gut, dann viel Erfolg.«

»Danke schön, Penta. Warte hier auf mich. Wir sehen uns gleich wieder.«

Tonia ließ ihn stehen und tauchte in das breite, türkis gefärbte Zelt mit dem weißen Streifen ringsherum. Sofort umfing sie der altbekannte, beißende Duft nach Pinienkernen, Feuerblumen und angebrannten Mandeln. Bestandteile des Feuerlacks, mit dem jedes Möbelstück eingeschmiert worden war.

»Wie kann ich Ihnen helfen?«, fragte ein Herr, der sie mit wohlwollendem Blick musterte. Scheinbar versuchte er, herauszufinden, wie er sie einschätzen sollte.

»Ich suche Zarah, ist sie hier?« Tonia gab dabei den typisch arroganten Tonfall ihrer Familie zum Besten. Wenn sie eines von ihrem Vater gelernt hatte, dann das. Auch wenn sie es in seiner Gegenwart nicht zeigte, sondern dort meistens die zurückhaltende Tochter spielte.

»Sie befindet sich gerade in einem Kundengespräch, aber vielleicht kann ich Ihnen auch helfen?«, bot er sich an.

»Nein, danke.« Tonia ließ ihn stehen und begab sich in die Räumlichkeiten, die durch Zeltwände getrennt waren. Der Mann sagte nichts, doch sie konnte seine Missbilligung bis zu sich spüren.

Eine junge Frau, deren Haare in langen Wellen bis hinunter zu ihrem Po reichten, sprach mit einer älteren Dame, die Interesse an einem Bett hatte.

Tonia wartete und schaute sich neugierig um. Von außen hatte das Zelt sehr ordentlich gewirkt. Keine Flecken auf der Plane oder Müll in den Ecken. Im Innern führte sich dieser Anblick fort. Überall war geputzt. Obwohl sie sich in einer Halle befanden, war nirgendwo Staub auf den Tischen, Stühlen oder Betten zu sehen. Alles sah aus, als ob Katzen es abgeleckt hatten, glänzte sogar beinahe. Wer auch immer hier putzte, hatte viel zu tun. Die Möbel waren es jedoch wert, gereinigt zu werden. Der Schreiner, der sie erschaffen hat, verstand definitiv sein Handwerk.

»Ich habe gehört, Sie wollten mich sprechen?«, fragte das Lockenköpfchen, das wohl Zarah sein musste.

»In der Tat. Ich suche etwas sehr Spezielles und ich habe an der Douglasie gehört, dass Sie mir helfen können?«, sagte Tonia und zwinkerte ihr verschwörerisch zu. Sie hatte die Stimme gesenkt, weil sicher war, dass dieser Teil des Geschäfts seinen Ursprung nicht auf dem Allesmarkt hatte.

Zarah sah Tonia mit großen Augen an und lächelte. »Interessant. Sie sehen nicht aus wie der Typ Mensch, der Bannwald regelmäßig besucht.«

Tonia runzelte die Stirn. »Wieso Bannwald? Douglasie ist in Unterwald.«

Zarah nickte und zog wohlwollend eine Augenbraue hoch. »Danke schön. Das wollte ich hören. Ich muss vorsichtig sein, das verstehen Sie doch sicher.«

»Natürlich«, erklärte Tonia und deutete auf die Ware. »Haben Sie es hier oder wie läuft das jetzt ab?«

Zarah drehte einen Finger durch ihre langen lockigen Haare und zeigte auf einen Nebeneingang. »Heute Abend nach der Schließung des Zelts treffen wir uns hinter der Halle. Bringen Sie das Geld passend mit. Ich werde keine Kasse zum Wechseln haben.«

»In Ordnung. Das bekomme ich hin. Vielen Dank.«

Sie klärten kurz, welchen Baum es betraf und welche Verschönerungen gewünscht waren, ehe Tonia sich verabschiedete.

»Ich mag übrigens ihr Kleid. Betont ihre weiblichen Kurven wunderschön.«

Zarah zwinkerte ihr zu und Tonia hatte das Gefühl, dass ihr ihre wohlwollenden Blicke folgten, als sie langsam das Zelt verließ. Hatte Penta gewusst, dass die Händlerin auf Frauen stand und sie deswegen in dieses Kleid gezwängt oder war es nur Zufall gewesen? Zumindest brachte es sie in ihren Ermittlungen voran. Als sie aus dem Zelt trat, wurde es sofort lauter. Die dicke Lakenschicht des Möbelzelts hatte viel von dem alltäglichen Lärm des Allesmarkts geschluckt. Nun umhüllte er sie wieder wie einen Mantel.

Sie dachte daran, dass sie längst auf der Arbeit hätte sein müssen, doch das Leben hatte es irgendwie anders gewollt. Immerhin lebte sie, was wohl dem Schicksal geschuldet war. Tonia hielt kurz inne und fragte sich, ob es einen Grund gab, wieso sie noch atmete. Sollte sie mit ihrem Leben mehr anfangen, als nur in der Firma ihrer Familie zu arbeiten? War das ein Weckruf gewesen? Aber für was? Sollte sie in die Strafverfolgung gehen? Verbissener als sie war kaum jemand, wenn es darum ging, etwas zu beweisen. So schnell gab sie nicht auf. Die Polizei von Ulmenstadt könnte sicher ein wenig frischen Wind vertragen. Warum also nicht von einer Frau?

Tonia nickte und schob die Bedenken beiseite, dass sie dieses Abenteuer nicht überleben könnte. Penta hatte keine Chance, sich an sie heranzuschleichen, solange sie die Katzenhaare bei sich trug. Und er sah nicht so aus, als ob er mit einer Schusswaffe umgeben konnte.

Was sie in den letzten Tagen mit Penta erlebt hatte, war ein einziges Chaos gewesen, aber sie hatte es überstanden und stand auf ihren eigenen Beinen. Wenn sie das schaffte, konnte sie viel mehr erreichen. Sie würde den Holzwurm finden und dafür sorgen, dass er keinen Anschlag auf sie verüben konnte.

»Hat es geklappt?« Penta hielt mit verkniffenen Lippen die Arme vor der Brust verschränkt. Scheinbar musste er gerade Wurzel festhalten, der sich in seinem Umhang bewegte.

»Ja, wir müssen heute Abend wiederkommen, wenn der Händler geschlossen hat.« Tonia deutete auf das Schild mit den Öffnungszeiten. »Bis dahin können wir Veon aus dem Rankenhaus abholen.«

»Oh stimmt, der ist ja noch da. Meinst du, dass er schon wieder nach Hause darf?« Penta presste die Hand etwas stärker auf den Umriss von Wurzels Mund.

»Das letzte Mal, als er sich was gebrochen hatte, durfte er auch nach ein paar Tagen wieder heim. Und falls nicht, werden wir ihn einfach besuchen. Was hat Wurzel dir getan, dass du ihn gerade so zum Schweigen bringst?«, fragte Tonia neugierig, da sich der Umhang heftig bewegte.

»Das möchtest du nicht wissen. Glaube mir. Sagen wir einfach, ich musste Moos kurzfristig von ihm trennen, da es nicht jugendfrei blieb.«

Tonia verzog das Gesicht. »Zu viele Informationen. Eindeutig zu viele. Was wollen wir mit Wurzel machen?«

»Wir dürfen Wurzel nicht mehr bei Veon lassen. Die Borkenkäfer wissen jetzt, wo er wohnt, und werden das Haus sicher überwachen«, erklärte Penta.

»Ja, das habe ich auch schon gedacht. Wenn wir da sind, werden sie hoffentlich nicht einbrechen.« Tonia dachte kurz an Hornisse und dass sie ihn in der Nacht gerne wiedersehen würde, aber nicht, um gegen ihn zu kämpfen.

»In Ordnung. Dann kommen wir heute Abend wieder und nehmen Wurzel so lange mit.«

***

»Hast du die Mammutscheine?«, fragte Zarah und sah sich um.

Hinter der Halle der Möbel war es, abgesehen von den Lichtern, die vom Fluss hinauf schimmerten, vollkommen dunkel. Sie konnte kaum erkennen, was Zarah in ihren Händen hielt und musste darauf vertrauen, dass es die korrekte Ware war.

Der schmale Überstand des Dachs sorgte nur für wenig Schutz vor dem strömenden Regen. Penta stand in ein paar Metern Entfernung im Schatten eines kleinen Vorbaus, in dem wohl Taue verstaut waren, wie er murmelnd erklärt hatte. Woher er das wusste, konnte sie nicht sagen, aber so wie Wurzel sich daran erfreute, den Fluss wiederzusehen, vermutete Tonia, dass sie hier in der Nähe ihr Büro hatten. Sie musste dringend mit Penta darüber sprechen, wie genau die Gilde das alles organisiert. Immerhin mussten sie ihren Papierkram irgendwo lagern.

»Hast du die Ware?«, erwiderte sie, bevor Zarah misstrauisch wurde.

Die Dunkelmarkthändlerin winkte mit den Zweigen und der Tüte mit künstlichen Blättern. »Also, schieb rüber das Geld, sonst gehe ich wieder. Es ist etwas feuchter hier draußen, als ich gedacht habe.«

Tonia reichte ihr die Scheine und griff nach den Verschönerungen. In der Sekunde ging die Sirene los und Tonia zuckte zusammen. Helle Lichter strahlten zu ihnen hoch.

»Hier spricht die Polizei. Bleiben Sie, wo sie sind.«

»Scheiße, bist du eine von denen?«, fragte die Verkäuferin und wollte die Baumerweiterungen an sich reißen.

Tonia aber war zu kräftig für sie. »Nein, du?«

»Scheiße!«, murmelte Zarah, drehte sich auf dem Absatz um und rannte los. Der Lichtkegel folgte ihr ein Stück, woraufhin gleich ein zweiter auf Tonia gerichtet wurde. Sie überlegte, ob sie sich darauf verlassen sollte, von ihrem Vater aus dem Gefängnis befreit zu werden, falls man sie verhaftete. Aber dann wüssten die anderen Assassinen, wo sie sich aufhielt. Falls weitere sie verfolgten. Tonia konnte nicht riskieren, jetzt gefangen genommen zu werden. Also rannte sie zu Pentas Versteck hinter der Box. Auf dem schmalen Weg nicht so leicht, wie sie feststellte. Der Regen hatte den nicht gepflasterten Weg in eine Rutschpartie verwandelt. Sie musste sich an den hervorstehenden Holzlatten festhalten, um nicht über das steinige, steilabfallende Ufer in den Fluss zu stürzen.

»Was willst du bei mir?«, fragte Penta verwirrt, als das Licht auf ihn fiel. »Verschwinde hier!«

»Nein, du kommst mit mir mit! Ich brauche dich, um wieder nach Unterwald zu kommen«, verlangte sie und schrie gegen den Lärm an, der auf einmal überall um sie herum ertönte. Sirenen und eine Menge Menschen, die den Fluss abzusichern schienen.

Bevor Penta etwas sagen konnte, zerrte sie ihn hinter seinem Versteck ganz hervor und schob ihn um die Ecke der Halle. »Wir müssen hier weg. Ideen?«

»Wie wäre es mit deinem Büro?«, kam eine leise Stimme aus dem triefnassen Umhang von Penta.

»Dein Büro ist hier in der Nähe. Ist es sicher?«

»Nein, ist es nicht!«, sagte er und presste die Lippen aufeinander. Tonia starrte ihn wissend an und er seufzte. »Ja ist es, aber es ist nicht sicher. Jeder kann hineinkommen und mein Vorgesetzter ist immer noch im zweiten Büro. Der wollte erst in ein paar Tagen abreisen.«

»Schlafen wird der bei dem Lärm sicher nicht. Also komm schon! Führ uns hin, sonst nehme ich Wurzel und gehe mit ihm zur Presse.«

Pentas Verachtung zu sehen, machte ihr nichts aus. Sie wusste, was sie wollte und dazu brauchte sie ihn. Er würde sich ihrem Willen beugen. »Irgendwann erwische ich dich ohne deine dummen Katzen und dann …«

»Wirst du mich umbringen. Schon klar. Können wir jetzt?«, prustete Tonia, da der Regen zunahm.

Penta rannte in Richtung des Allesmarkts und bog hinter der Halle direkt ab, um zu einem Unterstand zu streben. »Wir müssen erst einmal die Polizei loswerden. Wenn sie sehen, wohin wir gehen, sind wir erst recht nicht sicher.«

»Wie willst du sie ablenken?«, fragte Tonia und schaute sich um. Sie versteckten sich hinter einer offenen Tür, die das Licht von ihnen abschirmte. Hier oben tauchten ebenfalls Polizisten auf und suchten nach ihnen. Einige brüllten Befehle und der Großteil verfolgte scheinbar Zarah, aber auch auf dem Platz vor der Holzhalle befanden sich ein halbes Dutzend Beamte.

»Keine Ahnung. Diesmal musst du dir etwas einfallen lassen.«

Tonia sah an sich herunter. Sie trug noch immer das bonbonfarbene Kleid von Penta, was mittlerweile klitschnass an ihr herunterhing und sie beim Laufen störte. Sie überlegte nicht lange und zog es aus. »Wo genau müssen wir hin?«

»In den Gang dort drüben. Der führt zu meinem Büro!«, murmelte er wenig begeistert. Doch im Angesicht der Tatsache, dass er verhaftet werden könnte, schien ihm die Aufrechterhaltung dieses Geheimnisses anscheinend nicht sehr lohnenswert.

»Sehr gut. Das könnte klappen. Wie weit kannst du werfen und wie schnell kannst du rennen?«

»Der wirft wie ein Bonsai!«, schimpfte Wurzel. »Schlimmer sogar noch. Wir sind besser bedient, wenn du das machst, Schätzchen.«

Tonia holte tief Luft und schälte sich aus dem nassen Kleid. Werfen war keine Option, um die Polizisten für ein oder zwei Sekunden abzulenken. Darunter trug sie nur ein dünnes Unterkleid, das zwar auch durchnässt war, aber weniger behinderte. Nackt wollte sie dann doch nicht über den Platz laufen. »Was tust du da?«, rief Penta etwas zu laut und zu spitz, während Tonia sich gegen ihn lehnte, um die Beine aus dem Kleid zu befreien.

»Wonach sieht das aus? Ich hole uns hier raus. Sie haben mich eben in diesem Bonbonkleid gesehen, also werden sie danach suchen und nicht nach einer halb bekleideten Hure, die mit ihrem Freier einen trockenen Ort sucht.«

»Was?« Pentas Stimme wurde noch schriller.

Tonia zog ihr Unterkleid bis zur Hüfte hoch und deutete auf ihn. »Die Hose musst du wenigstens runterziehen.« Sie wollte mit anfassen, aber Penta hielt sich die Hände vor den Schritt.

»Nein, auf keinen Fall. Ich werde nicht mit dir schlafen.«

»Wenn du ihn reinsteckst, fackel ich ihn dir persönlich ab«, stellte Tonia klar. »Wir tun nur so, damit es realistisch wird.«

»Das kann nicht dein Ernst sein, Tonia. Wir brauchen eine andere Lösung«, sagte Penta bitterernst und schüttelte den Kopf, als hätte sie ihm vorgeschlagen, ein Bad in Salzsäure zu nehmen.

Das Licht eines Polizisten kam näher, sodass sie tiefer in die Schatten der Tür eindrangen. Tonia drückte sich an Penta. »Wir haben keine Zeit mehr. Los, runter mit der Hose.«

Diesmal konnte er ihr nicht entkommen und obwohl er wimmerte, zerrte sie seinen Umhang beiseite und die Hose hinunter.

»Was habt ihr da für Schweinkram vor?«, fragte Wurzel kichernd aus dem aufgeschlagenen Umhang und schaute nach unten. »Ihhh, warn mich doch vor, dass er seinen Wurm draußen hat. Ich hasse Würmer.«

Wurzel zog sich in die Innentasche zurück und schlug die Äste vor seine Augen. Tonia hingegen sah noch kurz hin, ehe sie auf seine Hüfte sprang, sorgsam darauf bedacht, ihm nicht wehzutun. Dennoch stöhnte er, als sie ihre Beine um ihn schlang. Sie stopfte die erworbenen Baumerweiterungen zwischen Penta und sich und legte dann die Arme um seinen Hals.

»Und was jetzt?«, fragte Penta, der nicht wusste, wohin mit seinen Händen.

»Jetzt küsst du mich und wir wandern langsam in Richtung des Gangs. Und lass es echt aussehen. Wir müssen wie ein liebestolles Paar wirken.«

Tonia sah in seinem Blick, dass er mit der Situation hoffnungslos überfordert war und sie seufzte. »Du bist der mit den Beinen am Boden, also musst du das schaffen. Wenn nicht, sind wir am Arsch!«

»Verstanden, Ma'am. Ich werde mein Bestes geben, um diesem rohen Salat zu erklären, wo der Schinken hängt«, brabbelte Wurzel munter vor sich hin.

»Ich kann das nicht!«, murmelte Penta immer wieder und schüttelte den Kopf.

»Willst du lieber, dass die Polizei dich so festnimmt, wie du hier gerade stehst und alle deine Kollegen das erfahren? Denn glaube mir, das wird Wurzel sicher nicht geheim halten«, sagte sie und deutete hinunter.

Pentas Kiefermuskeln arbeiteten hart, ob nun, weil er nachdachte oder vor Anstrengung, konnte sie nicht sagen, doch schließlich packte er ihren Kopf und zog sie zu sich heran.

Seine Lippen waren weicher, als sie erwartet hatte und sein Kuss viel intensiver als nötig. Kaum marschierte er los, schaute sie durch ihre Haare hindurch nach den Polizisten. In der Sekunde, in der sie aus dem Unterstand hervortraten, richteten sich diverse Lichter auf sie. Tonia hielt die Luft an, beobachtete die Beamten genau, während Penta sie leidenschaftlich gegen die Hallenwand drückte.

»Nicht so fest«, rief Wurzel. Um das rasch zu überdecken, stöhnte Tonia lauthals. Der Regen prasselte auf sie ein und in einer anderen Situation hätte sie das hier verdammt heiß gefunden, so spürte sie jedoch nur den Kitzel der Aufregung, keine Erregung.

Einen Moment lang starrten die Polizisten sie an, einige lachten und deuteten auf sie. Nur einer kam auf sie zu. Tonia machte sich bereit, im schlimmsten Fall anzugreifen. Nicht ihre bevorzugte Methode, um mit den Gesetzeshütern umzugehen, allerdings besser, als verhaftet zu werden.

»Hei, sucht euch gefälligst ein trockenes, abgelegenes Plätzchen. Sonst erkältet ihr euch noch.«

Tonia stieß mit ihrem Fuß an Pentas nackten Hintern und der löste eine Hand von ihrem Rücken, um einen Daumen nach hinten zu zeigen. Dann marschierte er weiter, bis er im Gang ankam. Das Lachen der Polizisten begleitete sie bis dorthin, doch zumindest schauten sie nicht näher hin.

Erst, als sie hinter einer Wand verschwunden und die Polizisten nicht mehr sehen konnten, löste sich Tonia von Penta, der mittlerweile sichtlich erregt war. Sie hielt die Blättertüte und die Äste fest, damit sie nicht auf den Boden fielen.

»Pack ihn wieder ein, Penta. Das wird nicht passieren«, murmelte sie, während ihr Unterkleid an ihren Oberschenkeln hinabglitt. Sie schlich zur Wandecke, um dort noch einmal nach den Beamten zu schauen, aber die schienen sich nicht für Tonia und Penta zu interessieren.

»Das machen wir nie wieder, verstanden?«, erklärte Penta, zog seine nasse Hose über seinen blanken Hintern, quetschte seine Erregung vorn hinein und ließ den Umhang gleich darauf fallen.

»Kann ich nicht versprechen. Hat doch gut geklappt.« Tonia strich sich ihre dunklen, vom Regen glatten Haare aus dem Gesicht und hielt auf Penta zu. »Wo ist dein Büro?«

»Den Gang bis zum Ende gehen und dann links die Tür. Nicht die davor, sonst wecken wir meinen Vorgesetzten und das möchtest du nicht.«

»In Ordnung.« Entschlossen marschierte sie zu besagter Tür und wollte sie öffnen. »Hast du den Schlüssel für mich?«

»Das mache ich selbst. Danke schön«, erklärte Penta und zog einen Faden unter seinem Oberteil hervor. Daran hing ein Schlüssel, mit dem er die Tür aufschloss.

»Ich kann nicht fassen, dass das funktioniert hat«, wiederholte er währenddessen. »Wir werden nie wieder darüber reden, verstanden?« Penta stellte seine Schreibtischleuchte an und augenblicklich erfüllte Licht das Zimmer.

»Ach komm, es hat geklappt und jetzt kennen halt ein paar Polizisten deinen Hintern. Davon wird die Welt nicht untergehen.« Tonia winkte lapidar ab, ehe sie sich auf einen Stuhl sinken ließ. Das Büro war nicht groß und voller Aktenstapel. Überall lag etwas herum und Tonia war sich nicht sicher, ob er so chaotisch oder ob das seiner Arbeit geschuldet war. Sollte dieses Chaos etwa Ablenkungstaktik sein? Penta schlich an zwei Stapeln vorbei hinter seinen Schreibtisch und stellte Wurzel auf selbigem ab. Der hielt sich immer noch die Augen zu und schimpfte leise über Würmer vor sich hin.

»Du kannst die Augen jetzt wieder öffnen, Wurzel. Wir sind zuhause.« Penta stupste den Bonsai an.

Der öffnete die Augen nur sehr zögerlich. »Willkommen im Chaoswald«, sagte Wurzel mit einer epischen Stimmfarbe und deutete um sich.

»Wir sind in keinem Wald.« Tonia überlegte, ob er die Holzwände damit meinte.

»Hast du dir mal die viele Papierverschwendung hier angesehen? Das alles zusammen ergibt schon einen kleinen Wald. Ich sollte dich wirklich dringend wieder der Polizei melden.«

»Moment, hast du das veranlasst?«, fragte Penta und setzte sich vorsichtig auf seinen Stuhl.

»Was denkst du denn? Ich wollte, dass sie endlich verschwindet. Ich will wieder mehr Zeit mit Moos verbringen und das kann ich nicht, wenn du ständig mit der Trulla da rumrennst. War doch offensichtlich oder nicht?«

Wurzel verschränkte die Äste vor der Brust und sah ihn verständnislos an. Penta hingegen seufzte. »Du siehst Moos erst wieder, wenn du dich dafür entschuldigst.«

»Auf keinen Fall. Dank mir wurde dein Wurm mal wieder gelüftet. Also bedank dich gefälligst bei mir.« Wurzel sah ihn herausfordernd an und Tonia konnte nicht anders als laut loszulachen. Penta und Wurzel hielten inne und starrten sie verwirrt an.

»Siehst du? Deswegen wollte ich sie loswerden. Die ist irre.«

»Das bin ich nicht und du solltest deinen Mund halten, sonst stopf ich dich in den Häcksler«, drohte Tonia dem Gewächs. »Was meinst du, wie lange wir uns hier verstecken müssen?«

»Wenn sie Zarah bekommen, vielleicht nicht so lange. Aber heute Abend werden wir wohl nicht rauskommen.«

»Mist. Wir müssen DD Guano noch Bescheid geben, dass wir seine Ersatzteile haben und ich will endlich wissen, wer der Holzwurm ist.«

»Wurzel könnte ihm eine Nachricht zukommen lassen.«

»Auf keinen Fall. Die Verbindung der Netzschnüffler zum Surfer ist voller Abzweigungen und es fühlt sich an, als ob man von Maden angeknabbert wird. Das mache ich auf keinen …«

Penta stellte Moos neben Wurzel. »Ich würde euch ein wenig Auszeit in der Schublade geben.«

»Was wollt ihr ihm sagen?«, fragte Wurzel und salutierte.

»Sag ihm, dass wir die Teile haben und seine Anwesenheit hier erwarten. Er soll auch bei der Gelegenheit gleich den Dünger mitbringen«, diktierte Penta.

»Erledigt. Kriege ich jetzt Moos?«

Penta seufzte und stellte die Kunstblume zusammen mit Wurzel in eine Schublade seines Schreibtischs.

Tonia griff währenddessen nach einem der Formulare, die auf der Tischoberfläche lagen. »Wofür ist das?«

»Gib das sofort zurück. Das ist wichtig für die Quotenerfüllung eines Level 7-Assassinen«, kommentierte er.

Tonia runzelte die Stirn. »Es gibt unterschiedliche Level?«

Penta massierte sich die Schläfen. »Kannst du bitte keine Fragen stellen? Einfach nur den Mund halten? Ich werde dir jetzt nichts weiter erklären, denn das hier solltest du alles gar nicht sehen. Ich habe schon gegen viel zu viele Vorschriften verstoßen und müsste mich selbst anzeigen.«

»Das wirst du gefälligst nicht tun. Nicht, bevor ich den Holzwurm gefunden habe, verstanden?« Tonia stand auf und lehnte sich auf dem Schreibtisch vor, um ihm tief in die Augen zu schauen. »Meinetwegen höre ich dann auch auf, Fragen zu stellen. Wenn es dir hilft.«

»Danke schön.« Penta atmete erleichtert durch und lehnte sich in seinem Stuhl zurück.

»Was machen wir jetzt?«, fragte Tonia und deutete an sich herunter. »Ich gehe nicht davon aus, dass du Frauenkleidung bei mit dir herumträgst?«

»Nein, aber ich kann dir den Umhang geben, dann hole ich mir einfach was aus meinem Zimmer.«

»Du wohnst hier auch?« Tonia bekam Mitleid mit ihm. Scheinbar führte Penta ein sehr einsames Leben.

»Es ist sicher, der Weg zur Arbeit ist nicht weit und ich bin jederzeit erreichbar. Wolltest du nicht aufhören, Fragen zu stellen?«

Tonia hob entschuldigend die Hände und setzte sich in ihren Stuhl, während Penta ihr den Umhang reichte. Darunter trug er nur eine schlichte Hose und ein Hemd, das dank des Regens eng anlag. »Leg ihn auf den Ofen dort hinten, dann sollte er bald trocken sein.« Penta verließ den Raum und ließ Tonia in einer Goldgrube an Informationen zurück.

KAPITEL 18
PENTA

»Wir hätten ihm nicht vertrauen sollen!«, schimpfte Tonia in quäkendem Tonfall, gerade als DD Guano aufbrach.

»Er hat uns einen Hinweis gegeben, das ist doch schon mal ein Anfang«, versuchte Penta das Positive hervorzuheben.

»Ich dachte, wir kriegen einen Namen. Jemanden, zu dem wir hingehen können.« Wütend trat sie gegen einen Aktenschrank, der ihr scheinbar im Weg war.

»Wir wissen jetzt, dass es jemand ist, der in einer Feuerlackfirma arbeitet und der einen teuren Anzug getragen hat. Das können nicht so viele Menschen sein.«

»Oder jemand, der vor kurzem in einer Feuerlackfirma war und den Geruch nach Feuerwurzeln in seiner Kleidung trägt. Der geht tatsächlich nicht so schnell raus, wenn man damit einmal in Kontakt gekommen ist«, erklärte sie etwas weniger erzürnt. Dafür rieb sie sich den Fuß.

»Lass uns das doch mal logisch angehen. Du hast selbst gesagt, dass die Konkurrenten deines Vaters dich vielleicht aus dem Weg räumen wollen. Wer wäre denn prädestiniert?«

»Vermutlich Damon Arbi. Der ist der härteste Konkurrent und hat meiner Familie schon kurz nach dem Tod meiner Mutter ein Angebot zum Kauf gemacht. Er versucht es schon seit Jahren immer wieder. Hat sogar mal einen Spion eingeschleust in der Buchhaltung, um die Zahlen zu erfahren, aber den habe ich schnell enttarnt.«

»Klingt ja fast wie ein Spionagethriller in der Feuerlack-Wirtschaft«, sagte er und schaute nach Wurzel, der allerdings mit Moos im Arm kuschelnd in der Schublade lag und schlief.

»Es ist intrigenreicher, als man sich vorstellen mag. Aber ob Damon so weit gehen würde, mich umbringen zu lassen, weiß ich nicht.« Sie kaute auf ihrem Zeigefingernagel, während sie grübelte. Irgendwie niedlich und zugleich ekelhaft, wenn er sich vorstellte, dass Teile von ihr in seinem Büro liegen könnten.

»Es wird aus weitaus niederen Gründen getötet. Kann also gut sein, dass er es getan hat. Aber ich fürchte, wir werden nicht weiterkommen ohne Hilfe.«

»Was meinst du?«, fragte Tonia und senkte ihre Hand. »Wen willst du dazu denn befragen? Keinen Privatdetektiv, oder?«

Penta winkte ab, ging zum Schrank zu seiner rechten und zog einen Aktenordner hervor. »Ich habe da vielleicht jemanden, der uns unterstützen kann. Der Schaufel-Assassine.«

»Gräbt der etwa alles aus, was wir wissen müssen oder warum heißt er so?«, bemerkte Tonia mit einem Schnauben.

»Auch, aber hauptsächlich, weil er mit der Schaufel mordet. Das ist sein Erkennungszeichen«, erklärte Penta, obwohl es ihm nicht gefiel, das zu verraten. Sie musste definitiv sterben, sobald das hier vorbei war. Dann konnte er endlich in Ruhe schlafen.

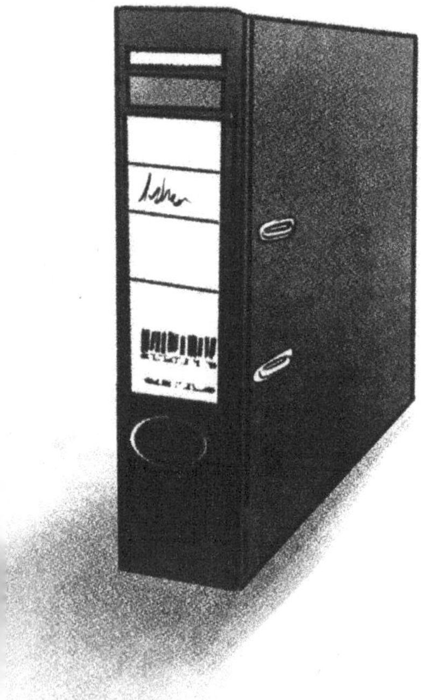

»Okay, das war kein Witz?«

»Tonia, du begleitest uns seit drei Tagen und denkst immer noch, dass er Witze macht?«, kam Wurzels Kommentar aus der Schublade. »Dieser Stuhlbeschwerer ist in etwa so witzig wie der Fluss. Aber im Gegensatz zu Penta ist der Fluss wenigstens noch hübsch anzusehen.«

Tonia prustete leise vor Lachen, ehe sie sich wieder in den Griff bekam. »In Ordnung. Und wie kann der uns helfen?«

»Wie du richtig erkannt hast, kann er gut Informationen ausgraben. Keine Ahnung wie, aber er ist echt gut darin. Und wir könnten es damit beschleunigen.«

»Dann ruf ihn mit Wurzel.«

»Geht nicht. Er hat keinen Dunkelnetzschnüffler. Den haben nur wir Todesreiter.«

»Dann schick ihm eine Papageienpost. Irgendwie wirst du als sein Betreuer ja wohl Kontakt mit ihm aufnehmen können«, erklärte er.

Penta runzelte die Stirn, als er sich wieder an den Tisch setzte. »Erst muss ich das Formular zur Hinzuziehung eines weiteren Assassinen ausfüllen.«

Tonia klappte der Mund auf. »Das meinst du nicht ernst, oder?«

»Natürlich. Ich habe schon gegen genügend Regeln verstoßen. Das hat hier und jetzt ein Ende.«

»Du willst wirklich ein Formular ausfüllen, statt eine schnelle Papageienpost zu schicken? Warum?«

Penta legte den Stift beiseite, den er kurz zuvor in die Hand genommen hatte. »Weil ich einen Eid geschworen habe.« Das stimmte zwar nicht ganz, wenn man es genau betrachtete, denn abgesehen von seinem eigenen Verständnis der Richtlinien im STaGB gab es keinen richtigen Eid, den man schwor. »Und ich gedenke, diesen nicht noch weiter mit Füßen zu treten. Also wirst du entweder akzeptieren, dass ich das jetzt in Ruhe ausfülle oder du kannst gehen.«

»Du weißt, dass ich das nicht kann«, sagte sie zähneknirschend und holte wütend Luft. »Wenn ich gehe, bin ich vermutlich schneller tot, als du deinen Antrag ausfüllst. Also beeil dich gefälligst und dann holen wir diesen Schaufel-Assassinen her. So lange gehe ich nachsehen, ob die Polizei noch hier herumschleicht.«

Penta nickte, machte eine wedelnde Handbewegung und konzentrierte sich auf sein Formular. Kaum war Tonia aus der Tür, seufzte Wurzel theatralisch. »Wurde auch Zeit. Sie versteht einfach nicht, wie das hier läuft.« Wurzel hielt ihm einen Ast mit einigen Blättern hin und Penta schüttelte ihn.

»Wenn das vorbei ist, haben wir wieder unsere Ruhe, Wurzel. Ganz bald.«

»Dazu müsstest du auch noch sterben und ich deine Leiche nach und nach in meinem Topf vergraben, bis ich all deine Lebenskraft in mich aufgesogen habe«, murmelte der Bonsai.

Penta schlug die Schublade geräuschvoll zu, damit Wurzel in der Dunkelheit endlich durchschlafen konnte.

***

»Wieso dauert das so lange?«, fragte Tonia und stapfte von links nach rechts, ohne einen Papierstapel umzuwerfen. »Sollte er die Nachricht nicht längst bekommen haben?«

»Vielleicht kommt es durch den Regen zu Verzögerungen«, erklärte Penta, der keinen Papageien losgeschickt hatte, sondern einen Jungen, der irgendwo in einer trockenen Ecke des Allesmarkt herumgelungert hatte.

»Meinst du, der Kleine hat sich mit dem Geld aus dem Staub gemacht?«

»Nein«, sagte Penta überzeugt. »Die Kinder sind sehr zuverlässig. Sie kommen eigentlich aus Unterwald, aber hier oben fungieren sie als Boten. Die wenigsten von ihnen können lesen, aber dafür haben sie ihren Ruf.«

»Na, dann sollte der Schaufelassassine schnellstmöglich hier auftauchen. Wir haben nicht ewig Zeit«, beschwerte sie sich und lief weiter von einer Ecke des Raums zur nächsten.

Eine halbe Stunde und vierzehn Beschwerden später klopfte es an der Tür. »Herein.«

»Penta, schön, dich zu sehen«, begrüßte ihn der Schaufelassassine. »Was kann ich für dich tun? Deine Nachricht war ja sehr kryptisch. Oh.« Er hatte Tonia bemerkt und zog seine Kapuze rasch tiefer ins Gesicht.

Doch da war es schon zu spät. Tonia ging einen Schritt auf ihn zu und schaute von unten unter den Stoff. »Bonde?«

Der Schaufelassassine hielt inne und wandte sich an Tonia.

»Tonia?« Er nahm die Kapuze vom Kopf und darunter kam ein Mann mittleren Alters mit Glatze zum Vorschein, der über der Nase eine Narbe hatte, die hellrot leuchtete.

»Sag mir jetzt nicht, dass du für den hier arbeitest.« Tonia stemmte die Hände in die Hüfte und starrte ihn fassungslos an.

»Ähm, Penta?« Der Assassine sah zu ihm und verlangte ganz offensichtlich nach einer Rückversicherung, was er preisgeben durfte.

»Schon okay, Bonde. Es ist eine lange Geschichte und für den Anfang musst du nur wissen, dass sie hier ist und mit uns arbeitet. Aber du wirst ihr nichts sagen, was ich nicht genehmige«, sagte er mit harter Stimme. Nach allem, was in den letzten Tagen passiert war, fühlte sich diese Kommunikation mit einem seiner Assassinen endlich normal an und er klammerte sich an diesen Strohhalm. »Woher kennt ihr euch?«

»Er ist mein Cousin 2. Grades väterlicherseits«, erklärte Tonia und ihr Mund stand offen. »Du weißt, wie meine Mutter gestorben ist. Ich habe es dir als Kind immer wieder gesagt. Aber du hast das verleugnet.«

»Was sollte ich denn machen? Es ist mein Beruf und ich darf niemandem sagen, was ich tue, sonst bin ich der nächste.« Entschuldigend hob Bonde die Arme. Sein Umhang rutschte dabei zur Seite, so dass Penta den Gürtel mit der Schaufel erkennen konnte, die er stets bei sich trug. Vorbildlich verborgen und verstaut. Stolz nickte er.

»Ihr könnt eure Familienstreitigkeiten später noch beilegen. Jetzt erst einmal werdet ihr mir zuhören, verstanden?« Auch wenn er bezweifelte, dass Tonia sich etwas von ihm sagen ließ, wollte er zumindest die Fassung vor seinem Assassinen wahren.

Beide verschränkten die Arme vor der Brust und schauten ihn neugierig an. »Wir müssen herausfinden, wer der Holzwurm ist. Wir wissen bisher nur, dass er mit Feuerlacken arbeitet und scheinbar etwas gegen Tonia hat.«

Der Assassine runzelte die Stirn. »Mehr nicht? Und was genau hat er gegen Tonia?«

»Er will mich umbringen.« Tonia löste ihre Arme, um auf Penta zuzugehen. »Ich bin eines eurer Opfer und Penta hilft mir gerade, herauszufinden, wer das eigentlich will.«

»Das verstößt gegen jede Regel, die ich kenne!« Bonde schüttelte entsetzt den Kopf. »Ist das ein Test? Da mache ich nicht mit.«

»Nein, das ist kein Test«, beeilte sich Penta zu sagen. »Ich weiß, das ist kompliziert, aber wir müssen Tonia helfen, diese Misere beizulegen.«

»Das kann ich nicht. Dieses Verhalten verstößt gegen jedwede Richtlinie im StaGb.«

»Hör zu, Bonde.« Penta benutzte die Namen seiner Assassinen so gut wie nie, da er meistens ihre Bezeichnung bevorzugte. Das machte es anonymer und er musste sich nicht mit ihnen anfreunden, wie es einige immer mal wieder versuchten. »Ich weiß, das ist ein ungewöhnliches Vorgehen und ich verspreche dir, dass wir bei dir alles nach Vorschrift machen. Ich habe sogar schon das Formular zum Hinzuziehen eines weiteren Assassinen ausgefüllt, damit du angefordert werden konntest.« Er griff nach einem willkürlichen Blatt Papier auf seinem Schreibtisch. »Deine Bezahlung wird natürlich gerecht sein und ich kann dir anbieten, dass du bei der nächsten Levelanstiegsbearbeitung in den Fokus rückst, wenn du meine Anweisungen befolgst, ohne Fragen zu stellen.«

Bonde presste die Lippen zusammen, musterte Penta konzentriert und nickte schließlich. »In Ordnung. Ich bin mir sicher, dass wir da eine Möglichkeit finden. Aber eine Frage habe ich noch. Warum trägst du den Umhang eines Level 1-Assassinen?«

»Das gehört zu den Fragen, deren Antworten du nicht hören möchtest«, erklärte Tonia und schaute an sich herunter. »Woher hast du erkannt, dass es ein Level 1-Assassine ist?«

»Die Streifen an deinem Kragen.« Penta deutete auf seinen eigenen Hals. »Für jedes Level, das man schafft, bekommt man einen dazu.«

»Warum ist man dann kein Level 10-Assassine?« Verwundert musterte sie die Stickereien auf dem Stoff.

»Das ist eine Frage für die Unendlichkeit«, sagte Bonde und seufzte. »Ist einfach so. Also, was genau braucht ihr von mir?«

»Wir müssen herausfinden, wer der Holzwurm ist.« Penta gab ihm einen kurzen, aber ungefährlichen Überblick über die Ereignisse und nickte ihm schließlich zu. »Meinst du, du kannst uns dabei helfen?«

»Einen Mann finden? Mit Sicherheit. Wie lange habe ich Zeit?«

»So schnell wie möglich. Am besten bis morgen Abend.« Tonia deutete mit dem Zeigefinger auf ihn. »Und danach unterhalten wir uns mal ernsthaft über deine Berufswahl. Ich dachte, du wärst im Holzwegbau tätig.«

»Noch heute? Das kostet Aufschlag. Ich muss mich bei meinem Arbeitgeber krankmelden und habe dadurch einen Verdienstausfall.« Bedeutungsvoll zog er die Augenbrauen hoch. »Ich arbeite da nämlich wirklich.«

»Ich gebe dir das Formular zur Erstattung des Dienstausfalls mit, sobald du das Ergebnis lieferst«, stimmte Penta zu.

»Dann wüsste ich nicht, was noch im Weg stehen sollte.« Bonde tippte sich zum Abschied an die Stirn und verschwand gleich darauf aus Pentas Büro.

»Das war wirklich dein Cousin?«, wollte Penta wissen.

Tonia nickte und ließ sich wieder auf den Stuhl fallen. »Zweiten Grades. Aber ja. Unfassbar, dass der für euch arbeitet. Wie kommt es eigentlich, dass ein ganz normaler Mann das macht?«

»Manche werden rekrutiert, weil sie bestimmte Fähigkeiten haben, andere bewerben sich bei uns. Ist ganz unterschiedlich.«

»Ich habe es jahrelang versucht, aber nie die Chance bekommen. Warum nicht?« Tonia kratzte über einen Fleck auf dem Umhang.

»Weil du eine direkt Betroffene bist. Das heißt, du hast jemanden durch uns verloren und suchst ziemlich wahrscheinlich Rache. Deswegen wirst du gar nicht erst in Betracht gezogen.« Penta zuckte mit den Schultern und ging zu seinem Aktenschrank. »Wenn du jetzt entschuldigst. Ich habe noch zu tun.«

Tonia lachte laut auf. »Du willst jetzt nicht wirklich arbeiten, oder?«

»Doch. Im Gegensatz zu dir habe ich einen Beruf, dem ich nachgehen muss und ich muss einige Abgabetermine einhalten.« Er griff nach dem Ordner für die Quotenerfüllungen der Level 6-Assassinen, um diese endlich fertigzustellen. Besonders die von Lindor Kram musste er sortieren. Seitdem er den Gentleman-Assassinen aus Versehen getötet hatte, war er kaum dazu gekommen, seiner eigentlichen Tätigkeit nachzukommen. Deswegen musste er die Zeit nutzen, die ihm gerade blieb.

»Und was soll ich jetzt machen?« Tonia breitete die Arme aus. »Ich kann ja schlecht nach Hause gehen und dort warten, bis Bonde so weit ist.«

»Du kannst hierbleiben, aber dann musst du den Mund halten. Ich habe zu tun und will nicht, dass mein Boss heute Nacht geweckt wird. Es ist ein Wunder, dass er bisher noch nicht aufgewacht ist.« Penta deutete auf die Wand hinter Tonia.

»Du meinst, er schläft dort? Das war also kein Scherz von Wurzel, dass du hier auch lebst? Ist das nicht traurig? Da zu wohnen, wo man arbeitet?«

»Wärst du traurig, wenn du in der Fabrik wohnen würdest?«, stellte Penta die Gegenfrage, die hoffentlich für Ruhe sorgte.

»Nein, stimmt. Ich wäre glücklich darüber, aber ich liebe auch, was ich tue.«

Penta hob nur den Blick und suchte ihren. Sie verstand es sofort. »Ja, gut. Du liebst ebenfalls, was du tust, obwohl ich nicht verstehe, wieso.«

»Jeder hat seine Vorlieben und ich mag es, andere Menschen zu korrigieren und anzuleiten.«

»Dann hättest du auch Lehrer werden können«, erklärte Tonia mit einem Schnauben. »Das wäre weit weniger illegal gewesen.«

»Aber auch deutlich stressiger. Und jetzt schweig bitte. Wenn ich schon deine Anwesenheit hier ertragen muss, dann möchte ich dich darum bitten, diese schweigsam zu vollziehen.«

»Du bist einer der seltsamsten Männer, die mir je begegnet sind.« Tonia nahm sich eine der Akten, die Penta ihr sofort wieder aus der Hand riss.

»Wenn du möchtest, kannst du in mein Schlafzimmer gehen und dich ausruhen. Aber verteil da keine Katzenhaare, sonst werde ich alles reinigen müssen«, bot er an. »Alternativ kannst du dich mit Wurzel unterhalten.«

Es rumpelte in der Schreibtischschublade, in der dieser mit Moos war. Im nächsten Augenblick ertönten laute Schnarchgeräusche.

»Ich denke, das hat sich gerade erledigt. Du wirst mich wohl ertragen müssen.« Sie konnte sich das amüsierte Grinsen nicht verkneifen.

Penta seufzte und machte sich an die Arbeit, bevor er zu müde war, um die Zahlen zu erkennen.

KAPITEL 19
TONIA

»Hier ist es. Wenn meine Quellen stimmen, ist das hier der Sitz des Holzwurms.« Bonde starrte sie unter seiner Kapuze an.

»Wie hast du es herausgefunden?«, fragte Tonia neugierig. Sie wusste, dass ihr Cousin 2. Grades immer gut im Raten gewesen war, doch dass er jemanden fand, den nicht einmal die Unterwelt aufspüren konnte, flößte ihr Respekt ein. Es war gerade erst mittags, so dass er keinen halben Tag gebraucht hatte.

»Er benutzt den Decknamen öfter mal, wenn er heimlich Poker spielt in *Connas Casino*. Habe dort nach ihm gesucht, aber er war nicht vor Ort. Wird also wohl heute arbeiten.«

»Das ist fantastisch. Danke schön, Bonde.« Penta tätschelte ihm die Schulter.

»Wollt ihr da rein und ihn zur Rede stellen?«, fragte Bonde unbeeindruckt.

»Das wäre mein Plan. Allerdings weiß ich nicht, wie. Habt ihr eine Idee?« Tonia kannte die Fabrik. Es war die von Damon Arbi, wie sie es bereits vermutet hatte. Vor Jahren hatte Damon sie und ihren Vater zu einer Besichtigung eingeladen, damit sie sich ein Bild von den Arbeitsverhältnissen machen konnte, unter denen ihre Mitarbeiter schuften würden. Und schuften war die einzig korrekte Beschreibung dafür. Denn keiner der dort Arbeitenden hatte gelächelt oder gelacht, während sie hindurchgeführt worden waren. Alle ackerten an den Fließbändern und den Abfüllstationen.

»Wir könnten über das Dach einbrechen. Aber dazu müssten wir uns von dem gegenüberliegenden Wohnhaus herüberschwingen«, schlug der Schaufel-Assassine vor.

Mit einem Blick auf Penta, der vermutlich nicht einmal das Hinaufklettern überstehen würde, schüttelte sie den Kopf. »Das klappt nicht. Wir müssen etwas machen, mit dem wir sicher hineingelangen und nicht erwischt werden. Wir werden ihn wohl umbringen müssen.« Sie deutete auf den Wachmann am Eingang.

»Tod den Menschen!«, skandierte Wurzel leise in Pentas Jacke. Mittlerweile hatte der sich umgezogen und trug einen Anzug, der offensichtlich maßgeschneidert war, Hosenträger und ein weinrotes Hemd darunter. Über allem hatte er ein breites Jackett gezogen, das Wurzels Bewegungen größtenteils verbargen.

»Immer noch auf Menschenasche aus, der Kleine?«, fragte Bonde amüsiert.

»Leider ja. Aber Tonia hat wohl recht. Wenn wir den Wachmann umbringen, können wir zumindest ungesehen das Grundstück betreten. Es gibt kein Alarmsystem, soweit ich es gesehen habe.« Bonde zeigte auf die Umzäunung des Geländes. Der mit Kieselsteinen ausgelegte Boden rund um die Fabrik sorgte dafür, dass man nicht ungehört eindringen konnte. Man konnte nur den einzelnen gepflasterten Wegen folgen, wenn man leise sein wollte.

»Wir können ihn nicht umbringen. Das wäre gegen die Regeln«, erklärte Wurzel als Stimme der Vernunft.

»Ich habe das Antragsformular für eine Nottötung schon dabei und ausgefüllt. Nur zur Sicherheit. Ich muss nur noch seinen Namen eintragen.«

»Den kennen wir aber nicht«, sagte Penta und deutete hinter sich. Er hatte sich von der Fabrik abgewandt, damit sie nicht alle dorthin starrten.

»Das lässt sich ändern.« Bonde straffte seine Kleidung und schlenderte im nächsten Augenblick auf den Wachmann zu.

»Nein! Komm zurück«, rief Tonia leise hinterher, doch er ignorierte sie knallhart.

Kurz darauf kam er wieder zurück und lehnte sich scheinbar unbeteiligt an die Wand der Bäckerei. »So, den Namen hätte ich schon mal. Ich muss nur noch einen ruhigen Moment abwarten, damit es keine Zeugen gibt. Penta, du nimmst dann rasch seine Beine und bringst ihn in sein Häuschen, Tonia, du ziehst die Tür hinter uns zu und gehst voran. Es muss so aussehen, als ob wir in die Fabrik gehören.«

»Der gesamte Ort ist zu einsehbar. Wir können keine Entdeckung riskieren.« Penta schaute sich unsicher um.

»Hast du einen besseren Plan?«

»Vielleicht, aber der kostet Zeit«, murmelte er.

Wurzel schlug mit seinen Ästen gegen die Innentaschen und rief. »Hört nicht auf ihn. Ich kenne seine Gedankengänge genau. Der hat keinen Plan.«

»Das stimmt doch gar nicht, Wurzel. Hör auf, mich immer schlecht zu reden«, verteidigte sich Penta.

»Niemals. Solange du mich von Moos getrennt hältst, bist du der schrecklichste Mensch auf der gesamten Insel«, meckerte er und im nächsten Augenblick vernahm sie ein Geräusch, das wie Weinen klang.

»Hättest du ihn nicht bei dir im Büro lassen können?«, fragte Tonia voller Mitleid. Der Bonsai war hoffnungslos verliebt und wollte nur zu seiner Angebeteten.

»Nein, nicht mit den Borkenkäfern, die ihn überall suchen.«

Bonde starrte verwirrt zwischen Tonia und Penta hin und her und wartete scheinbar auf eine Erklärung.

Tonia winkte ab. »Glaub mir, du willst das nicht wissen.«

»Also, ich gehe voraus und bringe ihn um, ihr folgt mir direkt.«

Tonias Fingerspitzen kribbelten vor Aufregung und sie verspürte den Kitzel des Abenteuers. Und zu ihrer Überraschung war sie neugierig, wie es sein würde, einem zweiten Mord beizuwohnen. Die Vorstellung, noch einmal Zeugin zu werden, reizte sie mehr, als sie es sich vorgestellt hätte. Es ging sogar so weit, dass sie sich vorstellte, selbst den Mord zu begehen. Tonia schüttelte den Kopf. Was stimmte nicht mit ihr? Sie war keine Mörderin und doch war da dieser kleine Augenblick, in dem sie gespürt hatte, wie ihre Finger sich um die Schaufel von Bonde klammerten und sie damit den Kopf des Wachmanns traf.

»Ich komme direkt mit.« Tonia lief los, als Bonde aufsprang.

»Nein«, zischte er über die Schulter, da er so tat, als ob sie nicht zusammengehörten.

»Du hast keine Wahl«, zischte sie zurück und holte ihn ein, um sich bei ihm unterzuhaken. »Wir können doch zusammen zur Arbeit gehen«, sagte sie laut, als sie dem Wächter fast gegenüberstanden.

Dieser runzelte die Stirn. Dann lockerte er seine Gesichtszüge wieder und lächelte ihnen entgegen.

Tonia war kurzfristig verwirrt. Kannte er sie oder warum lächelte er?

»Guten Morgen, Bella«, rief er und winkte ihr. »Heute mal mit dunklen Haaren und dunkler Haut?«

In Tonias Verstand ratterte es. Bella? Das war kein Name, den sie jemals verwendet hatte. Aber so hieß …

Sie packte Bonde am Arm. »Bring ihn nicht um, ich habe eine Idee«, zischte sie ihm zu. »Guten Morgen«, erwiderte sie schnippisch und hob den Kopf.

Der Wachmann tippte sich an die Mütze mit dem Firmenlogo der Arbis und verneigte sich.

»Mein neuer Kutscher kommt auch gleich noch. Magst du ihn bitte einfach durchlassen?«, flötete Tonia mit dem freundlichsten Lächeln, dass sie hinbekam.

»Sicher. Wie heißt er?«

»Ach, ich rufe schnell nach ihm, in Ordnung?« Sie zwinkerte ihm zu und gab ihm einen Kuss auf die Wange. Der Wachmann wurde feuerrot im Gesicht, als wäre er ein kleiner Junge, der das erste Mal von einer Frau geküsst wurde. Ihr sollte es recht sein. So hatte sie wenigstens leichtes Spiel. »Penta, komm bitte her!« Mit ihrer verstellten, flötenden Stimme drehte sie sich zu Penta, der sich versteckt hielt.

Nur zögernd kam er hervor und auf sie zu. »Ähm, ja?«

»Ja, schleich doch nicht so. Wir haben es eilig. Ich muss zu meinem Vater und mit ihm alles besprechen.«

Der Wachmann nickte. »Ihr Vater ist vor einer halben Stunde angekommen. Ich denke, er ist gerade in einem Treffen. Zumindest hatte er es eilig in den Konferenzraum zu kommen.«

»Ah, danke schön, du Lieber. Was würde ich nur ohne dich tun? Und ich finde es toll, dass du mich jedes Mal erkennst, selbst wenn ich so stark geschminkt bin wie heute.«

»Ach, das ist doch nur mein Beruf. Ich stehe hier und weiß Dinge.« Der Wachmann winkte ab, doch Tonia konnte den Stolz in seinen Augen sehen. Wahrscheinlich hatte die echte Bella ihm das nie gesagt. Vermutlich würde er das auch nie wieder hören.

»Dann machst du den Beruf ausgezeichnet. Ich werde das wohlwollend meinem Vater gegenüber erwähnen.«

Penta trat zu ihr und schaute sie skeptisch an, aber sagte nichts weiter.

»Danke, Bella. Das ist wirklich sehr freundlich von Ihnen. Ich weiß gar nicht, was ich sagen soll«, merkte er an und warf sich in die Brust.

»Lass uns einfach durch und dann ist alles gut. Ich muss dringend mit meinem Vater reden.« Tonia tätschelte erneut seine Schulter und lächelte sich die Seele aus dem Leib.

»Natürlich. Hier sind noch Ihre Ausweise.« Der Wachmann reichte ihnen rotbraun gestrichelte Lochkarten und drückte auf einen Knopf. Gleich darauf summte es und die Bambustür öffnete sich wie von Geisterhand. Die ganze Zeit hielt er den Knopf gedrückt und erst als Penta, Tonia und Bonde durchgegangen waren, ließ er los. Die Tür schloss sich hinter ihnen und Tonia winkte dem Wächter ein letztes Mal, damit er beruhigt war.

»Wer ist Bella?«, zischte Penta, als sie außer Hörweite waren.

»Die Tochter von Damon Arbi. Kennst du nicht ihren Kanal?«, fragte Tonia verwirrt. Sie hatte schon vor einigen Monaten angefangen, einen anderen Weg zu nehmen, wenn sie zur Arbeit ging, um nicht mehr an dem Kanal vorbeigehen zu müssen.

Penta schüttelte den Kopf.

»Sie hat sich von ihrem Vater das Recht sichern lassen, zwei Mal täglich ihre Schminktipps auf ihrem Kanal zu zeigen. Was eine eher wackelige Angelegenheit ist, da sie sich ein winziges Boot dafür ausgesucht hat. Sie nennt diese Schminktipps Bellas Bienen Pomade und brüllt sie allen entgegen, die an dem Kanal vorbeigehen.«

»Und warum denkt er, dass du sie bist?«

»Weil sie jeden Tag anders aussieht. Sie verändert ständig irgendetwas an ihrem Körper, hat sich sogar angeblich von Ärzten im Rankenhaus verschönern lassen. Aber das ist nur der Klatsch und Tratsch unter den reichen Töchtern. Ich höre da nicht so genau hin«, erklärte Tonia. »Sie sieht mir schon ein wenig ähnlich, aber ist normalerweise hellblond, hellhäutig und immer stark geschminkt. Ich glaube einfach, dass niemand so genau weiß, wie sie wirklich aussieht.«

»Das ist doch unfassbar.« Bonde deutete auf die Fabrik. »Wie schnell du reagiert hast. Das war schon beeindruckend, Cousinchen.«

»Danke schön, Bonde. Manchmal muss es eben kein Mord sein«, sagte sie ohne Sarkasmus. Hoffentlich verstand er den Wink mit dem Holzpfeiler. Sicher war sie nicht, da er nur vor sich hinstarrte.

»Und was machen wir jetzt? Damon ist vielleicht noch im Konferenzraum. Wenn wir ihn jetzt da rausholen, werden wir wohl rausgeschmissen. Also, wie sieht dein Plan aus, Tonia?« Penta suchte die Umgebung ab.

Die Fabrik war der ihres Vaters nicht unähnlich. Sie hatte auch drei Speichertürme auf der Nordseite, auf die die Sonne nicht so stark schien, weil sie von einer hohen Mauer abgeschirmt waren. Dazu das kastenförmige Gebäude, in dem die Firma selbst saß und in einem winzigen Nebengebäude befanden sich vermutlich Büros und die Post, so wie bei Fills Feuerlacke.

»Ich denke, wir gehen erst einmal durch die Halle und schauen uns an, wie dort gearbeitet wird. Irgendwann wird Damon sicher aus dem Treffen kommen und dann in die Firma gehen. Zumindest hat er das damals behauptet«, erklärte sie und versuchte, sich daran zu erinnern, was Damon bei seiner Führung erzählt hatte.

»Dann können wir ihn dort abfangen und ihn mit Holzwurm ansprechen, um sicherzustellen, dass er das wirklich ist«, stimmte Bonde zu.

»In Ordnung. Dann ab ins Werk«, sagte sie und stürmte voran. Sie wollte keine Betriebsspionage betreiben, doch wenn sie schon mal freien Zugang bekam, konnte sie gleich nachsehen, wie er seine Produktion in den letzten Jahren verändert hatte. Eventuell konnte sie etwas für ihre baldige Firmenübernahme mitnehmen.

Im Innern war es warm und stickig, aber auch lichtdurchflutet. Es gab keine schummrigen Ecken, in denen man sich verstecken konnte. Ob Damon das machte, weil er so alle seine Mitarbeiter von seiner Plattform in der oberen Etage im Blick hatte oder damit das Arbeiten angenehmer war, konnte Tonia nicht sagen. Vielleicht, um an Lampen zu sparen, die sonst regelmäßig ausgetauscht werden müssten.

»Wonach riecht das hier?«, fragte Bonde und wischte sich über die Augen, da diese zu tränen begannen.

»Das ist eine der Hauptzutaten von Feuerlack: Pfefferschoten. Dadurch brennt die Luft. Die meisten versuchen es durch Milchpartikel, die der Atemluft beigemischt werden, abzuschwächen, aber ich halte das für Nonsens. Man gewöhnt sich an den Geruch. Halte einfach durch.«

»Na klar. Darauf bin ich trainiert.« Bonde drückte seinen Rücken durch und folgte ihr zu der Abfüllanlage am Rand der Fabrik. Einige

Frauen standen dort und schwatzen unaufhörlich über das Mittagessen, das sie heute mitgebracht hatten.

»Wie wäre es, wenn wir einfach mal einen tiefen Schluck aus der Pulle da nehmen?«, fragte Wurzel und Penta drückte rasch eine Hand auf seine Brust, um ihn zum Schweigen zu bringen. Sie konnten hier vieles gebrauchen, aber sicher keinen sprechenden Bonsai, der nicht wusste, wie man sich benahm.

»Still da drunter.«

Tonia runzelte die Stirn und schnupperte erneut.

»Was ist?«, fragte Penta verwirrt. »Was riechst du hier in der Luft?«

Tonia winkte ihm, ruhig zu sein, und ging auf die Frauen zu, die an der Abfüllanlage standen. »Entschuldigt bitte, können Sie mir sagen, was alles in dem Feuerlack enthalten ist?«

Die Arbeiterinnen stoppten in ihren Bewegungen und sofort staute sich der Feuerlack an einer Barriere. »Wer sind Sie denn, dass sie das wissen möchten?«

»Wir sind Geschäftspartner von Damon und er hat uns diese Ausweise gegeben, um vollen Zugriff zu erhalten«, erklärte sie überzeugend. Wenn sie eines in dem Zusammenleben mit ihrem Vater gelernt hatte, dann zu lügen. Mittlerweile war sie leider zu gut darin, was sie sehr ärgerte. In einigen wenigen Momenten ihres Lebens vermisste sie die reine, wahrheitsgetreue Zeit mit ihrer Mutter.

Sie strich die Erinnerung aus ihren Augen und hoffte, dass die Frauen es nicht gesehen hatten. Glaubten sie ihr? Tonia hatte keine Ahnung, wofür die Ausweise genau standen. Das hatte der Wachmann nicht gesagt. Nur, dass sie vollen Zutritt hatten. Aber galt das auch für den Abruf von Wissen? Bange Sekunden verstrichen, in denen sie versuchte, sich nicht die Angst anmerken zu lassen, die sie innerlich ergriff. Wenn ihr Vater herausfand, was sie hier getan hatte, würde er sie sicher nicht mehr als Nachfolgerin in Betracht ziehen. Wer würde schon einer Frau ein Unternehmen übergeben, die sich unter Vorspiegelung falscher Identität in die Firma des ärgsten Konkurrenten einschlich? Das musste sie unbedingt verhindern.

»Ah, okay. Natürlich«, sagte schließlich eine Frau mit kurzen Locken. »Also, neben Pinienkernen, Feuerblumen und angebrannten Mandeln gibt es bei uns noch Pfefferschoten und Färberdisteln.«

Tonia legte die Stirn in Falten und schüttelte den Kopf. »Färberdisteln?«

»Ja, wieso?«

»Keine Feuerwurzeln?«, vergewisserte sie sich.

»Nein, nachdem Damon erfahren hat, dass die Feuerwurzeln schädlich für die Umwelt sind, hat er sie gegen Färberdisteln ersetzt. Sie bieten eine ebenso starke Rotfärbung und die Abfallstoffe lassen sich leichter entsorgen.«

»Das kann nicht sein«, murmelte sie und versuchte, ihre Gedanken zu sortieren.

»Was meinst du?« Penta stellte sich direkt neben sie.

»Feuerwurzeln waren der Geruch, den DD Guano uns genannt haben und sie sind immer in Feuerlacken drin«, murmelte Tonia.

»Wann hat er das umgestellt?«, fragte sie verzweifelt. Wenn das stimmte, waren sie wieder ganz am Anfang. Wie konnte das nur sein? Bonde hatte recherchiert und herausgefunden, dass der Holzwurm Damon Arbi war. Wieso passte dieses Details nicht ebenfalls?

»Vor etwa einem Jahr«, erklärte die Arbeiterin. »Stimmt etwas nicht?«

»Nein, alles bestens. Danke.« Penta zog sie von den Frauen weg zu einem der Fenster.

»Aber er ist der Holzwurm«, beeilte sich Bonde zu sagen, als wüsste er genau, dass es sein Fehler war.

»Das mag sein, aber er ist scheinbar nicht die Person, die wir suchen«, meckerte Penta und tätschelte Tonias Rücken.

Sie spürte, wie ihre Welt gerade ein klein wenig grausamer geworden war. »Wenn er der Holzwurm ist, aber die Person bei

Jemma nach Feuerwurzeln gerochen hat, dann muss jemand von dem Geheimnamen Damons wissen. Anders kann ich es mir nicht erklären.« Tonia atmete tief durch. Sie erlangte ihre Fassung wieder und ihr Verstand übernahm die Kontrolle über ihren Körper.

»Aber wer könnte das wissen? Von wem hast du es erfahren, Bonde?«, wandte sich Penta an den Schaufelassassinen.

»Wie gesagt, von einem Kontakt in *Connas Casino*. Und die Person ist vertrauenswürdig. Ich gehe davon aus, dass jemand den Namen dort mitbekommen hat, aber wer das ist, werde auch ich nicht herausbekommen können«, erklärte Bonde und stieß Penta gegen die Brust. »Das ändert aber nichts an unserer Abmachung, oder?«

»Au!«, brüllte Wurzel lauthals. »Du hast mir einen Ast abgeknickt.«

Penta holte Wurzel rasch heraus und betrachtete den Bonsai, dessen herzförmige Blätter in alle Richtungen abstanden. Ein Ast hing tatsächlich ziemlich schlaff herunter. Penta stellte ihn auf einen der Abfüllbehälter, um den Ast zu untersuchen.

»Entschuldige bitte. Das war keine Absicht, Wurzel. Ich hatte ganz vergessen, dass du da bist.« Bonde wirkte ehrlich besorgt, ging sogar in die Hocke, um auf Augenhöhe mit Wurzel zu sein. Allerdings wusste Tonia nicht, ob die Sorge seinem Job oder Wurzel galt.

»Hängt ihn, schmeißt ihn in den Fluss mit Steinen an den Füßen. Er hat mir gerade einen Ast amputiert!« Wurzel schlug mit seinen dünnen Ästen nach Bonde, der sofort zurückwich.

»Wurzel, du musst leise sein. Wir sind nicht allein!«, zischte Tonia und gab dem Bonsai einen Klaps auf den Hinterstamm.

»Jetzt schlägt mich diese Trulla da auch noch. Ist hier einer meiner Insekten?«, rief der Bonsai lauter, als es notwendig war.

Die Frauen, mit denen sie sich eben unterhalten hatten, starrten misstrauisch zu ihnen hinüber. Pentas Bewegungen wurden hektisch, als er sich umsah und nach einem Ausweg aus der Situation suchte.

»Ich brauche Schutz! Ich werde …«

Bevor Wurzel weitersprechen konnte, stieß Penta ihn kurzerhand an und versenkte ihn in dem Behälter mit Feuerlack.

Tonia erschrak. »Was sollte das denn?« Sie griff nach dem Zangengreifer, der an jeder Abfüllmaschine zu hängen hatte, um jederzeit Stücke herauszufischen.

»Ich wusste nicht, wie ich ihn sonst zum Schweigen bringen konnte. Das war ein Reflex.« Penta rieb sich die Stirn. Tonia wandte sich von ihm ab und trieb den Greifer in die rottrübe Flüssigkeit. Sie konnte Wurzel am Boden liegen sehen und tauchte den Greifer bis zum Anschlag ins Holzfass, um ihn zu packen.

»Ist das nicht Baummisshandlung?«, fragte Bonde im Hintergrund.

»Nicht hilfreich. Holt lieber mal ein Tuch, damit wir ihm gleich den Feuerlack aus den Augen wischen können«, befahl Tonia.

»Er ist ein Baum. Wie schlimm kann es sein, dass er in Feuerlack gefallen ist, der speziell für Holz entworfen wurde?«, fragte Penta, der jedoch sofort los eilte und nach einem Handtuch suchte.

Tonia zog Wurzel aus der zähflüssigen Masse heraus, die erst durch die Vermischung mit Wasser später zu dem wurde, was in den Läden stand. »Das ist unverdünnter Feuerlack. Der ist nicht für Bäume gedacht, da er die Rinde und das Holz angreifen kann!«, schimpfte sie über die Schulter hinweg, während sie Wurzel endlich an die Oberfläche holte.

Seine Augen waren geschlossen und er rührte sich nicht. Sein Mund stand offen. Tonia drehte ihn so, dass der Lack aus allen Öffnungen abtropfen konnte.

»Was ist mit ihm? Warum redet er nicht?« Penta kam mit einem Stofflappen herbeigeeilt und reinigte sofort das winzige Gesicht.

»Weil er vermutlich voll mit diesem Zeug ist.« Tonia schlug ihm gegen die Schulter. »Warum hast du das gemacht?«

»Wir haben zu viel Aufmerksamkeit erregt mit Wurzel, der hier rumbrüllte!«, zischte Penta und wischte über ein Astloch auf der rechten Seite des Stamms.

»Und du meinst, das ist jetzt besser?«, fragte Tonia und deutete auf die Frauen, die allesamt auf sie zeigten und tuschelten.

»Schon gut. Nicht meine beste Idee, aber ich war in Panik.«

»Jetzt weiß ich auch, warum du ein mieser Assassine wärst«, merkte sie eiskalt an und nahm ihm das Tuch aus den Händen. »Selbst ich bin abgeklärter als du und du bist schon so lange in dem Beruf.«

Tonia drückte auf dem Holzstamm herum, so dass aus allen Öffnungen noch mehr Feuerlack drang. Der Stamm des Bonsais war beweglicher und weicher, als sie es von normalen Bäumen kannte, dennoch ließ sie sich nicht beirren und presste weiter, bis Wurzel auf einmal hustete und die verklebten Augen öffnete.

»Hast du gerade versucht, mich umzubringen?«, fragte Wurzel schockiert.

»Nein, das war keine Absicht. Ich wollte nur, dass du ruhig bist.« Penta verhaspelte sich dabei immer mehr.

»Glaubst wohl, du hast einen Lauf, nur weil das bei dem anderen geklappt hat. Mich wirst du nicht los, Papierschubser. Ich bin unsterblich!« Wurzel hob seine Äste und wiegte sie hin und her, als betete er zu irgendeinem Baumgott.

Bonde ging zu den Frauen und blockierte damit die Sicht auf Wurzel. Beschwichtigend hob er die Arme und erklärte ihnen in lautem Tonfall, was vermeintlich passiert war.

Tonia hörte auf, den Feuerlack von ihm zu wischen. Das meiste hatte er bereits in sich aufgesogen. Noch schien die Rinde keinen Schaden genommen zu haben. Vielleicht hatte er ja Glück und er würde nichts nachbehalten.

»Geht es dir gut, Wurzel?«, fragte Tonia. »Merkst du was von dem Lack?«

Wurzel hielt in seinen Bewegungen inne und starrte Tonia an. »Was meinst du? Sollte ich was spüren? Werde ich jetzt verenden? Nein, ich bin doch noch so jung. Und ich habe Moos doch gerade erst gefunden. Ich kann sie nicht wieder verlieren. Ohne mich ist sie doch hilflos. Ich bin ihr ein und alles. Wie soll sie nur überleben ohne mich?« Wurzel schluchzte und klammerte sich an Tonias Hand. »Versprich mir, dass du dich um sie kümmern wirst, ja? Ich muss in dem Wissen sterben, dass für die Liebe meines Lebens gesorgt ist.«

Tonia tätschelte seine Äste. »Keine Sorge. Dir wird nichts geschehen. Du wirst noch ein sehr langes Leben vor dir haben, in dem du mit Penta viel Zeit verbringen kannst.«

Wurzel ließ sie abrupt los. »Wieso drohst du mir jetzt? Ich habe dich doch nur darum gebeten, dich um Moos zu kümmern. Das war doch nicht zu viel verlangt.«

Penta ging auf Wurzel zu und tupfte ihn erneut ab. »Schon klar. Du siehst es als Strafe an, mit mir zu leben. So, jetzt musst du aber schweigen, sonst fallen wir noch mehr auf.«

Bonde kam zurück. »Wir sollten langsam gehen. Ich glaube, dass die Frauen dort gleich nach dem Vorarbeiter rufen, wenn wir nicht verschwinden.«

»Wir haben hier eh nichts mehr, was wir noch rausfinden können«, sagte Tonia enttäuscht. »Der Holzwurm ist nicht der, den wir gesucht haben. Also müssen wir einen anderen Weg einschlagen.«

Penta verstaute Wurzel in seiner Tasche und nickte Tonia zu, die sich als erste auf den Weg aus der Fabrik macht.

KAPITEL 20
PENTA

Veons Labor war inzwischen aufgeräumt und sie saßen in den Privaträumen am anderen Ende des Hauses. Auch wenn Veon mit der gebrochenen Rippe und dem Arm wohl in seinen Bewegungen eingeschränkt war, hatte er für Ordnung gesorgt. Penta war beeindruckt, denn jeder normale Mensch hätte sich in einen Sessel gesetzt oder ins Bett gelegt und sich ausgeruht, aber Tonias Onkel nicht. Der ließ sich von ein paar Schmerzen nicht abhalten.

»Was also habt ihr jetzt vor?«, fragte Veon, nachdem sie ihn auf den neusten Stand gebracht hatten. Bonde war vorerst wieder nach Hause gegangen, da er sich einige Stunden schlafen legen wollte, um dann noch einmal zu versuchen, den Holzwurm ausfindig zu machen. Tonia, Wurzel, Veon und Penta saßen bei einer gemütlichen Tasse Ingwerknollentee beisammen und lauschten der Aufzeichnung einer Musikproduktion, die Penta vor Jahren auf dem Allesmarkt gesehen hatte. Damals allerdings in deutlich billigerer Produktion als die Version, die Veon hörte.

»Wir werden rausfinden müssen, wer er ist«, erklärte Tonia und klopfte mit einem Finger auf dem Stoff des blümchengemusterten Sessels, in dem sie saß.

»Ja, aber wie wollt ihr das tun? Habt ihr einen Anhaltspunkt?« Veon nahm seine Tasse, die auf dem Tisch zwischen ihnen stand und schlürfte einen Schluck.

Penta beobachtete ihn. Für all die Informationen, die er in der letzten halben Stunde erhalten hatte, war er ziemlich gefasst. Das kam Penta suspekt vor. Denn welcher normale Mensch kam damit klar, dass es sprechende Bäume, Assassinen und eine Verschwörung gab, die zum Tod seiner Nichte führen sollte? Abgesehen von Tonia.

Diese Familie war seltsam, beschloss Penta und trank selbst etwas des köstlichen Getränks. Er hatte eindeutig zu wenig getrunken und gegessen und hier bekam er gerade beides. Dass er an seinem Schreibtisch sitzen und sich um die Quotenstatistiken für seine Assassinen kümmern musste, da diese bald fällig waren, ignorierte er um seiner geistigen Gesundheit willen.

»Sein Kollege wird sich erst einmal weiter umhören, aber solange wir keine Ahnung haben, welcher Arbeiter oder Firmenchef es ist, können wir nichts unternehmen. Dafür gibt es einfach zu viele.« Tonia zuckte mit den Schultern. Obwohl sie unbeteiligt tat, konnte er doch erkennen, wie sehr alles an ihr nagte. Einmal mehr empfand er Mitleid mit ihr und wollte ihre Hand tätscheln, die auf dem Sessel neben seiner lag, ließ es jedoch bleiben. Sie hatte klar und deutlich gemacht, dass sie keinerlei Interesse daran hegte, mit ihm befreundet zu sein.

»Aber ihr könntet einige ausschließen, oder?«, fragte Veon. »Immerhin dürfte es keiner der kleineren Firmeninhaber sein.«

»Damon ist es auch nicht, wie schon erwähnt«, sagte Penta und nippte am Tee. »Welche Inhaber gäbe es denn noch?«

»Da wären noch Malia Kaba. Sie kommt ursprünglich aus Palmenfort und hat hier eine zweite Niederlassung eingerichtet. Allerdings hatte sie bisher keinerlei Andeutungen gemacht, so radikal ins Geschäft einzusteigen. Sie produziert einfach gute Waren, die für sich selbst sprechen.«

»Aber was wäre mit dem Kerl, der immer nach Zigarren stinkt?« Veon tippte sich an die Stirn, als suchte er dort nach dem Namen.

»Du meinst Likon? Nein, der ist zu alt und will die Firma demnächst schließen, weil er keine Nachfolger hat. Vermutlich wird er sie an Damon verkaufen«, winkte Tonia ab.

»Und die Frau, vor der ich immer Angst habe, wenn ich sie bei euch treffe?«, schlug Veon vor.

Tonia lachte. »Vor Alara brauchst du keine Angst zu haben. Sie ist nur so verdammt groß, weil ihre Eltern beide ebenfalls halbe Riesen sind. Also keine echten, aber sie sind riesig. Mit ihr war ich erst vor einigen Wochen im Theater und wir haben uns blendend verstanden.«

»Dann muss es ja einer der Mitarbeiter sein, der vielleicht Ambitionen hat.« Tonia stellte die Tasse auf den Tisch ab. »Vielleicht gibt es nicht nur für mich einen Auftrag, sondern auch für die anderen Firmenchefs. Könntest du das rausfinden, Penta?«

»Wenn es eine Anfrage gegeben hätte, hätte Wurzel sicher etwas gesagt.« Er kannte seinen Bonsai gut genug, um zu wissen, dass das nicht stimmte, allerdings wollte er nach außen hin so wirken, als hätte er alles im Griff.

Wurzel prustete die Luft aus seinem Stamm, so dass winzige Borkenstücke herumflogen, aber zumindest widersprach er ihm nicht.

»Gibt es vielleicht einen Mitarbeiter in der Firma deines Vaters, den du verärgert hast?«, versuchte Penta einen weiteren Lösungsansatz.

»Nein, ich verstehe mich dort mit allen.«

»Wirklich?«, fragte Penta und klang dabei überraschter, als er es sollte.

»Natürlich. Oder denkst du etwa, dass man mich dort nicht mag?« Tonia verschränkte die Arme vor der Brust und starrte ihn wütend an.

»Nein, das meinte ich nicht. Ich dachte nur, dass man als Tochter vom Chef ja meistens nicht gemocht wird«, erwiderte er rasch, um ihre Wut abzumildern. Und, weil er nicht wollte, dass er merkte, wie aggressiv sie rüberkam. Vielleicht war das aber auch nur bei ihm so.

»Das ist hier anders. Ich bin in dieser Firma aufgewachsen. Wenn ich nicht in der Schule oder bei Veon war, habe ich meine Zeit dort verbracht. Ich kenne die meisten der Angestellten dort, seit ich klein war.«

»Das heißt nicht, dass man dich leiden kann«, gab Penta vorsichtig zu bedenken.

»Sicher. Aber glaub mir, niemand würde es wagen, mich umzubringen.« Tonia war wieder besänftigt und sah nun enttäuscht zur Decke. »Wir werden es wohl nie herausfinden und ich kann nicht mehr nach Hause zurück.«

»Was ist denn mit deinem Vater?« Wurzel spielte mit dem Stein, der hinter dem Stamm in seinem Topf lag.

»Mein Vater wird mich bestimmt irgendwann vermissen. Hast du schon was von ihm gehört?«, wandte sich Tonia an ihren Onkel.

»Dein Vater hat dich zumindest noch nicht als vermisst gemeldet«, sagte Veon entschuldigend.

Tonia wirkte nicht überrascht bei der Nachricht. Sie schnaubte nur und winkte ab. »Ich bin erwachsen. Der wird mich so schnell auch nicht als vermisst melden.«

»Das meinte ich nicht. Nie hören Menschen zu!«, schimpfte Wurzel und bewarf Tonia mit Erde aus dem Topf. »Er ist auch ein Firmenbesitzer.«

Tonia ruckte nach vorne. »Willst du damit andeuten, mein eigener Vater will mich umbringen?«

»Das ist doch lächerlich, Wurzel.« Veon schüttelte den Kopf. »Du als Baum kannst vielleicht nicht verstehen, wie die Bande zwischen einer Familie funktionieren, aber sie sind da. Immerzu. Es wäre undenkbar, dass sie er … Tonia, was ist denn?«

Penta sah zu Tonia, die mit weit aufgerissenen Augen auf einen Punkt jenseits des Wahrnehmbaren starrte. »Hat Wurzel etwa recht?« Penta konnte nicht fassen, dass er das aussprach, aber der Schreck in ihren Blick war real. Sie musste irgendetwas wissen, was sie vorher nicht bedacht hatte.

Tonia brauchte einen Moment, ehe sie sich gedanklich wieder ins Hier und jetzt bewegte. Dennoch verschwand die Angst nicht vollkommen.

»Tonia?« Veon lehnte sich vor und berührte behutsam ihre Hand. Die Schmerzen in seiner Brust schien er zu ignorieren oder verdammt gute Schmerzmittel bekommen zu haben.

»Na ja, es gäbe da einen Grund, warum er mich aus dem Weg haben wollen würde«, murmelte sie. »Aber er ist mein Vater. Es kann also nicht sein. Außerdem war er an dem Abend, an dem Penta zu mir kam, bei einem Treffen mit ein paar Geschäftspartnern.«

»Gutes Alibi. War er nicht auch bei dem Mord deiner Mutter zu einem Notfall in der Firma?« Wurzel klang ungeheuer investigativ.

»Ja, aber die Treffen standen schon lange fest. Das kann also nicht sein«, verteidigte sie Camtero.

»Warum würde er dich umbringen wollen?« Penta lehnte sich ebenfalls vor.

»Na ja, ich habe etwas herausgefunden, was ihn, aber auch die Firma zu Fall bringen könnte«, begann sie vorsichtig und schaute niemanden an.

»Warum hast du das nicht erzählt?«, fragte Veon beleidigt.

»Weil ich nicht wollte, dass es an die Öffentlichkeit gerät. Außerdem hat Camtero versprochen, dass er dieses Problem aus der Welt schafft.«

»Was ist es, Tonia?«, hakte Penta nach.

Sie druckste noch einen Moment herum, ehe sie schließlich seufzte. »In den Abrechnungen der Buchhaltung ist mir aufgefallen, dass unser Wasserverbrauch drastisch gestiegen ist, deswegen habe ich mich mal schlaugemacht. Und in der Abfülleinrichtung gab es einen Fehler in der Füllmenge zum Verdünnen des Feuerlacks. Es war viel zu viel Wasser. Bisher habe ich gedacht, dass wir einen Spion haben, der die Abfülleinheiten immer wieder zurückstellt, wenn ich sie korrigiert hatte, aber scheinbar nicht.« Sie schaute auf ihre Finger und konnte die Bitterkeit nicht aus ihrer Stimme vertreiben.

»Du meinst, dein Vater hat das veranlasst?« Veons Mund klappte auf.

»Ich kann es eigentlich nicht glauben. Wenn das wahr wäre, müsste ich auch in Betracht ziehen, dass er für den Mord an Mama verantwortlich ist, und das kann ich einfach nicht glauben. Auch wenn er ein Arschloch ist, wird er wohl kaum einfach so einen Mordauftrag an seiner Frau und seiner Tochter erteilen, oder?«

»Wir könnten in der Akte nachsehen«, schlug Penta vor.

»Welche Akte?« Veon richtete sich langsam auf und deutete auf Pentas Tasse. Der winkte jedoch ab, da er genug Ingwerknollentee für heute hatte.

»Die vom Gentleman-Assassinen, dem Beauftragten für den Mord. Wenn es derselbe Auftraggeber ist, müssten wir dort einen Hinweis finden.« Außer, wenn Lindor damals schon für den Assassinen zuständig gewesen war und eine ebenso unstrukturierte Ordnung hatte.

»Wieso schlägst du das jetzt erst vor?«, fragte Tonia und sprang auf. »Hättest du das nicht gleich nachsehen können?«

»Wir hatten keinen Grund anzunehmen, dass es derselbe Auftraggeber sein könnte bis gerade eben.«

»Ich glaube nicht, dass es Camtero ist«, behauptete Tonia, aber Penta sah, dass sie sich da nicht so sicher war.

Sie knetete ihre Hände, bis sie heller als sonst waren. Penta fasste einen Entschluss. Trotzdem er keine Grundlage und erst recht nicht das Formular ausgefüllt hatte, um auf alte Fälle zuzugreifen, musste er es wagen. »Wurzel, kannst du bitte auf den Surfer zugreifen und die Akte von damals aufrufen? Wer war der Auftraggeber des Mordes an der Mutter von Tonia?«

»Leck mich an meiner Borke, du Bürokrat. Wälz doch deine ach so geschändeten Leichen, wenn du das wissen willst!«

»Wurzel, bitte. Ich brauche nur diese eine Information. Wenn du mir das sagst, bekommst du Moos ganz bald wieder.«

»Erpressung? Sind wir schon so weit in unserer Beziehung, mein Lieber?« Wurzel bewegte seine Äste hin und her und schüttelte den Stamm. »Aber gut. Du hast gewonnen.«

Der Bonsai versteifte sich und schloss kurz die Augen.

»Was passiert jetzt?«, fragte Tonia neugierig.

»Er greift auf die gespeicherten Daten im Surfer zu, um die entsprechende Information zu suchen. Wenn alles korrekt abgespeichert wurde, sollten wir in einer Minute das Ergebnis haben.« Sofern Wurzel nicht einschlief, sie in Stabreimen wiedergab oder willkürlich eine andere Fallakte zitierte.

Gespannt schauten die drei auf Wurzel, bis er mit einem fast schon verträumten Blick zu Penta sah. »Oh, du auch hier? Was verschafft mir die Ehre?«

»Wurzel, hast du die Information bekommen?« Penta betrachtete ihn eindringlich. Manchmal formte er seine Äste zu einer Antwort. Oder er versuchte es mit Pantomime.

»Holzwurm. Kriege ich jetzt Moos?«

»Damals also auch?« Tonia warf sich zurück. »Also entweder war es damals wirklich Damon Arbi, der meine Mutter hat umbringen lassen und diesmal will es ihm jemand anhängen oder es ist wirklich ein und dieselbe Person.«

Penta nickte anerkennend. »Das ist sehr analytisch, dafür, dass diese Person vielleicht dein Vater sein könnte.«

»Dass es auch damals der Holzwurm war, beweist es aber nicht. Wir müssen mehr herausfinden. Was ist mit der Verschwörungstheoretikerin?«, fragte Veon.

»Kobold? Was ist mit ihr? Sie weiß nicht, wer der Holzwurm ist«, erklärte Penta.

»Sie könnte aber wissen, ob es derselbe Mann war, oder? Oder vielleicht weiß sie mehr über die Person, die damals den Auftrag entgegengenommen hat und wir können dann diese Person befragen«, schlug Tonia vor.

»Vermutlich lebt derjenige nicht mehr.«

Tonia sprang auf und er erkannte augenblicklich den Enthusiasmus in ihren Augen. »Wir müssen es wenigstens versuchen. Sonst kommen wir gar nicht voran. Oder willst du das etwa nicht?«

»Doch, natürlich. Ich habe genug zu tun und könnte schon längst wieder in meinem Büro sitzen«, merkte er an und seufzte. »Gut, dann gehen wir zu Kobold.«

»Jetzt!«, forderte Tonia und ging zum Labor.

Penta sah zu Veon, der ihr nachschaute, aber keine Anstalten machte, aufzustehen.

»Ist sie immer so bestimmend?«, fragte Penta.

»Seit sie sechs Jahre alt ist, weiß sie einfach, was sie will. Und ich denke nicht, dass du sie von etwas anderem überzeugen kannst.«

Penta stand aus dem Sessel auf und folgte Tonia mit ausgebreiteten Armen. »Dann werde ich wohl jetzt mit ihr zu Kobold gehen.«

***

Kobold bot ihnen einen Baumkuchen an. Penta kannte ihn aus seiner Jugend und hatte sich über die Jahre daran gewöhnt. Denn beim ersten Bissen hatte er ihn direkt wieder ausgespuckt. Kobold hatte das Rezept eines Baumkuchens dahingehend geändert, dass er wie ein echter Baum aufgebaut war. Inklusive gekochter Rinde, knackiger Käfereinlage und kleinen Holzfasern. Tatsächlich wurde es schmackhafter, je öfter man es aß. Und zumindest war es nicht ungesund. Kobold hatte in ihrem Leben sicher schon hundert Stück davon verputzt und sie schwor darauf, dass es ihr Dasein verlängerte. Penta konnte das nicht beurteilen, ließ aber Kobold in ihrem Glauben.

»Was führt euch heute zu mir?«, fragte

Kobold und ließ sich auf den mit Moos ausgekleideten Baumstamm fallen. Penta wusste, dass Kobolds Treffen mit einigen anderen Anheuerern anstand, also würde er sich beeilen müssen, wenn er mehr herausfinden wollte. Denn Kobold kam nie zu spät zu dieser Verabredung. So seltsam sie manchmal war, so zuverlässig war sie, wenn es um ihren Beruf ging. Deswegen würde sie aufstehen, sobald es Zeit wurde, zu gehen.

Tonia fasste die Geschehnisse einmal zusammen und sah Kobold erwartungsvoll an, während Penta sich die neuen Flugblätter an den Wänden ansah. Wenn etwas ein Heim für Penta war, dann diese kleine Holzhütte, die unter einem umgestürzten Baum gebaut war. Von außen sah sie heruntergekommen und verfallen aus. Einige Bretter fehlten und waren durch zerfetzte Tücher ersetzt worden. Aber im Innern spürte er die Liebe, die von den selbstbemalten Stoffen, die als Tapete dienten, ausgingen. Die Leidenschaft, die die mit Sisalfasern verbundenen Punkte auf der selbsterstellten, modifizierten Landkarte von Madera ausstrahlte. Und die zusammengewürfelten Möbel, die sie mit dem Boden verpflanzt hatte, damit niemand sie stehlen konnte.

»Und was wollt ihr jetzt von mir?«, sagte Kobold mit vollem Mund.

»Wir wollten wissen, ob du weißt, wer damals der Vermittler war«, erklärte Penta, da Tonia nicht wusste, wie die genaue Bezeichnung der Person war, die sie suchten.

»Du weißt schon, dass es 20 Jahre und diverse Hanfpflanzen her ist, oder Junge?« Kobold schluckte ihren Bissen herunter und packte sich das nächste Stück vom Baumkuchen auf ihren Teller.

»Erinnerst du dich an irgendetwas von damals?«, bohrte Tonia nach.

»Dass ich damals noch schnittiger ausgesehen und dort in diese Hosen gepasst hätte.« Sie deutete auf einen Stofffetzen, der als eine Art Raumtrenner von der Decke hing. »Ihr wollt also hören, dass Camtero Fill der ist, der den Auftrag gegeben hat?«

»Ja!«, sagte Penta.

»Nein«, erwiderte Tonia zeitgleich.

»Is mir egal, hast du Dünger?«, kam es von Wurzel.

»Bedien dich.« Kobold zeigte auf eine kleine Schüssel auf dem Tisch. Sie lehnte sich vor. »Das kann ich nicht sagen. Aber ich kann euch sagen, dass er kein Typ mit einer weißen Weste ist.«

Tonia verschränkte die Arme vor der Brust, während sich Wurzel mit seinen Ästen nach vorne schob, um an seinen Dünger zu gelangen. Penta ließ ihn machen. So war er wenigstens ein wenig beschäftigt.

»Wie meinst du das? Er ist mein Vater.«

»Denkst du, das weiß ich nicht, Schätzchen?« Kobold schnaubte und stopfte sich das nächste Stückchen Baumkuchen in den Mund. »Habe dich schon ein paar Mal beobachtet.«

Tonia runzelte die Stirn, ehe sie sich ebenfalls vorlehnte. »Moment, die Frau aus der Polizeistation? Die Papageienpost.«

Kobold grunzte und nickte. »Volltreffer, Schätzchen.«

»Aber warum?« Tonias Stimme brach und sie schüttelte den Kopf, als ob sie es nicht glauben konnte.

»Du willst uns enthüllen. Was denkst du denn, was wir da unternehmen? Wir überprüfen regelmäßig, wie viel du schon weißt.«

»Ich wusste es!«, brüllte Tonia und zischte es gleich noch einmal hinter. »Ich wusste es!«

»Du würdest es nicht anders machen.«

»Und woher soll ich dann wissen, dass ihr nicht doch diejenigen seid, die mich umbringen wollen und das hier nur dazu dient, mich mürbe zu machen?«, sagte sie und deutete auf Penta. »Immerhin werde ich hier von A nach D und dann zu F gelotst, um irgendwann mit Glück mal bei B zu landen.«

Penta nickte zustimmend. »Wir laufen wirklich viel durch die Gegend und das nicht im positiven Sinn, aber ich habe es dir schon einmal gesagt: Wir sind das nicht. Da steckt jemand anderes hinter, nicht wahr, Kobold?«

»Teufel noch eins. Wenn wir das wären, hätten wir dich schon vor Jahren auslöschen können. Denn seien wir mal ehrlich: In den letzten Jahren hast du nicht viel mehr herausgefunden.« Kobold deutete auf Wurzel und Penta. »Mal abgesehen von den letzten paar Tagen.«

Tonia schloss die Augen und atmete einige Male tief durch. Sie lief über den rotgemusterten Läufer, den Kobold vor Jahren beim Kartenspiel gewonnen und sich darin verliebt hatte. Seither lag er direkt vor dem Tisch und wurde gepflegt wie sonst nichts in ihren Unterschlüpfen. Penta ließ ihr den Moment, den Kobold nutzte, um ihren Baumkuchen zu verputzen.

Schließlich drehte sich Tonia um, die Nase hoch in die Luft gereckt und starrte die Anheuerin an. »Also, was glaubst du über meinen Vater zu wissen, das ich noch nicht weiß?«

Der Teller seiner Ziehmutter landete klirrend auf dem Tisch und Kobold seufzte genüsslich. »Zum einen wäscht er Geld mit seinen piekfeinen Teakotels. Angeblich vor allem mit dem Wäscheservice, der immer sehr ausgelastet ist. Zumindest hat mir das Ursen erzählt. Erinnerst du dich noch an ihn?« Kobold deutete auf Penta, der nur nickte. Natürlich tat er das. Ursen hatte kurze Zeit mit Drak zusammengelebt. Sie waren kein richtiges Paar gewesen, aber Freunde mit gewissen Vorzügen. Ursen hatte nach dem Kräuterschnaps gerochen, den er selbst im Keller seines Hauses brannte. Ein bestialischer Geruch, der in der Nase gekniffen hatte und den Penta augenblicklich wieder roch, kaum dass er an Ursen dachte.

»Ein dufter Kerl, sag ich dir. Hat immer noch eine Flasche für mich übrig, wenn ich ihn treffe. Na jedenfalls, als ob das noch nicht schlimm genug wäre, nimmt dieser Camtero das Geld und besticht damit die Kontrolleure des Feuerlackamts.«

»Welche Beweise hast du dafür?« Tonia verschränkte die Arme vor der Brust.

Warum wehrt sie sich gegen diese Aussage so sehr, fragte Penta sich. Tonia hatte ihm selbst erzählt, dass sie von der Verdünnung wusste. Wieso also sollte sie noch an ihren Vater glauben?

Kobold schnaubte. »Ach, komm, Schätzchen. Das weiß nun wirklich jeder hier in Unterwald.«

»Nein, ich kann das einfach nicht fassen.« Tonia bewegte ihren Kopf ganz langsam von links nach rechts. »Ich bin seine Tochter. Vielleicht bin ich ihm manchmal eine Last und eventuell wünscht er sich an einigen Tagen, dass ich nicht geboren wäre, aber das ist normal in einer Familie. Dafür bringt man aber niemanden um.« Sie löste ihre Arme vor der Brust und schlug gegen einen der Stofffetzen, die herunterhingen. »Und ich werde es euch beweisen. Wartet es nur ab!«

KAPITEL 21
TONIA

»Wieso musstest du ihn ausgerechnet hierher einladen?«, fragte Veon sie und zeigte dabei den gleichen gequälten Gesichtsausdruck wie so manches Mal früher, wenn sie ihn zu einer Familienfeier eingeladen hatte. Veon und Camtero kamen in der Öffentlichkeit gut miteinander aus, da Veon das Ansehen seiner Schwester wahren und den Ruf der Firma nicht zerstören wollte, aber Camtero machte es ihm nie leicht. Ständig riss ihr Vater Witze über Veons Arbeit. Wie lächerlich es sei, Vulkanforschung zu betreiben, wenn der einzige Vulkan auf der schwimmenden Insel nicht aktiv war.

»Weil das ein neutraler Ort ist. Ich konnte ja schlecht nach Hause zu ihm gehen, wenn er es doch ist«, entgegnete sie und füllte sich etwas von dem Salat auf. Nach dem seltsamen Baumkuchen von Drak waren diese frischen Blätter aus dem Garten ihres Onkels eine Wohltat.

»Du ziehst es also in Betracht?«, fragte Penta und sie konnte eine kleine Spur von Hab-ich-dir-doch-gesagt in seiner Stimme erkennen.

»Nicht wirklich«, sagte sie bestimmt. »Aber selbst, wenn er es nicht ist, wird seine Papageienpost sicher abgefangen, falls derjenige immer noch hinter mir her ist. Also will ich ihn nicht gefährden.«

Dass Tonia tatsächlich in Betracht zog, was ihr Vater vielleicht getan hatte, behielt sie für sich. Denn seit Jahren war das Verhältnis zwischen Camtero und ihr mehr als angespannt. Er war ihr kein Vater und sie spielte nur die vorbildliche Tochter, was er vermutlich wusste. Eigentlich hatten sie sich längst auseinandergelebt und niemand war mehr für den anderen da, wenn es darauf ankam. Nicht so, wie sie es bei Penta und Drak fühlte. Obwohl sie sich keine liebevollen Blicke zuwarfen, spürte sie die Wärme in Pentas Bewegungen, sobald er seine Ziehmutter ansah. Und bei Drak erkannte sie den Stolz einer Mutter, deren Kind etwas erreicht hatte.

»Kann mir jemand mal den Krug da vorne reichen?«, fragte Wurzel und zeigte auf den getöpferten Wasserbehälter, der direkt vor ihm stand.

Penta seufzte und deutete an, nicht darauf einzugehen.

Wurzel sah sich suchend um. »Niemand? Dachte ich mir. Niemand kann mir das Wasser reichen.«

Bonde schnaubte und schüttelte den Kopf. »Dieser Bonsai ist immer wieder zu goldig«, erklärte er mit sanfter Stimme. Warum Penta ihn zu der Besprechung eingeladen hatte, hatte er ihr nicht verraten wollen. Vermutlich als Sicherheit, falls doch etwas aus dem Ruder laufen sollte. Dass er mit Tonia jemanden hatte, die sich und ihn verteidigen konnte, konnte er auch nicht ahnen.

»Eher blechern in seinem Humor«, murmelte Penta leise, so dass Wurzel es nicht hörte. »Entschuldigt mich, ich bin gleich wieder zurück.«

»Musst du schon wieder pissen?«, rief Wurzel ihm hinterher. »Der geht jeden Tag fünf Mal auf den Lokus. Dabei trinkt der gar nicht so viel.«

»Jeder hat eine andere Verdauung«, erklärte Veon und deutete auf die Toilettentür, die Penta lauter zuschlug, als es angebracht war. »Eine Bekannte von mir lebt nach einem strengen Toilettenplan in einer Baumhausgemeinschaft zusammen. Wer außerhalb dieser Zeiten muss, muss es verkneifen oder den Baum runterklettern, um in den Wald zu machen.«

»Die schmieren ihre Fäkalien an die Bäume?«, fragte Wurzel angewidert.

»Besser als ins Wohnzimmer zu machen.« Bonde zeigte auf den Salat. »Kann ich noch etwas haben? Der ist vorzüglich.«

»Klar doch.«

»Wusstet ihr, dass Penta auf dem Klo immer das StaGB liest?« Da Penta ihm Moos seit der Ankunft bei Veon wieder vorenthielt, hatte Wurzel nichts zu tun.

»Was ist das?«, hakte Tonia nach. »Klingt nach etwas aus der Gilde.«

»Das ist das Handbuch der Assassinen und der Todesreiter. Steht für *Sonstige Todesfälle außerhalb des Gesetzbuchs*«, erklärte Bonde, während er sich einen großen Berg Salat auf seinen Teller schob.

»Da stehen also alle Regeln drin?« Tonia starrte zur Toilettentür. »Ob er jetzt auch eins bei sich trägt?«

»Selbst wenn, du würdest doch jetzt nicht einfach dort reinplatzen, oder?« Bonde lachte ihr gegenüber und sah sie an. Das Lachen blieb ihm im Hals stecken, als sie sich ihm langsam zuwandte. »Ernsthaft? Ich dachte, du hättest das nach zwanzig Jahren endlich mal ruhen lassen.«

»Manche Menschen sind sturer als ein Mammutbaum vor der Fällung«, warf Wurzel ein, als ob das einen Sinn ergeben würde.

Tonia setzte zu einer Erwiderung. Da klirrte hinter ihr etwas, nur um von einem großen Knall übertönt zu werden. Weißer Nebel hüllte die Essecke ein, in der sie saßen. Tonia ruckte herum und stieß ihren Stuhl um. Mitten auf eine brennende Kugel hinein, die nicht weit von ihr entfernt lag und zischend winzige Feuerkugeln in alle Richtungen schoss.

Eine der Kugeln landete auf einem kleinen Sessel und entzündete ihn sofort.

Auch wenn der Stoff sofort Feuer fing, blieben sie ruhig. Jeder in Ulmenstadt wusste, dass Feuer nichts Schlimmes war. Genau dafür war Feuerlack erfunden worden. Um eben zu verhindern, dass es in einer Welt ausbrach, die fast ausschließlich aus Holz bestand.

»Kommt ein Feuer geflogen, brennt hinüber zu meinem Topf«, begann Wurzel zu singen und dirigierte mit seinen Ästen.

»Was war das für ein Geräusch?«, fragte Penta, der kurz darauf aus der Toilette kam.

Da sich der Rauch davor sammelte, begann er augenblicklich zu husten. Tonia hingegen hatte noch relativ klare Sicht auf ihre Umgebung. Eine Fensterscheibe war mit der Feuerkugel eingeworfen worden. Die Scherben lagen auf dem Boden verteilt und spiegelten die ersten Feuerzungen, die sich an dem Sessel empor fraßen.

»Das Holz!«, bemerkte Bonde auf einmal. Da sah Tonia, dass nicht mehr nur das Polster brannte, sondern bereits die Lehnen.

»Mit welchem Feuerlack hast du deine Möbel behandelt?«, fragte Tonia, glaubte die Antwort aber schon zu wissen.

»Natürlich unserem, wieso?« Veon hielt sich eine Serviette vor den Mund, da er ebenfalls zu husten anfing, als er sich erhob und die Kanne mit Wasser vor Wurzel über den Sessel kippte.

»Ich hab's befürchtet. Wir sind nicht sicher. Los, alle raus hier!«, brüllte sie laut genug, so dass die Brandstifter es hören mussten. Sie wollte sichergehen, dass niemand zurückblieb.

»Der Feuerlack wird uns schützen. Den Sessel habe ich vielleicht vergessen«, merkte Veon an und stellte die leere Kanne zurück auf den Tisch.

»Nein. Mein Vater hat den Lack verdünnt in den letzten Monaten oder vielleicht schon Jahren. Ich weiß es nicht. Wir sind hier nicht

sicher. Der Feuerlack wird uns nicht retten.« Sie hielt inne, als sie sich auf den Ausgang bewegte. Camtero musste das gewusst haben. Vermutlich hatte er Veon das Fass höchstpersönlich geliefert. Damit wusste er auch, dass sein Schwager nicht vor einem Brand gefeit war.

»Wie bitte?«

»Lange Geschichte. Wir sollten hier raus.« Tonia sah sich um. Die Flammen griffen rasend schnell um sich. Da sie nicht vom Feuerlack geschützt waren, leckte das Feuer begierig über die Stuhl- und Tischbeine sowie dem Fußboden.

»Kommt ein Feuer geflogen, brennt hinüber zum Topf, will den Tohoood mir bringen, vom Vater einen Gruß«, textete Wurzel ein Lied um, das Tonia in ihrer Kindheit öfter gehört hatte.

»Wurzel, nicht hilfreich. Wirklich nicht hilfreich«, erklärte Penta, der hektisch von links nach rechts sah. »Wo sollen wir raus? Das Feuer schließt uns gerade ein.«

Bonde hustete lauthals und Wurzel dirigierte zu der Melodie, die er nun pfiff. Der Schaufelassassine schnappte sich sein Arbeitsgerät und klappte die Schaufel aus. Gleich darauf begann er mit der flachen Seite auf die Flammen zu schlagen.

»Was tust du da?«, fragte Tonia verwirrt. »Willst du sie erschlagen?«

»Keine Ahnung. Irgendwas muss man doch machen«, erwiderte er keuchend und zog sich seinen Schal über die Nase.

»Spring einfach drüber. Bevor es zu breit ist.« Tonia nahm selbst bereits Anlauf und rannte direkt auf den Feuerherd zu. Ein aufgeregtes Prickeln erfasste ihren Bauch, als sie absprang. Mitten durch das Feuer hindurch. Die Hitze drohte ihre Haut zu verbrennen, obwohl es nur den Bruchteil eines Augenblicks dauerte, ehe sie sicher auf beiden Beinen landete. Die Flammen fraßen sich durch den Boden, weiter hinter ihr her. Mit jeder Sekunde, die verstrich, wurde die Feuerschneise breiter. »Los, traut euch, ihr Baumkuschler!«, beschimpfte sie die Männer auf der anderen Seite.

Durch die züngelnde Feuersbrunst konnte sie Penta ausmachen, der Wurzel in die Innentasche seines Mantels stopfte und diesen dann fest verschloss. Im nächsten Moment rannte er los. Tonia verzog anerkennend das Gesicht. Sie hätte eigentlich erwartet, dass Bonde es als Erster wagte, doch der stand zögernd in einer Ecke. Er trug den Schal als Mund-Nasen-Schutz und hustete immer stärker. Selbst Veon kletterte auf seinen Tisch, der direkt an das Feuer grenzte und sprang darüber hinweg, parallel zu Penta.

»Bonde, komm schon.« In seinen Augen konnte sie die Angst erkennen, die das Feuer ihm machte. Da erinnerte sie sich an eine seiner Geschichten von früher, als sie ihn öfter gesehen hatte. War da nicht etwas mit einem Lagerfeuer, durch das er als Mutprobe in seiner Schule springen sollte und sich verbrannt hatte?

Tonia überlegte nicht lange und rannte zurück, mit einem Satz durch die Flammen. Der Platz wurde knapper. Auf dem Rückweg würde sie vermutlich nicht mehr so knapp hinüberkommen. »Komm schon. Ich helfe dir«, sagte sie mit hoffentlich beruhigender Stimme. Allerdings glaubte sie, das rasche Klopfen ihres Herzens in jeder einzelnen Silbe zu spüren. Die Hitze des Feuers griff nach ihr und ließ sie blinzeln. Der Qualm brannte in ihren Augen. Es breitete sich zu schnell aus. Wenn sie nicht augenblicklich handelte, würden sowohl Bonde als auch sie vollkommen eingeschlossen sein.

Kurzentschlossen packte sie seine Hand und zerrte ihn in Richtung Feuer. »Das ist keine Mutprobe. Wenn du jetzt nicht springst, stirbst du, verstanden?« Ohne auf eine Antwort zu warten, sprintete sie los. Bonde stolperte hinterher. Er hatte keine Chance, ihrem Griff zu entkommen. »Spring!«, brüllte sie und ignorierte das Kratzen des Qualms in ihrem Hals.

Die Flammen leckten über ihre Füße, ließen sie spüren, dass sie eine gefühlte halbe Ewigkeit in der Luft verbrachte, um knusprig gegart zu werden.

Schließlich landete sie auf dem Holzboden, der bereits rot glühte und vermutlich jeden Augenblick aufloderte. Sogar durch ihre Schuhsohlen fühlte sie die sengende Hitze. Bonde fing sich ab und stabilisierte seinen Lauf, rannte neben ihr in Richtung Ausgang. Dort stand Penta, der sich an der Tür zu schaffen machte. Veon kramte einige Gegenstände hervor, die Tonia nicht kannte. Vornehmlich Ordner, aber auch zum Tresor eilte er.

»Warum geht ihr nicht raus?«, rief Tonia. Das Feuer war nicht im Labor angekommen, was aber nur eine Sache von Sekunden sein würde.

»Ich muss meine Forschungsergebnisse retten. Sonst war all die Arbeit umsonst.« Er zuckte schmerzerfüllt, als er über die Schulter sah. Vermutlich bereitete ihm die gebrochene Rippe Qualen. Tonia ließ Bonde los und wandte sich ihrem Onkel zu. »Deine Forschungsergebnisse kannst du jederzeit neu aufschreiben, aber wenn du tot bist, wird das schwierig. Komm schon!«, brüllte sie ihn an, wie sie es nie zuvorgetan hatte. Ihr Onkel sah sie überrascht an, packte einen weiteren Ordner, den er sich unter den Arm klemmte und nickte dann.

»Du erinnerst mich wirklich sehr an deine Mutter, weißt du das?«, sagte er mit einem weichen Lächeln auf den Lippen. »In Krisensituationen wusste sie immer, was zu tun war. Deswegen hat auch sie Firma überschrieben bekommen und nicht ich.«

»Das können wir gerne bei einem Becher Graswein besprechen, wenn wir hier lebend rauskommen. Also los!« Obwohl sie ihn abweisend ansah, erfreute das Lob ihr Herz.

»Warum ist die Tür noch nicht offen?«, fragte sie, als sie Penta und Bonde daran rumwerkeln sah.

»Sie klemmt. Etwas blockiert von außen die Klinke. Wir können sie nicht herunterdrücken.«

Tonia schaute aus dem Fenster in der rechten Laborwand. Draußen war der Abend über die Stadt hereingebrochen. Aber im Schein der Straßenlaternen konnte sie zwei Kerle erkennen, die dort mit verschränkten Armen standen. Tonia erkannte sie sofort. Arman und Osson, die Handwerker ihrer Firma. Aber scheinbar waren sie mehr als nur die Klempner, die sich die verstopften Toiletten ansahen.

Hatte ihr Vater wirklich diese Männer geschickt, um sicherzustellen, dass sie nicht lebend aus dem Haus ihres Onkels kam?

»Wir müssen das Fenster nehmen. Bonde, deine Schaufel!«, rief Tonia und forderte sie ein.

Doch jetzt, da er nicht mehr vom Feuer umgeben war, schien sein Mut zurückzukehren. Er hielt sein Arbeitsgerät fest in beiden Händen und schüttelte den Kopf. »Auf keinen Fall. Diese Schaufel gebe ich niemals aus der Hand. Lass mich das machen.« Entschlossen marschierte er voran. Nicht jedoch, ohne einen letzten Blick auf die Flammenzungen zu werfen, die nicht weit am Rand des Labors nach ihnen leckten.

Das Glas klirrte und im nächsten Moment flogen von außen Steine ins Innere. »Sie wollen uns daran hindern hinauszugelangen!« Bonde nutzte seine Schaufel als Schild, um aus dem Fenster zu klettern, ohne von den Wurfgeschossen getroffen zu werden.

»Opfert euch, ihr Insekten, um euren König zu retten!« Wurzels Stimme drang nur schwach durch den Stoff von Penta. Tonia hatte Mühe, ihn vollständig zu verstehen, da das Feuer den hinteren Gebäudeteil zischend und dröhnend verschlang.

»Wurzel, halt still. Ich will dich nicht verlieren!«

Tonia war sich sicher, dass er Wurzel vermissen würde, aber vermutlich würde er auch Ärger bekommen, weil er seinen Dunkelnetzschnüffler verloren hatte. Abgesehen davon, dass er erklären musste, wie es dazu hatte kommen können. Das lag weder in ihrem noch in seinem Interesse.

»Los, kriech schon raus. Oder soll ich dir ein wenig Anschwung geben?« Tonia stieß Penta gegen die Hüfte.

Der Todesreiter fiel fast vornüber und gab sich alle Mühe, nicht mit dem Gesicht in den Tomatenstauden vor dem Haus zu landen.

Die Angestellten ihres Vaters waren sofort bei ihnen, griffen sie an und versuchten, sie zurück durch die halbhohen, offenen Fenster zu drängen. Bonde schlug mit seiner Schaufel zu, so dass Arman, der blasse Hüne, sich um sich selbst drehte und ihn verdutzt ansah. Der Treffer schien ihm jedoch nicht so viel auszumachen, wie Bonde gehofft hatte. Denn Arman grabschte wieder nach dem Arbeitsgerät.

»Ihr kennt mich!«, brüllte Tonia auf einmal, um die Männer zu verunsichern. »Hört auf, uns anzugreifen!«

Osson lachte nur hämisch und die breite Narbe neben seinem Mund ließ ihn wie die schlechte Imitation eines Clowns wirken. »Das ist nicht unser Auftrag«, sagte er mit seiner unverwechselbar dumpfen Stimme.

»Hat mein Vater euch geschickt?«, fragte sie, während sie den Pranken von Arman auswich, dem sie aus Versehen zu nah gekommen war.

Beide grinsten nur im Schein der Flammen, die nun durch das Fenster einen deutlichen Lichtschein warfen. Tonia stakste über die Kartoffelpflanzen, deren Blätter verwelkten. Ihr Onkel würde sie bald ernten können, wenn er den Abend hier überlebte und sie das Feuer stoppen konnten.

Da machte Osson auf einmal einen Satz nach vorn und umschlang sie mit den Armen. Penta wollte ihr zu Hilfe kommen, aber ihr Angreifer drehte sie mit einer beklemmenden Drehung zur Seite und verhinderte es so. Arman nutzte den unbedachten Augenblick von Penta und schnappte ihn, als er gerade durch die bereits vergammelten Rhabarberblätter stolperte.

Nur Bonde und Veon standen frei neben dem Fenster des Hauses. Vermutlich hatte ihr Vater nicht damit gerechnet, dass Penta bei ihr war und sie sich Unterstützung von einem anderen Assassinen holen würde. Sonst hätte er mehr Männer geschickt. Wütend trat sie nach Osson, doch er schlang ein Bein um sie, so dass sie weder die Arme noch die Beine bewegen konnte. Sie fühlte sich wie in einem menschlichen Schraubstock, aus dem sie nie wieder entkommen würde.

»Sollen wir sie gleich hier umbringen?« Osson zeigte auf Veon und Bonde, der die Schaufel hoch erhoben hielt und zwischen Penta und Tonia hin und hersah.

»Nein, nicht direkt hier. Aber wir können sie wieder reinschubsen. Sieht ja gerade keiner«, gab Arman den Befehl. Scheinbar hatte er das Sagen. Sie versuchte, mit ihrem Kopf Osson zu treffen, doch es gelang ihr einfach nicht.

»Bonde, falls du überlegst, wen von den beiden …« Tonia deutete auf Arman. Der Schlange den Kopf abschlagen und der Körper war in ihrer Gewalt.

Arman schien zu verstehen, was Tonia sagte und schüttelte sich. Es war zu spät für eine Reaktion seinerseits. Bonde drehte blitzschnell seine Schaufel, so dass sie mit der spitzen Seite auf Armans Schädel donnerte und sich einige Zentimeter hineinbohrte. Angewiderte sah Tonia weg, denn das Blut spritzte in alle Richtungen und sie wollte nichts davon ins Gesicht bekommen.

»Bei allen großen Eichen!« Ossons dumpfe Stimme bohrte sich in ihr Trommelfell, als er aufschrie. »Arman!«

Tonia hatte gehofft, dass ihn der Tod seines Kameraden aus der Fassung brachte und er seinen Griff lockerte. Fehlanzeige. Ein weiterer Versuch ihn zu treffen und ihm vielleicht die Nase zu brechen schlug fehl. Dafür sackte Arman, ohne einen Ton zu sagen, mit Penta im Arm in die Radieschen. Bonde zog noch im Fallen die Schaufel aus dem Schädel und wischte sofort mit einem Tuch über die Oberfläche.

»Das war mein bester Freund«, jammerte Osson und drückte Tonia die Luft ab.

»Wärst du so freundlich?«, bat sie mit keuchender Stimme.

»Moment!«, erklärte Bonde und holte das Formular hervor, mit dem er schon herumgewedelt hatte, als sie in Damon Arbis Firma eindringen wollten. »Erst brauche ich den Stempel.«

Bonde hielt Penta das Stück Papier hin. Der sah ihn an, über und über mit Blutspritzern am Hinterkopf und in den Haaren besprenkelt. »Kleinen Moment. Ich muss erst den Antrag prüfen.«

»Ist das euer Ernst?« Tonia starrte auf die Szene vor sich und konnte es nicht fassen. Sie steckte in der Gewalt eines Schlägers und die beiden klärten, ob sein Formular eine Absegnung verdiente?

Osson drückte noch weiter zu und klemmte ihr damit die Luft vollends ab. Sie konnte nicht einmal mehr ihre Brust anheben, um dort etwas Sauerstoff in sich hineinzupressen. Sie fühlte, wie die Sterne langsam vor ihren Augen zu tanzen begannen. Weißer Sternenstaub segelte an ihr vorbei und sie spürte, wie ihre Gedanken sich von dem Pumpen ihres Herzens ablenken ließen. Es war so gleichmäßig und beruhigend. Einfach nachgeben. Dann hätte sie Ruhe.

In der Sekunde knallte es links neben ihrem Ohr und schlagartig kam sie wieder zu Bewusstsein. Das Blut pumpte in ihren Verstand und sie sog hastig die Luft ein, die vom Qualm getränkt war. Tonia hustete, atmete, hustete erneut.

Osson lag bewusstlos neben ihr und hatte eine Platzwunde am Kopf. Aber immerhin war er nicht tot. Zwei Ermordete würden vermutlich auch das vorbereitete Formular von Bonde sprengen. Kopfschüttelnd sprang sie auf die Beine.

»Was hat da so lange gedauert?«, fragte sie mit kratziger Stimme.

»Ich musste erst den Genehmigungsstempel holen und Bondes Formular prüfen«, erklärte Penta seelenruhig und strich mit einer Hand seinen Mantel glatt, während er in der anderen Wurzel hielt.

»Sonst wäre ich zu einem Unterassassinen geworden und das kann ich nicht riskieren.«

»Du hast ernsthaft einen Stempel deiner Gilde bei dir?« Tonia trat auf ihn zu. »Wofür?«

»Für genau solche Notfälle. Man weiß ja nie. Der gute Todesreiter ist vorbereitet. Auf jede Art von Notfallstempelung«, sagte er nicht ohne Stolz und steckte den kleinen Holzstempel gleich darauf in ein Fach im Topf von Wurzel.

»Du hast jetzt also wirklich allen Ernstes diesen Kerl umgebracht und dann gedacht: Erst mal das Formular ausfüllen, bevor ich meine Cousine rette?«, fasste sie noch einmal die Details zusammen.

Bonde sah zu Penta, zu Tonia und wieder zu Penta. »Zweiten Grades«, nuschelte er und verstaute das Blatt Papier in seiner Umhanginnentasche. »Außerdem bist du doch hart im Nehmen. Jede andere Frau hätte vermutlich schon längst jammernd in der Ecke gelegen bei allem, was sie bisher erlebt hat, aber du bleibst ganz entspannt.«

»Das liegt sicher nicht an euch beiden Flachpfeifen«, schnaubte sie und wischte sich die Innereien einer Tomate aus der Hose. Sie konnte nicht fassen, dass jeder in Ulmenstadt sie für verrückt hielt, wenn es doch solche Leute gab. »Wie ist es eigentlich möglich, dass diese Todesgilde immer noch geheim ist?«, fragte sie schließlich mit einem Seufzen und schnipste den letzten Tomatenkern weg.

»Solche Notfalltötungen passieren nur selten. Sonst verläuft alles streng nach Vorschrift. Dafür stehe ich mit meinem Namen ein!«, sagte Penta und warf sich in die Brust. »Was genau hast du jetzt vor?«

Tonia sah zu Osson herunter, als der begann sich zu rühren. Sie schnappte sich Wurzel und grub den Stempel wieder aus. »Ich denke, ich werde ihn befragen, was genau er hier zu suchen hat.«

»Ist das nicht offensichtlich? Dein Vater hat sie geschickt!«, erklärte Bonde.

Tonia schüttelte den Kopf. »Ich will es aus seinem Mund hören.« Das sechsjährige Mädchen, das seinen Vater verehrt hatte, wollte nicht glauben, dass es wahr war. Dieses kleine Mädchen brauchte einen Beweis und die Aussage einer von Camteros Angestellten war dafür gerade richtig.

Sie rammte den Stempel in Ossons Schritt und es dauerte nicht lange, da kamen die Worte, die sie vorher nie für möglich gehalten hatte. »Ja, er will dich tot sehen.«

Tonias Griff um den dünnen Stempel wurde härter und Osson jaulte auf. Erst als sie die Faust nicht mehr tief in sein auf dem Boden festgeklemmtes Gemächt presste und das Holz daraus entfernte, atmete er durch.

Tonia hingegen drehte sich von Penta und Veon weg, um die Tränen zu verbergen, die ihr in die Augen getreten waren. Es waren nur sechs Wörter, doch sie hatten sich um ihr Herz geschlungen und drückten fester zu, als sie eben die Eier von Osson gequetscht hatte. Es kostete sie viel Mühe und Kraft, nicht zu schluchzen. Denn ihr wurde bewusst, dass sie die ganze Zeit mit dem Mörder ihrer Mutter unter einem Dach gelebt hatte. All die Jahre, in denen er ihr hatte einreden wollen, dass sie nicht gesehen hatte, was ihre Erinnerung ihr sagte. All die Male, die er sie mitleidig angesehen hatte, wenn sie wieder einmal wütend davon berichtete, was sie erlebt hatte. Sie hatte es für väterliche Unwissenheit gehalten. Nun wusste sie, dass er sie innerlich ausgelacht hatte. Obwohl er in der Nacht nicht im Schlafzimmer ihrer Mutter gewesen war, war er der Einzige, der dafür verantwortlich gemacht werden konnte. Und das würde er.

Tonia ballte die Fäuste, wischte sich unauffällig damit über die Augen und warf den Stempel zu Penta zurück. Der fing ihn mehr schlecht als recht, aber das tat ihrer Stimmung keinen Abbruch. Entschlossen starrte sie die drei stehenden Männer und den einen liegenden Kerl vor sich an. »Wir werden ihm zeigen, dass ich nicht so leicht umzubringen bin, wie er glaubt!«

KAPITEL 22
PENTA

»Wir haben keine Chance gegen ihn. Wie oft soll ich dir das noch sagen?«

Den gesamten Weg bis nach Unterwald hatte Tonia darauf bestanden, sich Camtero zu stellen. Obwohl sie keine Ahnung hatte, wie. Sie arbeitete an der Umsetzung, erklärte sie jedes Mal.

Auch diesmal, als sie vor der *Spelunke* standen, um noch einmal mit Drak zu reden. Tonia war davon überzeugt, dass sie ihr helfen konnte, aber weder Bonde noch Penta glaubten daran. Was sollte eine Anheuerin, selbst eine so einzigartige wie Drak, gegen einen Kerl wie Camtero Fill unternehmen? Immerhin hatte sie bisher nichts mit ihm zu tun gehabt.

»Kannst du mit DD Guano sprechen? Der letzte Dünger war etwas gestreckt«, merkte Wurzel mit heraushängender Zunge an. »Siehst du? Der hat da blaues Färbemittel reingemacht. Ich fühle mich ganz blau.«

»Du siehst aber nicht so aus«, sagte Penta, ohne auf die Zunge zu achten.

»Du wirst es mir noch so oft sagen, bis ich vermutlich auf dem Grund des Flusses liege, weil mein Vater doch Erfolg hatte!« Tonias Entschlossenheit erinnerte ihn an seine eigene Anfangszeit in der Gilde. Damals hatte er sich fest vorgenommen, so schnell wie möglich nach oben zu kommen und niemanden vor sich zu lassen. Der jüngste Oberste aller Zeiten. Dieses Scharmützel hier würde ihn nicht von dem Plan abhalten. Er seufzte. Er verstand den Ehrgeiz hinter ihrem Vorhaben, aber auch das Potenzial des Scheiterns.

»Wenn du schon weißt, dass er dich umbringen wird, warum versuchst du es dann überhaupt?«, fragte Bonde, der seine Kapuze hier unten abgenommen hatte.

Tonia blieb abrupt stehen und drehte sich zu ihrem entfernten Cousin um. »Weil es eine Ungerechtigkeit zu sühnen gibt, Bonde!« Ihre Augen funkelten im Schein der Glühwürmchenlampen. Der Duft des Feuers hing an ihnen und erfüllte die Luft. Es ließ ihre Aura noch finsterer wirken, als sie es sowieso war.

»Das ist zwanzig Jahre her«, merkte Penta vorsichtig an. »Vielleicht solltest du es …«

»Ihm verzeihen, dass er mir mit sechs Jahren die Mutter genommen hat? Ihm verzeihen, dass er mich seither nicht einmal liebevoll angelächelt hat? Ihm verzeihen, dass er mich meiner Kindheit beraubt hat, weil ich den Mord an ihr ansehen musste?«, brüllte Tonia und ihre Haare tanzten wild um ihr dunkles Gesicht. »Auf gar keinen Fall werde ich ihm das jemals verzeihen!«

»Ich verstehe ja, was deine Beweggründe sind, aber er ist blattreich und auf dem besten Wege der nächste Bürgermeister zu werden, wenn du recht hast. Glaubst du wirklich, dass du ihn einfach so denunzieren und belasten kannst? Welche Beweise hast du denn?«

Penta deutete auf sich und Bonde. »Wir werden dir keine Aussagen liefern. Offiziell existieren wir nicht in deinem Leben. Es hat keinen Sinn. Ich habe wirklich versucht, dir zu helfen, aber ich bin an einem Punkt angekommen, an dem ich …« Penta runzelte die Stirn, als ihm klar wurde, was er im Begriff war zu sagen. »… an dem ich mich stellen muss«, murmelte er.

»Du Feige!«, rief Wurzel. »Hast nicht mal die Eier für deine Fehler gerade zu stehen.«

»Doch, Wurzel. Eben das will ich jetzt tun«, erwiderte er. »Ich werde mich der Gilde stellen.«

»Dann wirst du ausgeschlossen«, sagte Bonde und riss die Augen auf.

»Was nichts anderes heißt, als zu Dünger verarbeitet zu werden.« Wurzel winkte unter dem Mantel von Penta hervor. »Der nächste, bitte. Und diesmal nicht so einen Bürokraten!«

»Sie werden mich sicher nicht umbringen. Ich bin ein wertvolles Mitglied ihrer Gilde und sicher nicht so leicht zu ersetzen«, erklärte Penta, auch wenn er wusste, dass das nicht hundertprozentig stimmte. Aber es war der einzig sinnvolle Weg, den er noch einschlagen konnte, sollte er nicht mit Tonia in den sicheren Tod gehen wollen.

»Wieso willst du dein Leben so einfach wegwerfen?« Tonia stand mit verschränkten Armen vor ihm und obwohl er deutlich größer war als sie, strahlte sie etwas Mächtigeres aus, als er es sich vorstellen konnte. Das musste ihre Herkunft sein. Auch wenn sie es vielleicht nicht gerne hören wollen würde, aber ihr Vater schimmerte in genau solchen Momenten bei ihr durch.

»Ich werfe es nicht weg. Im Gegenteil. Wenn ich an deiner Seite bleibe, werde ich mit Sicherheit sterben. Denn mit Camtero Fill legt man sich einfach nicht an«, erklärte er im Brustton der Überzeugung.

»Warum willst du Penta aufhalten? Ich konnte ihn noch nie leiden. Und jetzt hält er mich sogar von Moos getrennt. Kannst du ihre Leidensschreie nicht hören? Das ist meine Chance auf ein freies Leben, getrennt von diesem Diktator.« Wurzel schob mit einem Ast die linke Seite des Mantels beiseite und starrte Tonia mit großen Augen an. Penta wischte sofort den Stoff wieder über ihn. Irgendwann würde er Wurzel einfach ertränken und behaupten, er wäre an Altersschwäche eingegangen.

»Du glaubst, dass er blätterreich ist? Dann täuschst du dich. Denn das meiste Vermögen gehört mir. Einzig die Einnahmen aus seinen Teakotels gehören ihm. Und so viel, wie man denkt, ist das nicht. Du glaubst, dass er mächtig ist? Das ist er nur, weil alle ihn dafür halten. Wenn man ihn erst mal als den Mörder präsentiert, der er ist, wird die Politik ihm die Unterstützung ganz sicher schnell entziehen. Niemand will einen skandalträchtigen Bürgermeister, egal, wie angsteinflößend er sein mag. Ich brauche nur eine Chance, das richtig anzugehen. Und ich brauche deine Hilfe dabei. Ohne die Beweise aus der Gilde wird das niemals etwas.«

»Das kann ich nicht machen, Tonia. Es tut mir leid.« Tat es genaugenommen nicht, aber das konnte er ihr schlecht sagen. Schließlich wollte er sich schon stellen, um eine Verwarnung und mit Sicherheit eine Verzögerung seiner Beförderung zu erhalten. Wenn er die Gilde in Gänze verriet, würde er ausgelöscht werden.

»Dann lässt du mir keine andere Wahl.« Sie straffte sich und starrte ihm direkt in die Augen. »Ich habe dir das Leben gerettet. Du musst mir helfen.«

»Hör nicht auf sie«, zischte Wurzel. »Stell dich.«

Dass Wurzel nun allerdings auf seiner Seite war, ließ ihn an seiner Entscheidung zweifeln. Was, wenn er tatsächlich helfen sollte? Immerhin war sie in diesem Schlamassel nur, weil er Mist gebaut hatte. Hätte er nicht den Gentleman-Assassinen getötet, wäre sie nun ebenfalls tot und müsste sich nicht damit rumschlagen, ihren Vater der Justiz zuzuführen.

Er rieb sich die Schläfen. Es war bereits wieder mitten in der Nacht und der Qualm, der noch in seiner Lunge nachhing, benebelte sein Denken. Penta biss sich auf die Zunge und schüttelte den Kopf. Es konnte nicht sein, dass er so etwas wie ein Gewissen ihr gegenüber entwickelte? Ja, er hatte ihr anfangs geholfen, weil sie ihn in der Hand gehabt hatte. Aber in den letzten Stunden hatte er nicht einmal daran gedacht, sie umzubringen, da er aus einem ihm unerfindlichen Grund ihre Anwesenheit genoss. War es die Tatsache, dass sie mit der gesamten Situation besser zurechtkam als ein normaler Mensch? Oder war es ihre angsteinflößende Ausstrahlung, die ihn immer wieder dazu trieb, ihr zu helfen?

Auch jetzt fiel es ihm erstaunlich schwer, sich darauf zu konzentrieren, was er sich vorgenommen hatte. Penta wollte sich stellen. Das war der sinnvollste Weg. Warum also dachte er darüber nach, was sie gesagt hatte?

»Du bist mir verpflichtet«, schob Tonia nach und deutete auf ihn. »Dein Leben liegt in meiner Hand. Also musst du mir helfen.«

Penta presste die Lippen aufeinander und holte tief Luft. »Es ist ein wahnsinniges Unterfangen. Das können wir nicht allein schaffen. Wirklich nicht. Und vor allem nicht heute Nacht.«

»Ist das etwa ein Ja?«, fragte Bonde verwirrt. »Du willst dich also nicht mehr stellen für etwas, von dem ich vorgebe nicht zu wissen, was es ist?«

Penta rollte mit den Augen. Wahrscheinlich hatte Wurzel in einer unbeaufsichtigten Sekunde wieder geplaudert, darum konnte er sich jedoch später kümmern. Erst einmal musste er herausfinden, wie zum Henker er die nächsten Tage überleben und seine Arbeit schaffen sollte.

»Sagen wir es so: Ich möchte Tonia helfen, aber nicht um jeden Preis. Wenn ich den Plan für unrealistisch halte, bin ich weg. Falls er wiedererwarten doch gut sein sollte, werde ich dabeibleiben.«

Tonia knuffte ihn gegen die Schulter und nickte zufrieden. »Das wollte ich hören. Sonst hätte ich dich vermutlich gleich hier und jetzt umgebracht, damit mein Vater nicht aus Versehen von einem deiner Vorgesetzten informiert wird.«

»Das würde niemals passieren«, sagte Penta sofort. »Die Obersten sind über diese Art von Tratsch erhaben.«

»Und was, wenn einer deiner Obersten zusammen mit meinem Vater in der Politik ist? Oder sind deine Obersten nicht in Deckberufen unterwegs?« Tonia deutete auf Bonde. »So wie mein werter Herr Cousin?«

Penta wollte etwas erwidern, war sich aber nicht sicher, ob er dann nicht lügen würde. Er wusste nicht, was die Obersten beruflich taten, außer die Verantwortung für die Gilde zu tragen.

»Siehst du! Genau deswegen.«

»Entschuldigung, kann ich mit Ihnen über Fruchtbäume reden?«, fragte auf einmal ein älterer Herr, der aus der *Spelunke* trat. Er trug ein Blätterkleid, das wie ein Nachthemd aussah, und hatte einen langen, weißen Rauschebart. Auf einem Auge saß ein Monokel, das schon bessere Tage erlebt hatte.

»Wie bitte?« Tonia drehte sich zu ihm um, da sie bisher mit dem Rücken zum Eingang der *Spelunke* gestanden hatte. Ihren Fehler bemerkte sie sofort, als sie die Bekleidung des Mannes sah. Dessen Augen leuchteten bei der Nachfrage auf und er holte tief Luft. »Es geht um Verhütungsmittel von sich bewussten Fruchtbäumen. Jeder Baum sollte selbst entscheiden können, ob er oder sie bestäubt werden. Diese Fortpflanzung ist …«

Penta seufzte. »Nein, wollen wir nicht. Danke. Ehrenwertes Thema, aber wir haben gerade keine Zeit.«

Bevor der Borkenkäfer etwas sagen konnte, lugte Wurzel hervor und starrte ihn an. Der Mann riss die Augen auf und verneigte sich augenblicklich. Die Anbetung der sich bewussten Bäume schien zu einem größeren Problem zu werden. Das würde er bedenken müssen, wenn er öfter hier unten mit Wurzel auftauchte. Penta zog Tonia und Bonde in das Zelt. Der Geruch nach gepanschtem Honigwein drang sofort an seine Nase und ließ ihn würgen. Hoffentlich war Drak nicht hier und sie konnten woanders den Plan schmieden.

Penta drehte sich um und seine Laune sank ins Bodenlose. Natürlich saß sie wie immer auf ihrem Stammplatz und genehmigte sich mit ein paar Freunden ein Bier.

Tonia schlängelte sich selbstsicher an einigen Schnapsleichen vorbei, die ihre Beine in den Gang gestreckt hatten. Penta folgte ihr, auch um zu verhindern, dass der Borkenkäfer noch einmal nach ihnen sah.

»Tonia, meine Liebe, setz dich zu uns. Wir haben gerade von dir gesprochen.« Drak klopfte auf den leeren Platz neben ihr, der normalerweise für ihren toten Vater reserviert war.

»Danke, Kobold. Sehr freundlich. Was habt ihr denn besprochen?« Tonia setzte sich neben seine Ziehmutter, als wäre es das Natürlichste der Welt für sie, sich hier unten aufzuhalten. Dass sie das erste Mal vor ein paar Tagen in Unterstadt hereingekommen war, schien sie nicht zu stören. Sie nahm ihre Umwelt an wie ein kopiertes Blatt.

»Ach nur, dass du eine sehr nette Frau bist, dafür, dass du so einen verlogenen Vater hast.«

Tonia schluckte und lächelte dann. »Das ist wohl wahr. Ich will dich auch gar nicht lange aufhalten. Du hast gesagt, dass du einiges über meinen Vater weißt. Er ist wohl derjenige, der den Auftrag gegeben hat.«

Drak schleuderte ihren Becher nach oben und ein ordentlicher Schwall Flüssigkeit entleerte sich über ihrem Hintermann. Der sprang auf und brüllte lauthals. »Welcher Vollidiot war …« Er hielt inne und sah Drak an, die ihn wiederum musterte. »Oh, Drak, entschuldige, dass ich deinem Bier im Weg gesessen habe. Mach weiter.«

»Danke, Gellu«, sagte Drak und machte eine gönnerhafte Bewegung, ehe sie sich wieder Tonia zudrehte. Penta konnte nicht glauben, dass die Frau, die teilweise Monate brauchte, um Vertrauen zu jemandem zu fassen, jetzt so selbstverständlich vor

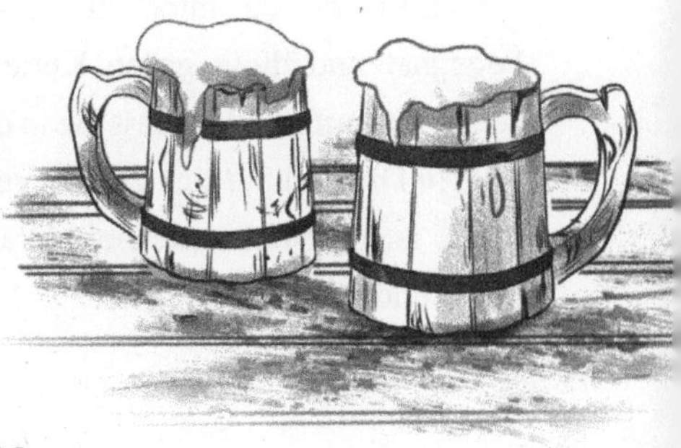

Tonia saß und sie anlächelte, als kannten sie sich schon seit Jahren. »Also, erst mal. Er ist ein größeres Arschloch, als ich dachte. Sein eigen Fleisch und Blut? Dem würde ich kräftig eins auswischen. Und ich vermute, deswegen bist du hier, Schätzchen?«

»Genau das. Ich will es ihm heimzahlen, ihn bluten lassen, aber ohne, dass die Firma darunter leidet. Das ist wichtig. Das Erbe meiner Mutter soll erhalten bleiben.«

Penta setzte sich neben sie auf einen Schemel, der nur noch zwei Beine hatte und an einen Baum genagelt war. »Du willst mich da mit reinziehen, aber die Firma verschonen?«

»Natürlich. Die Firma gehört meiner Familie schon seit über 50 Jahren. Dich kenne ich kaum fünf Tage. Außerdem hast du versucht, mich umzubringen.«

Bonde schaute verwirrt zu Penta, der jedoch diesen Blick ignorierte. Er konnte die Fragen seines Assassinen auch später beantworten. »Ja, gut. Meinetwegen. Aber wie willst du das anstellen? Der Kerl ist doch unantastbar.«

»Nicht, wenn wir Beweise haben, die seine Machenschaften enthüllen.« Tonia drehte sich zu Drak. »Und deswegen bin ich hier. Hast du eine Idee, wie wir das schaffen? Was weißt du noch über ihn?«

»Du meinst abgesehen davon, dass er den Feuerlack verdünnt und die gesamte Welt in Gefahr ist?« Kobold schürzte die Lippen und tippte sich mit ihrem Becher dagegen. »Lass mich überlegen. Mit der grünen Kutten-Assassinin hat er wohl nichts am Hut, oder Penta?«

Penta seufzte. »Es gibt sie wirklich, wie oft denn noch?«

»Ich bin mir da immer noch nicht sicher. Ich bin ihr erst einmal begegnet und diese grüne Kutte wirkt äußerst verdächtig. Ist dir schon mal aufgefallen, dass sie in der Öffentlichkeit nie etwas anderes trägt?« Drak lehnte sich zu ihm vor.

»Es ist ihr Markenzeichen, Drak. Das wurde ihr zugelost. Sie ist nur gründlich.«

»Ich glaube immer noch, dass es eigentlich die Göttin selbst ist, die all das hier erschaffen hat.« Drak warf sich wieder nach hinten und verschränkte die Arme vor der Brust. »Aber ich glaube nicht, dass sie sich mit einem Arsch wie Camtero abgeben würde. Deswegen fürchte ich, abgesehen von seinem Gepansche, habe ich nichts gegen ihn in der Hand.«

»Hast du denn dafür Beweise?«, fragte Penta.

»Das Haus von meinem Onkel ist vorhin abgebrannt und er kann aussagen, welchen Feuerlack er benutzt hat. Das sollte für diese Fehltat wohl Beweis genug sein«, erklärte Tonia und winkte ab. »Abgesehen davon, habe ich auch schon in den letzten Monaten ein paar Blätter kopiert, auf denen die falschen Werte stehen. Das wird zumindest einige Menschen skeptisch machen. Aber das reicht noch nicht.« Tonia stand auf und lief auf und ab. Minutenlang, während Drak sie beobachtete, als versuchte sie, ihre Gedanken zu lesen. Wurzel hingegen hangelte sich mit seinen dürren Ästen auf die andere Seite des Mantels, um an Moos zu gelangen, doch das verhinderte Penta immer. »Lass ihr ein wenig Privatsphäre. Wenn du sie einengst, ist sie schneller weg, als du ‚Holz ist brennbares Material' sagen kannst«, erklärte er, als Wurzel ihn mit großen Augen flehend ansah.

»Ach, was verstehst du schon von Liebe. Hast du jemals wirklich geliebt?«, fragte Wurzel und winkte mit seinem kleinsten Ast ab.

Unwillkürlich schaute er zu Tonia, schüttelte aber den Kopf. »Nein.« Es stimmte. Obwohl er die Frau vor sich interessant fand, empfand er nichts für sie. Ein Abenteuer mit ihr reichte ihm auch. Sobald das alles vorbei war, wollte er nur zurück in sein kleines, stinkendes Büro und sich nie wieder beschweren, dass Wurzel ihm das Leben zur Hölle machte.

»Dann verbiete mir doch nicht den Umgang mit Moos. Ich muss ihr noch so viel beibringen.«

»Wenn wir den Vater von Tonia gefunden und gestellt haben, dann können wir darüber reden, ob ihr für ein paar Tage mal eure Ruhe im zweiten Büro habt, in Ordnung?«

Wurzel hob die Borkenbrauen. »Versprochen?«

»Ehrenwurzel«, erwiderte Penta und nickte ihm zu.

»Ich hab's«, rief Tonia in der Sekunde und stellte sich breitbeinig vor Penta und Bonde auf, der sich in der Zwischenzeit mit einer zweiten Assassine unterhielt. Lilie Nacht war eine Giftmischerin, die ihresgleichen suchte. Der Hauch von Lilien in der Nacht umgab sie jedes Mal, wenn er sie traf. Er war zwar nicht für die Level 4-Assassine zuständig, aber er hatte Geschichten über sie gehört. Er war froh, dass er ihr bisher nicht allein begegnet war, denn sie tötete nicht so offensichtlich, wie es andere taten. Gifte in Trinkbecher oder auf Arbeitsgeräten, an denen man sich schneiden konnte. Nein, sie hatte sich selbst in den Anfangsjahren ihrer Tätigkeit gegen die meisten Gifte immunisiert und küsste ihre Opfer. Mitten auf der Straße, manchmal in einer heißen Liebesnacht oder auf dem Weg zur Arbeit. Es kam immer überraschend und der Tod setzte erst eine Stunde später ein, so dass niemand den Zusammenhang zu ihr erkannte.

Auch jetzt schaute sie Bonde mit ihren undurchdringlichen grünen Augen an, als wollte sie ihn jeden Augenblick küssen.

»Was hast du?«, fragte Bonde, der sich nur schwer von der Assassine trennen konnte.

»Wir brechen in sein Büro ein.«

»Du meinst in der Firma? Warum wäre es Einbruch, wenn du doch da arbeitest?« Bonde stand offensichtlich unter dem Einfluss von Lilie.

Tonia verdrehte die Augen. »Nenne es wie du willst, aber ich muss an seinen Tresor. Das ist der einzige Ort, den ich noch nie habe einsehen dürfen. Und genau dorthin werden wir jetzt gehen!« Entschlossen packte sie Penta am Kragen und zog ihn hoch, bevor er selbst die Entscheidung dazu treffen konnte. Nein, dachte er. Diese Frau war definitiv nicht für ihn als Lebenspartnerin geeignet.

KAPITEL 23
TONIA

»Er ist vermutlich heute Nacht schon im Bett oder trifft sich noch mit irgendwelchen Stadträten. Was auch immer er vorhat, er zieht gerade das Tempo an, wenn ich an seine Bestechung an den Bürgermeister denke«, murmelte sie, während sie durch die Produktionshalle schlichen. Der Wärter am Eingang hatte es nicht seltsam gefunden, dass sie arbeiten wollte, vor allem, da er sie seit Tagen nicht gesehen hatte.

»Solange er uns nicht noch mehr von seinen Schlägern auf den Hals hetzt, ist mir das egal«, kommentierte Penta, der Wurzel nun doch mit Moos in eine Halterung seiner Innentasche gesteckt hatte.

»Den einen hat Bonde freundlicherweise erledigt und den anderen hat Veon in seiner Gewalt.« Tonia rieb sich die Hände, als sie daran dachte, dass sie Osson vermutlich nie wieder sehen würde, wenn Veon ihm die Option anbot, die sie vorgeschlagen hatte. Freies Geleit bis Palmenfort mit einer festen Rente bis an sein Lebensende, sofern er Camtero sofort den Rücken zukehrte. »Wir sollten uns auf den Tresor konzentrieren. Hat einer von euch schon mal versucht in einen einzubrechen?«

»Ich«, rief Wurzel durch das Rascheln hindurch. »Ist zöglingeinfach.«

»Wann hast du das gemacht?«, fragte Penta irritiert. »Du bist jede freie Sekunde mit mir zusammen.«

»Was denkst du, was ich tue, wenn du schläfst?«, sagte Wurzel geheimnisvoll und reckte seine Baumkrone aus dem Mantel heraus. »Du hast keine Ahnung, wozu ich fähig bin.«

Tonia bekam eine Gänsehaut, wenn sie daran dachte, dass Wurzel sich heimlich durch die Büroräume von Penta schleifte, um irgendwo einzubrechen. »Hast du einen Tresor?«

»Ja, aber …« Penta hielt inne und dachte nach. Schließlich zog er die Augenbrauen zusammen. »Dann warst du das, er mir da die faulende Maus hineingelegt hat?«

»Es war mir eine Ehre und jetzt stör mich nicht weiter. Ich habe zu tun.«

Tonia schüttelte den Kopf, als Wurzel sich verneigte und sich wieder zurückzog. »Wie schwer ist es, in deinen Tresor einzubrechen?«

»Scheinbar nicht so kompliziert, wenn eine Hohlrinde wie Wurzel das schafft«, kommentierte Bonde amüsiert.

Sie stiegen die Treppen zu den Büroräumen der Familie hinauf. Penta kam gegen eine der Auszeichnungen ihres Vaters und so gern sie diese zerstört auf dem Boden liegen sehen wollte, so viel ungewollte Aufmerksamkeit hätte das auf sie gelenkt. Das konnten sie nicht gebrauchen.

»Gib nicht zu viel darauf, was er sagt«, erklärte Penta und winkte ab. »Auch wenn er es vielleicht geschafft hat, heißt das nicht, dass er es bei deinem Vater schafft. Wie modern ist der Tresor?«

Tonia öffnete die Tür zu einem Zimmer auf der rechten Seite und deutete auf den quadratischen Holzkasten, der von allen Seiten mit Stahlfäden ummantelt war. Von innen war er mit Hartharz ausgekleidet und hatte dazu noch ähnlich wie die Bambusstangen der Gefängniszellen eine Schicht aus verharzter Wolle zwischen den einzelnen Wandschichten. »Es ist nicht mehr das jüngste Modell, aber dafür umso stabiler.« Sie verschränkte die Arme vor der Brust. »Ich habe schon einmal versucht, ihn zu öffnen und bin gescheitert, weil mir die Zeit ausging.«

»Gut, dann lass mich mal ran. Ich denke, ich kann das schaffen.« Bonde zog an der Halterung seiner Schaufel. Im Innern hatte er Feinmechanikerwerkzeug, das ordentlich verpackt in dem runden Griff geschlummert haben musste.

Tonia war beeindruckt. »Das habe ich jetzt nicht erwartet. Hoffen wir, dass Camtero es ebenfalls nicht kommen sieht.«

Sie dachte daran, wie sie das erste Mal eingebrochen war. Als sie vor einem Jahr vermeintlich die Möglichkeit des Einbruchs in die Firma getestet hatte, war der Tresor ihr Ziel gewesen. Da sie ihn nicht knacken konnte, hatte sie sich an die roten Buchhaltungsordner gemacht. Und es war das erste Mal, dass ihr Ungereimtheiten in den Zahlen aufgefallen waren, aber damals hatte Tonia sie nicht zuordnen können. Mittlerweile wusste sie, dass es mit der Verdünnung des Lacks zu tun hatte, und ihr Vater alles tat, um zu verhindern, dass das bekannt wurde. Sogar den Mord an seiner eigenen Tochter nahm er in Kauf, solange er weiterhin seine Machenschaften unter Verschluss halten konnte. Tonia presste die Lippen aufeinander und musste die Emotionen unterdrücken, die sich gerade brodelnd an die Oberfläche drängten. In ein paar Wochen würde sie genug Zeit haben, um mit diesen umzugehen, doch nun musste sie einen kühlen Kopf bewahren.

Eine Viertelstunde später waren sie immer noch in dem Büro und kein Stück weiter. Tonia kopierte sich einige Dokumente aus den roten Ordnern, die Camtero belasten konnten. Vielleicht half es, wenn sie alles vorlegte. Dann könnte sie eventuell den Verdacht stärken, sodass er vor Gericht gestellt wurde.

»Bonde, das bringt doch nichts. Er wird sich nicht öffnen und wir müssen vorankommen. Ich bitte jetzt Wurzel«, sagte Tonia und trat direkt vor Penta.

»Oh, oh, oh, das wird teuer«, freute sich Wurzel, als er den Baumwipfel herausstreckte.

»Wie viel?« In Gedanken zückte sie bereits ihr Portemonnaie.

»Eine Monatsladung Dünger von DD Guano. Aber nicht den billigen Stoff, den der Geizhals mir besorgt. Du hast Kohle, du kaufst das gute Zeug. Einverstanden?«

»Einverstanden. Aber nur, wenn du diesen Tresor für mich öffnest, verstanden?«

Tonia hielt ihm die Faust hin und Wurzel schlug ein, um sie zu schütteln. »Dann mal los«, sagte Tonia und machte einen Schritt beiseite, um Penta vortreten zu lassen.

»Wo soll ich dich hinsetzen, damit du den Tresor öffnen kannst?«, fragte Penta und hielt Wurzel in der Hand.

»Nirgendwo. Diese Tresore sind gefälscht«, erklärte er und kicherte.

»Was meinst du damit?« Tonia stellte sich nun wieder in Pentas Weg. »Er ist echt.«

»Nein, diese Baureihe dient nur dazu, von etwas viel Größerem abzulenken. Was glaubt ihr, warum die Wand, in die der Tresor eingelassen ist, so leer rundherum ist?«

Tonia riss die Augen auf. »Du meinst, das ist eine doppelte Wand?« Sofort legte sie die Hände an die Holzwand, die mit einer Tapete überklebt worden war. Bonde und Penta begannen sie abzuklopfen.

Tatsächlich traf Tonia etwa einen halben Meter links von dem Tresorgriff einen Mechanismus an der Wand. Klick. Gleich darauf sah sie den winzigen Spalt, der sich sonst perfekt in die Tapete einfügte, ohne auch nur einen Schattenwurf zu haben.

»Bei allen eingegangenen Eichen!«, fluchte sie. »Wieso lässt du es uns so lange versuchen, wenn du weißt, dass wir falsch sind?«

»Meine süßen Sommerkinder, ihr müsst noch so viel lernen, bevor der harte Winter einbricht«, erklärte Wurzel und zog sich zurück. »Außerdem war ich beschäftigt. Stört mich jetzt gefälligst nicht mehr für … sagen wir eine halbe Stunde.«

Er schlug hochgradig dramatisch den Mantel von Penta hinter sich zu, als dieser ihn zu Moos steckte. »Irgendwann vermache ich sein Holz an die Wissenschaft und es ist mir egal, ob er dann noch lebt oder nicht«, knirschte Penta mit den Zähnen.

»Was ist da drinnen?«, fragte Bonde, der die schmale Tür aufstieß. Das Licht des Raums reichte jedoch nicht, um alles auszuleuchten, was sich dort verbarg. Tonia machte einen Schritt beiseite und griff nach der Glühwürmchen-Tischlampe, die ihr Vater dekorativ drapiert hatte. Sie war aus Tannengut und in eben dieser Form erstellt. Weswegen die Würmchen sich immer wieder in die Ecken zurückzogen.

»Es ist leer«, wunderte Penta sich.

»Das kann nicht sein. Camtero macht immer ein großes Geheimnis aus diesem Tresor. Schon seit ich denken kann, hat er immer, wenn es um wichtige Dokumente ging, gesagt, dass er alles in seinem Tresor verwahre.« Tonia schüttelte den Kopf und schob Penta und Bonde beiseite, um hereinzuleuchten. Doch die Männer hatten Recht. Die drei Regalreihen, die dort versteckt waren, trugen keinerlei wertvolle Informationen auf sich. Nur in der untersten Ecke lag ein Stück Holz, das sie nun hervorzog.

»Was soll das sein?«, fragte Penta und griff nach dem offensichtlich toten Holz. »Reste von einem Netzschnüffler?«

»Sieht nicht so aus, als ob es in den letzten Jahren abgefallen wäre. Ist wohl schon deutlich älter«, kommentierte Bonde und lugte über ihre Schulter. »Aber ein Netzschnüffler dürfte es nicht sein. Dafür ist der Ast zu dick.«

»Aber was soll es dann sein?«

Da rotierte Tonias Gehirn wie von einem kräftigen Windstoß angetrieben los. »Das ist ein Hinweis!«

»Auf was?« Penta schüttelte den Kopf. »Einen toten Wald? Hat er irgendwo eine geheime Bibliothek, in der er seine Geheimnisse verwahrt?«

»Oder in der Stadtbibliothek, wo er in einer bestimmten Abteilung heimlich Dokumente verstaut hat?«, schlug Bonde vor.

Die beiden schauten sich an und nickten einander zu.

»Ihr liegt beide falsch. Camtero hat in den letzten zwanzig Jahren, seit meine Mutter gestorben ist, einige Grundstück von unseren Firmengeldern gekauft. Rund um Ulmenstadt und Umgebung. Keine Ahnung, was er damit vorhat, aber eines dieser Grundstücke ist die alte Wipfelpfad-Haltestelle Totholz.«

»Oh«, machten die Männer gleichzeitig. »Dann ist das hier wirklich ein Hinweis«, sagte Penta stolz. »Es war nicht umsonst.«

»Nichts ist jemals umsonst, wenn man sich nur anstrengt«, erklärte Bonde und zitierte damit eine Großtante von ihnen, die es liebte, die Dichter von Madera zu lesen.

Tonia spürte die Aufregung in sich aufbrodeln. Sie hatten eine weitere Brotkrume gefunden. Eventuell gab es in Totholz ein Geheimversteck, das er benutzt, um all seine dunklen Geheimnisse zu verbergen. Vielleicht sogar ein Hinweis auf den Mord an ihrer Mutter. Tonia konnte nicht stillstehen und warf sich auf die Knie zurück, um das Holzstück an Ort und Stelle zurückzulegen. »Damit er keinen Verdacht schöpft«, sagte sie und bedeutete Bonde im Anschluss, die Geheimtür wieder zu verschließen.

»Also gehen wir jetzt nach Totholz?«, fragte Bonde und stemmte entschlossen die Hände in die Hüfte.

»Bitte nicht«, stöhnte Penta. »So sehr ich es auch befürworten würde, dieser Sache schnell ein Ende zu bereiten: Ich bin müde und brauche den Schlaf. Lasst uns die Nacht Kraft tanken und morgen im Tageslicht zuschlagen. Einverstanden?«

»Morgen früh ist er auf einer Wahlveranstaltung eingeladen, soweit ich weiß. Es wäre schon sehr befriedigend, wenn ich ihn dort vor all seinen Freunden blamieren könnte«, erklärte Tonia und nickt Penta zu. »Einverstanden. Schlafen wir und morgen machen wir ihn fertig.«

***

Tonia drehte sich in der Höhle, die die Endstation eines langen Wipfelpfads von Ahornhof war. Man hatte ihn vor Jahren stillgelegt, da der Holzweg eine schnellere Möglichkeit des Transports bot. Während man auf dem Holzweg in bequemen Gondeln saß, musste man auf den Wipfelpfaden auf simplen Holzbrettern stehen, das Gleichgewicht halten und sich mit einer Kettenhalterung in dem oberen Seil einhaken. Tonia war ein einziges Mal aus Neugier damit gereist und hatte seither immer den Holzweg genommen.

Diese Haltestelle lag am Stadtrand von Ulmenstadt hinter dem äußersten Zipfel von Unterwald. Ein weiterer Grund, warum Totholz nicht benutzt worden war: Die Bewohner von Unterwald waren zu arm, um sich die rasenden Transportwege von einer Stadt in die anderen leisten zu können. Sie mussten den beschwerlichen Weg durch die Wälder nehmen.

»Gibt es noch ein Häuschen oder etwas, wo man geheime Dokumente verstecken könnte?«, fragte Bonde, drehte sich einmal um sich und rieb sich dabei den Hinterkopf.

Ähnlich wie Tonia schien er skeptisch zu sein, an der richtigen Stelle zu sein. »Keine Gebäude. Die Höhle war das Ziel. Aber hier muss es früher einen Betreuer gegeben haben. Mein Vater meinte mal, dass er das Areal günstig von ihm hatte kaufen können, da er selbst wegziehen wollte. Das Haus hat er wohl abgerissen.«

»Einen Keller vielleicht?«, schlug Penta vor, der nach der Nacht voller Schlaf deutlich weniger blass aussah. »Wo stand denn das Haus vorher?«

»Hier drüben, am Rand der Höhle. Es war mit dem Felsen verbunden gewesen, deswegen sind hier auch noch diese bearbeiteten Regalfelsen«, erklärte Tonia, obwohl sie keine Ahnung hatte, ob das stimmte. Es ergab nur Sinn.

»Klopft den Boden ab, vielleicht gibt es noch eine verborgene Falltür.« Bonde stampfte mit den Füßen auf. Doch das Einzige, was er aufschreckte, waren ein paar Hasen, die aus der Erde gehoppelt kamen und in den toten Wald hoppelten.

»Ich denke nicht, dass wir hier etwas finden werden, wenn schon die Tiere ihre Bauten verlassen«, kommentierte Wurzel, der heute ebenfalls viel entspannter wirkte, nachdem Penta ihn mit Moos eine ganze Nacht allein gelassen hatte.

»Weißt du wieder mehr als wir?«, fragte Tonia, diesmal rechtzeitig, bevor sie Zeit darauf verwendeten, etwas zu suchen, was es gar nicht gab.

»Ich weiß sehr viel mehr als ihr, aber euch Madenfutter werde ich das nicht verraten.«

Tonia wollte auf ihn zugehen, um ihn zu packen, doch Penta hob die Hand und schüttelte sanft den Kopf. Sie hielt sich zurück. »Hast du auch Wissen zu diesem Ort oder willst du uns nur sagen, dass du besser bist als wir?«

»Kluger Junge.« Wurzel schlug sich gegen die Brust und stieß eine dünne Luftblase aus, die kurz vor seinem Gesicht platzte.

»Gut, wer untersucht welche Ecke?«, fragte Tonia, um ihr Vorhaben voranzutreiben.

»Ich übernehme die hintere Höhle.« Penta deutete auf seine Hüfte, an der er eine Taschenlampe trug, in die sie in der Nacht Glühwürmchen geschüttet hatten.

»Such nach einem Geheimversteck im Geheimversteck. Hat ja schon mal geklappt«, kommentierte Wurzel, während Penta an ihr vorbei in den Höhleneingang ging.

»Camtero ist sicher nicht so dumm, hier noch einen Tresor zu verstecken«, sagte Tonia und zeigte auf die großen Felsen. »Außerdem hat er sicher keine falsche Wand in die Steine gehauen. Das wäre viel zu viel Aufwand.«

Eine Viertelstunde später bereute sie ihre Aussage, denn genau das, was Wurzel prophezeit hatte, war eingetreten. Dem überheblichen Blick des kleinen Gehölzes schenkte sie keine Beachtung.

»Das sind schon zwei Monatsladungen«, erklärte er, als sie ihn passierte.

Sie ging nicht darauf ein, weil sie nicht zwei Mal mit DD Guano verhandeln wollte. »Er hat wirklich eine falsche Wand in eine Felswand eingebaut? Camtero ist wirklich unglaublich. Jeder andere Mensch hätte sich ein Schließfach gemietet oder einen echten Tresor ins Haus gestellt. Nein, dieser überdrehte Kerl baut eine falsche Wand in eine Steinformation.« Sie presste wütend die Lippen aufeinander, holte tief Luft und schaute an Bonde vorbei, der den Kopf in das Geheimversteck gesteckt hatte.

»Diesmal hast du wohl mehr Glück!«, sagte er und es klang seltsam dumpf, bevor er sich zurückzog. »Schau selbst.«

Bonde rollte sich beiseite, um ihr Platz zu machen. Ihr Herz machte einen erfreuten Hüpfer, als sie die Bücher im Innern liegen sah. Grün waren sie und in Form von Blättern. Auf einigen waren rote Tropfen zu sehen, ansonsten waren sie jedoch identisch.

»Was ist das?«, fragte sie und zog das Unterste heraus, um es aufzuschlagen und darin zu lesen. Die Worte flogen nur so in ihr Bewusstsein, als sie verstand, was sie da las.

Es waren die Aufzeichnungen ihres Vaters. Seine Tagebücher mit allem, was er geplant, was er umgesetzt und was er verworfen hatte. In den Erinnerungen in ihrer Hand ging es um die Hochzeit mit ihrer Mutter. Sie hielt inne, als sie den Satz las, den sie schon lange vermutet, aber nie für möglich gehalten hatte. »Wie gut, dass sie wenigstens nicht hässlich ist. So muss ich in der Hochzeitsnacht nicht die Augen schließen. Was man nicht alles für Geld tut.«

Tonia sackte auf die Knie und unterdrückte ein Schluchzen. In all den Jahren hatte sie sich eingeredet, dass ihre Eltern, so unterschiedlich sie gewesen sein mochten, aus Liebe geheiratet hatten. Camtero kam nicht aus reichen Verhältnissen, doch er war auch nicht arm aufgewachsen. Nun zu lesen, dass sie kein Produkt der märchenhaften Liebe war, die sie sich immer eingebildet hatte, schmerzte. Vor allem tat es ihr jedoch für ihre Mutter leid. Tonia konnte es nicht mehr beurteilen, aber für sie hatte es nach Liebe ausgesehen, was ihre Mutter ausgestrahlt hatte.

»Alles in Ordnung, Tonia?«, fragte Penta und legte ihr unbeholfen eine Hand auf die Schulter.

»Ja, geht gleich wieder.« Sie schloss kurz die Augen, schob die Emotionen beiseite, die hier nichts zu suchen hatten, und griff dann blind das nächste Buch. Diesmal befanden sich ein paar Blutspritzer darauf. Sowie der Name Muab, der mit einem Messer in den Umschlag geritzt worden war. Tonia schlug es auf und fand darin nur viele weitere Spritzer.

»Was soll das sein?«

Da bemerkte sie, dass Penta über ihre Schulter sah. Er musste den Atem angehalten haben, denn sie spürte ihn erst bei seinen Worten auf der Wange.

»Blut?«, schlug sie vor. »Ich habe es noch nicht verstanden. Aber wessen?«

»Nein, ich meine diese Linien da im Hintergrund«, erklärte er.

Tonia kniff die Augen zusammen, während er mit der Taschenlampe näher herankam und die Seiten beleuchtete. Da erkannte sie die feinen Texturen, die jede einzelne durchzogen.

Sie zögerte, drehte dann das Buch um. »Das sind Bäume«, rief sie erstaunt. »Jemand hat mit einem Stift hauchdünne Baumumrisse reingemalt.«

»Es sieht aus, als ob die Bäume bluten«, kommentierte Bonde, der nun über ihre andere Seite schaute.

»Bäume können nicht bluten«, erwiderte sie reflexartig, stockte dann. »Oder doch?«

»Unser Blut ist das, was ihr für eure Gefängnisse nutzt«, sagte Wurzel stolz. »Denn man findet nichts Härteres als unsere Flüssigkeiten.«

»Schon klar, Wurzel.« Penta stopfte ihn zurück in seine Innentasche.

Tonia nahm das nächste Buch, in das ebenfalls wieder Bäume gezeichnet waren, diesmal jedoch detaillierter. Und es gab auf einigen Seiten Notizen. Rasch dahingekritzelte Worte. »Er hat mich geschubst. Ich weiß es. Er hat mich geschubst.«

»Das ist die Handschrift von Camtero«, murmelte Tonia.

Penta lehnte sich gegen die Felsen neben der falschen Tür. »Uns was bedeutet es?«

»Dass er verrückt ist«, antwortete sie emotionslos und drehte sich zu den beiden. Sie hatte gedacht, dass es sie härter treffen würde, das einzugestehen, doch vermutlich wusste sie es schon ihr ganzes Leben lang. Zumindest hatte sie unterbewusst genug Zeit, um sich mit dem Gedanken anzufreunden.

Erwartungsvoll starrten Bonde und Penta sie an und sie wischte fast nebensächlich eine ihrer dunklen Haarsträhnen aus dem Gesicht. »Als Kind ist er von einem Baum gefallen und hat sich den Arm gebrochen. Das hat ihn von einer erfolgreichen Karriere als Baumkletterer abgehalten. Ein paar Mal hat er behauptet, dass er geschubst worden wäre, hat das aber als witzige Anekdote eines Kindes abgetan.«

»Du meinst, er hatte Kontakt mit einem Netzschnüffler?« Penta runzelte die Stirn. »Das könnte natürlich sein. Es gibt vereinzelt auch große Bäume, die ein Bewusstsein haben. Die meisten schlafen allerdings, solange man sie nicht weckt.«

»Und die Bonsais sind dauerwach?«, fragte Bonde, während Tonia an die Geschichte dachte, die sie in ihrer Kindheit einige Male gehört hatte. Als Warnung, nicht zu hoch zu klettern. Sie hatte das als Anlass genommen, um den höchsten Baum in der Umgebung zu erklimmen. Es hatte ein paar Monate gedauert, aber zusammen mit einem Nachbarsjungen hatte sie es irgendwann geschafft, ihn zu besteigen.

Erst nach Minuten blendete sie sich wieder in das Gespräch ein, das Wurzel inzwischen mit Bonde geführt hatte, während Penta genervt danebenstand und scheinbar nur eine tragende Rolle spielte.

»Deswegen solltest du niemals ohne Erlaubnis einen Baum rasieren«, erklärte Wurzel gerade todernst.

Tonia wollte lieber nicht wissen, wie sie auf das Thema gekommen waren, und wedelte mit den Händen herum. »Jetzt wissen wir, dass er zumindest einen ordentlichen Groll auf die Bäume hegt. Meint ihr, dass ist der eigentliche Grund für das Verdünnen der Feuerlacke?«, schlug sie vor.

Bonde und Penta starrten sie an. Anscheinend waren sie bisher nicht auf diesen Gedanken gekommen. »Das könnte zusätzlich zu seiner Profitgier eine Rolle spielen«, stimmte Penta nach kurzem Grübeln zu.

»Ich muss diese Bücher weiter lesen. Aber es sind einfach zu viele, um alles zu schaffen.« Tonia raufte sich die Haare und schaute auf ihre Taschenuhr. »Wir müssen systematisch vorgehen. Ich hätte nie gedacht, dass ich das mal sage, aber Penta, ich glaube, hier sind deine Fähigkeiten gefragt.«

Penta streckte den Rücken durch. »Danke schön. In der Tat ist die Sortierung und Ordnung von Papieren genau mein Metier. Du nimmst dir diesen Stapel vor. Bonde, du darfst diese vier Bücher durchblättern und ich nehme mir mit Wurzel diese hier vor.«

»Vergiss es. Dafür werde ich nicht bezahlt«, tönte es aus der Innentasche.

»Drei Monatsladungen«, sagte Tonia nur und augenblicklich schob sich ein Ast in Form eines Daumens an dem Mantel von Penta vorbei.

»Die Frau weiß, wie man verhandelt.«

Tonia setzte sich auf den Boden und griff nach dem ersten Buch, das sie durchblätterte und nach Hinweisen durchsuchte, während Penta Bonde erklärte, was er tun sollte.

Es herrschte einträchtige Stille, die nur vom Zirpen einiger Grillen und vereinzelt dem Ruf eines Kuckucks durchbrochen wurde. Ab und an hörte sie das Umschlagen einer Seite und spürte den Druck der Zeit in ihrem Nacken. Aber ansonsten war es sehr gemütlich in der Höhle, die von den Sonnenstrahlen des Tages geflutet wurde.

Bis eine Stimme sie aus ihrer Konzentration riss. Eine Stimme, die sie nicht kannte. »Entschuldigung, was tun Sie hier?«

KAPITEL 24
PENTA

Sein Kopf ruckte hoch und instinktiv schob er Wurzel hinter sich, um den Bonsai zu schützen. Vor allem aber, um nicht zu zeigen, dass hier ein sprechender Baum in der Höhle saß.

Der Mann vor ihm war in einen schwarzen Seidenanzug gekleidet, trug einen Tropenhut auf dem Glatzkopf und hatte eine Aktentasche bei sich.

Tonia sprang auf und baute sich direkt vor ihnen auf. »Wer sind Sie?«, fragte sie zurück.

Die Anspannung zog sich wie dünne Spinnweben durch die Höhle. Eine falsche Bewegung, und das gesamte Netz würde reißen. Der Kerl starrte sie an und kniff die Augen zusammen, während er seine Tasche neben sich abstellte. Auf Penta machte er einen bedrohlichen Eindruck, wie er so mit seinen geballten Fäusten hünenhaft aufragte. Penta war nicht klein, doch sein Gegenüber überragte ihn noch einmal um mindestens einen halben Kopf.

Bonde trat einen Schritt auf ihn zu und griff nach seiner Schaufel.

»Nein! Das kannst du nicht machen«, zischte Penta ihm zu.

»Warum nicht? Hier ist niemand, der uns sieht«, erklärte er, hielt aber dennoch kurz inne und zog die Schaufel auf ihre volle Länge aus.

»Du hast kein Notfallformular mehr«, sagte er mit einem Seufzen. »Und ich habe keines eingepackt. Also kannst du dies nicht tun.«

Es wunderte ihn, dass Bonde das nicht sofort begriff. Immerhin hatte er ihn ausgebildet. Die Sorge erfasste ihn um seinen Assassinen. Hatte er ihn nicht so gut im Griff, wie er es vermutet hatte? Bisher war er davon ausgegangen, dass alle seine zugeteilten Assassinen auf ihn und das StaGB hörten. Wenn er sich Bonde nun allerdings so ansah, kurz davor jemanden umzubringen, für den es keinen Antrag gab, bereitete ihm diese Tatsache Kopfschmerzen.

»Es wüsste niemand außer uns«, versuchte der es erneut leise, damit ihr Gegenüber nichts von der Unterhaltung mitbekam.

»ICH wüsste es«, erklang es bedrohlich aus Pentas Innentasche. »Und du kannst ja mal Penta fragen, wie gut das ist, wenn ich Dinge weiß. DINGE!« Wurzel brüllte das letzte Wort fast frenetisch.

»Schon verstanden. Also kein Notfallmord heute. Schade, hätte alles einfacher gemacht.«

Bonde trat hinter Penta und die angespannte Stille kehrte zurück. »Ich frage noch einmal höflich«, sagte der Fremde und knackte beängstigend mit seinen Fingerknöcheln. »Wer sind Sie und was wollen Sie hier?«

»Dasselbe könnte ich Sie fragen!«, zischte Tonia und ging einen Schritt auf ihn zu. Der blieb seelenruhig stehen. Scheinbar sah er in den Dreien keine Bedrohung, dachte Penta und überlegte, wie gut Bondes Verteidigungskünste waren.

Der Blick des Fremden fiel auf die Bücher und seine Augen weiteten sich. Sofort griff er an und konzentrierte sich auf Bonde. Natürlich. Der gut trainierte Mann wäre auch sein erstes Ziel gewesen und nicht der dünne Kerl. Und von Tonia brauchte wohl niemand Angst zu haben. Sie hatte er bisher nicht kämpfen sehen, aber so klein, wie sie war, würde sie nicht viel Reichweite haben.

Bonde nahm seine Schaufel, um sich gegen die gezielten Tritte und Schläge zu verteidigen. Da er keinen Mord begehen durfte, musste er sich zurücknehmen, was seine Treffer anging.

Tonia hingegen knurrte einmal lauthals, ehe sie die Beweisstücke beiseite räumte, die in der Nähe des Kampfplatzes der beiden lagen. Sie zögerte nicht, sich dazwischen zu werfen, um die Bücher zu retten. Hatte sie gar keine Angst, einen Treffer abzubekommen?

Penta hätte das niemals gewagt. Nicht bei der Schnelligkeit, die den Kampf bestimmte.

Penta packte Wurzel und stellte ihn auf einen kleinen Absatz in den Felsen, um ihn vom Boden fortzuhaben. Das Handgemenge verlagerte sich ein paar Meter weiter nach links, so dass Tonia und er vorerst in Sicherheit waren.

»Wer ist das?«, fragte Tonia erneut und stapelte die letzten Bücher auf einem Haufen. »Ich glaube, ich habe ihn schon einmal gesehen, aber ich bin mir nicht sicher.«

»Sieht aus wie ein Anwalt«, erklärte Penta. Seiner geringen Erfahrung mit dieser Spezies Mensch nach, waren alle Anwälte wie Mücken. Blutsaugende Wesen, die immer dann auftauchten, wenn man sie nicht gebrauchen konnte. Vornehmlich in der Nacht. Was in seinem Fall wohl damit zusammenhing, dass seine Assassinen häufig den Schutz der Nacht nutzten, um ihre Morde zu begehen.

»Er muss für meinen Vater arbeiten.« Tonia ballte die Fäuste. »Ein Grund mehr, ihn nicht hierzuhaben. Wir sollten ihn auf der Stelle ausschalten.«

»Bonde regelt das schon. Ich habe ihn bestens ausgebildet«, sagte Penta nicht ohne Stolz. Dass sein Assassine noch mit dem Mann kämpfte, gab ihm zwar zu denken, aber das wollte er vor Tonia nicht zugeben. Sein Assassine würde das regeln.

Tonia stöhnte und nahm sich erneut eines der Bücher, um darin zu blättern.

Perplex wandte sich Penta von dem Kampf ab. »Wie kannst du jetzt lesen? Sie könnten jederzeit uns treffen.«

»Werden sie nicht. Und selbst wenn, bin ich schneller als die beiden zusammen«, erklärte sie mit einem Schulterzucken.

Penta hingegen schaute alle paar Sekunden über seine Schulter, um sicherzustellen, nicht doch einen Treffer abzubekommen. »Wie kannst du dir da so sicher sein? Die beiden sind groß und kräftig.«

»Und träge. Wenn sie noch länger als eine Minute kämpfen, mache ich dem ein Ende!«, murmelte sie und blätterte entspannt weiter.

Penta schüttelte den Kopf. Er musste dringend wieder zurück an seinen Schreibtisch. Wie hatte er jemals glauben können, dass dieser Außeneinsatz ihm tatsächlich helfen würde, die Assassinen zu verstehen? Eine Schnapsidee. Oder besser eine Müdidee.

Penta ließ Tonia in den Tagebüchern blättern und beobachtete die Tritte zwischen Bonde und dem Fremden. Wurzel feuerte die beiden an, als ob er bei einem bezahlten Ringkampf wäre. Die beiden Männer kamen dem Absatz, auf dem Wurzel saß immer näher, aber noch war er in Sicherheit. Penta behielt das im Blick. Schließlich hörte er ein genervtes Stöhnen und das Rascheln der Kleidung von Tonia. Wütend stapfte sie an ihm vorbei, ging auf ihren Cousin 2. Grades und den vermeintlichen Anwalt zu. Sie zögerte nicht den Hauch eines Augenblicks, sondern stieß Bonde beiseite und nahm seinen Platz in dem Kampf ein.

Sie duckte sich unter einem Schwinger weg, den Penta nicht einmal bemerkt hatte und trat gleich darauf dem Kerl so fest in die Kniekehle, dass der zusammensackte. Ihren Ellbogen rammte sie ihm an die Schläfe, so dass sie ihn mit nur zwei Treffern auf den Boden direkt vor den Absatz von Wurzel schickte.

Sprachlos und mit offenem Mund stand Penta da und versuchte, zu verarbeiten, was er da gerade gesehen hatte.

Bonde fand als erster seine Sprache wieder. »Beeindruckend, Cousinchen. Vielleicht sollte ich bei dir noch mal in die Lehre gehen«, erklärte er und schien weit weniger verwirrt zu sein als Penta.

»Wie …?«, murmelte der nur.

Tonia drehte sich auf dem Absatz um, ging an Penta vorbei und klappte ihm mit zwei Fingern den Mund zu.

Da erst löste er sich aus seiner Starre. »Du kannst kämpfen?«

»Habe nie behauptet, dass ich es nicht könnte«, entgegnete sie locker. »Und was hast du erwartet? Ich war Zeugin beim Mord an meiner Mutter und weiß seither, dass es Assassinen gibt. Glaubst du, ich hätte mich nicht vorbereitet?«

Bonde klopfte ihr auf die Schulter und hielt sich gleich darauf seinen Ellbogen. »War eine gute Teamleistung. Ich habe ihn mürbe gemacht und du ihn fertig«, erklärte er, als ob er ebenfalls Lob wollte, aber Penta ignorierte ihn vorerst.

»Aber hättest du das nicht schon vor einer Weile mal erwähnen können? Das hätte sicher einiges einfacher gemacht. Hast du so Jemma einschüchtern können?«, fragte er, als die Gedanken auf ihn einprasselten.

»Nein, das war ein Gespräch unter Frauen«, winkte sie ab und griff sich das Buch, in dem sie eben gelesen hatte. »Los, schnappt euch die Bücher, wir müssen zu der Wahlveranstaltung und ihn bloßstellen. Dort wird die Presse zugegen sein und sicher finde ich auf dem Weg dorthin noch ein paar belastende Aussagen hier drin.« Sie hielt eines der Notizbücher in die Luft und fächerte damit herum.

Penta seufzte und drehte sich zu Wurzel, der sich zu dem Angreifer heruntergebeugt hatte. Der lauschte den Worten und nickte immer wieder eifrig. Mit schmerzverzerrtem Gesicht erhob er sich langsam und stützte sich an der Felswand ab.

»Wirklich?«, fragte der Kerl mit dünner Stimme und starrte erneut zu Wurzel.

Dieser jedoch wedelte nur gönnerhaft mit einem Ast und nickte mit königlicher Ausstrahlung.

»Wurzel, was tust du da?«, rief Penta panisch. Sein Herzschlag verdoppelte sich, da er nicht wusste, was er dem Mann gerade mitgeteilt hatte. Verriet er Pentas illegalen Mord etwa an einen Fremden? Oder hatte er ihm irgendwelche Schwächen ihrer Gruppe verraten?

»Die Stärke des Baumes liegt in Wurzel«, sagte der Bonsai entspannt, als wäre nichts los.

Der Fremde stellte sich auf, hob die Arme über den Kopf und verknotete sie, ebenso wie seine Beine, ehe er sich dann leicht nach links beugte. »Und die Schönheit in seinen Blättern.«

Jetzt war er vollends abgehängt. »Was tut er da?« Tonia stand mit einem Haufen Bücher im Arm neben ihm.

»Das ist das verknotete Veilchen. Meine Lieblingsposition«, erklärte Wurzel »Aber verratet das Moos nicht. Sie ist sonst so schnell eifersüchtig, wenn es um andere Blumen geht.«

»Was hast du gesagt, dass er das macht?«, wollte Bonde neugierig wissen. »Wäre sehr hilfreich für die Zukunft.«

»Das wird niemand von euch jemals schaffen. Man braucht eine Krone, um der König der Insekten zu sein.« Damit warf er seine Blätter nach hinten, als wären es Haare, die er über die Schulter schmiss.

»Was auch immer es war, wir sollten es nutzen, um von hier zu verschwinden, ehe noch mehr ungebetene Besucher kommen.« Tonia wandte sich an Wurzel »Wenn er so den ganzen Tag stehen bleibt, gibt es eine Halbjahres-Ration.«

Wurzel strich sich begierig mit seiner borkigen Zunge über die Rindenlippen. »Du hast die Frau gehört. Den ganzen Tag, verstanden!«

Der Fremde nickte, obwohl er panisch in alle Richtungen schaute. »Jawohl!«

Penta griff sich die verbliebenen zwei Bücher, ließ dabei aber den Angreifer nicht aus den Augen. Er stand im Schatten der Höhle in dieser seltsamen Position und machte keine Anstalten, sie aufzuhalten. Was nur hatte Wurzel ihm ins Ohr geflüstert?

Er steckte die Bücher in die Manteltaschen und Wurzel in die Innentasche, ehe er sich beeilte, hinter Tonia herzulaufen.

Dieser Tag wurde immer abstruser und er hatte keine Ahnung, wo er enden würde. Als Tonia jedoch stehen blieb und Penta mit festem Blick taxierte, ahnte er zumindest, dass Tonia nicht aufgeben würde, solange ihr Vater nicht im Gefängnis war.

»Meinst du, wir sind genug?«, fragte Tonia und er glaubte, einen Hauch Skepsis in ihrer Stimme zu hören.

»Was meinst du?«, hakte Bonde nach, der scheinbar keine Angst vor der Kraft seiner Cousine hatte.

»Um bereit zu sein, falls er uns aufhalten will.«

»Weiß nicht«, sagte Penta und warf die Arme über den Kopf. »Hast du noch mehr verborgene Talente wie Fliegen oder Feuerstrahlen aus deinen Augen abfeuern, von denen du uns nichts gesagt hast?«

»Jetzt übertreib mal nicht, Penta«, spielte sie es herunter. »Ich habe nur einen Mann verprügelt. Kein Grund gleich die gesamte männliche Schöpfung in Frage zu stellen.«

»Das tue ich doch gar nicht«, erwiderte Penta und lehnte sich gegen eine Kiefer, die auf dem Weg zurück in die Stadt stand. »Aber du erpresst mich mit dem Wissen, das du hast und verrätst mir gar nichts von dir. Das lässt mich langsam, aber sicher doch daran zweifeln, ob deine Absichten so ehrenhaft sind, wie du vorgibst.«

»Hast du mir etwa geholfen, weil dir meine Absichten ehrenhaft erschienen?«, fragte sie und lachte. Es war dieses kratzige Lachen, das ihm in den Ohren schmerzte. »Du, der keinerlei Ehre kennt? Ich meine, du wolltest den Mann zu mir schicken, der schon meine Mutter umgebracht hat. Außerdem pochst du so sehr auf deine scheiß Regeln, hältst dich aber an die größte selbst nicht! Wie scheinheilig ist das bitte?«

Penta presste die Lippen aufeinander und atmete tief durch. Nicht von ihr provozieren lassen, redete er sich immer wieder zu. Er wusste, dass sie mit ihrer Aussage recht hatte. Denn genau dieser Gedanke war ihm selbst gekommen. Penta hatte einen Mann getötet. Nicht irgendeinen. Sondern sein Idol. Und das in seinen eigenen Büroräumen. Ohne es zu melden. Das wäre das Erste gewesen, was er hätte tun sollen. »Ich wollte mich stellen, aber du hast mich davon abgehalten«, verteidigte er sich und spürte, wie sich seine Finger in seine Handflächen bohrten.

»Zurecht. Sonst hätten wir das hier nie gefunden. Auch wenn Wurzel hilfreicher war als du bisher.«

»Das stimmt gar nicht!« Penta erhob die Stimme. Er wollte nicht glauben, dass sie recht hatte. Doch kaum hatte sich der Satz in seinem Gehirn eingenistet, dachte er darüber nach. Tonia untermalte seine Gedanken mit Worten.

»Er hat mir zuallererst mal gesagt, wer und was ihr genau seid. Dank ihm wussten wir, dass der Holzwurm ebenfalls meine Mutter umgebracht hat, wie wir in den Tresor einbrechen mussten, und genau genommen hat er uns auch auf die Bücher gestoßen. Was hast du beigetragen?«

»Ich …« Penta hielt inne und überlegte. »Ich habe dich nicht umgebracht.« War alles, was ihm einfiel.

Tonia klatschte lahm. »Wow, was für eine Leistung, wenn man bedenkt, dass ich dich jederzeit außer Gefecht setzen kann, sobald ich diese Dose öffne«, sagte sie und zog aus ihrer Hosentasche eine Holzdose heraus.

»Hei, ich denke, das reicht jetzt!«, unterbrach Bonde, indem er sich zwischen uns stellte und von einem zur anderen schaute. »Ihr zankt euch wie meine Eltern, wenn sie mal wieder beschlossen haben, einen gemeinsamen Urlaubsort zu finden.«

Penta presste die Zähne aufeinander, hörte aber sofort auf, als er sah, dass Tonia es ebenfalls tat.

»Wir haben jetzt ein gemeinsames Ziel, oder?« Bonde suchte den Blick von jedem einzelnen von ihnen. »Oder?«

»Ja«, antworteten Tonia und Penta wie aus einem genervten Mund.

»Gut, dann sollten wir uns auch daran halten. Also, wir gehen jetzt zu der Wahlveranstaltung und lassen dort die Bombe platzen.«

»Ich wüsste, wo wir noch etwas Sprengstoff herbekommen«, sagte Wurzel.

Penta ignorierte ihn. Es gab keinen Explosivstoff in Ulmenstadt, dessen war er sich sicher. Und selbst wenn, wollte er niemanden mehr umbringen.

»Wir brauchen dennoch Unterstützung. Wenn wir verhindern wollen, dass mein Vater flüchtet, müssen wir die Ausgänge verriegeln. Und er ist in der Waldhalle. Also werden wir viele helfenden Hände benötigen.«

Penta überlegte, ob er ihr wirklich helfen wollte, stellte sich erneut vor, wie er Tonia umbrachte, sobald all das vorbei war, seufzte jedoch schließlich. »Ich kenne da vielleicht genau die richtige Person«, murmelte er immer noch wütend, aber entschlossen, die Zusammenarbeit mit Tonia so schnell wie möglich zu einem Ende zu bringen.

»Ich dachte an Drak«, erklärte Tonia, ohne darauf einzugehen, dass er bereits einen Vorschlag angedeutet hatte. »Die scheint jeden in Unterwald zu kennen. Vielleicht auch ein paar Menschen, die Lust haben, Camtero eins auszuwischen. Er wird dort sicher einige Feinde haben.«

»Das wäre auch meine Empfehlung«, sagte Penta rasch, damit es nicht so aussah, als ob es ihre Idee gewesen wäre.

Bonde klatschte in die Hände. »Dann haben wir doch ein Ziel. Erst zu Drak und dann zu Camtero.«

KAPITEL 25
TONIA

Sie stand vor der Waldhalle. Einer Art Versammlungsort, der durch das Hin- und Herschieben flexibler Wände in viele Räume unterteilt werden konnte, oder eine große Halle ergab. Von außen wirkte es wie ein einfacher Hallenkomplex. Alle zwanzig Meter war eine Tür eingebaut, um von der Außenseite jeden Raum betreten zu können, daher gab es viele Fluchtmöglichkeiten.

»Und du willst das wirklich durchziehen, Schätzchen?«, fragte Drak und stieß sie in die Seite. »Ich bewundere ja deine Eier, aber das ist kein kleiner Kerl, mit dem du dich da anlegst.«

»Danke. Ja, mir bleibt nichts anderes übrig, wenn ich mein Leben weiterführen möchte. Entweder er oder ich.«

Drak klopfte ihr auf den Ellbogen, da sie nicht weiter hochreichte. »Du würdest eine verdammt gute Assassine abgeben, meine Liebe. Falls du mal über einen Berufswechsel nachdenken willst, meine Tür steht dir jederzeit offen.«

»Nein, danke«, antwortete sie automatisch, obwohl ihr Herz bei dem Gedanken auf einmal einen Sprung machte. Sie hasste die Assassinen. Sie standen für all das, was ihr Dasein verschlechtert hatte. Ohne diese Todesgilde wäre ihre Mutter noch bei ihr. Sie hielt inne, starrte auf die Spiegelung ihrer selbst in der Türscheibe. Oder nicht? Hätte ihr Vater einen anderen Weg gefunden, sie anderweitig auszuschalten? Immerhin hatte er in seinen Tagebüchern immer wieder mit dem Gedanken gespielt, sie zu vergiften und mit ihr auf einem Boot im südlichen Gestade einen Unfall zu haben. Zumindest war das der Eintrag, den sie am Hochzeitstag ihrer Eltern entdeckt hatte. Keine Details, wie der Tag verlaufen war. Nur die wirren Worte eines Mannes, der sich in der Welt nach oben geheiratet hatte, um an das Geld zu kommen.

War die Gilde wirklich daran schuld, fragte sie sich. Genau genommen gab es nur einen Schuldigen und der saß vermutlich irgendwo im Innern dieser Halle. Wieso hatte sie also so einen Hass auf die Assassinen? Weil es einer von ihnen gewesen war, der ihre Mutter ausgeschaltet hatte? War es nicht sogar gnädiger, wenn sie von einem Profi umgebracht wurde, statt stümperhaft und qualvoll langsam von ihrem Vater? Sie schüttelte sich bei den Gedanken. Wie konnte sie nur denken, dass die Todesgilde auch nur einen Hauch Gutes hatte? Das war unmöglich.

»Nein, ich habe eine Firma zu leiten«, sagte sie entschlossen, wurde das Gefühl jedoch nicht los, dass sie sich selbst am meisten damit überzeugen wollte.

»Gut, dann schlag vor, was wir tun sollen.« Penta deutete auf das Dutzend Menschen um sich herum. Drak hatte einige Anwärter und ein paar Assassinen aus der Umgebung zusammengetrommelt, die ihr scheinbar alle noch etwas schuldeten. Sie erkannte auf Anhieb die Frau, mit der Bonde am Abend zuvor in der *Spelunke* gesprochen hatte. Drak hatte sie Lilie genannt und Tonia hatte zunächst geklärt, ob sie eine von den Borkenkäfern war. Es war schnell klar geworden, dass sie zwar auf Bäume stand, aber nicht so wie diese abstruse Sekte.

»Wir müssen die Ausgänge verbarrikadieren. Ich rechne damit, dass Camtero flüchten wird. Wir müssen das verhindern, um ihm seiner gerechten Strafe zuzuführen.«

»Gut, ihr drei kümmert euch auf der Südseite darum, ihr beiden auf der Nordseite. Macht die Türen dicht, sonst habt ihr keine Chance, jemals aufgenommen zu werden, verstanden?«, drohte Drak mit einer Stimme, die selbst Tonia eine Gänsehaut verschaffte. Alle nickten. »Gut, der Rest kommt mit uns ins Innere.«

»Kannst du mich nicht einfach hierlassen? Moos und ich haben da drin nichts zu suchen«, jammerte Wurzel nicht zum ersten Mal.

»Ich lasse dich nicht mehr aus den Augen«, erklärte Tonia. »Du schuldest mir noch zu viele Antworten und ich lasse nicht zu, dass du noch einmal mein Geheimnis ausplauderst. Also wirst du schön bei mir bleiben, verstanden?«

»Dann will ich aber bei Moos sein. Wenn ich schon sterbe, dann mit ihr Seite an Seite.«

»Hier stirbt niemand, wenn alles nach Plan läuft.« Tonia stupste Wurzel an. »Und jetzt hör auf. Soll Moos dich für eine jammernde Mimose oder für einen tapferen Bonsai halten?«

Wurzel schlug die Äste zusammen. »Jammernder Bonsai oder tapfere Mimose. Ach, leck mich doch an meiner Borke. Ohne mich seid ihr eh aufgeschmissen. Also, lasst uns ein paar Kerlen in die Ärsche treten.«

»Wieso nicht gleich so?« Tonia spürte den Wind des Abenteuers in ihren Haaren. Dass es nur eine einfache Brise aus einer der Luftfilteranlagen aus der großen Halle war, störte sie dabei nicht.

Sie riss die Haupteingangstür auf und marschierte den weiß gekachelten Gang entlang, der zwischen den einzelnen Räumen hindurchführte. Tonias Schritte hallte auf dem hellen Holz wider und sie musste sich zusammennehmen, um nicht eine epische Musik zu summen. Sie fühlte sich bereit für alles, was vor ihr lag. Penta und Bonde trugen die Bücher, die sie Camtero gestohlen hatten und die als Beweise dienen sollten.

Sie spürte, wie ihr ganzer Körper vibrierte, als ob er gleich explodieren wollte. Tonia musste sich an der Wand abstützen, um nicht das Gleichgewicht zu verlieren. Wurzel unterhielt sich mit Drak über Lavahaie, die in den Unterwasservulkanen lebten. Tonia schüttelte den Kopf und schloss ihre Ohren. Das war nicht der Moment, um sich über die Verschwörungstheorien einer Frau aufzuregen.

»Wo ist die Veranstaltung?«, fragte Bonde, der ihr in der Mitte des Gangs auf die Schulter klopfte.

»Genau weiß ich das auch nicht, aber sie wird sicher mit Musik und lauten Worten untermalt sein. Also folgen wir einfach dem Lärm«, erklärte Tonia selbstbewusst. Eigentlich hatte sie erwartet, dass es für die Wahlveranstaltung eine viel größere Halle gab. Dass fast alle Räume getrennt waren, irritierte sie. War die Veranstaltung abgesagt worden? Oder hatte Camtero gelogen und war gar nicht hier?

»Teilt euch auf und findet den Raum!«, befahl Drak. Sofort liefen die Assassinen an ihr vorbei und öffneten jede Tür. Lautlos, als hätten sie das geübt. Vermutlich stimmte es sogar, wenn man ihr Berufsbild bedachte.

Lilie machte ein überkreuztes Handzeichen und deutete auf ihre Tür. »Wir haben ihn gefunden«, sagte Penta. »Das war das Zeichen für das Treffen auf die Zielperson.«

»Schön, dass du ihr das alles erklärst, aber sie sollte das

nicht wissen, solange sie nicht in der Gilde ist«, erklärte Bonde. »Und das wird sicher nicht passieren.«

Tonia ignorierte die versteckte Frage, die hinter den Worten ihres Cousins steckte. Da vorn wartete Camtero und hatte keine Ahnung, was ihn gleich erwartete. Ein diebisches Grinsen schlich sich auf ihre Lippen. Sie stellte sich den Aufschrei unter den Reportern vor, wenn sie seine Geheimnisse und seinen Wahnsinn enthüllte. Wie sie sich auf ihn stürzten, er versuchte zu fliehen und sie ihm nachjagte. Nur, um ihm am Ende ein Schnippchen zu schlagen und ihn dingfest zu machen. Ja, diese Vorstellung gefiel ihr.

»Ähm, Tonia«, sagte Penta und holte sie damit aus ihrer Traumvorstellung.

Vor ihr lag der Raum, in dem die Veranstaltung stattfinden sollte, aber da war keine Presse. Nur ihr Vater und eine Handvoll Männer, die an einem Tisch saßen und redeten.

Die Enttäuschung schlug ihr wie eine Tür ins Gesicht. Vermutlich sah sie auch genau so aus. »Wo …?«, stammelte sie. Das konnte nicht sein. Sie brauchten die Abbildographen und die Polizei, um ihn in Schandschellen abführen zu lassen. Allein dafür, dass er durch die Stadt geführt wurde und dieses Wort ihn die ganze Zeit begleitete, hätte sie eine ihrer Katzen geopfert.

Da hob Camtero den Kopf und bemerkte sie. Tonia starrte ihn an. Die kleine Halle, die aus vielleicht vier Räumen bestand, verschwamm vor ihren Augen. Sie sah nur ihn und er nur sie. In ihren Ohren rauschte ihr Herzschlag und sie wusste nicht, was sie tun sollte. Das war nicht möglich. Hier hätte die Presse sein müssen. In seinem Kalender hatte er für heute den Besuch einer Wahlveranstaltung stehen. Warum war hier niemand?

Ein abwertendes Lächeln, das wieder einmal nicht bis in die Augen reichte, umspielte seine Lippen, bis er die Menschen hinter ihr sah. Vermutlich hatte er Drak bereits getroffen oder sie in

Unterwald gesehen. Er wusste also, was sie wusste, und sie wusste das nun auch.

Niemand rührte sich. Weder Camteros Gehilfen noch jemand hinter ihr. Alles war lautlos, bis auf das natürliche Knacken der Holzeinrichtung.

»Wollen Sie die Braut jetzt küssen?«, fragte Wurzel in die Stille hinein.

Das beendete den Moment zwischen ihrem Vater und ihr, denn er suchte die Umgebung ab wie ein gejagter Hund. War es die Sprechweise von Wurzel, die ihn aufschreckte? Hatte er schon einmal einen sprechenden Baum gehört? Wenn ja, würde das seine seltsam gehetzte Mimik erklären. »Zeig dich, du Monster!«

»Wen nennst du hier Monster?«, brüllte Wurzel. »Ich bin nicht der, der seinen Setzling umbringen lassen will.«

Camtero rührte sich nicht, zuckte nicht mal mit der Wimper. Da entdeckte er die Bücher auf den Armen von Penta und Bonde. »Du warst fleißig, Tonia.«

»Das Recht, meinen Namen auszusprechen hast du an dem Tag verwirkt, als du den Mord an meiner Mutter in Auftrag gegeben hast«, zischte sie wütend. »Ich habe so viel mehr über dich herausgefunden als das und ich werde dich ausliefern.«

Camtero seufzte und erhob sich aus seinem Stuhl. Die Männer um ihn herum taten dasselbe. Sie richteten ihre Westen oder Jacketts, als sie standen, und wirkten betont lässig. Als würde sie dieses Gespräch nichts angehen. Dabei bemerkte Tonia ganz genau die Anspannung in den Muskeln der Anwesenden. Jeder von ihnen war bereit, sofort den ersten Schlag zu tätigen. Noch waren sie einige Meter voneinander entfernt, doch es konnte jeden Augenblick losgehen. Tonia durfte den Moment nicht verpassen. Sie wollte nicht diejenige sein, die am Ende auf dem Boden landete. Sie durfte nicht versagen. Um keinen Preis.

»Ich weiß nicht, was du mir vorwirfst, aber du störst gerade mit deinen Gesellen bei einer wichtigen Verhandlung«, erklärte Camtero und vergrub seine Hände in den Hosentaschen.

Wie konnte er nur so locker dastehen? Dabei wusste er genau, was sie ihm vorwarf. »Du hast meine Mutter umgebracht. Und einen Anschlag auf mich geplant und in Auftrag gegeben. Die Beweise dafür habe ich hier.« Sie deutete auf Camteros Tagebücher. Tatsächlich zuckte er kurz angewidert mit den Mundwinkeln.

»Ich weiß nicht, woher du diese Bücher hast, aber ich kann dir versichern: Sie sind nicht von mir. Du wirst darin kein einziges Mal meinen Namen finden.«

Tonia stutzte. Sie ging sämtliche Notizen durch, die sie bisher gelesen hatte. Ihr Herz blieb beinahe stehen, als ihr klar wurde, dass er recht hatte. Er hatte keine Namen erwähnt. Orte und Zeiten, ja, doch keine Namen. Nicht einmal den ihrer Mutter. Bei allen alten Eichen! »Du Bastard!«, entfuhr es ihr.

»Na, wer wird denn so mit seinem Vater reden?«, sagte er und sein Grinsen wurde breiter. »Du solltest dich vielleicht bei mir entschuldigen, weil du meine Verhandlungen gestört hast.«

»Ganz sicher nicht. Wir bringen dich zur nächsten Polizeistation und dort wirst du dich für deine Taten verantworten müssen!«, erklärte sie mit zusammengebissenen Zähnen. »Ich werde nie wieder zulassen, dass du über mein Leben bestimmst!«

Camtero griff sich an seine Krawatte und deutete den Männern mit dem Kopf. Augenblicklich marschierten sie los. »Ich fürchte, meine Tochter ist einer Gehirnwäsche unterzogen geworden. Sie greift mich an. Hilfe, Hilfe«, rief er seelenruhig und grinste immer noch. »Bitte befreit sie aus den Fängen dieser seltsamen Sekte und bringt sie ins Rankenhaus. Ich fürchte, sie wird nicht mehr lange durchhalten.«

»Du drohst mir nicht, verstanden?«, brüllte sie nun und ließ ihren gesammelten Zorn in einem wütenden Schrei los. In der Sekunde bebte die Erde unter ihren Füßen. Diesmal allerdings war sie sich sicher, dass es nicht ihr Kreislauf war, der verrückt spielte, denn auch die Schlägertypen, die ihr Vater zu ihr geschickt hatte, fingen an, das Gleichgewicht zu verlieren. Alle tanzten mit ausgebreiteten Armen hin und her und suchten nach einem Halt.

Ein Teil der Decke krachte nur einen Moment später im hinteren Bereich der Halle ein und riss ein Loch in die Raumteiler. Holzsplitter schossen über ihre geduckten Köpfe hinweg. Staub wirbelte auf, ehe ein ohrenbetäubendes Donnern die gesamte Stadt erzittern ließ. Es dröhnte laut und Tonia glaubte, entfernt eine Explosion zu hören. Die Stühle des Raums wurden umgeworfen, das Beben wurde stärker.

»Die Feuergöttin ist angekommen!«, brüllte Drak und deutete über die zusammengebrochene Hallendecke. Nicht weit von ihnen, dort wo ihr Zuhause und das von tausenden anderen Menschen war, schoss eine Aschefontäne in die Luft und verdunkelte die Sonne. Da es in der Halle keine Tagesbeleuchtung gab, wurde es finster. So dunkel, dass sie nach einem raschen Blick zu den Männern kaum noch Camtero dahinter erkennen konnte.

Das Beben ließ langsam nach und sie konnte wieder klarer auf das fokussieren, was sie hinter der Decke erkannte. Es dauerte allerdings, bis sie es verstand.

»Veon!«, murmelte sie schließlich. »Er hat recht gehabt.«

»Tonia, alles in Ordnung?«, fragte Penta und klammerte Wurzel an sich.

»Ja.« Sie wischte sich über die Augen. »Mein Onkel hatte recht. Wir treiben mitten über einem Vulkan und er ist gerade dabei auszubrechen.«

»Hast du zu viel von der Asche eingeatmet? Vulkane gibt es nicht«, kommentierte Wurzel.

»Sagt der Bonsai, der gerne Vulkanasche als Dünger haben will«, sagte sie kopfschüttelnd. Ihr Herz raste und sie wusste nicht, was sie zuerst tun sollte. Weglaufen? Ihren Vater festsetzen? Jeden in Sicherheit bringen?

»Zwischen Vulkanen und Vulkanasche ist auch ein himmelweiter Unterschied. Wenn ich dir einmal darlegen dürfte, was …«

»Halt endlich mal deine Schnauze, Wurzel. Das hat hier gerade nichts zu suchen. Wir sind in Gefahr! Verstehst du das?«, brüllte Penta so laut, wie sie ihn noch nie hatte reden hören.

Beleidigt senkte Wurzel den Kopf. »Dann kommt halt allein klar, wenn ihr nichts lernen wollt.«

»Ein anderes Mal, Wurzel, ja?«, versuchte sie ihn zu beruhigen, ehe sie sich an die anderen wandte und sich vergewisserte, dass es ihnen gut ging. Einer der Anwärter lag jedoch auf dem Boden und blutete aus einer Kopfwunde. Drak saß bereits bei ihm und hielt ihm ein Stück Stoff gegen die Verletzung.

»Was jetzt?«, fragte Lilie, die zwar noch entspannt dastand, in deren Augen Tonia jedoch genau erkannte, was sie ebenfalls fühlte. Hilflosigkeit im Angesicht einer unvorstellbaren Macht. Und sie selbst hatte keine Ahnung, was sie tun sollte.

KAPITEL 26
PENTA

»Da fließt Feuer!«, rief Drak und zupfte an seinem Ärmel. Sie hatte den Verletzten versorgt und stand wieder neben ihm.

»Ich sehe es, Kobold. Verdammt, du hattest Recht mit deiner Theorie!« Nie im Leben hätte er gedacht, dass er das jemals zugeben musste, aber seine Ziehmutter hatte schon seit Jahren gesagt, dass es am Meeresboden unterirdische Vulkane gab, die nur darauf warteten, dass die Insel über sie hinweg trieb. Mit dem Zusatz, dass sie ein Bewusstsein hatten und die Insel dafür hassten, ihnen das wenige Licht zu stehlen, indem sie sich erdreistete, über ihre Position zu treiben. Er hatte das immer für ausgekochten Unsinn gehalten und sie innerlich belächelt, aber da war es. Das Feuer, das aus der Erde kam. Und er war sich ziemlich sicher, dass es unter der Landmasse von Ulmenstadt keinen Vulkan gab, der gerade ausbrach.

Über ihren Köpfen flatterten ein paar Papageien, die vermutlich in dem Dach ihr Zuhause gehabt hatten und nun nicht wussten, wohin mit sich.

»Ich hatte Recht!«, jubelte sie und tanzte fröhlich hin und her, bis sie merkte, dass es keinen Grund dafür gab. »Tschuldigung. Mit mir ist es kurz durchgegangen. Also, was tun wir?«

In ihr erwachte die Pragmatikerin, die er aus seiner Kindheit kannte. »Wir sollten uns in Sicherheit bringen.« Er setzte die Bücher ab, die er auf den Armen balancierte. Das Beben der Erde war abgeschwächt. Immer noch leicht spürbar, aber nicht so sehr, dass es ihn beeinträchtigte.

»Wohin? Wenn dieses wandernde Feuer über Ulmenstadt einbricht, wird alles zerstört, was im Weg steht«, erklärte Lilie.

»Das ist Lava, Schätzchen. Wird uns alle umbringen. So sicher wie der Tag nach der Nacht kommt.« Wurzel beugte sich vor und versuchte, nach dem Umhang von Lilie zu greifen.

»Der Feuerlack wird die Häuser schützen«, sagte Andea, die Assassine, die Drak erst vor einigen Monaten dazu geholt hatte, weil sie mit einer Spindel besser umgehen konnte als jede andere, die sie bisher in Unterwald hatte nähen sehen. Deswegen hatte sie ihr eine Stelle als Spindel-Assassine angeboten, die das arme Mädchen nur zu gerne angenommen hatte. Sie war nicht groß, aber der entschlossene Gesichtsausdruck hatte ihm damals schon gesagt, dass sie es weit bringen konnte.

Tonia drehte sich kurz zu ihnen um. »Nicht die Häuser, die mit Fills Feuerlack gestrichen sind«, erklärte sie und deutete auf Camtero, während die Lava sich unaufhörlich von der leichten Anhöhe, aus der sie ausgebrochen war, in ihre Richtung schob. »Denn er wollte nicht nur mich umbringen, sondern hat auch die Feuerlacke verdünnt, so dass sie nicht mehr wirken. Alles aus Profitgier.«

Penta schaute sich um. So sehr er ihre Rachegelüste bewunderte, wollte er eigentlich nur raus aus diesem Gebäude. »Wir sollten verschwinden, bevor noch mehr von der Decke einstürzt«, schlug er vor. Noch immer verdunkelte die Aschewolke die Sonne. Die wenigen Sonnenstrahlen tauchten die eingebrochene Halle in diffuses Licht, so dass er nicht alles erkennen konnte. Es reichte allerdings, um die großen, quadratisch gebauten Männer zu sehen, die auf sie zumarschierten.

»Ihr könnt gehen. Aber solange der Kerl dort frei herumläuft, werde ich nirgendwo hingehen«, rief sie und deutete auf ihren Vater.

»Willst du hier mit ihm sterben?«, fragte Penta und duckte sich vor einem Papagei, der gerade tief über ihre Köpfe hinwegflog und lauthals »Post, hat jemand Post«, krächzte.

»Wenn es sein muss!«, knurrte Tonia wütend. »Er hat so viel Leid gebracht, da werde ich nicht zulassen, dass er das weiterhin tun kann.«

»Übertreibst du nicht ein wenig?« Penta wandte den Blick nicht von der Lava ab, die ungehindert auf sie zufloss. Die Einzige, die bisher Leid durch Camtero erfahren musste, war Tonia.

Tonia wirbelte herum und sie konnte sehen, dass sie ihm am liebsten eine reingehauen hätte. »Du vergisst die ganzen Menschen, die in den nächsten Stunden ihre Heimat verlieren werden, weil er mehr Blätter machen wollte als jeder andere«, erinnerte sie ihn.

»Du willst ihn also für etwas verurteilen, was theoretisch noch nicht passiert ist?«, merkte Wurzel an. »Das ist aber ganz schön anmaßend.«

»Schnauze, Wurzel!«, sagten sie beide im Einklang.

»Du verstehst mich, oder Moos? Rechtsbanausen. Alles Rechtsbanausen«, murmelte er vor sich hin, während er den Mantel von Penta wieder über sich zog.

»Du willst ihn also auf keinen Fall davonkommen lassen?«, vergewisserte sich Penta.

»Nein, aber ich verstehe, wenn ihr alle das nicht wollt. Ich schaffe die schon allein.« Tonia deutete auf die Kerle, die nicht weit von ihnen standen und ängstlich auf neue Anweisungen warteten. Selbst mit der drohenden Gefahr der Lava schienen sie mehr Angst vor Camtero zu haben. Keiner von ihnen flüchtete.

Penta schüttelte den Kopf. »Ich habe es dir schon mal gesagt. Bis das hier vorbei ist, werde ich an deiner Seite stehen.«

Tonia sah ihn einen Moment lang an, nickte dann. »Weil ich zu viel weiß.«

»Weil du zu viel weißt. Natürlich. Das ist der einzige Grund!«, erklärte er mit fester Stimme und schob die Bücher auf einen halbwegs stabil aussehenden Tisch neben ihm.

»Ergreift sie endlich!«, kommandierte da Camtero über das Krachen eines weiteren Teils der Decke hinweg.

Penta blieb keine Zeit mehr, um sich zu unterhalten. Drak stellte sich kampfbereit auf und befahl den Assassinen, ebenfalls anzugreifen.

Obwohl sie normalerweise keine Befehle außer denen der Todesreiter entgegen nehmen sollten, war Drak für viele so etwas wie eine Ersatzmutter. Wäre sie nicht als Anheuerin unterwegs gewesen, hätte sie wohl ein Waisenheim in Unterwald geführt. Zumindest wenn sie Kinder gemocht hätte. Für sie waren diese *kleinen Biester* nur die Vorstufe einer weitaus besseren Evolution. Ein notwendiges Übel.

»Ich versuche, an Camtero heranzukommen. Wenn er festgesetzt ist, kann er keinem mehr Befehle erteilen. Kümmert ihr euch um die Kerle.« Tonia stürmte los, bevor er sie aufhalten konnte.

Mit einem eleganten Tritt zwischen die Beine brachte sie den ersten Schläger zu Boden, doch der Weg zu ihrem Vater wurde ihr von weiteren versperrt. Als ob Camtero gewusst hätte, was passieren würde, strömten weitere seiner Leute aus einem Nebenraum, der zuvor verborgen gewesen war. Auch hinter ihnen auf dem Gang erklangen auf einmal Kampfgeräusche.

Penta wusste nicht, worauf er seine Aufmerksamkeit zuerst richten sollte. Den Kampf von Tonia, den hinter ihm oder die Lava, die das Haus auf der Anhöhe einschloss und in Flammen aufgehen ließ. Sie hatten noch Minuten, ehe sie ebenfalls eingeschlossen sein würden.

»Willst du wirklich da mitmischen, Hänfling?«, fragte Wurzel und kuschelte sich an Moos. »Wenn ja, lass mich da raus. Ich bin kein Kampfbonsai.«

»Schon klar, Wurzel. Warte, ich setze euch hier ab. Aber versprich mir, dass du hinter den Büchern bleibst. Ich will dich nachher nicht suchen müssen.«

»Ehrenholzwort«, sagte er und neigte seine Krone. »Ich würde meine Meisterin in solch einer gefährlichen Situation niemals allein lassen. Geh und sei noch ein bisschen illegal, Junge.«

Penta runzelte die Stirn. Wieso klang Wurzel auf einmal so nett? Hatte es damit zu tun, dass er Moos bei sich hatte? Vielleicht war es doch ein Glücksgriff gewesen, dass Veon diese Kunstblume gekauft hatte.

Er würde es jetzt nicht herausfinden können, denn vorerst musste er Tonia helfen. Sie war von vier Angreifern umzingelt und hielt sich diese mit Tritten und Schlägen vom Leib. Immer wieder wurde auch sie getroffen und stöhnte laut auf. Dennoch hielt sie sich wacker, während sich der Rest seiner Truppe überall im Raum verteilte und die anderen Angreifer versuchte aufzuhalten.

»Tonia, Vorsicht!«, warnte er sie, als einer der Kerle ein Messer zog.

Blitzschnell drehte sie sich um, erfasste die Gefahr und wehrte das Messer ab, indem sie den Arm ablenkte, so dass sie die Klinge direkt in das Herz eines zweiten Mannes rammte, der im Weg gestanden hatte.

Penta nickte zufrieden, hatte aber nicht bedacht, dass sein Eingreifen die Aufmerksamkeit auf ihn lenken würde. Penta stolperte rückwärts, als zwei Hünen auf ihn zukamen und entschlossen ihre Fäuste in die Handflächen knallen ließen.

Bevor sie bei ihm ankamen, schlug Bonde mit seiner Schaufel einem von ihnen gegen den Schädel, so dass dieser Kerl zu Boden fiel. »Einen schaffst du?«, fragte Bonde und duckte sich unter dem Schlag des Zweiten hinweg.

»Ich versuche es!«, erwiderte Penta panisch und war sich nicht sicher, ob er es konnte. Gekämpft hatte er noch nie mit solch einem Gegner. Das letzte Mal war er mit zehn in eine Schlägerei verwickelt worden. Und damals hatte Kobold ihn gerettet, indem sie die anderen Kinder verscheucht hatte. Aber da Bonde sich bereits abwandte, blieb ihm nichts anderes übrig. Vorerst versuchte er es jedoch mit einer altbewährten Taktik, die ihm in seiner Jugend immer geholfen hatte. Weglaufen und ausweichen. Darin war er wirklich gut.

»Halt still, du Floh!«, fluchte sein Gegner, während Penta erneut auswich.

»Ganz sicher nicht«, erklärte Penta außer Atem und duckte sich unter einem weiteren Zugriff.

Er drehte seine Runde durch den Raum und wich Stühlen und Tischen aus, die umgekippt waren. Tonia behielt er dabei genauso im

Blick wie die Lava und seinen Verfolger. Von ihm aus hätte es ewig so weitergeh…

Penta verlor das Gleichgewicht, als er über einen Fuß stolperte. Es war der von Bonde, der gerade einen Ausfallschritt gemacht hatte, um Schwung für einen Schlag zu holen. Reflexartig griff Penta nach Halt suchend nach der Schaufel und riss sie aus Bondes Händen. Um nicht mit dem Kopf aufzuschlagen, ließ er die Schaufel los und stützte sich mit den Ellbogen ab. Schlitternd glitt das Metall von ihm weg.

»Penta!«, meckerte Bonde, bevor eine Faust ihn im Gesicht traf und er nun seinerseits über Pentas Füße nach hinten fiel.

»Verdammt!«, fluchte Penta und rappelte sich wieder auf. Dabei stieß er mit der Stirn gegen den Arm eines weiteren Angreifers. Dieser keuchte schmerzerfüllt auf und sackte gleich darauf zusammen. Da erkannte er das kleine Messer in der Brust des Mannes. »Oh nein, nicht schon wieder«, hörte er Wurzel nicht weit von ihm entfernt stöhnen.

Penta realisierte erst, was Wurzel meinte, als er die nach hinten verdrehten Augen sah. »Scheiße!«, entfuhr es ihm.

»Danke, Penta!«, sagte Tonia, die außer Atem von den Kämpfen war, doch gerade alle um sich ausgeschaltet hatte. »Hättest du den Kerl nicht erledigt, wäre ich jetzt tot.«

»Das war keine Absicht!«, erklärte er aus einem Instinkt heraus. »Das war ein Unfall.«

»Das behauptest du immer«, rief Wurzel über den Lärm hinweg. Warum dieser Bonsai normalerweise nicht mal eine Anweisung hörte, die er direkt neben ihm in einem leisen Büro von sich gab, hier aber jedes Wort zu verstehen schien, konnte er sich nicht beantworten.

»Duck dich!«, schrie Tonia und stürzte sich sofort auf den nächsten Angreifer. Zusammen mit Bonde traktierte sie diesen Kerl mit Fäusten.

Penta krabbelte auf allen vieren zu Wurzel, der sein Versprechen gehalten hatte. Er klammerte sich an Moos. Da er sich gerade nicht verteidigen musste, konnte er sich nach der Schaufel von Bonde umsehen. Diese lag allerdings vor den Füßen von Camtero. Der bückte sich langsam, hob sie auf, betrachtete sie neugierig und wog sie in seinen Händen, ehe er sie einmal schwang.

»Das ist ein schönes Gerät«, erklärte er und kam auf Penta zu. Da seine Männer die Oberhand gewannen – zwei der Assassinenanwärter, die zur Unterstützung dazugekommen waren, lagen bereits am Boden – schien er selbst ein wenig Spaß haben zu wollen. Papageien saßen auf den leblosen Körpern von Pentas Kameraden, als wollten sie die letzte Nachricht von ihnen noch aufnehmen.

»Geben Sie einfach auf«, versuchte Penta es. »Wir müssen alle gemeinsam fliehen, sonst werden wir das nicht überleben. Die Lava ist gleich hier angekommen.« Penta deutete nach oben, doch Camtero ließ sich nicht ablenken.

»Keine Ahnung, wer du bist, Bursche, aber wenn du mit Tonia herumhängst, wirst du nichts Gutes im Schilde führen. Deswegen…« Er beendete seinen Satz nicht, hob die Hand und ließ die Schaufel auf Penta niedersausen.

Instinktiv griff der Wurzel und rollte sich zur Seite. Die Schaufel landete krachend auf etwas Hölzernem, aber Penta krabbelte rasch weiter, um außer Reichweite zu kommen.

»NEIN!!!«, hörte er da Wurzel brüllen. Sein Bonsai schlug mit den Ästen nach ihm. »Nicht Moos! Meine geliebte Moos.«

Harzige Tränen rannen aus seinen Augen, was Penta dazu brachte, innezuhalten und einen Blick über die Schulter zu werfen. Die Schaufel hatte tatsächlich Holz getroffen, aber es war nicht der Fußboden gewesen, sondern die Kunstblume. Sie war in hunderte Einzelteile zersprungen und die künstlichen Blätter klebten am Boden fest, als die Schaufel sich von ihr löste.

Wurzel schniefte und brüllte erneut ihren Namen, ehe er mit einem Hüpfer von Pentas Arm sprang. Auch wenn der Bonsai nicht besonders beweglich in seinem Topf war, entwickelte er eine beachtliche Schnelligkeit, als er auf die Splitter von Moos zusprang. »Papageienpost!«, rief er und wartete darauf, dass der nächste Vogel vor ihm landete, während er Camtero fixierte. Dieser beachtete Moos nicht und sah wieder zu Penta. In ihm schlugen zwei Herzen. Das eines Feiglings, der weiter davon krabbeln wollte. Und das des Freundes, der Wurzel retten wollte.

»Borkenkäfer, versammelt euch!«, flüsterte Wurzel dem Papageien zu, während er weiterhin Camtero nicht aus den Augen ließ.

Penta hatte keine Ahnung, wieso der Bonsai ausgerechnet dieser seltsamen Sekte eine Nachricht zukommen ließ, doch er schnappte ihn und steckte in die Innentasche.

Wurzel murmelte die ganze Zeit etwas von Tod und Verderben, das er über Camtero bringen wollte, aber Penta stopfte ihn nur tiefer in den Mantel und hoffte, dass er dort sicher war.

Eine Minute lang wich er Schlägen aus und suchte einen Unterschlupf, um in Sicherheit zu sein. Selbst mit dem abgebrochenen Stuhlbein in seiner Hand fühlte er sich nicht besser bewaffnet. Er war kein Kämpfer, das wurde ihm einmal mehr klar. Dieser Ausflug in die Welt der Assassinen hatte ihm deutlich gezeigt, wo seine Bestimmung lag. Hinter dem Schreibtisch, auf dem Wurzel ihn die meiste Zeit seines Lebens beleidigte und er es einfach ertrug. Er war Todesreiter, dazu geschaffen, andere zu berichtigen und überwachen.

Aber vielleicht konnte er genau das hier tun. Er konnte überwachen, Hinweise geben, korrigieren, wenn jemand Gefahr lief, einen tödlichen Fehler zu begehen. Er krabbelte auf einen Tisch und schaute als Erstes nach der Lava. Sie hatte bereits das vorletzte Haus vor der Halle umzingelt. Ihnen blieb nicht viel Zeit.

Penta versuchte, sich im Innern einen Überblick zu verschaffen. Die Anwärter lagen mittlerweile fast alle auf dem Boden. Lilie schaffte es, sich einige der Männer vom Leib zu halten, indem sie Rücken an Rücken mit Tonia kämpfte. Einen Moment lang war er beeindruckt von den Fähigkeiten, die die beiden Frauen beherrschten. Andea hatte ihre Spindel gezückt und verletzte damit immer wieder die Angreifer, sodass sie kurzfristig außer Gefecht gesetzt waren. Zu seiner Überraschung entdeckte er den Windelassassinen, der ihm bisher gar nicht aufgefallen war. Hatte Drak ihn etwa ebenfalls rekrutiert? Er musste sich in den Schatten aufgehalten haben. Das war eine seiner Spezialitäten. Da er meistens geruchstechnisch auffiel, nutzte er zumindest die Schatten, um nicht aufzufallen. Auch er schleuderte sein Arbeitsgerät mit einer Präzision, wie sie sie vermutlich nicht einmal die Altenpfleger in den Rankenhäusern von Ulmenstadt beherrschten.

Dennoch waren sie in der Unterzahl. Mit jeder Minute, die sie hier standen, verloren mehr gute Assassinen ihr Leben. Da entdeckte er einen Mann, der sich von hinten an Drak anschlich. In seiner Hand hatte er eine Stuhllehne, die scharf abgesplittert war.

»Drak! Pass auf!« Penta hob die Hand, wollte ihn aufhalten, doch er war zu weit weg. Er sah dabei zu, wie sich das Holzstück in die Seite seiner Ziehmutter bohrte.

Da sprang er von dem Tisch herunter und rannte zu ihr hin. Er stieß im Laufen den Angreifer von ihr beiseite, sodass dieser in Richtung Tonia stolperte. Penta konnte nur mit all seiner Wut hoffen, dass die ihm den Garaus machte.

»Drak!«, rief er, als er den Arm um sie legte, um sie zu halten, aber sie stand noch immer von allein. »Drak!«, wiederholte er, als sie zunächst nicht reagierte.

Langsam blinzelte sie und starrte ihn erstaunt an. »Penta, mein Junge. Na, das ist eine Überraschung, was? Ich hätte gedacht, dass ich dich überlebe.«

»Drak, nicht so viel reden. Ich bringe dich jetzt in ein Rankenhaus!«, sagte er und stützte die kleine Frau, als sie versuchte, einen Schritt nach vorn zu machen.

»Auf keinen Fall. Die Käferloiden führen dort die ganze Zeit über Experimente an den Menschen durch. Auf keinen Fall werde ich das an mir zulassen. Wenn, dann bringst du mich nach Unterwald. Da kenne ich eine Frau, die …« Auf einmal weiteten sich ihre Augen. Sie drückte sich an Penta vorbei und schob ihn mit einer einzigen Kraftanstrengung hinter sich.

Ein schmatzendes Geräusch erklang, als das Messer in ihren Brustkorb eindrang. Diesmal musste Penta sie festhalten, damit sie nicht umfiel. Ihre Augen flatterten erneut, ehe sie in sich zusammensackte. »Nein, Drak, tu mir das nicht an!«, schrie er viel zu hoch.

Er verstand nur langsam, was gerade passierte. Der Angreifer, ein gesichtsloser Kerl, den Penta im Halbdunkel der diffusen Sonnenstrahlen nicht erkannte, hob seinen Arm und wollte auf Penta einstechen.

Diesmal gab es kein Entkommen für ihn. Er würde sterben. Genau hier. Genau jetzt. Seite an Seite mit seiner Ziehmutter. Penta schloss die Augen. Es war wohl die gerechte Strafe für das, was er dem Gentleman-Assassinen angetan hatte. Schicksalsergeben senkte er den Kopf und hoffte, dass es schnell ging und sich jemand im Anschluss um Wurzel kümmerte.

KAPITEL 27
TONIA

»Nein, Drak, tu mir das nicht an!« Die gekreischten Worte von Penta lenkten ihre Aufmerksamkeit zu ihm. Er war nur zwei lange Schritte entfernt und schwebte in Gefahr.

Tonia verpasste ihrem Gegner einen Tritt in die Eier, sprintete los und rammte ihren Ellbogen in die Rippen des Mannes, der wohl Drak auf dem Gewissen hatte.

Mit wenigen Handgriffen hatte sie ihm das Messer entwendet und ihm oberflächlich in den Bauch gestochen, dass er nicht sofort umkommen, aber zumindest für die nächsten Minuten außer Gefecht sein würde.

»Penta, bist du verletzt?«, fragte sie, als sie zurückkam.

In seinen Augen sah sie Tränen der Hilflosigkeit schimmern. »Das ist alles sinnlos. Dieser ganze Kampf hier ist absolut sinnlos«, murmelte er immer wieder und wiegte sich mit Drak im Arm vor und zurück. »Wir hätten einfach zur Zeitung gehen sollen!«

Der Vorwurf traf sie unerwartet und härter als alle Schläge, die sie bisher hatte einstecken müssen. »Es ist nicht meine Schuld und das weißt du!«, erwiderte sie und hoffte, dass er das auch bald so sehen würde.

Seit Beginn des Kampfs war ein Blutrausch in ihr erwacht, den sie so nicht von sich gekannt hatte. Vielleicht war er schon immer da gewesen, war nur nie an die Oberfläche getreten. Das Prickeln und Herzrasen, wenn sie jemanden so schwer verletzte, dass er liegen blieb. Es war doch etwas nicht in Ordnung mit ihr, wenn sie sich ihre freudigen Gedanken betrachtete.

»Ist sie wirklich tot?« Wurzel lugte aus dem Mantel hervor.

Tonia ging in die Knie und legte eine Hand unter ihre Nase. »Zumindest atmet sie nicht mehr. Es tut mir sehr leid, Penta. Wirklich. Aber wir müssen weitermachen. Wenn wir jetzt aufgeben, sind alle umsonst gestorben.«

»Dieser Papierkram«, fluchte Wurzel und warf die Äste in die Luft. »Darauf freue ich mich ja schon sehr. Aber mal eine andere Sache. Meinst du, sie hätte was dagegen, wenn ich ein paar Ersatzteile von ihr nehme?«

»Bitte was?«, fragte Tonia verwirrt, als sie sich nach einer weiteren Bedrohung umsah.

»Na, damit ich Moos wieder flott machen kann. Ich kenne da einen Kerl auf dem Holzschwarzmarkt …«

»Wurzel, ich denke, es ist absolut unmöglich, dass du Moos mit Drak wieder neu zusammensetzen kannst«, erklärte Tonia, um Penta die Qual zu ersparen, über so etwas mit Wurzel zu reden.

»Es wäre einen Versuch wert«, murmelte er und deutete auf Drak. »Sie hätte es so gewollt. Ich war immer ihr Liebling.«

»Na, habt ihr schon aufgegeben?«, brüllte Camtero auf einmal schadenfroh durch die Halle. »Oder wollt ihr alle sterben?«

»Hier stirbt niemand mehr, Camtero. Das ist eine Sache zwischen dir und mir. Lass uns das direkt klären«, forderte Tonia ihn auf und ballte die Fäuste um die Messer, die sie den letzten Angreifern abgenommen hatte.

»Was denkst du denn? Dass ich nicht weiß, was du mit deinem Trainer gemacht hast oder dich eben nicht beobachtet hätte?« Camtero lachte schnaubend. »Ich werde dir ganz sicher nicht im Zweikampf gegenübertreten. Vor allem nicht, wenn ich gerade so schön gewinne.«

»Darum geht es dir nur, oder?«, fragte Tonia und trat einen längst zerstörten Stuhl beiseite. »Gewinnen?«

Bevor Camtero eine Antwort geben konnte, hörte sie ein lautes Knacken zu ihrer linken. Die Wand brach ein. Ein schmaler Lavafluss hatte seinen Weg zu dem Gebäude gefunden und fraß sich nun über den hölzernen Boden. Tonia spürte bereits die Hitze, die von dem feurigen Fluss ausging. Es würde in ein paar Minuten unerträglich heiß im Innern werden, trotz des offenen Dachs.

»Los, wir müssen verschwinden«, rief Andea.

»Nein, nicht, solange er noch frei herumläuft«, erwiderte Tonia entschlossen. »Ihr könnt gehen.«

Die wenigen verbliebenen Verbündeten sahen erst zu Drak, dann zu Penta, der nickte. »Es wird euch nicht negativ angekreidet, wenn ihr jetzt geht. Falls ich nicht zurückkommen sollte, sagt Teska Brem, dass ich ehrenhaft gestorben bin.«

»Wohl eher wimmernd in Babystellung, aber red dir das andere ruhig ein«, sagte Wurzel, ehe er wieder in Richtung Camtero wetterte. »Warte nur ab, bis meine Insekten da sind, dann wirst du die volle Wut eines Bonsais kennenlernen!«

Wurzels knorrige Stimme ging im Zischen und Knacken unter, das der Lavafluss verursachte, als er sich seinen Weg durch die Halle bahnte. Die ersten Wände gingen in Flammen auf, brannten innerhalb weniger Sekunden lichterloh.

Tonia war sich sicher, dass hier sehr bald alles brennen würde. Die Assassinen nickten einander zu und verschwanden auf demselben Weg, den sie gekommen waren. Niemand hielt sie auf. Scheinbar waren Zeugen für Camtero kein Problem, solange er seine Tochter ausschalten konnte.

»Was ist jetzt, Camtero? Wie willst du das enden lassen?«, fragte sie erneut selbstbewusst und suchte sich bereits einen Weg durch die Trümmer, um ihn doch noch anzugreifen.

Ihr Vater senkte den Blick und winkte gleich darauf mit den Händen. Sofort setzten sich sämtliche Angreifer wieder in Bewegung und kesselten Bonde, Penta und Tonia ein. Der Schaufelassassine war der Einzige, der geblieben war. Alle anderen hatten sich in die Stadt zurückgezogen.

Tonia zählte sieben Gegner. Zwei konnte sie sicher ausschalten, eventuell drei. Bonde vielleicht ebenfalls. Penta hingegen klammerte sich an Wurzel, als ob er eine Waffe war. Sie waren unterlegen und ihre einzige Hoffnung war die Verzweiflung.

Da ertönte ein seltsames Surren die Luft. Zunächst hielt Tonia es für ein weiteres Geräusch, das der Lavastrom von sich gab, aber es schien nicht von dem Fluss zu kommen, sondern vom Haupteingang. Die anderen hörten es erst einen Moment später und schauten sich verwirrt um.

Sogar ihre Angreifer stoppten einen Schritt vor ihnen und sahen sich um. Tonia nutzte die Gelegenheit und streckte gleich einen nieder, bevor sie sich wieder fingen.

Auf einmal rannte eine Gruppe von Menschen, zumindest hoffte Tonia, dass es welche waren, in die Halle und schrien: »Bei der Macht des Scol!«

»Meine Insekten!«, rief Wurzel begeistert. »Sie sind brave Käferchen und ihrem Meister gefolgt.«

Tonia runzelte die Stirn, als sie genauer hinsah. Sie erkannte Hornisse und Löwenzahn, die Kellnerin aus dem *Goldenden Blatt*. Einige weitere Borkenkäfer, denen sie bereits begegnet war, tauchten auf und kamen zu ihnen gelaufen. Allerdings wirkten sie in ihren Moos- und Blätterkleidern nicht besonders angsteinflößend. Eher, als ob sie jeden Augenblick einen Tisch kuscheln wollten, um ihm zu sagen, wie leid ihnen sein sinnloser Tod tat.

»Wer ist das?« Bonde sah verwirrt und schlug ein Messer weg, mit dem einer der Angreifer auf ihn einstach.

»Das ist eine dieser Baumkuschlersekten. Sie wollen Freiheit für die Bäume«, erklärte Tonia perplex. Mit vielem hätte sie gerechnet. Zu viel war ihr in der letzten Woche widerfahren, als dass sie nicht mit allem rechnen musste. Aber dass diese seltsame Sekte nun kam, war schier unfassbar.

»Sind sie zu unserer Rettung hier oder arbeiten sie für Camtero?«, fragte Bonde weiter.

»Das ist eine gute Frage.« Tonia beobachtete die herannahende Menge ganz genau.

Auch ihre Angreifer starrten sie ein wenig verwirrt an, was in Tonia den Verdacht erregte, dass sie ebenfalls keine Ahnung hatten, was hier passierte.

»Tod und Verderben dem Holzwurm!«, flüsterte Wurzel auf einmal mit einer eiskalten Stimme aus Pentas Handfläche. »Er hat meine einzig wahre Liebe auf dem Gewissen und damit eure Königin. Macht ihn fertig!«

Niemand von den Borkenkäfern schien darauf zu achten, dass sich ein Lavakanal durch den Raum schob. Er war nicht breit, vielleicht zwanzig Zentimeter, doch es reichte, um es unerträglich heiß werden zu lassen. Außerdem wälzte er sich weiter durch den Raum, bis zur nächsten Wand hinüber. Immer mehr geriet in Brand und Rauch stieg auf, als das von Blut getränkte Holz Feuer fing.

Die Borkenkäfer aber hielt das nicht auf. Mit erhobenen Knüppeln aus etwas, das wie gedrehte Flechten mit dunkelbraunem Baumharz aussah, rasten sie auf die sechs verbliebenen Angreifer zu und rollten innerhalb kürzester Zeit durch ihre schiere Masse über sie hinweg. Penta, Bonde und Tonia unterstützten sie, so gut es ging, und sorgten dafür, dass kein einzelner Mann ihres Vaters aufstand.

Kaum lagen alle auf dem Boden, drängten die Borkenkäfer weiter in Richtung des Lavaflusses, aber die unerträgliche Hitze ließ sie zurückweichen.

»Wer auch immer die sind, ich hätte sie gerne öfter als Verstärkung«, sagte Bonde und rieb sich den Hinterkopf, an dem eine blutige Wunde prangte, die ihn allerdings nicht zu beeinträchtigen schien.

»Das sind meine und die gebe ich nicht mehr her. Musste sie sorgsam züchten«, erklärte Wurzel, der in Pentas Hand saß und Camtero nicht aus den Augen ließ. »Los, holt ihn euch!«

Erneut drängten die Borkenkäfer vorwärts, als wäre es ihr einziges Bestreben, Wurzels Wunsch zu erfüllen. Warum? Wurzel war nur ein paar Stunden in ihrer Gewalt gewesen. Wieso hörten sie auf ihn?

»Wurzel, sie können da nicht drüber.« Tonia beobachtete ihren Vater ebenfalls ganz genau.

Camtero erreichten sie jedoch nicht, da dieser auf der anderen Seite des breiter werdenden Lavaflusses auf einem noch intakten Tisch stand und alles mit großen Augen betrachtete. Seine Haut war durch das Leuchten der Lava feuerrot, was ihm ein düsteres Aussehen verlieh. Endlich sah sein Äußeres so finster und bedrohlich aus, wie es sein Inneres schon lange war.

»Ich denke, ich werde mich vorerst zurückziehen«, sagte Camtero seelenruhig, als er merkte, wie die Borkenkäfer trotz der Hitze versuchten, ihn zu erreichen.

Ein weiteres Beben erschütterte die Halle und der vordere Teil der Decke sackten ab, schwebten über ihnen. Trümmerteile drohten sie zu begraben oder dem Feuer neues Futter zu liefern. Beim nächsten Beben würden sie entweder eingeklemmt oder direkt ausgelöscht werden. Tonia war sich nicht sicher, welcher Tod ihr lieber war. Langsam verbrennen oder einfach rasch erschlagen werden. Wie eine drohende Zeitbombe hing die Decke nun über ihnen und drohte jeden Augenblick auf sie zu fallen. Sie konnte auch nicht ausweichen, da sie Camtero nicht aus den Augen verlieren wollte. Eine Feuerwand schob sich von der gegenüberliegenden Wand zu ihnen vor. Vereinzelt wurde sie aufgehalten, wenn der Feuerlack wohl dicht genug gewesen war, um zu halten. Doch durch den unermüdlichen Lavafluss gab es immer wieder neue Brandherde.

Da entdeckte sie eine zersplitterte Tischplatte, die sie nutzen konnte, um die größte Hitze von sich fernzuhalten. Aber noch während sie den Gedanken fasste, hörte sie einen lauten, knorrigen Schrei.

»Wenn ihr es nicht schafft, muss ich es machen!«, brüllte Wurzel und stürzte sich topfüber in Richtung einer Feuerschneise, die sich langsam, aber sicher in der Halle zu einem Inferno ausbreitete. Tonia spürte, wie ihre Haut zu glühen begann, als sie die Tischplatte packte, um sie als Schutzschild gegen das Feuer zu benutzen. Ein hoffnungsloses Unterfangen auf lange Sicht, doch zumindest ein wenig Linderung bot der Schutz.

»Wurzel, komm zurück! Du bist nicht gegen solche Hitze geschützt!« Penta stolperte hinter ihm her. Kaum schlugen die Flammen höher, musste er wieder zurückweichen. Tonia zerrte ihn hinter die Tischplatte, um ihn ebenfalls in Sicherheit zu wissen.

Durch die Flammen konnte sie Camtero kaum erkennen, der ihnen noch fröhlich zum Abschied winkte.

»FÜR MOOS!!!«, schrie Wurzel und sprang mit seinem Topf mitten in die Flammenwand, die ihn von Camtero trennte. Tonia erwartete Schmerzensschreie von ihm, die ihr Trommelfell platzen ließ. Jeden Augenblick.

Aber da kam nichts.

Stattdessen setzte er mit weiten Sprüngen durch die Flammen. Es wirkte schon ein wenig episch, wie er immer wieder den Namen von Moos skandierte.

Camtero entdeckte den Bonsai und lachte lauthals. Als Wurzel jedoch nicht aufgab und tatsächlich durch die einen Meter breite Feuerschneise drang, schien auch er zu spüren, dass dieser kleine, entschlossene Bonsai es verdammt ernst meinte.

»Scol!«, riefen die Borkenkäfer alle aus einem Mund und wiederholten es in immer rascherer Reihenfolge.

Da begriff Tonia endlich, was hier vor sich ging. Löwenzahn hatte ihnen im *Goldenden Blatt* erzählt, dass sie auf ihren großen Herrn und Meister warteten. Den Scol. Sie glaubten, ihn scheinbar in Wurzel gefunden zu haben. Trotz oder gerade aufgrund der vollkommen abwegigen Situation fing Tonia auf einmal an zu lachen. »Wie unfassbar dämlich!«, murmelte sie, verschluckte sich aber an den Worten, als sie die feierlichen Gesichter der Borkenkäfer sah. Hastig bekam sie sich wieder unter Kontrolle und verfolgte weiter das Geschehen.

Wurzel würde Camtero niemals aufhalten können. Er war ein winziger Bonsai, aber vielleicht konnte sie es. Ohne seine ganzen Helfer, die auf dem Boden lagen, war er nur ein Mann, der keine Chance gegen sie hatte.

»Pass auf ihn auf«, sagte sie an Bonde und Penta gewandt. Sollten die zwei sich darüber streiten, wen sie gemeint hatte. Ihr war es egal, denn es sollte nur eine Ablenkung sein, damit niemand ihr folgte.

Sie nahm die Tischplatte und hielt sie wie einen Schild vor sich, bis sie das Feuer erreichte. Da ließ sie sie fallen, sprang auf das Holz und durch die Flammen hindurch. Augenblicklich wurde sie von der Hitze eingeschlossen. Fast schon liebkosten sie ihre dunkle Haut, aber kaum landete sie auf der anderen Seite, musste sie sich auf den Moment konzentrieren.

Camtero versuchte, vom Tisch herunterzuklettern, um endlich zu entkommen. Als er jedoch auf dem Boden ankam, stand Tonia bereits direkt vor ihm.

Sie starrten einander an und Tonia verzog angewidert die Lippen. In seinen Augen konnte sie die Abscheu vor ihr lesen, die er zum allerersten Mal nicht verbarg, obwohl sie in der Öffentlichkeit standen. »Du widerliches Balg. Du hättest niemals geboren werden sollen, wenn deine Mutter nicht so fruchtbar gewesen wäre«, zischte er. »Du hast meinen ganzen Plan zunichtegemacht.«

Tonia schlug zum ersten Mal in ihrem Leben ihren Vater. Und es fühlte sich gut an.

»Lass mir was von ihm übrig«, hörte sie Wurzel nur einen Meter hinter ihr. »Ich will ihm die Eier absägen und sie ihm zum Frühstück kochen. Das ist das mindeste, was er für den Mord an Moos verdient hat.«

»Keine Sorge. Es wird für jeden etwas übrig sein. Für jeden, dem du jemals wehgetan hast.«

»Ich hätte dich einfach ersticken sollen, als du noch klein warst. Aber deine Mutter hat dich ja nicht aus den Augen gelassen.« Er hielt sich die Wange, an der sie ihn getroffen hatte, und bewegte den Kiefer hin und her.

Morgen würde er diesen Treffer merken. Aber es würde nicht der Einzige bleiben. Tonia hob ihn am Kragen hoch, was gar nicht so leicht für sie war, da er deutlich größer als sie war. Erneut hob sie die Faust und erfreute sich an der Angst vor dem Schmerz in seinen Augen.

Es war die Genugtuung, die sie schon seit dem Tod ihrer Mutter empfinden wollte. Aber sie musste sich bremsen. Denn dass sie seine Qual so genoss, führte dazu, dass der dunkle Teil ihres Verstands mehr verlangte. Dieser Teil wollte ihn peinigen, bis der letzte Hauch Würde aus ihm gefoltert war.

Tonia donnerte ihre Faust mitten auf seine Nase. Ein feiner Blutregen sprühte in ihr Gesicht, den sie angewidert ausprustete. Zumindest erinnerte es sie daran, dass sie ihn lieber loslassen sollte. Camtero blieb auf beiden Beinen stehen und starrte sie an, als ob sie der Tod selbst wäre.

»Willst du mich jetzt umbringen?« Er hielt sich die Nase und sprach nasal. Vermutlich war sie gebrochen.

Tonia sah angeekelt zu ihm hoch. »Auch wenn du körperlich größer bist als ich, heißt das nicht, dass du es menschlich bist. Ich werde mich nicht auf dein unterirdisches Niveau herabbegeben. Du wirst deine gerechte Strafe erhalten. Von der Justiz. Nicht von mir. Denn ich bin besser als du. Merk dir das.«

Das Feuer breitete sich in ihre Richtung aus. Die Tischplatte war längst verbrannt und es wurde wieder heißer. Die Flammen leckten bereits zwei Meter von ihnen entfernt über den Boden und schienen sich zu ihr durchfressen zu wollen.

Tonia winkte Penta über das Feuer hinweg. »Ich habe ihn. Wir treffen uns draußen.« Sie hoffte, dass er ihre lauten Worte hörte, die von dem Zusammenbrechen einer weiteren Wand begleitet wurden. Auch husteten inzwischen einige der Borkenkäfer, obwohl die offene Decke für genügend Frischluft sorgte.

»Los jetzt. Ab zum nächsten Ausgang!«, sagte sie und stieß ihn parallel zum Feuer in Richtung einer Tür, die sie ausmachte.

Camtero wollte den Schubser mit einem Schritt ausgleichen, doch seine Beine trennten sich nicht voneinander. Bevor sie es verhindern konnte, fiel er zur Seite und mit dem Kopf mitten in das Feuer hinein.

Tonia machte einen Satz nach vorn, aber es war längst zu spät. Camteros hellblondes, volles Haar, auf das er immer so stolz gewesen war, brannte bereits lichterloh und obwohl er noch zuckte, um wieder aufzustehen, erstarb der kurze Schmerzensschrei erstaunlich schnell.

»Was …?«, murmelte Tonia fassungslos. Wieso hatte er sich nicht abgefangen? Ihr Schubs war nicht schlimm gewesen.

Da sah sie Wurzel zu ihren Füßen, wie er sich zufrieden die Äste ausklopfte.

»Wurzel, was hast du getan?«, fragte sie den kleinen Bonsai und hob ihn auf.

»Ich bin halt nicht besser als der. Mir ist die Justiz schnuppe.« Wurzel deutete auf die zusammengebundenen Schnürsenkel von Camteros Schuhe.

Tonia lachte kurz, aber emotionslos auf. »Das hast du nicht«, sagte sie kopfschüttelnd.

»Er hat Moos umgebracht. Ich hatte keine Wahl. Ast um Ast, Zweig um Zweig.« Er hob seine Krone, um sie anzusehen. »Und innerlich wolltest du es doch auch. Aber ich verrat es niemandem, junge Assassine.«

Damit drehte er sich um und hüpfte wieder durch das Feuer zurück zu Penta, der ihn bereits mit offenen Armen empfing.

Tonia sah noch einmal auf Camtero herunter. Den Mann, der sie hatte töten wollen. Der beinahe den Ruf ihrer Firma ruiniert hatte. Und der schon lange nicht mehr ihr Vater gewesen war. »Du hättest niemals meine Mutter umbringen dürfen«, sagte sie vollkommen leidenschaftslos und beobachtete, wie seine Haut langsam vom Kopf schmolz, ehe sie sich umdrehte und nach dem Ausgang suchte.

KAPITEL 28
PENTA

»Kannst du mir bitte die Daten geben, sonst muss ich dich leider anzünden.« Penta stupste Wurzel mit dem Zeigefinger an.

»Du weißt, dass ich immun bin. Habe ich doch bewiesen. Hör auf mir zu drohen, sonst erzähl ich doch noch meinem Kumpel Teska den wahren Grund, warum du deine Quotenstatistiken zwei Tage zu spät abgegeben hast«, drohte Wurzel.

Das laute Tuten eines Dampfschiffs draußen vor dem Fenster seines Büros hätte ihn früher in seiner Routine gestört. Seit dem Zwischenfall mit dem Gentleman-Assassinen, über den er kein Wort mehr verlor, fühlte sich das Büro mehr nach Heimat an. All diese Dinge zu hören, riechen und sehen, die er vorher als selbstverständlich und manchmal als nervig wahrgenommen hatte. Mittlerweile war er dankbar für die viele Arbeit, die er tun durfte, weil es das war, was er wollte.

»Wenn du Teska das sagst, sind wir beide dran. Also gib mir bitte die Statistiken, sonst muss ich dich doch noch im Fluss ertränken.«

Wurzel schüttelte seinen Wipfel und schnalzte mit der Zunge. »Kommt es mir nur so vor oder bist du aggressiver geworden, seit du den Kerl gekillt hast?«

Penta lief nicht Gefahr, dass jemand ihn hörte. Teska war bereits vor zwei Wochen abgereist und so langsam kehrte so etwas wie Alltag in seinem Leben ein. Nach dem Vulkanausbruch in Ulmenstadt herrschte noch immer heilloses Chaos in der Stadt, aber für ihn ging alles seinen gewohnten Gang. Mit dem Wiederaufbau hatte er nichts am Hut, da der Allesmarkt auf wundersame Weise von Lava und Flammen verschont geblieben war.

Es klopfte an der Tür und der ihm bekannte wirre, dunkle Haarschopf von Tonia lugte herein. »Ist schon Sprechstunde?«, fragte sie und wartete darauf, dass er sie hineinließ.

»Eigentlich erst in fünf Minuten, aber komm ruhig rein. Was gibt es denn?«

Tonia trat ein und setzte die Kapuze auf, so wie es Vorschrift war in den Räumlichkeiten eines Todesreiters. »Ich wollte nur fragen, ob die Versetzung durch ist.«

Wurzel lachte laut und schmutzig. »Lindor zögert es immer noch heraus. Glaubt, dass Penta ihm seinen besten Mann stehlen will.«

Tonia schnaubte. »Wird das ein Problem?« Sie setzte sich in den Stuhl vor seinem Schreibtisch und in dem schon einmal eine Person mit demselben Umhang gesessen hatte. Sie war deutlich kleiner als der Gentleman-Assassine, aber sie hatte in Unterwald jemanden gefunden, der ihr den Saum umnähte, sodass er nun passte.

»Ich denke nicht. Es ist nicht der erste Versetzungsantrag und mit dem Chaos, das er mir hinterlassen hat, hatte ich die besten Begründungen an der Hand.« Penta ließ seinen Stift auf den Tisch fallen. »Es wird vielleicht noch ein paar Tage dauern, aber die Obersten werden diesen Antrag genehmigen müssen. Egal, was Lindor sagt.«

»Gut, sonst hätte ich mich darum kümmern können.« Sie legte ihre Beine auf dem Schreibtisch ab.

»Ganz sicher nicht. Denn die oberste Regel besagt, dass du niemanden illegal umbringen darfst«, erinnerte Penta sie unnötigerweise.

»Das sagt der Richtige«, schnaubte Wurzel und senkte seine Äste auf halbmast, wie jedes Mal, wenn er an Moos dachte. »Ohne dich wäre Moos wohl noch am Leben.«

»Moos würde immer noch im Schaufenster des Ladens stehen«, kommentierte Penta und seufzte. »Und ja, ich weiß, dass ich diese Regel einmal gebrochen habe, aber schau dir an, was für ein Chaos das hinterlassen hat.«

Er deutete auf die Aktenordner, die sich neben seinem Schreibtisch türmten. Obwohl er die Urlaubsvertretung von Lindor Kram wieder abgegeben hatte, musste viel aufgearbeitet werden. Draks Tod hatte er gemeldet, was ihm schwerer gefallen war, als er gedacht hatte. Er hatte versucht, sie aus der Halle zu zerren, doch um sein Leben und das von Wurzel zu retten, hatte er sie zurücklassen müssen. Sie war vermutlich in dem Feuer vollständig verbrannt. Genauso wie Camtero. Da durch den Lavafluss viele Häuser und Firmen abgebrannt waren, die sich mit Fills Feuerlacken abgesichert hatten, wurde nicht angezweifelt, dass die Menschen tot waren, die als solche angegeben wurden.

»Und du händelst das ganz ausgezeichnet, Todesreiter«, sagte Tonia mit einer leichten Neigung ihres Kopfes. »Da fällt mir ein. Ich brauche noch eine Bestätigung, dass ich in deiner Gegenwart gestorben bin, damit ich die Firma offiziell Veon übertragen kann.«

»Hast du schon deinen Totenschein beantragt?«, fragte er.

»Deswegen brauche ich die Bestätigung. Schreib rein, dass du mein Liebhaber warst und wir die Nacht zusammen verbracht haben. Das wird schon gehen.« Sie schüttelte sich bei dem Gedanken und deutete zu Wurzel. »Für dich habe ich übrigens noch jemanden.«

»Hast du Moos noch retten können?«, fragte Wurzel hoffnungsfroh.

»Nein, aber ich habe hier eine kleine Bestechung für dich. Damit du in Zukunft nicht mehr so traurig bist und vielleicht nicht verrätst, was ich vorhabe.« Sie holte aus ihrer Manteltasche einen Kaktus heraus.

»Oh, wer bist du denn, du kleiner Racker?«, fragte Wurzel neugierig und schnupperte an der Pflanze.

»Das ist Horst. Er ist etwas stachelig, aber wenn man ihn gut pflegt, wird er fast so alt wie du«, erklärte Tonia.

»Er ist zauberhaft. Du wirst nie ein Ersatz für Moos sein, aber ich denke, wir werden verdammt viel Spaß miteinander haben.« Wurzel hüpfte näher und streichelte Horst. Die Stacheln schienen ihm nichts auszumachen. »Ich könnte schweigen, aber nicht, wenn du unseren Deal vergisst. Horst und ich werden eine Menge Dünger brauchen.«

Tonia seufzte. »Umfasst die Lieferung für ein halbes Jahr jetzt auch Horst?«

»Selbstverständlich. Sei froh, dass ich nicht noch mehr aushandele. Immerhin müssen meine Untergebenen auch ihre Bäume versorgen.«

Penta stellte Horst und Wurzel beiseite und ließ sie sich kennenlernen. Bis heute hatte er aus Wurzel keine adäquate Aussage erhalten, wie er es geschafft hatte, dass die Borkenkäfer ihn für ihren Anführer hielten. Doch sie sprangen, sobald er etwas von ihnen verlangte. Und wer wusste schon, wofür es mal gut sein würde. Zumindest konnte er sicher sein, dass so lange Wurzel sein Dunkelnetzschnüffler war, die Borkenkäfer niemandem von der Gilde erzählten.

»Hast du das StaGb schon komplett gelesen?«, fragte Penta Tonia, um von den Gedanken an Wurzel abzulenken.

»Zwei Mal. Ich behaupte immer noch, dass ihr wahnsinnig seid«, sagte sie und versteifte sich, wie jedes Mal, wenn er das Thema aufbrachte. »Aber zumindest herrscht Ordnung.« Es war einen Tag nach dem Ausbruch des Vulkans und des Todes ihres Vaters gewesen, als sie vollkommen gefasst in seinem Büro aufgewacht war. Sie hatte ihn angesehen und ihm erklärt, dass sie beschlossen hatte, den Platz des Gentleman-Assassinen einnehmen zu wollen. Zuerst hatte er geglaubt, dass sie ihn verarschen wollte. Allerdings meinte sie es ernst. Seither war sie nur einmal heimlich nachts in ihr altes Haus eingebrochen, das von dem Feuer verschont geblieben war, da es nicht mit Fills Feuerlack gestrichen worden war. Sie hatte sich einige Kleidungsstücke zusammengesucht und ein paar Andenken an ihre Kindheit. Ein Abbild ihrer Mutter und einen Stoffbären. Ihre Katzen hatte sie in die Obhut von Veon gegeben, bei dem sie vorübergehend wohnte. Natürlich verborgen vor den Blicken von Nachbarn. Auf keinen Fall durfte sie gesehen werden, wenn ihr Plan funktionieren sollte.

»In jedem Chaos gibt es Ordnung. Man muss es nur finden«, sagte Penta und nickte sich zu. »Wolltest du sonst noch etwas?«

Tonia spielte mit ihren Fingernägeln und kaute kurz darauf herum, ehe sie ergeben seufzte. »Hast du etwas für mich zu tun? Veon kümmert sich um die Firma nach meinen Anweisungen, aber ich darf ihm bei der Umsetzung nicht helfen. Sämtliche rechtlichen Dinge sind geklärt, um klarzustellen, dass der Fehler in der Produktion lag und nicht in der Leitung und dem Firmenbild. Allerdings musste ich dafür ein paar Angestellte mit einem ordentlichen Bestechungsgeld gehen lassen.« Sie verzog angewidert das Gesicht. »Selbst nach seinem Tod zwingt er mich noch dazu, seine Taten zu vertuschen, wenn ich die Firma nicht verlieren will.«

»Du könntest auch an die Öffentlichkeit treten und die Wahrheit sagen«, merkte Penta mit erhobenem Zeigefinger an.

»Und riskieren, dass du und Wurzel dann draufgehen, weil ich euch mit verraten müsste?« Tonia sah ihn mit einem amüsierten Blick an. »Nein, mir gefällt es viel zu sehr, dich immer leiden zu sehen. Nicht zu wissen, ob ich dich nicht doch irgendwann verrate.«

»Außerdem hat dir das Abenteuer gefallen«, kicherte Wurzel und streichelte Horst ein wenig mehr.

Tonia hob eine Augenbraue, verneinte es aber auch nicht. Penta hatte etwas in der Richtung vermutet. So wie sie gekämpft hatte. Manchmal, wenn er sich an die aufflackernden Augenblicke erinnerte, in denen sie voller Begeisterung auf die Angreifer eingedroschen hatte, war ihm klar, dass es gar nicht so abwegig war. Sie hatte es ihm nicht erklären können oder wollen. Vermutlich lag die Wahrheit irgendwo da draußen. Dass ausgerechnet er Tonia hatte umbringen wollen, die nun den Platz des Mannes einnahm, den er umgebracht hatte, glich schon fast einer Schicksalssymphonie. Es sollte wohl so sein. Und das hatte er akzeptiert.

Penta lächelte Tonia mitleidig an. »Noch nicht. Im Moment ist das Mordgeschäft nicht so gefragt. Viele müssen erst einmal ihre Häuser wieder aufbauen und haben andere Sorgen. Aber wenn du Langeweile hast, geh nach Unterwald und hilf dort. Das Feuer ist zwar nicht weit gekommen, aber ich denke, Jemma hätte einige Aufträge außer der Reihe für dich.«

Tonias Augen blitzten unter der nach hinten gerutschten Kapuze auf. »Oh, das wäre eine gute Idee. Ich denke, das lässt sich einrichten. Danke für den Tipp, Penta.«

Damit schwang sie sich aus dem Stuhl und ging zur Tür. Schon halb aus dem Raum heraus, drehte sie sich erneut um. »Wo hast du eigentlich meinen Vorgänger entsorgt?«

Penta presste die Lippen aufeinander und schaute zu Wurzel. »An einem Ort, der Wurzel zugutekommen wird«, erklärte er und winkte ihr zum Abschied. DD Guano war gar nicht überrascht gewesen, dass er mit einer nackten Männerleiche in seinem Klostergarten aufgetaucht war. So nannte er sein Stück Wald, das er in Unterwald bewirtschaftete.

Penta lehnte sich in seinem Stuhl zurück und betrachtete liebevoll sein Büro. Er war dankbar dafür, dass er hier sitzen durfte und alles mithilfe seiner geliebten Bürokratie erledigen konnte. Alles war leichter, wenn er es mit einem Stift in der Hand aufschreiben konnte, statt mit einem Messer wild in der Luft herumzufuchteln.

»Wurzel, ich brauche immer noch die Zahlen«, sagte er schließlich. Auch wenn er gerade von Wurzel genervt war, lächelte er.

»Der nächste, bitte!«, rief Wurzel über Pentas Schreibtisch hinweg.

Penta lehnte sich nach vorn, griff nach dem Stift und seufzte. Endlich war alles wieder beim Alten.

DANKSAGUNG

Dieses Buch wäre niemals erschienen, wenn es da nicht diese kleine, aber feine Community auf Twitch geben würde. Im November 2020 habe ich die ersten Kapitel aus (damals noch) Assassinenfeuer vorgelesen, weil wir im Stream noch etwas Zeit hatten. Das Projekt lag zu der Zeit schon seit einigen Jahren in einer Schublade, da ich die Idee zwar sehr mochte, aber sie noch nicht reif gewesen war.

Jedenfalls las ich die ersten zwei Kapitel vor und um meine Zuhörer war es geschehen. Fortan huldigten sie Wurzel als Anführer des Chaoswalds und skandierten lautstark, dass die Lebensgeschichte ihres Herren und Meisters aufgeschrieben werden sollte. Dass es eigentlich Pentas und Tonias Geschichte war, interessierte sie dabei herzlich wenig.

So kam es, dass wir im Dezember 2020 einen 4-stündigen Stream machten, in dem die Community wild an Wurzel mitgearbeitet hat. Wir vertieften den Weltenbau und erschufen neue Charaktere, erfanden die Borkenkäfer und stellten Wurzel die Liebe seines Lebens an die Seite. Es wurde so verrückt und doch in sich stimmiger.

Danach kam das Crowdfunding, das das Buch überhaupt erst möglich gemacht hat und alle halfen mit, um es zu realisieren. Deswegen: DANKE an meine Community, dass ihr euch für Wurzel so ins Zeug gelegt habt.

Dazu möchte ich noch Juliana Fabula für dieses Cover danken, mit dem sie einfach den Kern des Buchs genau getroffen hat.

Isa Theobald, die als Lektorin den einen oder anderen Fehler noch grandios beseitigt hat und Assassin's Wood noch besser gemacht hat.

Natürlich auch Sophie Hilgenstock aka Moonymanatee, die diese bezaubernden Innenillustrationen erschaffen hat.

Und Grit Richter, die am Ende aus all diesen Zutaten ein Buch erschaffen hat, dass es so noch nie gegeben hat.

Mit meinen beiden Hörbuchsprecher*innen bin ich so glücklich. Denn sowohl Sven Matthias als auch Fanny Bechert geben dem ganzen Buch eine Stimme. Genießt also das Buch auch als Hörbuch.

Und ohne meine Patrons wäre all das hier sowieso nicht möglich, denn ihr unterstützt mich zu jeder Zeit und bedingungslos. Deswegen gebührt euch auch mein innigster Dank: Julia Ehrenberg, Christoph Hohlfeld, F.P. Black, Jay, Oliver Stadler, Nraliel, Jasmin Knappenberger, Sarah Trimagie, Tun Ewald, Yvonne Reichstein.

WURZEL ALLEN ÜBELS

Dieses Buch wurde über ein Crowdfunding auf der Seite Startnext.de finanziert und hat eine schier unfassbare Menge an Unterstützer*innen erhalten. Diese möchte ich gerne von nun an die Wurzel allen Übels nennen, denn ihr habt es möglich gemacht:

Andreas Abendroth, Volkmar Kuhnle, Julia Dietrich, Carolin Summer, Stefanie Mühlsteph, Lisa Jäger, Annika Roeder, Nina MacKay, Nicole Müller, Sabrina Burtscher, Rika Wächter, lenaswundertuete, Teresa Meyer, Franziska Schmidt, Amandara Schulzke, Kirsten Drost, Lukas Czarny, Artur Kunz, Volker Hädicke, Lucas Nawrotzki, Windfeuer, Fabienne Siegmund, Anke Rüppel, Sebastian Schocher, Hoshi Rhapsody, rosaschreibt, Svenja Schöttler, Tirza Gamerdinger, Stephanie Müller, Fabian Vollmar, Simon Herzog, Sissy Lösel, Tim Hoogeveen, Frank Hollwitz, Gipfelbasilisk, Claudia Seelinger, Andreas Kaluza, Wolfgang Wegner, Christine Hoffmann, AileanaChan, Incardia, Janika, Andrea Eiselt, Diana Menschig, Bettina Strauß, Lars Lieser, Fabian Schmidt, Emilia Remmele, Sarah Wirth, Stephan Blum, Annette Kalus, Kathrin Vogg, Jannis Korn, Berit, stressed_mommy, Lilly London, Ela Wi, Gerda Fitz, Julia Baldauf, Maria Feldmann, Madeleine Puljic, Susanne Bloos, Oliver Otte, Sophie Grossalber, Katja Pfeiffer, Alina Tissen, Andreas Aulitzky, Maik Teufer, Jacqueline Sprey, Katharina Brunnmayr, Nadine Most, Peter Käuflin, Monika Schulze, Kerstin Lohde, Andrea, Marve F., Philip »Reg Jackson« Beierbach, Timon Flemming, Ronja Siek, Nico Meuter, Kristina Langenbuch, Jana Horsch, Laurence Horn, Sabine

Kupfer, Sarah Lemme, Mischu, Marion Grob, Yvonne Kocharska, Zefiiel, Makita Hirt, Mirko Schenk, Pia Guhlke, Florian Grabl, Sakura Tanaka, Christoffer, T. Timm, Ilka Schulze, Uwe Tächl, Laura Hoffmann, Larissa Markworth, Stephanie Helmel, Steffen Bieser, Alina Böhnke, Emil Götz, Sabrina Siebert, Hanne Steffens, Marina Wiese, Bettina Huchler, Vivien Kröger, Jürgen Schäfer, Charlotte Reineke, April Dawson, Jackie B, Dagmar Flieck, Susann Petri, Elems Balladen, Doris Fuhlendorf, Silea, Sabrina Schuh, Aljoscha-Nikolaj Popp, Karin Odermatt, Oliver Bayer, Tanja Mastellotto, Nraliel, Eli, FraukeKo, Christina Schultz, Dominik Koch, Fabian Fatzer, Raudka, Jasmin Knappenberger, Isabel Zimmermann, Matthias Teut, Antoine Ewald, Andreas Nikolaus, Reseg, Jasmin Bangert, Yvonne Reichstein, firebal, Godmin, Petra Heitmann, Juliane & Sebastian Haeutle, Sandra, Oliver Stadler, Jana Mohr, Ute Spernau, Thomas Geschwendt, Franca Spernau, LittleNoirNeko, Gertraud Feldmann, Lena Jansen, Sarah Trimagie, Tealicious Books, F.P.Black, Alexander McLee, Jana Klöpperpieper, 4ever_little_devil, George W. Morlock, Idefix